山西现当代作家作品研究

SHANXI XIANDANGDAI ZUOJIA ZUOPIN YANJIU

刘媛媛　王宏

编著

山西出版传媒集团　北岳文艺出版社

·太原·

图书在版编目（CIP）数据

山西现当代作家作品研究 / 刘媛媛，王宏编著 . —
太原：北岳文艺出版社，2023.1
ISBN 978-7-5378-6585-2

Ⅰ . ①山… Ⅱ . ①刘… ②王… Ⅲ . ①地方文学史－现代文学－文学史研究－山西②地方文学史－当代文学－文学史研究－山西 Ⅳ . ① I209.925

中国版本图书馆 CIP 数据核字 (2022) 第 119454 号

山西现当代作家作品研究

刘媛媛　王宏◎编著

编　著
刘媛媛　王　宏

出品人
郭文礼

责任编辑
王朝军

书籍设计
张永文

印装监制
郭　勇

出版发行：山西出版传媒集团・北岳文艺出版社
地址：山西省太原市并州南路 57 号　邮编：030012
电话：0351-5628696（发行部）　0351-5628688（总编室）
传真：0351-5628680
网址：http://www.bywy.com　E-mail：bywycbs@163.com
印刷装订：山西新华印业有限公司

开本：787mm × 1092mm　1/16
字数：327 千字
印张：22.75
版次：2023 年 1 月第 1 版
印次：2023 年 1 月山西第 1 次印刷
书号：ISBN 978-7-5378-6585-2
定价：68.00 元

前言

“山西现当代作家研究”是太原学院汉语言文学专业于2014年开设的专业选修课，该课程在专业核心课程“中国现当代文学”的基础上,对局部区域性现当代文学进行深入研究，具有浓郁的山西地方文化特色。课程依据地方应用型高校办学定位，融合新文科理念，立足汉语言文学本科专业人才培养方案和学科特点，充分利用本土文学资源，以培养、提高学生的文学艺术审美鉴赏能力，力求理论与实践相结合为宗旨。该课程开课以来，教学反响良好，学生选课率达到百分之八十以上，2021年被山西省教育厅认定为省级一流课程。

《山西现当代作家作品研究》这本书在课堂讲义基础上整理形成，以时间为序，选取自1917年中国新文学发轫以来山西各个文学时期最具代表性典型性的作家，对作家生平创作进行深入详细的分析研究，使读者在了解山西现当代文学历史的发展进程和各阶段主要特点的基础上，进一步感悟和鉴赏重要作家作品，涵养其对作品的分析鉴赏能力，了解山西本土文学与全国乃至世界文学的互动与应和，树立对本土文化的热爱与自信。

在具体内容选编和体例设置上，本书以山西现当代文学历史发展进程为线索，以作家作品为中心，兼顾社会、时代和美学等多种因素，尽量做到覆盖全貌、突出重点。

首先，在作家的选取方面，充分考虑到山西现当代文学在全国文学版图中的位置，以时间为序，选取每一个时期不仅对山西文学文化产生重大影响而且在全国具有代表性的作家，强化地域文化与全国文化间的横向联系，由地方文学来印证中国现当代文学的发展影响。如“开垦时代”选取了高长虹、李健吾、石评梅等。高长虹，因为和鲁迅的冲突，长期以来一直处于被误解的境况。其实，他不仅是诗人、小说家和散文家，而且倡导了轰轰烈烈的狂飙运动，培养了大批文学青年，既有山西的，也有外地的，极大地推动了山西文学和全国文学的发展。李健吾，作为京派一员，既是小说家，他的《终条山的传说》曾被鲁迅收入《中国新文学大系·小说二集》，被认为“虽在十年后的今日，还可以看到那藏在用口碑织就的华服里面的身体和灵魂”；也是著名的评论家，《咀华集》《咀华二集》里“美文式”的文学评论，体现出的人性化印象式批评在文坛占据着重要的地位；还是优秀的戏剧家，埃德加·斯诺在《活的中国》里把他和曹禺并置，认为他是1929年以来中国重要的剧作家。石评梅呢，作为“民国四大才女”之一，是新文学时期第一个走出山西、走向全国的女性作家：她的自传化小说、“评梅体”散文都极具声名，尤以诗作见长，曾有“北京著名女诗人”之誉。

其次，文学时期的划分，主要根据山西现当代文学发展的实际情况以及文学思潮和文学流派的涌现，同时参照中国现当代文学的划分。本书主要划分了四个时期：开垦时期（1917—1942）、工农兵文学时期（1942—1966）、晋军崛起时期（1976—2000）和后晋军时期（2000—）。“开垦时期”

主要关注处于萌芽状态的山西现代文学，以及作家们“星星之火可以燎原”的态势；“工农兵文学时期”围绕山药蛋派展开，结合国家形势，分析以赵树理为首，以马烽、西戎、李束为、胡正、孙谦“五虎将”为代表的农村写作；“晋军崛起时期”主要关注以李锐、成一、柯云路等为代表的知青作家和以张石山、韩石山、张平等为代表的本土作家共同掀起的晋军文学创作，分析他们的文学创作与时代思潮及作家个性的密切联系；“后晋军时期”则注目21世纪以来的山西文学创作，如吕新的“1970年代”叙事、葛水平的晋东南叙写、刘慈欣的科幻想象等。

再次，注重学术元素的渗透，在广泛阅读文献资料基础上，借鉴各个研究专家最经典和最前沿的学术成果，汲取前辈们的学术观点，强化专业知识能力，形成自觉的学术认识。例如，对高长虹的评价，围绕“高鲁冲突”，在搜集了大量资料文献之后，大体梳理了学界的基本看法，并主要借鉴董大中和廖久明两位学者的观点，进行深入的去伪存真。再如20世纪30年代成名的贾植芳，因为众多的原因，一直在文坛处于“无名”的状况。随着近几年对其关注和研究的深入，大量学术成果开始陆续问世。在分析解读他的作品时，就更多选取了最新的研究成果，尤其是他独具的作为七月派文人“主观战斗精神”的监狱书写和作为山西作家“河东风骨”的人性反抗。

最后，以读者为本位。在读者定位上，本书主要服务于热爱山西文化、希望了解更多的山西现当代文学的读者，尤其是汉语言文学的大学生和研究生们。所以，每个作家都由作家小传、精读作品、经典评论、基本面貌、研究文献索引和思考练习六个板块组成，其中“基本面貌”主要对作家作品的研究概况进行综述，是内容的核心，有利于快速、准确地把握作家作品的基本情况。“作家小传”简单介绍作家的生平经历，“精读作品”让读者了解需要阅读的作品，“思考练习”则起到检测和拓展的作用。另外，为了更好地服务于读者，专门设置了“经典评论”和“研究文献索引”两个板块，以期激发读者的阅读兴趣，拓宽读者的研究范围，以及提升读者的学术水平。

时间如白驹过隙，自 2014 年开设“山西现当代作家研究”课程以来，每次在填大大小小的表格写下“自编讲义”时，总是憧憬如果能出版一本教材就好了。这样，既可以解决学生没有教材的苦恼，也可以解决老师只有教学大纲和内容提要的尴尬。如今，这个愿望终于要实现了。在这里，要深深感谢同学们的热情和认可，感谢学院系部领导同事的鼓励支持，感谢北岳文艺出版社对本书出版严谨专业的把关。学海拾贝，且行且学，因为我们才疏学浅、能力不迨，书中一定会有很多疏漏不足之处，还望同行专家及广大读者海涵指正。

刘媛媛　王宏

2022 年 6 月 27 日

目录

第一编　开垦时期（1917—1942）

近代以来，中国逐渐沦为半殖民地半封建社会，民族矛盾与阶级矛盾日益激化。随着全国爱国主义和民主主义意识的高涨，山西先后发生了禁烟运动、保矿运动和商界革命等。山西涌现出了一批文化先驱和仁人志士，如祁寯藻、徐继畬等。他们主张禁烟，开发民智，力图强国富民。1898 年的戊戌变法，山西闻喜人杨深秀力主变法维新，与康有为、梁启超等人一起成为维新运动的中心人物。变法维新失败后，杨深秀以“大逆不道”罪和谭嗣同等五人被杀于北京菜市口，时称“戊戌六君子”。杨深秀著有《雪虚声堂诗钞》，深谙旧学，博通经史，被梁启超誉为“山西儒宗”。他曾应山西巡抚张之洞之聘，任崇修书院院长，兼任太原崇德学院讲席、令德堂协讲，传播新的思想文化。1902 年，利用庚子赔款创立了山西大学堂，加强对西方资产阶级思想的传播。同年，清政府选派第一批三十六名赴日留学生，山西人景梅九被录取。1904 年，山西奉命派留学生五十名赴日留学。后在日本成立了“山西同乡会”，宣传民主革命思想。1905 年，山西同乡会成员参加中国同盟会，并成立了同盟会山西分会。为宣传革命，景梅九创办了《第一晋话报》，宗旨是“输入文明，改良社会”。后又出版《晋乘》《汉帜》《国风日报》《晋话报》《晋阳公报》等刊物。

1919年5月7日，山西大学学生会联络省城学校成立“山西中等以上学校学生联合会”，集合三千余人举行游行集会运动，掀开了山西新民主主义历史的第一页。自此，刊物纷纭，社团林立。1919年8月，山西省立一中王振翼在高君宇的指导下创办山西新文化运动的第一个刊物《平民周刊》，以宣传新文化、新思想，揭露阎锡山当局的反动统治为主要内容。该刊在1923年复刊宣言中指出：“抱定为人民奋斗之宗旨，不断地以山西实况报告世人，代人民呼号，且不断将世界思潮输入娘子关内，供给晋民以奋斗有效之途径。”1920年4月，“新共和学会”在山西大学成立，该会认为“中国土地广大，新文化运动绝不是乱嚷两三年就得以成功，还要靠各省各县多有些青年团体，分途确实进行，我们山西大学新共和学会至少也肯负这点责任，我们山西大学新共和学会全体会员至少已经倾向于这一方面。”1921年12月，创办《新共和》，以“研究学术，宣传文化”为宗旨，目的是：“欲本学术上种种方面的研究，文化上种种方面的进行，以期创造新人生、新社会、新共和出来。”1921年7月创办“晋华书社”，成为太原传播新文化新文学的总汇处，专门出售和翻印《新青年》《每周评论》《向导》《先驱》《新潮》等进步刊物，并秘密发行《共产党宣言》《共产主义ABC》等小册子，对传播马克思主义、活跃新思潮、促进新文化新文学的发展起了积极作用。此外，还创办共进社（《共鸣》）、青年学会（《青年半月刊》）、太原社会主义青年团（《平民周刊》《铁血周报》）、曙光社（《醒狮》）、红光文学社（《红光》）、太原文学社（《文学周刊》）、晋新书社（《国鸿》）等社团和刊物。经过作家们的努力，尽管是山西现代文学的开创时期，却取得了卓著的成就。诗歌创作较早出现，成绩斐然。主要诗人诗作有高长虹（《精神与爱的女神》《心的探险》《给——》《献给自然的女儿》）、高沐鸿（《天河》《夜风》）、冈夫（《夜雨》《世界》）等，抒发了年轻人的苦闷彷徨和破坏毁灭旧世界的热情。小说创作或描写现实，或抒写内心，表现了作家坚定的反封建精神和追求光明的决心。如高长虹的短篇集《实生活》，高歌的长篇《加里的情书》，石评梅的《红鬃马》，李健吾的《终条山的传说》等。散文创作真实地记录了作家的思想和情感，表现了他们对光明自由的向往和对黑暗统治的抗争。如高长虹的《走到出版界》，石评梅的《偶然草》等。戏剧创作则比较薄弱，但也有石评梅的《这是谁的罪》，李健吾的《工人》《翠子的未来》《母亲的梦》，高长虹的《一个神秘的悲剧》《白蛇》等。

1930年，左联成立。山西文学爱好者也纷纷响应，推崇"普罗文学"。1932年4月，大众文学研究社成立，提倡无产阶级革命文学，《民报》副刊和《山西党讯》副刊成为山西新文学的坚实阵地。诗歌创作方面，《文艺舞台》《太原日报》《开展》等发表了很多优秀诗作。如王中青的《雪夜怀梅》《我有一个心念》，卢梦的《小而又小地》《渔火曲》，冈夫的《被雨》《我们是来了》《露天歌》等。1933年10月创刊的《山西党讯》副刊，是此时期重要的小说园地。如赵树理的《悔》《白马的故事》《金字》《盘龙峪》，田景福的《卖鸡子的女人》《偷柴》《守忠叔》等。九一八事变后，随着全国抗日爱国文艺的发展，山西的新文艺也在生长、发展，一些进步报刊如《山西党讯》《文艺舞台》开始发表散文、文艺通讯等作品。这些作品都反映了日本帝国主义的侵略带给中国人民的深重灾难，反映了城乡各阶层人民的生活。南刘的《家居印象记——晋南农村生活之素描》使读者看到了一幅农村的凋落图画，波影的《魔窟》是山西较早反映煤窑工人悲惨生活的作品。20 世纪 30 年代中期，国内一些进步作家、艺术家陆续来到山西，写了一些反映山西生活现实的作品，其中影响最大的是宋之的的报告文学《一九三六年春在太原》。作者目睹阎锡山在山西以“防共”为名制造白色恐怖的现状，根据亲身感受，以报纸新闻拼贴的形式，真实地反映了当时太原的社会现状，深刻揭露了阎锡山的反动面目。戏剧创作方面，成立有青明剧社、太原民众剧社、艺术通讯社、西北剧社等，剧作有：张季纯的四幕话剧《醒来吧》，杜任之的独幕剧《逃不得》，王毅哉的三幕话剧《出路》，宋之的的三幕话剧《谁之罪》等。

1937 年 11 月，太原沦陷。中国共产党带领八路军和山西新军开赴晋东北、晋东南、晋西北，开辟建设抗日根据地。历经两年多艰苦卓绝的斗争，抗日根据地慢慢巩固和发展起来，山西革命根据地的文艺团体和文艺领导组织也相继建立健全起来。1938 年 4 月，晋察冀边区文化工作协会成立，后改名为晋察冀边区文化界抗日救国会，出版综合性刊物《边区文化》；1939 年 7 月，中华全国戏剧界抗敌协会晋察冀分会（剧协分会）成立；1940 年 7 月，中华全国文艺界抗敌协会晋察冀分会（文协分会）成立；1941 年 6 月，晋察冀边区文化界抗日救国联合会（边区文联）成立，取代边区文救会。出版的刊物有《边区文化》《海燕》《联大文艺》等。晋冀豫边区的文艺领导机构是先筹建各专门文艺协会，再成立总领导机构。如 1939 年 2 月成立的中华全国戏剧界抗敌协会太行山分会（剧协分会），1939 年 11 月成立的中华全国文艺界抗敌协会晋东南分会（文协分会），1939 年 5 月成立的晋东南文化教育界抗日救国总会（文教总会）。出版的刊物有《文化哨》《文化轻骑》等。晋绥边区的文化工作最初由边区文化教育界抗日联合会领导，1940 年 5 月，晋西文化教育界抗日联合会在兴县城关成立。出版的刊物有《晋绥日报》《晋西大众报》《文化导报》等。

在文艺“民族形式”和大众化的倡导推动下，山西文学取得了不俗的成绩。街头诗盛行。小说主要描写农民的斗争和生活，反映其理想和追求。如姚青苗的《马泊头》描写了中条山一个愚昧、落后、迷信的山村马泊头在抗战初期的灾难遭遇与觉醒抗争的故事，《中条山的红杜鹃》写了抗日烽火中一对青年对理想和爱情的追求，贾植芳的《人的悲哀》《人生赋》《剩余价值论》则注重对“人”的思考，穗青的《在火车站》主要写一个火车站副站长姜尚志在抗日战争中的思想变化。散文方面，报告文学兴盛，既有记录山西军民战斗业绩和艰难生活的文艺通讯，也有描写敌后抗日根据地军事将领和英雄人物的报告文学。如周立波的《晋察冀边区印象记》、沙汀的《随军散记》、碧野的《北方的原野》、肖三的《贺龙将军》等。戏剧创作方面，由于抗日爱国文艺工作者组织的各种形式的团体来到山西抗日前线，他们的创作活动促进了山西抗战戏剧的蓬勃发展。如丁玲的《重逢》、塞克和萧红等人的《突击》等。山西本土作家赵树理也创作了新编历史剧《邺宫图》《韩玉娘》，话剧《两个世界》，新编现代戏《万象楼》，街头剧《打倒汉奸》《巩固和平》等。

第一章　石评梅

【作家小传】

石评梅（1902—1928），出生于山西省平定县，中国现代女作家。因其生命短暂，好友庐隐哀叹她在“色香俱足的蓓蕾”年华，便“萎谢在萧瑟的秋风里了”。1919 年，毕业于太原女子师范学校的石评梅，考入北京女子高等师范学校。1923 年 5 月下旬到 6 月下旬，石评梅与体育系十二人、博物系十四人组成“女高师第二组国内旅行团”南下旅游。返校后,石评梅写了一篇五万余字的长篇游记《模糊的余影》。1923 年底，石评梅任教于高师附中。1928 年 9 月 30 日逝世于北京协和医院。经庐隐、陆晶清等努力，编辑出版了石评梅生前所著小说散文集《偶然草》、散文集《涛语》等。

【精读作品】

小说:《红鬃马》《匹马嘶风录》《白云庵》

散文:《墓畔哀歌》《我只合独葬荒丘》《梦回寂寂残灯后》《痛哭和珍》

诗歌:《雁儿呵，永不衔一片红叶再飞来》《断头台畔》

【经典评论】

评梅女士逝世了，我们此后不能再得读她的描写她自己的心灵的旅行的作品。一位作者，能直率地写出他或她的心境来，已经很不容易，能自己将自己的心境经过洗炼经过剪裁再写出来，更不容易。

（菊农:《石评梅作品集·戏剧游记书信》，书目文献出版社 1985 年版）

最令我感到一种显然的差别的，是看见她立在繁华而喧嚣的人海里，她漫立在一群幸福的妇女中间面色微白，黯然伤神，孤零零的，仿佛一个失了魂的美丽的空囊壳；有时甚至于表示一种畏涩的神情，仿佛自惭形陋的念头在激动她的整个内心灵。那过去的悲哀浸遍了她的无所施用的热心，想把它骗入一时的欢乐，只是自欺欺人。她生活在她的已逝的梦境，她忏悔她昔日对于那唯一爱她的男子所犯的罪过；她跳到社会里，努力要消耗一切于刹那的遗忘；然而她的思想仍是她的，她的情感仍旧潜在着，她终于不能毁灭她已往的评梅。她只得向上天狂呼道："天啊，让我隐没于山林吧！让我独居于海滨吧！我不能再游于这扰攘的人寰了。"（《偶然草》）那末一句表示出她的极端的绝望。所有她的诗文几乎多半是她奋斗之后失了望的哀辞，在那里她的始元的精神超过了我们今日所谓的颓废文学，无病而吟的女子。她的情感几乎高尚到神圣的程度，即使她自己不吟不写，以她一生的无名的不幸而论，已经够我们的诗人兴感讽咏了。

（李健吾：《李健吾文集·第七卷·悼评梅先生》，北岳文艺出版社 2016 年版）

石评梅的散文文字，绮丽而哀惋，堪称现代散文的"感伤体"。石评梅散文的文体美，首先来自古典文学的熏陶和浸润。五四作家均有深厚的古文学功底。据说，还是在女高师读书时期，石评梅同冯沅君、庐隐等等，都写得一手好古文。古文学的修养，使她们更好地把握了中国汉字的特点，使其美质得到充分的发挥。观石评梅之文体，她似乎有意借鉴"六朝文"的绮丽、辞赋的铺陈、唐诗的神韵、宋词的风采、元曲的节奏，铸成了她那文字绮丽、韵调铿锵的文体。

（佘树森：《石评梅散文选集·序言》，百花文艺出版社 2009 年版）

【基本面貌】

五四时期作为中国现代文学的梦蘖期，诞生了诸多优秀的文学家，其中不乏女性作家。作为山西走出的佼佼者，在短暂的创作生涯中，石评梅创作了几十万字的作品，涉及小说、诗歌、散文、戏剧等各个领域，体现了她非凡的创作才能。她的散文堪称现代散文的“感伤体”；她的小说深情而细腻,蹇先艾先生评价她小说《红鬃马》“情节相当动人”,“文笔秀丽”；她的诗歌忧伤而美丽，庐隐称其为“伤情诗人”。在形式的优美感伤里，石评梅又熔铸了无数的个性化情愫，在中国现代文坛留下她独树一帜的印迹。

自叙色彩

石评梅的小说作品大都具有自传性质，主人公或与她有相似的生活经历，或与她有相同的情感历程，创作结构偏于封闭性。

与同时期其他女作家的自传体小说相比，在叙事角度上，石评梅虽大多采用了第一人称，但小说中的“我”，更多的不是故事的主人公，而是叙述者，作者借“我”之口对事件的发展进行议论，对人物进行评价，也对自我身世发出感慨：对前途的迷茫，如《余辉》中的女体育教师苏斐、《病》中的才女“我”，她们受到了新思潮的鼓舞，也参加过革命运动,遭遇挫折后都对前途失望、彷徨；对革命者的褒扬,如《红鬃马》中的郝梦雄、《匹马嘶风录》中的吴云生，赞扬了他们为革命英勇献身的崇高品质；对旧礼教束缚下妇女命运的同情,如《弃妇》中的表嫂、《林楠的日记》中的林楠，她们都是大家庭中尽孝守礼的好媳妇，却被受了新思想影响的丈夫以无感情的理由抛弃了。

小说自叙传色彩浓郁，散文更是如此。石评梅的散文全部记录的是她自己的点点经历，弥漫着她的浓情愁绪。“波微”大多是自己，“天辛”则是高君宇。抒情方式上,除自叙传性质、书信体特征、冷色调的意象外，更有一种自我言说、自我倾诉的风格。

由悔而悟，是石评梅散文情感魅力的根本所在，也构成了石评梅散文的情感特质。冰心一生的创作，只写了一个“爱”字；而萧红恰恰相反，她一生的创作凝结为一个字，那就是“恨”。石评梅介于两人之间。其散文集中体现的情感特质，是一个“悔”字。本来，她与高君宇的爱情，是完全可以有一个完美的结局的，但她因初恋的失败而拒绝了高君宇的爱，直到高君宇病逝才追悔莫及。一个“悔”字，构成了石评梅散文最主要的情感基调。由于悔悟，石评梅的精神追求中，有一种作茧自缚的情结，这种自缚的情结，使石评梅散文的思想意蕴有一种节制的美、平衡的美和自省的美。

因悔而回忆，因反思而悟，使她的散文情感缠绵悱恻。《我只合独葬荒丘》，写她和高君宇在陶然亭的夕阳下并肩漫步，低低倾诉；在落雪天里，她独自驱车去陶然亭，踏雪过小桥，来到高君宇墓前，抱着墓碑低低呼唤，热泪融化了身畔的雪；临走时，还用手指在雪罩的石桌上写下“我来了”三个字，才决然离去。《墓畔哀歌》写她在1927年的清明节再次来到高君宇墓前，希望醉卧墓碑旁，任霜露侵凌，不再醒来。《梦回寂寂残灯后》写她面对着那一棺横陈、摇摇神灯，痛悔万分。她责问自己：“数年来冰雪友谊，到如今只博得隐恨千古，抚棺哀哭！”她怨艾死者：“你为什么不流血沙场而死，你为什么不瘐毙狱中而死？却偏要含笑陈尸在玫瑰丛中，任刺针透进了你的心，任鲜血掩埋了你的身。站在你尸前哀悼痛哭你的，不是全国的民众，却是一个别有怀抱、负你深爱的人。”不管是责己或尤人，都出自她那一颗慧心，满腔至情。

女性意识

从女性主体的角度来说，女性意识包含两个层面：一是以女性的眼光洞悉自我，确立自身本质、生命意义及其在社会中的地位；二是从女性立场出发审视外部世界，并对其加以富于女性生命特色的理解和把握。石评梅从知识女性自身的情感和体验出发，揭示新旧文化冲突下妇女所承受的身体和精神上的痛苦，表达对女性权利的诉求。

五四时期，在恋爱自由旗帜下，男性如鱼得水，一方面为了精神自由追求着新的爱情伴侣，另一方面或有意或无奈地以各种形式维系着一夫多妻。女性呢，她们深深地陷入困扰、痛苦和伤感。一方面她们要捍卫自由恋爱的神圣，另一方面又要与强大的一夫多妻传统进行抗争。石评梅在毫不知情的情况下与有妇之夫产生了爱情，得知真相后虽及时抽身，却被他纠缠。初恋的失败使得她的心灵受到极大的伤害，她从此抱定独身主义的信念，甚至拒绝了革命者高君宇真挚的爱情。直到高君宇猝然去世，她才后悔莫及。她的创作相当程度上是内心理念的表露。《弃妇》中的瑜妹一方面赞成表哥脱离旧家庭的束缚，追求自由的恋爱与生活，另一方面，又极度同情被旧礼教毒害而无力自救的表嫂。

对人生和世界采取的保留态度,使石评梅为自己设立了“独身主义”的禁锢——与倾心爱慕她的男性只保持“冰雪友谊”。这与其说是男权社会的一夫多妻制对她伤害的结果,还不如说是她对这种伤害的一种“报复”。她以“独身主义”作为保护自己的护身符，在否定自身欲望的同时，也否定和拒绝着男性的欲望，这对一个豆蔻年华的少女来说无疑是一种残酷的压抑。于是，借助于石评梅自身的选择以及她笔下人物的悲惨，我们多多少少可以解读当时的婚姻制度和新式女性困境。

新式的婚恋伦理固然使部分知识女性摆脱了包办婚姻的钳制，实现了恋爱自由和婚姻自主。然而，就在对旧式伦理道德予以全盘否定之时，新的道德体系尚未成型，青年人普遍面临着茫然和无措，对包括新式婚恋观在内新思潮的理解产生了极端化和片面化的倾向，以自由恋爱掩饰肉欲的贪婪，许多包办婚姻中的妻子因此被丈夫抛弃，成为“自由”的牺牲品。这种被误读的新式婚恋伦理，孕育出了这一带有悲剧色彩的“弃妇”。

小说《弃妇》中的表嫂是一个典型的旧式妇女，面对受过大学教育的表哥提出的离婚要求，在绝望之中服毒自尽。按照当时流行的妇女解放论调，表哥提出的离婚固然可以使表嫂摆脱封建家庭，实现人身自由，但事实上，离开了男性，这些旧式女子没有独立生活的能力，这里的女性解放不过是一个空洞的能指，甚至沦为男性喜新厌旧和逃避家庭责任的托词。石评梅尖锐地指出：“旧式婚姻的遗毒，几乎我们都是身受的，多少男人都是弃了自己家里的妻子，向外边饿鸦似的猎捉女性。自由恋爱的招牌底，有多少可怜的怨女弃妇践踏着。”除了传统的旧式女子，受过新式教育的女性同样免不了成为弃妇的命运。在发表于1928年的小说《林楠的日记》中，主人公林楠是师范毕业的学生，尽管服从了家庭的包办婚姻，她与丈夫也曾度过幸福的时光，然而长时间的两地分居使夫妻间的感情逐渐淡漠，隔膜日益加深。久别重逢后，丈夫冰冷如铁的面孔冲散了妻子的渴望与思念，林楠毫不意外地得知丈夫爱上了别人。相比于丈夫的决绝，同样受过教育的林楠想要追求自由却艰难得多。长期的主妇生活和女性就业的艰难使她难以独立谋生，在情感上她也无法像丈夫那样轻易割舍对家庭的责任和留恋。面对丈夫的出轨，她感叹：“我自然是一个最痛苦可怜的妇人，不过他们果真能毫不顾忌地去爱吗？我怕一样是人间被命运捉弄的可怜者呢。”结合当时的社会环境，即便是处于热恋中的新女性，她们也未必能得到理想中的幸福。尽管同男性知识分子一样站在启蒙立场批判旧式家庭和封建伦理，相比之下，石评梅更倾向于从女性的情感和体验出发，对男性主导的新式婚恋观抱有一定的怀疑和审视的态度。

在石评梅看来，女性并非天生比男性低劣，女性相对于男性的弱势主要是由社会因素造就的，“由于生活历程的变迁，由于职业种类的分歧，由于教育种类的不平等，由于结婚生育的牵制，由于社会法律制度的支配：垄断了我们的权利，蒙蔽了我们的智慧，沦落到现在这种奴隶——弱者的地位”[①]。尽管石评梅没有机会接触西方的社会性别理论，其观点也更倾向于经验的总结，缺少理论的升华，然而，这种看法在本质上与西方女权主义者关于社会性别的思考有着相通之处。法国女权主义理论

① ［法］西蒙·波伏娃：《第二性》，郑克鲁译，上海译文出版社2011年版。

家波伏娃指出："女性不是天生的，是后天形成的。"她反对将女性的生理性别与社会性别看作是"自然一体"的。"社会性别是一种获得的地位，这一地位是通过心理、文化和社会手段建构的。因此，它绝不是男女之间的一种对等或对应概念，相反，它表现的是一种不对称的、不平等的两性社会关系。……所谓的男性气质和女性气质，就是社会、文化和心理影响相互作用的产物，这种后天由父权文化训导形成的东西，长期以来却被父权文化解释为先天命定的东西，并进而成为剥夺女性各种权利的借口。"① 石评梅敏锐地感知到，女性要想真正获得解放，必须主动为自己争取权利，提高女性的社会地位，实现实际意义上的男女平等。石评梅对男权操纵下女性才能被埋没表示不满："我们的聪明智慧，大多数都努力于贤顺贞节，以占得一席，目为无上光荣。堪叹多少才能都埋没在柴米油盐、描鸾绣凤，除了少数垂帘秉政的政治家，吟风弄月的文学家"。在传统的男权社会中，女性处于附庸的地位，她鼓励女性同胞奋起反抗，用自己的"力"和"热"去粉碎网罟和桎梏，主动争取权利，而非被动地等待男人的施舍："女子由过去梦中惊觉后的活动，不是向男性'掠夺'，也不是要求'颁赐'，乃是收回自己应有的权利；同时谋社会进化、人类幸福的。"在两性关系方面，她主张男性与女性应平等地立于社会之中，不应以其中任何一方为中心。

女性若想获得尊重，不应只依靠外在的财富或美貌，而是要用才能服务社会，以独立自主的姿态立于人世。在小说《匹马嘶风录》中，女主人公何雪樵放弃了贵族小姐的生活，投身革命的洪流，在爱人牺牲后她一度悲痛欲绝，却最终以理智战胜了情感，重新投入到革命战斗中。除却理想性的展望和诉求，她将教育和经济视为妇女得以解放的两大基础："教育是人类精神独立的动力，经济是变化人类生活的条件；女子不受平等教育，而受物质束缚，是永沦奴域、一切堕落的总因。所以教育平等运动，开辟女子职业生路，以谋精神自由、经济独立，实为现代妇

① 赵一凡等编著：《西方文论关键词》，外语教学与研究出版社 2006 年版。

女运动的治本计划。”

生命意识

石评梅始终抓住了“生命”这一人生与文学应共同关心的焦点。在思想观念和文学创作的变化里，一直凸显着她对生命意义的求索与理解。正是生命与历史的崇高缔结，才使她的创作由浅吟低唱个人的伤感转向对社会斗争内容的惨烈与悲壮的表现。生命意识既是一种状态，也是一种感受和心情。没有抽象的生命，它只有与死亡相对才能得以体现，是对人的悲剧命运及人的存在本质的思考。当一个人怀着对生命的敬畏，沉浸在对死亡的深层次思考时，生命意识也就油然而生了。

石评梅从不避讳“死亡”，通过对人类生存困境的思考，通过对死的态度和生的信念的表达，通过对生命既悲哀又乐观的哲学感悟，形成了一种深刻的紧张，造就了狂热与冷峻、痴迷与理智、生与死、光明与黑暗、人间与地狱的无比绮丽的挣扎，显示她内心世界的痛楚、孤独和精神上的苦闷与迷惘。对待生命的另一端——死亡，她更多的是泰然处之，坦然面对。

对石评梅而言，世界是荒芜的，人的存在是荒谬的，而且还要承载苦难的折磨。当这种存在的磨难无法排除或自己的努力遭到难以克服的障碍时，石评梅便以死的决心来诅咒、质问现实，这流露出她的叛逆精神和对现实的否定态度。这种叛逆和否定的精神不是以积极高昂的战斗姿态来表示，然而却真切地体现了她在情感与理智的夹缝中、在暗夜里寻求光明的过程中痛苦不堪的心灵历程。于是，死亡成为她痛苦时情感的流放地，也是其悲哀与痛楚难以摆脱时情感外泄的处所。她说：“我莫有希望，也莫有失望，除了消磨岁月去迎死以外。”

同时，对生命执着热爱，又使她有一种勇敢向死的生命意识。终其一生，她对死亡的向往不仅表征着她对爱情的热切渴求，也体现着她强烈的对美好生命的苛求。面临爱情悲剧，她于“死”中求“生”，把所有对爱情的向往寄托到另一个世界。于是，自己成为一座“矗立在这荒郊孤冢之前的石膏人形”，雪把她“深深地掩埋，深深地埋在这若干生命归宿的坟里”，在那“幽静、冷漠、孤寂、悲哀的世界里”。在她看来，“生和死只有一张蝉翼似的幕隔着”，虽有卷动森然的寒意，然而并没有完全遁入空门的消极。她以即将消亡的“无”来质问、怀疑、诅咒一切现存的“有”。正是对现实境遇的不接受态度，产生了生的悲愤、生的痛苦、生的哀伤的浓厚的悲剧意识。她对死表现出一种达观、勇敢、探究的态度，不避讳“死亡”的字眼，用自己的文学方式感知着生命的无常和短促。

在“生即是死，死即是生”的道家观念面前，石评梅勇敢地扬弃了它的混沌，而执着于死亡既是人生的终结，也是人生新的开始。“谁都认为荒冢枯骨是死了的表象，然而我觉得是生的开始，因此，我将我最后的希望建立在灰烬上。”于是，这种把全部希望建立在旧事物的毁灭上的“凤凰涅槃”式的再生精神在作品中则演化成在“荒冢枯骨”和“灰烬”中重建新生命的决心：“一把火烧成灰烬，灰烬上又建造起很伟大庄严美丽的工程来”，“灰烬是时时刻刻寓在建设里面”。在她的悲哀中，读者可以感受到一种艰难前行的力量，听到一丝不屈的声音。正是这种在绝望中寻求希望的努力和决心，使她后期在高君宇的影响下，逐步走上革命之路，在作品中弹奏出一曲又一曲高亢强劲、热情澎湃的旋律。

面对必然的死亡，石评梅以一种从容平和的心态对待。她认为生命是“静寂得像枯骨似的生命”，“生与死一刹那，我真愿意晕厥后不再醒来”，“无论怎样，最好痛快一点去生，或者痛快点求死”。于是，“明知道人生的尽头便是死的故乡，我将来也是一座孤冢，衰草斜阳。有一天啊！我离开繁华人寰悄悄入葬。”

于是，对生命本质的思考，是石评梅散文的内在核心。生与死的有机统一，是石评梅面对复杂艰难人生的基本心态。死亡，在石评梅的文本中形成了一个强大的精神形象的载体，折射出特定时代知识分子的焦虑和不安。她把对苦难与死亡的认同和承受，和生存与永生联系在一起，当作一个完整的过程来思考。鲁迅渴求真正的生存，才能无畏地超越死亡，彻底了悟了死，才懂得何为真正的生；认同苦难，直视死亡，由生命的毁灭来催发人们对生存意义和生命价值的领悟和反省。在此，石评梅与鲁迅有许多相似和共鸣。

孤独意识

在石评梅的人生里，孤独深入骨髓。她渴望孤独，热爱孤独。她曾说过："我自小的幻想，便是孤独地生活。"她在《给庐隐》里写道："踏入了世界的黑洞后，我往昔天真烂漫的童心，都改换成冷枯孤傲的性情。"

在交织着血与火、污秽与纯洁的现实面前，理想化的倾向使她陷入巨大的精神痛苦中。她认为"人生的悲剧，都是生活和理想的矛盾造成的，理想与现实永远不能调和，人类的痛苦也永无休止"。在这种极端痛苦和矛盾的心情中，孤独成了她自我解脱的途径，她用孤独的生存方式和生存状态抗议社会罪恶，鄙视人间丑恶，拒绝同现实妥协。

石评梅的孤独心理，除了来自个人和社会的对立冲突外，也来自对自身以往历程的深切忏悔，带有强烈的情绪因素和主观的自我谴责。在《我只合独葬荒丘》中，充满了她深深的忏悔："这样天气，坐在红炉畔，饮着酽的浓茶……我太矫情，偏是迎着寒风，扑着雪花，向荒郊野外、乱坟茔中去徘徊。"这份至诚至渝的爱情，与她的孤独心理相互发酵，更加重了她的孤独意识。

心灵的孤独可以获得思想的自由，使她对现有的生存状态进行有意的放逐，对生命本体进行有意的消解。她认为自己"对家庭、对社会"都是"流浪漂泊的闲人"，并且"回到死寂冷静，对一切不感兴趣"。她羡慕"流云的逍遥"，"嫉恨飞鸟的自由"，希望"上帝能给我一点小自由，能让我灵魂安静地蜷伏着，不要外界的闲杂来扰乱我"，"到海角天涯去寻访古刹松林、清泉幽谷，和渔夫牧童谈心"。然而，她的孤独又并非要执意地脱离现实，隔离生活，而是要求更广阔、更自由、更舒畅的生活空间。于是，她把自己的情感和心灵放逐到由亲情、友情与爱情组成的乐土中。只有在那里，她才可以得到一点温暖与慰藉。《墓畔哀歌》作为一篇至美至纯的散文，没有真正孤独的灵魂是写不出那种催人泪下、令人断魂的诗篇的。《归来》里那一根小小的母爱绳子（“世界是一条绳子系着的，我是紧缚在母亲绳上的一个小扣，我为母亲的绳子安全，我没有勇气折断而破坏一切的心思”，“不忍远离，更不愿以不安定且危险之生活以惊吓老母之心”）令人唏嘘不已。《露沙》《梅隐》《小玲》《梅花小鹿》等，都充溢着庐隐、陆晶清等挚友的鼓励和安慰。

革命意识

石评梅的文本，除以回忆和反思的笔吻缠绵悱恻地追忆她与高君宇之间的爱情，深沉隽永地回应朋友的关爱之情外，还有一个特殊的题材——革命。如《红鬃马》《匹马嘶风录》《白云庵》都是有关革命的名篇，其中若隐若现地透露了她与众不同的革命意识。

创作于 1927 年 5 月的《红鬃马》，塑造了革命英雄郝梦雄，因为政局不稳、党派争斗，未能完成自己的革命事业，中途去世。作为一部自传体小说，第一次摆脱了深重的忧郁，具有明朗的色彩。尽管其中仍然不无阴郁，但毕竟有所不同。所以，李健吾在《评梅先生及其文艺》中评价：“近年石先生的作品与往年大不相同了；我印象最深的是《红鬃马》那篇，当时大家都注意到里面的思想、情调都不是往年了，另外走到 anti-sentimental（太不伤感）一方面去。这使我们如何的欣悦！”[①]

创作于 1927 年的《白云庵》是一部典型的“爱情 + 革命”小说。主人公刘伯伯为了一个自己爱的爱自己的丫鬟而走向革命。那个女人投湖自尽，用生命使他认识到了社会的不合理性，促使他走出家庭，走向重生。特别像巴金在《家》中所描绘的觉慧与鸣凤的感情。但更难能可贵的是，这部小说要比巴金的《家》早问世六年。尽管主人公一出场就

① 石评梅:《共君一醉一陶然》，新世界出版社 2012 年版。

已经是退避社会风云之外、隐居于乡间庙宇的一个隐士，但最后他还是在娓娓道完自己的半生戎马倥偬之后，寄希望于“我”蕙侄，指出“革命的动机有时虽因为是反抗自己的痛苦，但其结果却是大多数民众的福利，并不能计较到自己的福利。所以这并不是投机求利的事业，虽然为了追求光明幸福而去，但是这也是梦想”。

在小说《匹马嘶风录》中，石评梅塑造了一个极富自传色彩的女教师形象——何雪樵。在大革命的浪潮中，何决定上前线当一名看护，与爱人吴云生依依惜别。别后一月，噩耗传来，吴被捕牺牲，成了“断头台畔”的英雄。小说中吴写给何的信中有这样几句话：“我生命中有两个世界，一个世界是属于你的，愿把我的灵魂做你座下永禁的俘虏；另一个世界我不属于你，也不属于我自己，我只是历史使命中的一个走卒。”这段话实际是石评梅的革命恋人高君宇写给石评梅的信中表示他既忠于爱情又忠于革命的誓言。小说特意原封不动地引用这些话，是想表达对革命者牺牲精神的敬仰和对建设大同事业的追求。小说中何雪樵在巨大的悲痛中毅然决定继承逝者遗志，“将生命付与事业”，而这正是高君宇逝世后石评梅所默默坚持的理想。在小说《匹马嘶风录》中，她用博爱与牺牲精神塑造出了一种人生的最高境界。石评梅把爱的终极信念和无私奉献的精神熔铸到自己的创作之中，抒写和颂扬爱与牺牲的精神，既表达其“善”的意愿，也强烈拨动读者的心弦。

创作于 1927 年 4 月 30 日的现代诗歌《断头台畔》有云：

> 狂飙怒卷着黄尘滚滚如惊涛汹涌
> 朝阳隐了这天地只剩下苍黑之云
> 一阵腥风吹开了地狱紧闭的铁门
> 断头台畔僵卧着无数惨白之尸身
>
> 黑暗的宇宙像坟墓般阴森而寂静
> 夜之帷幕下死神拖曳着长裙飘动

英雄呵是否有热血在你心头如焚
醒来醒来呼唤着数千年古旧残梦

红灯熄了希望之星陨坠于苍海中
瞭望着闪烁的火花沉在海心飞迸
怕那鲜血已沐浴了千万人的灵魂
烧不尽斩不断你墓头的芳草如茵

胜利之惨笑敌不住那无言的哀悼
是叛徒是英雄这只有上帝才知道
死并不能伤害你精神如云散烟消
你永在人的心上又何须招魂迢迢

此诗是石评梅听闻李大钊同志被北洋军阀杀害的消息后写下的一首悲愤之作。在诗作中，石评梅一方面描写了“苍黑之云”代替“朝阳”，地狱和断头台在以血腥残忍的手段绞杀着为国为民播种希望的革命先辈，黑暗和死神沉重地压向无畏前行的英雄们；另一方面，也写出“闪烁的火花”仍在“飞迸”，“烧不尽斩不断你墓头的芳草如茵”，“死并不能伤害你精神如云散烟消，你永在人的心上又何须招魂迢迢”。表明了她对革命和未来的乐观主义信念。

要注意的是，就在她以凄婉的笔墨细腻地叙写对革命的理解和呼吁时，她还以隐晦的笔墨表达了对战争的厌倦。《余辉》里，主人公在前线担任看护时，看到伤员的病痛，由衷地发出再也不希望有“替人作工具的伤兵”。《归来》为复仇而走向革命的子凌，十年之后凯旋，却发现自己只不过是“历史使命的走卒”。

古典情韵

石评梅出生在书香门第、文化古城，古典文化的长期浸润，形成了她厚实的文化心理积淀。无论是爱情观还是人生观，固然有以个性解放为核心的现代意识，但更多沉淀着的还是传统的文化和道德因素。她的感情世界基本上是封闭式的，抒情方式基本上是自足型的。凄清静美的审美趣味、美丽痛苦的悲剧爱情融汇在作品中，不仅美化了她的文体，也助长了她的诗思。

爱情上，一方面是理想与现实的矛盾，另一方面是她自身的心理冲突。前者既无力改变，后者更难以逾越。这就决定了她的爱情既爱得那么执着，又爱得那么痛苦——既要忠于自己的感情，又无法无视各种社会清规，更难为的是她对高君宇前妻的愧疚。于是，各种因素相互掺杂，共同造成了她文本的愁绪弥漫。1924 年秋，高君宇回家乡结束了长达十年的包办婚姻，当他把这好消息告诉石评梅时，石评梅感受到的不是兴奋，而是："这封信里说他回了家的胜利，和已经粉碎了他的桎梏的好消息；他自然很欣慰地告诉我，但是我看到时，觉着他可怜得更厉害，从此后他真的孤身只影、流落天涯，连这个礼教上应该敬爱的人都莫有了。他终究是空虚，他终究是失望，那富艳如春花的梦，只是心上的一刹那；素心！我眼睁睁看着他要朦胧中走入死湖，我怎不伤心？"

同时，在人生观上，石评梅也陷入矛盾的境地："有时平静得像古佛旁打坐的老僧，有时奔腾涌动如驰骋沙场的战马，有时是一道流泉，有时是一池冰湖；所以，有时她虽在深山也会感到一种类似城市的嚣杂，在城市又会如在深山一般的寂寞。"她既幻想"命运是我们手中的泥，一切生命的铸塑也如手中的泥"，又陷入宿命的悲观："我也觉得这许多年中只是命运铸塑了我，我何尝敢铸塑命运。"

古典情韵的慢慢沉积凝结，形成了她作品在境界上的美、冷和静。石评梅说，她希望自己的生命"建在美的、冷的、静的基础上"。对于一切荒寒、凄清、寂静，具有颓废美的事物，秉持着特殊的嗜爱与敏感。

也许因为心境的凄寒吧，在《天辛》里，她哀怨地写下："不知为什么，似乎一些幸福愉快的言语也要躲避我。"好就好在她还是尽力地走着。在《最后的一幕》里，她又道出希望："他的坟头在雨后忽然新生了一株秀丽的草，也许那是他的魂，也许那是我泪的结晶。"在《我只合独葬荒丘》中，她说："我望着两行枯柳夹着的冰雪罩了的护城河。这地方只缺少一个月亮，或者一颗落日便是一幅疏林寒雪。"在《肠断心碎泪成冰》则言："如今已是午夜人静，望望窗外，天上只有孤清一弯新月，地上白茫茫满铺的都是雪，炉中已熄灭，只剩了灰烬，屋里又冷静又阴森；这世界呵！是我肠断心碎的世界；这时候呵！是我低泣哀号的时候。""枯柳""冰雪""月亮""落日""新月""灰烬"……这一系列富含古韵的凄冷意象，共同营造了既清冷又美艳凄绝的意境，形象地表现了她凄冷的心境。

敏感的她总是能在第一时间感受到世界的冷酷和朋友的情谊，因此，抒情的浓烈和忧伤、想象的奇异和幻想，又使文本富于极度的浪漫色彩。"披上那件绣着蛱蝶的衣裳，姗姗地走到尘网封锁的妆台旁。呵！明镜里照见我憔悴的枯颜，像一朵颤动在风雨中苍白凋零的梨花。我爱，我原想追回那美丽的皎容，祭献在你碧草如茵的墓旁，谁知道青春的残蕾已和你一同殉葬。"如花一般的皎容随着高君宇的死已经慢慢枯萎，作者借"像一朵颤动在风雨中苍白凋零的梨花"表达了那份凄楚而深切的爱。"和珍！你明天出了校门直到石驸马大街时，你记得不要回头。假如回头，一定不忍离开你自己纤手铁肩、惨淡缔造的女师大；假如回头，一定不忍舍弃同患难、同甘苦的偕行诸友；假如回头，你更何忍看见你亲爱的方其道，他是万分懊丧，万分惆怅，低头洒泪在你的棺后随着！你一直向前去吧，披着你的散发，滴着你的鲜血，忍痛离开这充满残杀、充满恐怖、充满豺狼的人间吧！"哀哀的叮嘱，满是对朋友死亡的悲切。"我常觉你在身后的树林里，骑着马轻轻地走过去。常觉你停息在我的窗前，徘徊着等我的影消灯熄。常觉你随着我唤你的声音悄悄走近了我，又含泪退到了墙角。常觉你站在我低垂的雪帐外，哀哀地对月光而叹息！"高君宇人虽殒身，但在石评梅看来精魂却无处不在。

石评梅有意识地将古文与今文相调和，骈句与散句相错综，长句与短句相间隔，使句式繁复多变、丰富多姿，具有鲜明优美的节奏感。再加上修辞的大量运用，尤其是比喻与排比的运用，使文章异彩纷呈。同时，六朝骈文的绮丽、辞赋的铺陈、唐诗的神韵、宋词的风采、元曲的节奏，共同铸成了凄艳的文体。所以，佘树森认为石评梅的文字，已经形成了一种独特的“石氏感伤体”。

总之，石评梅乘着“五四”的风潮走入文坛，她的散文堪称现代散文的“感伤体”；她的小说深情而细腻，蹇先艾先生评价她小说《红鬃马》“情节相当动人”，“文笔秀丽”；她的诗歌忧伤而美丽，庐隐称其为“伤情诗人”。在形式的优美感伤里，石评梅又熔铸了无数的个性化情愫，在中国现代文坛留下她独树一帜的印迹。

【研究文献索引】

1．李玲．青春女性的独特情怀——“五四”女作家创作论．文学评论，1998（01）．

2．符杰祥，关海潮．“同情”的辩证法——石评梅的“心灵革命”与新女性的根本问题．南开学报（哲学社会科学版），2021（04）．

3．林幸谦．濡泪滴血的笔锋——论石评梅的女性病痛身体书写．文学评论，2010（05）．

4．张莉．“我们女子呵”——第一代女作家的现代女性意识片论．中国现代文学研究丛刊，2008（02）．

5．卢军．论基督教文化对石评梅的影响．山东师范大学学报（人文社会科学版），2005（02）．

6．买琳芳，宋剑华．疲惫地独舞：石评梅文学创作特质论．中国现代文学研究丛刊，2014（09）．

7．王艳芳，于迪．过渡时代知识女性的自我形塑及其意蕴——以庐隐、石评梅小说为中心．南开学报（哲学社会科学版），2016（06）．

8. 卢瑞平 . 试论石评梅诗歌的现代主义特质 . 北京科技大学学报（社会科学版），2009（01）.

9. 林峥 . 表演“新女性”——石评梅的文学书写与文化实践 . 文学评论，2018（01）.

10. 邱诗越 . 失落与救赎——论石评梅小说基督教思想的驳杂性 . 太原理工大学学报（社会科学版），2010（02）.

【思考练习】

1. 佘树森用“冷、静、清”三个字来概括石评梅的散文，请结合作品简要分析。

2. 请结合“五四”语境深入观照石评梅的文学作品，探讨石评梅创作的时代意义。

3. 请结合作品内容，简要分析石评梅文学作品的基本特征。

第二章　高长虹

【作家小传】

高长虹（1898—1956），山西盂县人，原名高仰愈，字九死，号残红。1905 年，入清城镇小学读书，品学兼优。1911 年武昌起义后，主动剪掉了头上的辫子。1914 年，考入山西省立第一中学。1916 年春，在北京大学旁听。1921 年初，在太原文庙博物馆工作，结识了馆长石鼎丞。1924 年 8 月，组织了“贫民艺术团”，筹备出版《狂飙》月刊。1924 年 12 月 10 日，高长虹进京。1926 年 4 月，高长虹南下上海。1930 年，高长虹东渡日本。1931 年，去德国学习马列理论。1933 年，在法国研究经济学。1937 年抗战爆发，在异域漂泊将近十年之久的高长虹回国。1941 年，只身徒步去往延安。1946 年春，高长虹离开延安奔赴东北，准备开采金矿，为建设新中国筹集资金。高长虹到东北后最后的行踪可追溯到 1956 年夏天。

【精读作品】

散文：《1925，北京出版界形势指掌图》《一点回忆》

诗歌：《刹那的心象》《给——》

小说：《革命的心》《生的跃动》

【经典评论】

尽管他早期在狂热奔放地反叛旧社会的同时，也流露出明显的个人主义、无政府主义和感伤主义的思想倾向，但他毕竟像一只负重的骆驼，在沿着跟历史发展总趋势相一致的生活道路上艰难执着前进。

（陈漱渝：《谈〈高长虹文集〉出版》，《高长虹研究文选》，北岳文艺出版社 1991 年版）

与鲁迅决裂所带来的精神危机迫使高长虹摆脱了主体建构的外部因素，转而向个体内部寻求对自我的肯定，并最终与张申府、朱谦之等五四运动中的“游离者”的观念达成契合：个体的“自觉”是源自自我的“自尽其性，自完其心”。高长虹的这种转变也成为 1928 年后其与张申府重组“狂飙”运动的重要基础。

（张学谦：《“后五四”时期的青年与导师关系——以 1920 年代高长虹与鲁迅的争论为线索》，《中国现代文学研究丛刊》2020 年第 1 期）

在阎宗临第一篇文章《中国现代文学》里就能找到例子。文章的第四节列出新文学运动四位代表诗人，前三人是徐志摩、郭沫若和冰心，第四人就是高长虹。

他在 1926 年领导过一场诗歌运动。从各方面看，运动没有成功，因为读者看不懂不常用的词语。长虹的诗歌晦涩神秘。每个句子隐藏着一个特别意义，经常令人百思不得其解，不明白这些黑色笔画下面有何奥秘。他抱怨读者缺乏深度，然而有一点是肯定的，他的诗歌虽然不通俗，但他的一些作品，例如《献给自然的女儿》和《给——》，却是最出色的作品。

（刘志侠：《高长虹的欧洲岁月》，《新文学史料》2019 年第 2 期）

高长虹的爱情诗集《给——》是人们熟悉的，其第二十八首——即《月亮诗》——发表后，韦素园向在厦门的鲁迅通风报信，说这是攻击鲁迅之作，却很少有人把它跟石评梅联系起来，这是对这本书的根本误读。高长虹的老朋友，像张磐石、张稼夫，再加上张恒寿（此张同时是石铭的侄儿、石评梅的表兄）都说过，这本书是写给石评梅的。高长虹因觉得自己不如高君宇“革命”而决意也革他一命，后来写了一篇自传体小说，描写“他”已成为革命者，刚从敌人的监狱放出来，前往北京看望女友，女主角同意放弃教书生涯，跟他结婚南下，题目就叫《革命的心》。

（董大中：《鲁迅与高长虹》，河北人民出版社 1999 年版）

“退稿事件”发生前，由于高长虹曾经“读过理想的书，描写人类的爱的书”，所以尽管严酷的现实驱使他不得不为自己的生存、发展而斗争，但他还能将为自己的斗争与为“人类”的斗争结合起来。这时的高长虹，是在“本我”的驱使下，按照“自我”的原则行事，并努力追求“超我”；“退稿事件”发生后，“被障碍打倒”的高长虹，不再相信“人类的爱”，并且在高长虹那儿“我与人类，一体而已”。这时的高长虹，打着“为人类计，为中国计，为思想界计”这一“超我”的旗号，“自我”按照“本我”的原则行事。回国后，高长虹不再为一己之得失而斤斤计较，把自己的得失与祖国的命运紧紧地联系在一起。这时的高长虹，是在“超我”的指导下，压抑“本我”，按照“自我”的原则行事。所以说，高长虹实际上是一个曾将自己的“三部人格”都充分暴露出来了的具有三重人格的人。

（廖久明：《从高长虹作品看其三重人格》，《郑州师范教育》2012 年第 1 期）

【基本面貌】

在中国现代文坛，由于众多原因，尤其是与鲁迅的矛盾和纠葛，存在一个一直被误解的灵魂。某种程度上，甚至影响了人们对他文学创作的关注和评价。那就是山西作家高长虹。循着人物的踪迹，让我们一路追溯，一路尽量还原真相。

狂飙运动

1921年初，高长虹在太原文庙博物馆工作期间，结识了张恒寿、张稼夫、高沐鸿、张磐石、王振翼、贺昌等山西早期共产主义者。

1924年春，高君宇受李大钊的派遣回到山西创建党组织。同年8月初，高君宇特意到文庙找到高长虹，提议由他出面组织创办一个刊物，高长虹当即同意，并确定刊物的宗旨是：把文艺界团结起来，和现实的黑暗势力作战。

在为刊物起名字时，高长虹颇费周折。晋朝陆云《南征赋》中有“狂飙起而妄骇，行云蔼而芊眠”，唐朝韩愈《寄崔二十六立之》中有“举头庭树豁，狂飙卷寒曦”，其中“狂飙”都是大风的意思。经过比较，他觉得“狂飙”二字比曹植的“惊风飘白日”中的“惊风”二字要好，更形象，更完美，更雅致，也更加气势宏伟。而且，德国就曾有过以“狂飙突进”为名称的反封建的文学运动，代表人物席勒和歌德，以及代表作品《强盗》和《少年维特之烦恼》，都是名贯当时的名家名著。由于喜爱“狂飙”这个词，高长虹曾在自己的长诗《离魂曲》中以“掇太阳而为光兮，发狂飙之长啸”的诗句表达自己高远的胸怀。他以为用“狂飙”二字为刊物命名，是再好也不过了。

狂飙运动可以分为三个时期：

一、太原期（1924年8月—1924年11月）

1924年9月1日，《狂飙》月刊正式问世。这是一份油印刊物，用红油墨印，刊头字是高沐鸿的手笔。

1924年9月底，高长虹只身入京，计划借北京之力使狂飙运动从一个地区走向全国。在京期间，他不仅与著名报人孙伏园结识，送了他两份《狂飙》月刊，而且，也得到了鲁迅和郁达夫的肯定和赞赏。

1924年11月1日，《狂飙》月刊二、三期合刊出版，这时的刊物已经是铅印的正规刊物。编辑者署名“平民艺术团”，出版者署名“太原桥头街少年书社”，收作品 5 篇：长虹的长诗《离魂曲》，沐鸿的书信体小说《佩袋》，雨农的散文《青春之叹息》，荫雨的散文《别文瀛湖》和《扫墓》。

二、北京期（1924 年 11 月—1926 年 4 月）

1924 年 11 月 9 日，借景梅九的《国风日报》，《狂飙》周刊在北京出版。刊头字还是高沐鸿的手笔，编辑者仍署名“平民艺术团”，发行者署“国风日报社狂飙周刊部”，发行处署“北京宣外魏染胡同”，十四期后改为“北京中老胡同十五号吕蕴儒寓”，每星期日出刊，

1925 年初，《狂飙》周刊在北京出版界立足已稳，中国大学的向培良，北京大学的尚钺、黄鹏基，北京世界语专门大学的吕蕴儒等人相继围拢，北京的狂飙运动进入了它成立以来的一个高潮期。

北京《狂飙》周刊共发行十七期，由于销路逐期递减，办报的老朋友走了，印刷方面也发生了问题，又受到报馆的压迫，便于 1925 年 3 月 22 日停刊了。此时，曾有一位朋友愿意介绍《狂飙》周刊到《京报》做一个附属物，条件是要他也加入狂飙社。但“狂飙”同仁意见不一致，向培良赞成，高长虹与高歌反对，结果资金没有到位，《狂飙》周刊遂不得复出。

《狂飙》周刊出版十七期，目前仅见十六期，缺最后一期。就十六期计，见报作者二十一人，发表作品七十八篇。长虹的系列散文诗《幻想与做梦》，高歌的系列小说《清晨起来》构成其主要骨架。《狂飙》周刊的作品，以自己独特的风味为破土不久的中国新文学园地增添了新的姿色。

1925 年 4 月 24 日，《莽原》周刊问世。狂飙社的大部分人员转到《莽原》。

1925 年 12 月中旬，经过高长虹的多方努力，《狂飙》不定期刊出版。实际上，在 1925 年 5 月到 7 月间，高长虹欲创办北京版《狂飙》月刊，曾力邀鲁迅、徐旭生未果。

1926 年 2 月 14 日，《弦上》周刊诞生，取“箭在弦上，不得不发”

之意。办刊的宗旨还是“把文艺界团结起来，同现实的黑暗势力作战”，主要攻击的目标是北洋军阀和为北洋军阀服务的现代评论派。编辑者长虹、郑效洵，编辑部设在东城大院府胡同二十七号郑效洵家，发行者为“狂飙社”，每逢星期日出版。这是一个袖珍刊物，六十四开本，薄道林纸印刷，每期只有八页，印数为一千份，印费只有三元。自费印刷，自己发行，由狂飙运动者们分头送往各大图书馆，然后分头沿街叫卖。

《弦上》从第十期起由高歌担任编辑。从第十二期起，还增加了上海发行处，那是长虹到上海后开发的，地址是上海北四川路横浜桥林家花园一百四十二号。

《弦上》周刊一直坚持到 1926 年 8 月 1 日，到第二十四期出版后中止。

《弦上》周刊出版二十四期，目前仅见二十三期，缺第二十期，第二十一期也仅见目录。作品大都是几十字几百字的“袖珍文章”，有的还短到只有一句话。鲁迅在第二期上发表的题为《一句诗》的文章就只有“春秋两季骂西滢”七个字。《弦上》周刊“弓”微“箭”细，然而它发射出去的箭镞却坚劲无比、锋利有力、箭无虚发，直刺北洋军阀及其帮凶们的心窝，成了当时出版界敢于直面野蛮统治者的强者。

三、上海期（1926 年 4 月—1930 年初）

1926 年 4 月 16 日，高长虹偕同郑效洵一起到了上海，狂飙运动中心南移。

1926 年 9 月，高长虹、尚钺在上海筹办《狂飙》社。同月，计划编辑三个丛书。第一个是《狂飙丛书第一》。由章锡琛主持的开明书店印行。共出书两种：高长虹的《光与热》，黄鹏基的《荆棘》。第二个是《狂飙丛书第二》。先由李小峰主持的北新书局承接，因长虹和该书局意见不合，遂改由赵南公主持的泰东图书局印行，共出书十二种，依次是：尚钺的《病》，高歌的《清晨起来》，长虹的《献给自然的女儿》《曙》，高沐鸿的《夜风》，尚钺的《斧背》，向培良译的《死城》，长虹的《游离》《走到出版界》，高沐鸿的《红日》《狭的囚笼》，向培良的《中国戏剧概论》。

第三个《狂飙丛书第三》。由沈松泉主持的光华书局印行，共出书九种，依次是：向培良的《我离开十字街头》，高沐鸿的《天河》，鲁彦译的《给海兰的童话》，向培良的《沉闷的戏剧》，高歌的《高老师》，长虹的《给——》《时代的先驱》《春天的人们》和《从荒岛到莽原》。三套丛书共出书二十三种。

1926 年 10 月 10 日，狂飙运动的第三代出版物《狂飙》周刊在高长虹和章锡琛的合作下终于创刊了。十六开本，每月一期，有插图，在当时的周刊中是颇为壮观的。同时还出版一种《狂飙》增刊，每月一期，主要是介绍国外美术作品和剧照。1927 年 1 月 30 日，《狂飙》周刊出至十七期时，因经济困难而被迫停刊了。

上海《狂飙》周刊和北京的《狂飙》周刊相比，内容有明显变化，由文艺刊物变为文艺与科学刊物。在上海《狂飙》周刊上，长虹所喜欢所擅长的散文诗和散文几乎绝迹，代之而来的是论文。

1928 年 1 月 1 日，《世界》周刊创刊，共出十一期。

1928 年 4 月 1 日，高长虹、高歌兄弟从三弟高远征参加南昌起义牺牲的悲痛中走出，兄弟释嫌，携手合作，建立了狂飙出版部。1928 年 9 月中旬，高沐鸿来沪担任了《狂飙运动》月刊编辑，之后向培良、尚钺、柯仲平、郑效洵、段复生也先后到来。狂飙运动出现了一个史无前例的兴旺局面。

狂飙出版部建立一年零八个月，共编辑出版过六套丛书，出书三十五种；共编辑出版过五种刊物，出刊三十七期。

六套丛书是：一、《狂飙丛书》。北平狂飙出版部印行，出书一种：《青白》。二、《狂飙丛书第一》。狂飙出版部编辑，复旦书店印行，出书六种：《科学艺术与革命》（长虹），《锄头》（沐鸿），《火的悲曲》《清醒与沉醉》《我们的昨日》和《黑暗中的红光》（培良）。三、《狂飙出版物》。狂飙出版部编辑印行，出书二十一种。四、《儿童丛刊》。狂飙出版部编辑印行，出书二种：《草书纪年》（长虹）、《鹿母夫人》（长虹选、沐鸿译）。五、《民间丛刊》。狂飙出版部编辑印行，出书一种：《甘地》（谢松羔、米星如译）。六、《狂飙别集》。泰东图书局印行，出书四种：《为科学艺术而战》（长虹）、《星火之狱》（沐鸿）、《压榨出来的声音》（高歌）、《野兽样的人》（高歌）。这三十五种书目前仅见六种：《青白》《实生活》《我的日记》《草书纪年》《压榨出来的声音》《野兽样的人》。

五种刊物是：一、《狂飙运动》月刊。这是狂飙运动的第四代机关刊物，由狂飙出版部下设的专门"编辑所"编辑。编辑所六名成员及其分工是：张申府负责数学、物理，陈德荣负责心理、生理，高长虹负责经济、教育，柯仲平负责诗歌，高歌负责小说，向培良负责戏剧。编辑所编辑的稿子，还要由出版部编辑高沐鸿再编辑一次，表现了对这个刊物的重视。该月刊至少出过两期，目前仅见第一期，1928 年 12 月出版，收作品十篇。二、《狂飙出版部不定期刊》。这是狂飙出版部的机关刊物，除刊登出版部的消息、文件外，也兼有出版界的批评、杂感等。此刊至少出过三期，目前仅见第二期。三、《狂飙演剧部不定期刊》。这是狂飙演剧部的机关刊物，至少出过一期，未见。四、《世界》周刊和《世界》月刊。张申府、高歌先后编辑，共出版十一期。五、《长虹周刊》。这是一种纯粹由高长虹个人创办的刊物，十六开本，十八个页码，道林纸印刷，图文并茂，非常精致。这个刊物一直办到 1929 年 6 月 15 日，共出二十期。在中国新文学出版史上，纯粹由个人办的刊物虽不是绝无仅有，恐怕也是不多见的。高长虹的《长虹周刊》就属于这种凤毛麟角。

继狂飙出版部之后，狂飙运动的另一个大举措就是开展狂飙演剧运动。1928 年 11 月初，狂飙演剧部正式成立，地点在上海宝山路天通庵附近石库门的一所房子里。由向培良主持，参加者有柯仲平、陈凝秋、马彦祥、吴以鸿、沈樱、丁月秋、赵特夫等二十多人。他们自编自演，曾在上海、南京等地演出过《从人间来》《战士的儿子》《海夜歌声》等。1929 年 3 月，高长虹只身赴北京，在王玉堂（冈夫）和张恒寿的帮助下组织演剧队，在北京、天津等地演出过长虹的剧本《火》《白蛇》。

1929 年冬，高长虹结束北京的演剧运动回到上海。这时，向培良离"狂飙"而去，在上海另办《青春》月刊，提倡"人类艺术"，反无产阶级革命文学，向右转了。他一走，狂飙演剧运动随之鸟散，只有高歌、尚钺、柯仲平三人还守着狂飙出版部这个阵地。此时，尚钺、柯仲平已加入中国共产党，高歌不久也成了党员。他们主要是从事党的地下工作，狂飙社不过是一种职业掩护罢了。

狂飙运动期间，先后有三十二人加盟；办过十一个刊物，共出过八十九期；办过十个丛书，共出书六十种（仅见三十三种）。这一由山西新文学第一个作家群体最早发起的新文化运动，为后人留下了一笔宝贵财富。其间，高长虹一人出书二十一种，加上散著，他为我们留下了一百多万字的文学遗产。1989 年，由山西省盂县政协编辑，中国社科出版社出版了一部三卷本的《高长虹文集》。

正如高歌所说："狂飙是一个时代的名字，并不是我们要造成它，也不是我们所能够造成它的……我们是适逢机会的生活在这时代里的，它飞跃，它突进！我们随着它飞跃，我们随着它突进！"

狂飙运动的进步性质，决定了它的绝大多数成员必然向左转。除个别人外，它的成员都先后参加了革命工作，其中不少人如柯仲平、尚钺、高沐鸿、陈凝秋、郑效洵、段复生、王玉堂（冈夫），还成了党在文艺文化战线上的骨干。比起他的兄弟们来，高长虹这位从山西大山中走出，领导和创办狂飙社，"五四"以后山西省向中国文坛提供的第一个作家群的领袖，他的漫漫探索脚步从乡村到城市，从国内到国外，其终点是革命圣地——延安。

高鲁冲突

陈漱渝先生在谈到高长虹与鲁迅的冲突时，认为："在诱发矛盾的诸多因素中，有一时误会，有乡土情结，有意气用事，有不易为外人洞察的种种人事纠葛。要条理清晰地理出矛盾产生、发展和终结的线索，并做出准确的道德判断，绝不是一件容易的事情。"

1924 年 11 月—12 月间，高长虹从孙伏园那儿得知鲁迅对其创办的

《狂飙》周刊颇有好感。1924年12月10日，高长虹记述："在一个大风的晚上，我带了几份《狂飙》，初次去访鲁迅。这次鲁迅的精神特别奋发，态度特别诚恳，言谈特别坦率，虽思想不同，然使我想象到亚拉籍夫与绥惠略夫会面时情形之仿佛。"1925年4月11日，鲁迅与高长虹、向培良、荆有麟和章衣萍五人共饮，大醉。这次会面，产生了后来众所共知的"莽原社"。自此到1925年11月6日高长虹离京回太原七个月间，二人前后见面五十二次之多，[①]尽管有一些不愉快，但总体算得上"最契合的时候"。这些不愉快包括高长虹本身不太喜欢做批评，但因鲁迅顾及自己的社会影响，希望他能肩起这个责任，他有些违心地做了；还有就是莽原社内部因为山西帮与安徽帮的矛盾，使高长虹不太愿意依附于鲁迅，还想经营自己的刊物。于是，滞留于太原的高长虹在1926年2月14日创办了《弦上》周刊。

后来就发生了"《斧背》风波"。1926年2月13日，尚钺写信并送去小说《斧背》的手稿，希望鲁迅能帮他把小说《斧背》编入《乌合丛书》出版，但一直到1926年7月也未能出版。所以，向培良和高歌把书稿从鲁迅处取回。

1926年4月16日，高长虹离京去上海，狂飙运动中心南移。但因在上海发稿困难，所以鲁迅仍坚持在《莽原》周刊上发表狂飙作家们的文章。这样就有可能会出现稿压情况。

1926年8月26日，鲁迅也离京去厦。9月中旬，向培良的《冬天》和高歌的《剃刀》被在京主持编辑工作的韦素园相继退回。听闻此事的高长虹于1926年10月公开发表了一篇《给韦素园的信》，条陈理由，指责其做事欠妥，言语中带出希望远在厦门的鲁迅能够主持公道。1926年11月7日，高长虹的《1925，北京出版界形势指掌图》在上海《狂飙》周刊发表，对韦素园吹捧鲁迅是"思想界先驱者"大加攻伐。后来，又发表了《时代的命运》等文章。1926年11月20日，忍无可忍的鲁迅写

---

① 廖久明:《高长虹与鲁迅及许广平》，东方出版社2005年版。

了《所谓“思想界先驱者”鲁迅启事》一文还击。

接着就有了“月亮风波”，流言说“高长虹的诗《给——》，太阳是自比，夜是鲁迅，月是许广平”。鲁迅1926年12月19日从周建人的信中得知此流言后，相继写了《〈走到出版界〉的战略》和《新的世故》，对高长虹进行声色俱厉的批判。甚至在1926年12月30日完稿的《奔月》里，通过逢蒙的背叛师门影射高长虹。

这样，就有了对高鲁冲突的各种猜测。

1. 稿费问题

董大中先生在分析了《莽原》周刊和《莽原》半月刊的用稿情况后，得出结论：“是安徽作家群（即未名社成员）不择手段地向狂飙社作家群（即山西作家群）争夺地盘，以致引起冲突。”①

2. 拒任《莽原》半月刊编辑

办《莽原》周刊时，高鲁亲密合作，出版非常顺利、成功，社会影响巨大，“在当时的‘莽原’同仁看来，是唯一的战斗刊物”。其间长虹奔走最力，鲁迅也最为器重。狂飙作家群是主力军。直到《莽原》周刊停刊，筹建《莽原》半月刊，鲁迅还是一再劝说长虹担任半月刊的编辑，来接替鲁迅，长虹婉言谢绝了。二人关系的疏远可能便从这里开始，起码这是一个关键时刻，是由亲密转向疏远的分水岭。

3. 退稿事件

先是压下了高长虹的两份稿件。据高长虹自己解释：“我在上海寄给他（指鲁迅）两篇稿子，给《莽原》半月刊，是关于郭沫若和周作人的批评文章，好久没有发表出来。我去信问一个少年朋友，并叫他到鲁迅那里看怎样回事，鲁迅说是交给素园了。素园说，鲁迅交给他的时候，说：‘就说你们不发表吧’……”后又退了高歌和向培良的稿子。北京的向培良去信给上海的高长虹诉苦，便导致了长虹《给韦素园先生》公开信的出笼。

① 董大中：《鲁迅与高长虹》，河北人民出版社1999年版。

鲁迅给许广平的信中说："少爷们的吵嘴，不理也好，因为顾此失彼，两姑之间难为妇，到底是牵入圈套而不讨好。"说明鲁迅也搞不太清楚具体情况。特别惹他愤慨的是，留在北京主持《莽原》的韦素园诸人，一方面，"长虹因为他们压下（压下而已）了投稿，和我理论"；另一方面，"他们明明来信，说没有稿子，催我作文"。

据向培良自己解释，他去信询问韦素园可否刊登他的《冬天》剧本，韦素园"来信说可登，但那一期来不及了，等下期"，"下一期没有登，来信说稿子长一点，分配不来，等下期。下期又没登，来信说 G 和石民的稿子压好几期了，鲁迅走时说要赶快发表，所以再等下期"。等他对韦素园的胞弟韦丛芜说气话，已计划收入《沉闷的戏剧》后，韦素园退稿，并"说因快出书了，登出不方便，故退还"。至于高歌的《剃刀》退回来后，则是"看见许多点点点，不知道是什么东西"[①]。

1926 年 12 月 31 日，鲁迅在写给李小峰的公开信中说："倘要我做编辑，那么，我以为不行的东西便不登。"而且道出了他的理由："我委实不大愿意做一个莫名其妙的什么运动的傀儡。"据此，廖久明先生断定，可能真的是鲁迅授意不发，从而开创了当时同仁社团同仁间退稿的先例。

4. "思想界权威"

1925 年 8 月 5 日，韦素园在《民报》上刊登广告说："现本报自 8 月 5 日起增加副刊一张，专登学术思想及文艺等，并特约中国思想界之权威者鲁迅、钱玄同、周作人、徐旭生、李玄伯诸先生随时为副刊撰稿，实学术界大好消息也。"高长虹对这个"以权威献人"的广告深为不满，他在 1926 年 11 月 7 日发表的《1925，北京出版界形势指掌图》一文中写道："于是，'思想界之权威者'的大广告便在《民报》上登出来了。我看了真觉瘟臭、痛惋而且呕吐。"并称其为"纸糊的假冠"。

高长虹在写这篇文章时心情非常复杂，写到三分之一就没写了；写好

① 向培良：《为什么同鲁迅闹得这样凶？》，载《1913—1983 鲁迅研究学术论著资料汇编》第 1 卷，中国文联出版公司 1985 年版。

后本不打算发表，是“朋友”的话促使他“擦干眼泪，就交给书店付印了”。[1]这个“朋友”，根据廖久明推断，应该是那些唯利是图的书局老板。

5. 许广平之争

这是因为高长虹的诗《给——》引起，牵扯到数个女人，包括许广平、冰心和石评梅。

据高长虹在鲁迅去世后的《一点回忆——关于鲁迅和我》中所说：“我那时候有一本诗集，是同《狂飙》周刊一时出版的。一天接到一封信，附了邮票，是买这本诗集的，这人正是景宋。因此我们就通起信来。前后通了有八九次信，可是并没有见面，那时我仿佛觉得鲁迅与景宋的感情是很好的。……后来我在鲁迅那里同景宋见过一次面，可是并没有谈话，此后连通信也间断了。”“后来我问了有麟，景宋在鲁迅家里的断熟情形，我决定了停止与景宋通信，并且认为这种办法是完全正确的。”这样看来，高长虹与许广平的第一次通信，应该是许广平为买高长虹的《精神与爱的女神》而主动写的，时间大约在 1925 年春夏左右。

据鲁迅日记记载，高许二人第一次见面是在 1925 年 8 月 14 日。而这时，鲁迅与许广平的恋情已经基本成熟，从《两地书》的最后一封信可以看出两人当时的亲密程度。所以，就许广平而言，高许二人之间应该是很纯粹的男女友情往来，不过友情很深而已。因此当 1926 年鲁迅与高长虹发生矛盾时，许广平劝说：“至于长虹的行径，实在太过了……你泄愤好了，不要介意。”

只是高长虹这一方呢？似乎又不太好说，因为从他与其他女人的纠葛来看，他似乎有很深的妄想症。据廖久明先生推测，高长虹应该与鲁迅差不多同时爱上许广平。

那与冰心呢？高长虹曾为冰心创作了大量的作品，比如《献给自然的女儿》（诗集）、《春天的人们》（由二十九则情书构成的书信体小说）、

① 高长虹：《一点回忆——关于鲁迅和我》，载《高长虹文集》，中国社会科学出版社 1989 年版。

《红心》等。而实际上，就现有资料看，他与冰心仅仅见过一次面，是1927年春天他到京与冰心商量合办刊物。

与石评梅呢？高长虹是在太原从石评梅的父亲石铭那里得知石评梅的，1924年暑假时二人初次见面。据廖久明先生推断，高长虹自知道世间有石评梅时就爱上了她，但与石评梅见面后，他很清楚地“知道他失败了”，“他全完了”。要知道，这时候的石评梅正沉浸在与高君宇的相爱之中。据董大中所说，石评梅之所以没有答应高君宇的求婚，不是因为她抱定了独身主义，而是因为她的父亲石铭非常赏识高长虹，希望自己的女儿能与高长虹在一起。因此，可以看出高长虹对石评梅的爱慕某种程度上是得到石评梅父亲许可的，并非空穴来风。

高长虹在石评梅这儿碰壁之后，仍然为石评梅写下大量的作品，如众所周知的《给——》，还有《精神与爱的女神》《幻想与做梦》《生的跃动》《革命的心》等。

从这些情感纠葛上可以看出，高长虹因为自身婚姻的不幸，可能真的存在他的好友张恒寿在《回忆长虹》所说，“在爱情问题上确有许多不可理解的幻想”。

6.《莽原》的创办权

1925年4月11日，鲁迅与高长虹、向培良、荆有麟和章衣萍五人共饮，大醉。这次会面，产生了后来众所共知的“莽原社”。不管后来事情如何发展，都不能抹杀高长虹等人在创办《莽原》上的功劳。如果高长虹把它视为《狂飙》的后续，也情有可原。因为《莽原》创刊时，恰逢《狂飙》周刊停刊（《狂飙》最初于1924年9月1日以月刊发行，只出三期；后1924年11月左右，附北京《国风日报》发周刊，共出十七期，于1925年3月停刊），所以高长虹认为：“它的发生，与《狂飙》周刊的停刊显有关联，或者还可以说是主要的原因。”那在外人眼里呢？比如当时著名的报人孙伏园曾经说过：“《狂飙》原本是周刊，一年来几乎是由长虹先生一个人奋斗支持的，但是，终于因为经费困难中断了，此后我们便在《莽原》上看见‘狂飙’精神的继续。”

这样看来，高长虹确实参与了《莽原》的创建，而且在初期的《莽原》上也确实有狂飙精神的留存。确切地说，《莽原》是高长虹等人与鲁迅合办的刊物。

鲁迅之所以在1926年11月20日发表的《所谓"思想界先驱者"鲁迅启事》中宣称"我在北京编辑《莽原》《乌合丛书》《未名丛刊》三种出版物，所用稿件，皆系以个人名义送来；对于狂飙运动，向不知是怎么一回事"，是反对1926年高长虹把《莽原》归为狂飙运动的一部分。

7. 安徽帮巩固地盘子

就在鲁迅与高长虹有所龃龉时，韦素园将"月亮诗"的流言传到了鲁迅的耳里。鲁迅在给许广平的信中说："那流言，是直到去年十一月，从韦素园的信里才知道的。他说，由沉钟社里听来，长虹的拼命攻击我是为了一个女性，《狂飙》上有一首诗，太阳是自比，我是夜，月是她。他还问我这事可是真的，要知道一点详细。"这不是明显地火上浇油，极尽挑拨离间之能事的小人之举，又能做何解释？最终，导致了高鲁友谊的彻底决裂。

那么韦素园为什么要火上浇油呢？据郭瑞福先生在《〈鲁迅与高长虹〉读后漫笔》里说，是为了独占"莽原""地盘"。

那事实是否如此呢？陈漱渝在《可以击败的时光老人——悼霁野师》一文中说："在我跟霁野师交往的二十二年中，也有两件事引起过他的不愉快，乃至愤怒：一是1988年出版的《鲁迅研究资料》第19期刊登了韦丛芜的《未名社始末记》；另一件是1989年山西有关单位借鲁迅博物馆的报告厅召开了《高长虹文集》出版座谈会，紧接着，《鲁迅研究月刊》又重刊了高长虹的《一点回忆》……高长虹的文章写于他奔赴延安的一年前，刊登于一份目前十分罕见的报纸——1940年9月1日重庆《国民公报·星期增刊》，文章副题为'关于鲁迅和我'，是高长虹唯一回忆鲁迅的专文。我觉得这两篇文章虽然都包含有替自己辩解的成分，提及的有些事情也可能与历史原貌有所出入，但都是可以对照参阅的资料；尤其是高长虹的这篇回忆，在现存鲁迅回忆录中，是很有分量的一篇，所以亲自推荐给鲁迅研究室的两份刊物分别刊登。霁野师对这两件事反应的强烈程度是我始料不及的。首先，他退回了鲁迅研究室顾问的聘书。记得我就任鲁迅研究室主任之后，做的第一件事就是增聘霁野师为顾问。当时他很高兴，复信说：‘祝贺你戴上了乌纱帽。不过你上任三把火第一把火烧到我，以后的政绩恐怕不乐观。颁发的聘书十分堂皇，倒是颇可留做纪念的。’（1985 年 2 月 7 日函）然而，这份‘十分堂皇’的聘书终于是掷回来了我的案头，他不再‘留作纪念了’。其次，霁野师到北京出席全国政协年会时，我一如既往到国宾馆看望他。他提到上述两件事之后拍着茶几说：‘真是混账！’我肃然伫立于侧，仍执弟子礼，唯恐引发了他的心脏病。”①

由此推断，当时可能真的有一些不为人知的内幕。而且，1926 年 12 月 8 日鲁迅曾经在给韦素园信中说道：“我对于你们几个，毫无什么意见；只有对目寒是不满意的，因为他有时确是‘无中生有’的造谣。”应是韦素园大约感觉出鲁迅对他们留京人员的不满，在给鲁迅的信中有辩白的成分，故鲁迅如此说。这多少也透露了在京的安徽青年中确实有无事生非之辈。

现代意味浓郁的诗歌

1926 年 6 月，《心的探险》作为鲁迅编撰的《乌合丛书》之四，由北新书局出版，收录了高长虹 1924—1925 年间的诗作，表现了初出文学界的知识分子由最初的热情到后来的失落的转变。其中《幻想与做梦》，据廖久明考证要早于鲁迅的《野草》，可以说是中国最早的“独语体”诗之一。1928 年，高长虹将《心的探险》与《精神与爱的女神》合集作为《狂飙丛书第三种》，由光华书局出版。

1927 年，《献给自然的女儿》由泰东书局出版，共收长短抒情诗

① 陈漱渝：《可以击败的时光老人——悼霁野恩师》，《鲁迅研究月刊》1997 年第 8 期。

十一首，其中第一首长约一千多行，为古今抒情诗所罕见。

1929 年，《给——》由光华书局出版，由四十首长短不等的爱情诗组成。

受象征主义与表现主义的双重影响，高长虹的诗歌独具特色：

一、“灵魂的探险”

高长虹认为“诗人是人类灵魂的探险家”。在诗歌中他尽情地展示自我，透露灵魂。首先是生命的压抑。“家庭是一个人最大的障碍，它几乎能使健足者望不见远的路程。”“给生命以死灭的，把人当猴子，叫它玩那可笑的简单的把戏的，那便是家庭。”家的牢笼感始终是笼罩在他心灵上挥之不去的阴影。在《槛中之狼》中，他把自己喻为困守在家的牢笼里的一只“槛中之狼”，为不自由而发出“狼的伤吟”。

这不断的声音，
越发搅乱了我睡不宁帖的心神，
夜静时，
苍凉而悲壮，
槛中之狼，
为不自由而哀鸣。

我也说不要回想，
我却禁不住又要回想。
破碎的灵魂呵，
你已失掉了制驭你自己的思虑的力量了！
我回想过去——
槛中之狼，
是我生命的象征。

太原时期的《红叶》《永久青年》《祷歌》《懊恼》等诗在表达对封建家庭和婚姻勇敢反叛的同时，也真实地展示了一个孤独奋斗者破碎的灵魂和苍凉的悲鸣。其次是无爱的悲戚。高长虹的婚姻是一场悲剧，他深深地感到："没有恋爱的人，是生活的残废者。"高长虹的诗歌倾泻情爱被禁锢、压抑与创伤的悲戚，借"诗性"来疗治精神的创伤。爱情诗集《给——》在表达诗人对封建婚姻制度的痛恨和对婚姻自由的向往的同时，诗人毫不掩饰地袒露自己内心隐蔽的世界和情感。第三，狂人式的孤独。诗歌虽然表达了自己在黑暗包围中勇敢的反叛和执着的追求，但也并不掩饰自己抗争时的孤独寂寞和寻找不到光明时的痛苦、彷徨。《死的舞曲》自问："我从何处来，我到何处去？""什么是天，什么是地，什么是梦,什么是人世。"第四,不屈的呐喊。作为狂飙运动的主要发起者，他高呼"战呵，人生本来就是一个战场"，"迸发呵，有慧光的人们！燃烧呵，有情热的人们！发作呵，有勇力的人们！流连忘返呵，有欲望的人们！倒下呵，无生气的人们！反抗呵，反抗一切的权威！"

二、寓言化的象征世界

英国著名的诗人和批评家柯勒律治指出：寓言只是"把抽象概念转变成图画式的语言，它本身不过是感觉对象的一种抽象"。主题的寓言化是表现主义文学最典型的思想呈现方式，常运用寓言以间离和变形的手段来打破读者的幻觉，强化主题的表现。既借鉴了传统寓言的寄寓性，同时也重视寓言情境的创造，或采用虚拟的人物或非人的主人公，或人为地打断时空及关系链，以凸显情境的主观性和虚幻性。如《美的颂歌》《恒山心影》等将美好理想的追求借助对"佳人"和"君"的执着追求而表现。《爱的憧憬》《离魂曲》用对虚幻中与现实中"美人"的追求来象征对理想追求的艰辛。爱情诗《给——》中有些借爱情象征对自然女神、爱情女神、生命女神的歌颂和对现实女性命运的哀叹,如《给——》之十、之十一、之十八、之二十一等。《给——》之十一是对自然神的赞歌。第一节表现了"我"对"自然之神"的虔诚崇拜，第二节写自然女神高高在上的神态和我的崇拜，第三节具体写我怎样崇拜自然神，第四到第六节写我怎样与自然神接近，第七节写自然神接受我以后“我”的两种感受。第八节点出“自然”，指出“我便是那个自然的爱宠”。第九节写“我”的死既顺乎“自然”，又回归“自然”。《给——》之十八中“你”即“姐姐”，颇具有象征意味，她既象征爱情女神，又象征生命女神。

象征主义技巧的运用也随处可见，通常采用情境象征和意象象征。

第一，情境象征。如《刹那的心象》：

在一座大的古城里，
酣睡着许多许多生命，
生命也偶然做着好的与不好的梦，
他们满足在他们的梦里。

在这里是无分于黑夜与白天，
也无分于今来与古往，
某个老人对我说：
这里从有生命以来便都失陷在梦里了。

只有陈死的躯体狼藉着，
狼藉在赤贫的荒野上，
晨风吻着他们的眉梢而微叹，
夏雨抚着他们的灰白的颊而流涕。

躯体们却没有一些儿声息，
因为他们满足在他的梦里了。
只有偶然的睫毛或脚趾的颤动，
知道他们有异于死人……

以狼藉、赤贫的荒野为背景，虚拟荒芜和死寂的古城里一群酣睡、死灭者的情境，象征我们古老的国度普遍的精神麻木与思想沉睡以及整个传统文化与社会秩序的惰性强固。

第二,意象的象征。在高长虹的诗歌中,为了表达诗歌寓言化的主题、愤激的情绪和艺术的“间离”效果,往往采用时空倒错的手法,选取坟墓、地狱、白骨、死尸、鬼魂和幽灵等“恶”的意象，投射出高长虹对历史、时代、社会、人生、文化、生命和情感等等悲剧性的认识与体悟，表现他解构死亡、向死求生的狂躁之气和破坏之力。

三、梦幻化的变形境像

在高长虹的“经验世界”里,通过虚拟、变形,混淆现实与梦幻的界限,以精神变异者的感觉与目光，创造一个怪异的幻境，以达到对现实本质的把握与艺术的“间离”效果。第一，亦实亦虚的梦境。在高长虹的爱情诗集《给——》中，四十首诗有十四首写到梦境。《给——》之一，诗人把“我”与情人的相会编织在弟弟的梦中。《给——》之三，则把现实与理想的矛盾编织在远行与等候爱人的梦中。

《给——》之十五写“一个华美的梦”：

一个华美的梦，
我常抱着在心的深处，
怕的是些微的损伤，
我愿它做成个永久的秘密。

当游人来到我心上的时候，
我将给他打开所有的门户，
任他掷一朵鲜花或一块石子别去，
但那个地方，他休想一瞥的窥伺。

只有在无人的时候，
我才展开它在我的面前，
一个华美的世界——
我与你在分享呵，而且独占。

我们站着在山的顶尖，
我们伸手时摩扶着云端，
但这些，我们都厌倦了，
还不如我们且屈膝倾谈。

从那个华美的梦中，
当我们在倾谈时，
一个华美的人出来了，
他像是一切呵，又像是我自己。

第二，亦真亦奇的幻境。在诗歌里，虚拟与变形、现实与理想、环境与氛围，让人物在一个虚拟变形的幻境世界进行着在现实世界中不能进行的活动,从而达到特殊的艺术目的。如《离魂曲》《献给自然的女儿》《死的舞曲》等。仿屈原《离骚》之作的《离魂曲》长达四百行，是一首幻境制造的艺术佳构。以魂离体去寻找“佳人”为线索，离体魂纵横奔驰于宇宙大荒,自由穿梭于历史时空。于是,它忽而登上“富士之高巅”,忽而泅入“爱琴之幽窈”,忽而饮“巴黎之佳酿”,忽而又“柏林作战场”。这个狂放不羁的“灵魂”，可以无所不能，可以为所欲为。它可以“掇太阳而为光兮，发狂飙之长啸”，它可以“逐三岛之浮鸥兮，搏东海之长鲸”,它可以忽而“携艇于斯比西湾”去“吊雪莱之香魂”,忽而又“飞马于米梭朗其”去“迹拜伦之故踪”。它还可以在“炸弹雷鸣”“飞艇翔空”“血迸天红”的太空大战中“吾叱咤兮指挥于其中”。想象中，离体的魂常被召回，分别委之以“邮差”“哲士”“诗人”“侠客”等去寻觅

“佳人”。

四、自由狂放的语言形式

高长虹吸收中外诗歌艺术的营养并进行积极探索和运用，形成自己诗歌形式多样化的特点。太原时期，他借鉴模仿中国古典诗歌，尤其是《乐府》歌行体和《离骚》的骚体诗，如《美的颂歌》《爱的憧憬》《恒山心影》《离魂曲》等。北京、上海时期主要借鉴中外自由体诗和新月派倡导的新格律诗，创作以自由体为主兼有许多“新格律诗”的创作，如《给——》之六、之十二、之十三、之二十、之二十一、之二十六等诗作。重庆和延安时期，高长虹把诗歌作为抗战的武器，放弃自己已有的诗风，走大众化、民族化的道路，创作了许多民歌体的诗作，如《地的呼吁》《这样唱，这样做》《边区是我们的家》。

在高长虹的诗歌创作中，最具有艺术个性的是那些形式“撕裂”与语言“爆炸”的诗歌，这些诗歌的艺术形式也最契合现代主义艺术范式。表现主义诗人施塔德勒在《形式是迷狂消魂》中说：“形式和羁绊必得迸裂，世界必得从畅开的管道通过；形式是狂喜，和平，神性的满足，然而我觉得必须犁动土地的泥块。”

另一位表现主义诗人魏菲尔在《来吧，精神创造者》中呼吁：“来吧，神圣的精灵，创造的精神！砸碎我们形体的石像，一堵可恶的、坚硬的墙将不再死死围住这个世界的泉源，我们一起向上冲，如火焰一般彼此喷吐。”为了更深刻地表现“灵魂的自由冒险”，高长虹最大限度地突破外在羁绊，狂热地将句式、语法等一切束缚抛弃，开创了独具一格的无拘无束的表达方式：简练而富于力度，具有一种气势磅礴的雄性美。《闪光》由一百三十八首小诗组成，思维跳跃，结构短小，既朗朗上口又哲思十足。如第九首：

a，b，c，d……
打字机在活动了。

短小精悍的形式打破了一切壁垒。中英文相杂，长短句互融，再加上标点符号的巧妙运用，极具节奏感和音乐性，使整个世界也变成欢快与嘈杂。

第二十六首，更是把标点符号的作用发挥到极致：

手？！
手？！
……

通篇只有一个字“手”，但因为“？”“！”和“……”的融入，使一个简单的“手”字焕发了无限的生命力和无限的阐释性，可以是“农夫勤劳的手”，可以是“贵妇娇嫩的手”，可以是“婴儿纯洁的手”，可以是“老人粗糙的手”……既有振聋发聩的力量，也有余音绕梁的回味。而这一切均得益于作者敢于突破、勇于冒险，以肆无忌惮的形式表现勇敢无畏的“灵魂”。

相比于诗歌，高长虹的小说创作要稍微弱一些。内容上，高长虹的小说主要暴露和抨击了当时腐败的政治制度和黑暗的社会现实，表现了经过五四运动的知识青年那种躁动和亢奋的气质以及强烈的反叛意识和锋芒毕露的社会批判精神，同时也显现出他们在五四退潮后所经历的苦闷、彷徨、困惑和探索的复杂心理轨迹。如《革命的心》《生的跃动》。艺术上，大多是自传体小说，比较本真地记录了他在19世纪20年代真实的心路历程，具有强烈的抒情性和散文化的特征。

【研究文献索引】

1. 董大中．鲁迅与高长虹．河北人民出版社，1999.
2. 董大中．高鲁冲突．中国工人出版社，2007.
3. 廖久明．高长虹与鲁迅及许广平．东方出版社，2005.

4. 廖久明．高长虹年谱．人民出版社，2011.

5. 张清祥．“他者”的拯救——高长虹小说《革命的心》女性主义视角研究．名作欣赏，2008（11）.

6. 宇新．高长虹在西安．鲁迅研究月刊，2009（12）.

7. 林曙朝．曾在国外漂泊八年的著名文学家高长虹．文史月刊，2017（08）.

8. 薛晓霞．“骆驼式”的负重精神——论高长虹“狂飙思想”的人民、人类情结．延安大学学报（社会科学版），2013（06）.

9. 李斌．高长虹的表现主义话剧《白蛇》. 鲁迅研究月刊,2011(04).

10. 张学谦．“后五四”时期的青年与导师关系——以 1920 年代高长虹与鲁迅的争论为线索．中国现代文学研究丛刊，2020（01）.

11. 刘志侠．高长虹的欧洲岁月．新文学史料，2019（02）.

12. 刘涛．“北平狂飙运动”发覆——从《全民报》《北平日报》副刊谈起．中国现代文学研究丛刊，2021（03）.

【思考练习】

1. 请查阅资料,谈谈你对鲁迅与高长虹之间恩怨纠葛的认识和理解。

2. 请结合作品内容，简要分析高长虹诗歌创作的基本特征。

3. 狂飙社作为五四时期走出山西、走向中国的一大社团，请探讨该社团的历史价值。

第三章　李健吾

【作家小传】

李健吾（1906 年 8 月 17 日—1982 年 11 月 24 日），笔名刘西渭，中国作家、戏剧家、文艺评论家、翻译家、法国文学研究专家。山西运城市安邑县西曲马村人。出身于书香门第，父亲李鸣凤曾是辛亥革命晋南的主要领导人之一。1916 年，李健吾随父入北京师范大学附小学习。1921 年，入国立北师大附中，翌年与同学蹇先艾、朱大枬等组织文学团体——曦社。1925 年，李健吾加入了文学研究会。同年夏，入清华大学中文系，后转入西洋文学系。1931 年 8 月到 1933 年 8 月，留学法国，心仪法国现实主义大师福楼拜。回国后，除翻译其小说外，还撰写了《福楼拜评传》。孤岛时期，李健吾致力于戏剧和文学批评。1945 年 12 月，与顾毓琇、顾仲彝、黄佐临等合作创立了上海市立实验戏剧学校。1954 年，李健吾受郑振铎之邀到中国文学研究所工作，开始潜心于法国文学研究。“文革”中，深受迫害。1982 年逝世于北京。

【精读作品】

小说：《终条山的传说》《坛子》《心病》

戏剧：《这不过是春天》《梁允达》《贩马记》

评论：《咀华集》《咀华二集》

【经典评论】

《终条山的传说》是绚烂了，虽在10年后的今日，还可以看到那藏在用口碑织就的华服里面的身体和灵魂。

（鲁迅：《中国新文学大系·小说二集·序言》，上海文艺出版社1980年版）

从前看惯旧小说的人总觉得新小说无头无尾，捉摸起来费劲儿。后来习惯渐渐改变，受过教育的中年少年读众，看那些斩头去尾的作品，虽费点劲儿，却已乐意为之。不过他们还只知着重故事。直到近两年，才有不以故事为主而专门描写心理的，像施蛰存先生的《石秀》诸篇便是；读众的反应似乎也不坏。这自然是一个进展。但施先生只写了些短篇，长篇要算这《心病》是第一部。施先生的描写还依着逻辑的顺序，李先生的却有些处只是意识流的纪录；这是一种新手法，李先生自己说是受了吴尔芙夫人等的影响。

（朱自清：《读〈心病〉》，《大公报》文艺副刊1934年2月7日）

田汉是战时后方剧坛的旗手，李健吾则是沦陷区剧坛的巨人。纯以对话和动作来上演的现代戏剧，则是百分之百的舶来品……如果拿酒为例，来品评曹禺和李健吾的剧本，则前者犹如茅台，酒质纵然不够醇，但是芳香浓烈，一口下肚，便回肠荡气，因此演出的效果之佳，独一无二；而后者则像上品的花雕或桂花陈酒，乍饮平淡无奇，可是回味余香，直透肺腑，且久久不散。

20世纪30年代的中国，有五大文艺批评家，他们是周作人、朱光潜、朱自清、李长之和刘西渭，其中以刘西渭的成就最高。他有周作人的渊博，但更为明通；他有朱自清的温柔敦厚，但更为圆融无碍；他有朱光潜的融会中西，但更为圆熟；他有李长之的洒脱豁朗，但更有深度……

（司马长风：《中国新文学史》，香港昭明出版社1958年版）

李健吾的戏剧浸透人情世味的机锋，明讽隐喻，浓厚的乡土气息，活生生的性格化声口，还带点书斋气和外国味的幽默俏皮。它们像涧底铺满鹅卵石的一股清溪，在读者心上涓涓地流过，滑溜痛快，没有半点涩滞。

（柯灵：《李健吾剧作选·序言》，中国戏剧出版社 1982 年版）

【基本面貌】

山西作家李健吾是个全面手，不仅小说“绚烂”，散文“深情多慧”，戏剧“直透肺腑”，而且文学批评“洒脱圆融”，“篇篇都可当创作的散文读”。

启蒙小说家李健吾

在文学创作生涯里，李健吾至少得到了三个提携人的热情帮助。一是景梅九的无私扶持。景梅九大力支持李健吾创办了《国风日报》的副刊《爝火》旬刊。二是王统照的热情引路。刚入中学的李健吾向北京《晨报》的《文学副刊》投稿时，主编王统照亲自看望鼓励他。而且经王统照介绍，李健吾还加入了文学研究会。三是鲁迅的慧眼识金。1924年，时年十九岁的李健吾完成了他的成名作短篇小说《终条山的传说》。1935 年，鲁迅将其收入《中国新文学大系·小说二集》。李健吾的小说作品尽管数量不多，但无论是在思想内容上还是在艺术形式上，都独具特色。

一、富含古典情韵的启蒙关怀

小说家李健吾的诞生并非偶然。出身于书香门第（祖父中过秀才。父亲李鸣凤，也中过秀才，是辛亥革命晋南的主要领导人之一）的他，早颖聪慧，五岁就跟随老师在家乡关帝庙的私塾念《孟子》。而且，李健吾善于融汇中西。从小他就喜欢文史类书籍,父亲送他的《东周列国志》被他翻得滚瓜烂熟。从历史小说《东周列国志》到通俗小说《隐侠记》《绣像飞陀全传》，再到《红楼梦》《儒林外史》《金瓶梅》等明清小说，都是他所喜爱并津津乐道的。在《旧小说的歧途》中他指出："教训或者道学的情调是中国旧小说家一种普遍的应用。这与其全然归于一种士大夫的道德气质，倒不如分开看作一种作者的权变，一种引人入彀的食饵，或者自欺欺人的障眼法。他们差不多都不脱最初评话，或者说书人的影响，总想把正文（小说）看作闲情，而前后硬嵌上的闲文（教训）看作正意。这也就是为什么，旧小说难以得到一种完美的发展，往往离艺术较远,离儒道更近。"[①] 而且,李健吾认为《红楼梦》《儒林外史》《水浒传》《西游记》《金瓶梅》等古典文学作品具有较高的文学价值。正是这种批判精神和实事求是的分析态度，使得李健吾在进行小说创作时继承和化用了我国古典小说的优秀传统。

继承和发扬了古典小说现实主义传统和战斗精神的李健吾，在小说创作中，或是对生活于黑暗社会中的下层平民进行深入细致的描摹。如《坛子》中被人任意驱使、不能主宰自己命运的老婆子，与"今天用来盛酒，明天用来盛醋"的坛子正好形成蕴含同构，整文以坛子象征老婆子的悲惨命运。或是将封建社会不合理制度对人性的吞噬进行深刻的揭露。如《死的影子》中一个清代贵族后裔游手好闲，不学无术，大革命后只能到一个学校做校役。现实的贫困耻辱，使他只能痴迷于过去的回想。小说结尾，写他躺在床上，恍惚中似乎有人请他去做世袭二等侍卫，揭示出他受贵族文化荼毒之深，也暗含了作者的哀惋之情。

但李健吾并不一味沉溺于古典情韵，作为沐浴着五四思潮成长起来的作家，他对时局有自己清醒的看法和认识。这就表现在小说创作中，他并不止于"同情",而是在本真地陈述的同时,寄寓着深刻的"反叛"。《一个兵和他的老婆》讲述了一个女性张玉姐反抗封建家长婚姻制度，

① 韩石山:《李健吾传》，北岳文艺出版社 1996 年版。

大胆出逃，经历一场劫难后与解救自己的排长王有德相知相爱的故事，塑造了一个具有初步自由意识、敢于反抗封建式家长的女性形象。这篇小说尽管是“大团圆”的结局，但李健吾摈弃了古典小说某些廉价的成分，高扬五四新文学追求个性解放和婚姻自由的时代精神。王有德他们的爱情是凭借自己的智慧，经过艰辛的反抗才“有情人终成眷属”，而不是依靠封建社会所赐予的廉价同情。《心病》分三卷。上卷是主人公陈蔚成的自述，写他所生活的洪家；中卷写陈蔚成的未婚妻秦绣云家；下卷先写洪家，后写秦家，然后是陈蔚成的自述。这篇小说以意识流的形式写出封建礼教对男女双方的压制，尤其是性压抑。文章中有一段非常精彩的描写：陈蔚成病了，舅妈来看他，他在昏迷中抓住舅妈的一只小脚爱不释手，轻声呢喃着家乡的儿歌，透露出他向往女性的潜意识心理。

二、中西相糅的混合艺术

古典文学的浸润，使得李健吾在创作小说时非常关注中国读者的阅读心理，有意识地化用了中国话本小说讲故事的手段，使得小说具有曲折生动的故事性。《一个兵和他的老婆》，直接采用中国古典小说的章回体形式，共分九章，每章以一个人物的故事为主，形成传记式的叙事模式。而且，每章看似割裂，实则章章衔接，形成一个丰满完整的故事。同时，沿用了中国古典小说的“草蛇灰线”的手法，设置悬念和伏笔，激起人们的阅读欲念，引人入胜。《私情》《末一个女人》《陷阱》等小说也十分看重故事性和传奇性，故事跌宕起伏，叙事有头有尾，具有很强的故事性和可读性。

在语言上，李健吾注重化用民间口语，形成了雅俗共赏的风格。如《一个兵和他的老婆》对晋南口语的大量采用，“可说是现代小说史上的一朵奇葩。全篇用晋方言写成，所有常人用‘的’的地方，全用了‘得’，看似拗口，实则十分通畅，不，简直是欢畅”[①]。

① 韩石山：《李健吾传》，北岳文艺出版社 1996 年版。

正如在思想内容上李健吾有创新性地借鉴，在艺术上也化用中西，形成了独具一格的叙事风格。对西方文学第一人称叙事方式的借鉴，是他大胆的创造。一方面，他吸取了我国古代话本或平话小说的优点，侧重于“讲”；另一方面，他又将叙事视角窄化，聚焦于一个人。如《一个兵和他的老婆》自始至终都是由主人公王有德在向他的兄弟讲述他自己和他老婆从相识到相爱再到历经波折后以身相许的经过。王有德既是讲述者也是主人公。《陷阱》也采用了类似的表现方式：主人公在向巡警讲述发生在她和邻居一对夫妻之间的故事时，极力澄清自己被诬陷的事实。这种叙事方式既保留了话本艺术的现场感，又具备了第一人称限制视角的真实和亲切。

同时，李健吾对西方心理描写的借鉴，可谓炉火纯青。《心病》是中国第一部意识流长篇小说，采取复线叙事的结构。前两卷，一为主人公之一陈蔚成的第一人称“自记”，一为对秦太太、洪太太等人的第三人称全知叙事，却覆盖了基本接近的时间段落。甚至在“自记”中，作者还插入了一段颇显冗赘的胡方山的长篇独白。所以，此作赢得了朱自清的高度评价：“中国的新文学，直到近两年才有不以故事为主而专门描写心理的，像施蛰存的《石秀》诸篇即是，读者的反映似乎还不坏。这是一个进展。施蛰存只写了些短篇，长篇要算李健吾的《心病》为第一部。”

戏剧家李健吾

埃德加·斯诺在《活的中国》里把李健吾和曹禺并提为 1929 年以来中国重要的剧作家。李健吾的剧作，20 世纪 20 年代大多是独幕剧，主人翁或工人或士兵或仆人，反映了城市下层人民生活的艰辛。如《翠子的将来》《母亲的梦》。20 世纪 30 年代，他的剧作多是多幕剧，题材上也趋向于多样，有充满对国家命运忧虑，大声疾呼抗日的《信号》《老王和他的同志们》；有反映革命斗争，歌颂革命者，揭露封建军阀，寄希望于共产党的《这不过是春天》《十三年》；有以沉郁的笔触，通过惊世骇俗的故事，反映农村生活及人性善良与邪恶斗争，带有浪漫主义特征和法国戏剧影响的反映农村生活的《村长之家》《梁允达》；还有锋芒对准新、旧道学家，批判并存于中国的封建道德、资本主义文化的喜剧《以身作则》《新学究》。20世纪40年代是李健吾剧作的黄金时期，以改编中外名著为多。除《黄花》《贩马记》《青春》是原创剧作外，其余十多部都是改编剧本，较著名的有《秋》《金小玉》《王德明》《阿安那》等。

一、人性的剖析者

作为一个关注时事、关心群众的作家，李健吾很自然地把目光投向了革命，更深地思考着人性和自我。

1934年发表的《这不过是春天》，以北伐为背景，写革命者冯允平受命由武汉潜入北洋军阀盘踞的北京，住进了警察局长的家里。他是厅长夫人往日的情人，又正是今天厅长奉命捉拿的革命党。冯允平的到来引起厅长夫人的万千思绪。当她了解了冯允平的身份和处境后，强忍住感情，买通捉拿他的密探，掩护他安全离开北京。剧本的主要成就在于塑造了一个徘徊在黑暗与光明之间、充满矛盾的女性形象。作者用一种平淡隽永的笔墨逼真地描绘了这位贵妇内心复杂的矛盾纠葛，也体现了自己对生活的真切观察。正如柯灵先生所说，厅长夫人聚集着“理想与现实的矛盾，纯情挚爱和世俗利益的矛盾，青春不再和似水流年的矛盾，强烈的虚荣心和隐蔽的自卑感的矛盾”①。她“冷起来跟水一样凉，热起来小命儿也忘个干净”；她“老想法儿活着，能够怎么舒展，就怎么舒展”。可惜，“像是哄得住人，哄得住自己，其实背后掩藏隐痛的另一面”。所以，在面对昔日情人时，被金钱掩抑的真情开始复苏，甚至爆发，也使业未泯灭的人性迸发出耀眼的火花——买通捉拿冯允平的密探，掩护他安全离开北京。这是一个有时代内容的形象，也反映出作者对方生未死

① 柯灵：《李健吾剧作选·序言》，中国戏剧出版社1982年版。

的中国社会的认识。因为这人性的光辉不过是暂时的，待冯允平走后，她很快又会跌入黑暗，苟活于物质丰裕而精神贫乏的现实。借冯允平之口，李健吾坦率地批评了这类人的弱点："一个他活着不只为了活着，国家风雨飘摇，自己却闪在一旁，图他一个人安逸，不说没有良心，先没有人气。活着不难，难的是他得为国家、为人民做出点什么事表示他在活着。"

同年发表的三幕剧《梁允达》,除揭露了地富阶级两代人的道德沦丧，反映了封建性富农家庭的崩溃趋势，表明了罪恶社会制度绝不能使人清白向善之外,还对每个人的人性进行了深刻的揭示。梁允达年轻时"弑父"的罪恶感跟随他一生。正是对钱财的无尽欲望，使每个人都呈现出狰狞的一面：梁允达置老张于不顾，决心独家包销鸦片；四喜干脆要无视亲情，准备踏父亲当初走的老路：干掉自己的父亲，抢其财产。

三幕喜剧《以身作则》亦是如此。前清遗老徐举人，以倒背四书、家教森严自得，整日以"男女有别"为大防，把一双儿女禁锢家中。女儿偶然偷出家门，即被一无赖营长看中，营长买通下人，以看病为名进入徐宅与徐女相会，败露被逐。结果这个营长正是他为女儿指腹为婚的多年音信杳然的未婚夫。这部喜剧尽管对当时官场军队勾结一气、抢男霸女、贩毒肥私等丑恶现象进行了辛辣的揭露，但更多的是讽刺了徐举人道貌岸然背后的虚伪和无奈。他处处以举人自居，没料到县长对此毫不在意，根本谈不上尊重；他时时不忘自己前清遗老的身份，却不得不在辛亥革命后的第三年，无可奈何地剪去发誓绝不剃掉的辫子；最后，女儿决定弃他而去，儿子决意不传承他的衣钵。为了增加讽刺性，李健吾用了戏谑性的手法，让他颜面丧尽。他自己虽高唱"男女有别……无别无义，禽兽之道也"，却为女仆倾倒，不能自持，闹了许多笑话，道貌尽失。徐守清的形象生动地显示了"道学将礼和人生分而为二，形成互相攘夺统治权的丑态"[1]。

① 李健吾:《〈以身作则〉后记》，文化生活出版社 1940 年版。

二、话剧民族化的探索者

李健吾“梦想去抓住属于中国的一切，完美无间地放进一个舶来的造型的形体”，注重把传统戏曲的表演技巧与话剧的结构相结合，把西方话剧表演空间的有限性与中国传统戏曲表演空间的自由性相结合。据他看来，“在中国的剧作里，无论是元曲明剧，有的短到四折，有的长到二十，情节的安排几乎占去作者不小的心力”[①]。因此，《梁允达》采用了心理结构与现实结构相掺杂的方法。作者着力刻画主人公梁允达从恶不甘、行善不能的灵魂交战，以此为基本动作建构时空多变的复杂情节，把话剧表演的空间有限性和戏曲表现空间的自由性结合为一体，在艺术构思上富有独特的创造。三幕四十二场，每幕一景，让人物不断上下场，以多场次的连缀串出情节，在一天之内交代了二十年的事情而不显沉闷。

传统戏曲的抛砖引玉，在李健吾笔下转化成良好的“悬念”设置。他善于利用突然意外的偶然巧合事件，推动剧情波澜起伏，迅速形成尖锐的对峙情势，体现了他“在平淡中着眼，取胜于意外之变”的戏剧结构观念。《这不过是春天》中警察厅长要缉拿的革命党人恰是住在自家公馆里的自己夫人的旧情人；《梁允达》中梁允达在集市上碰见的一个熟人恰恰是他二十年前打发的又最害怕见的刘狗；《以身作则》中的封建遗老徐举人所请的医生正是冒充“良医”的营长，借看“病”来与他女儿谈情说爱。

除创造性吸收中国传统戏曲结构的自由灵活、不受约束外，李健吾还有意识地借鉴了中国元曲杂剧、南戏的表现手法，形成话剧诗一般的意境。《贩马记》深得传统戏曲意境的真谛，既浪漫忧伤又清新自然。这部以辛亥革命为题材的作品，主人公遭遇爱情理想和革命理想的双重失败，最终在失望中到别处去寻找救国救民的真谛。情景交融的场景描绘，

① 李健吾:《李健吾戏剧评论选》，中国戏剧出版社 1982 年版。

使忧伤的气氛贯穿始终。在戏剧创作中，情景描写的首要任务是服务于人物形象塑造。李健吾在几乎每一折里都有独到的景物描绘，折折变幻，飘忽不定，充满了传奇色彩。如第三折，主人公高振义在阴山大草原遇到一个蒙古牧马女人，借机作者有一大段关于草原风光的描写：

高：（望着渐将枯黄的牧野）看不见一棵树，什么地方都是草。看不见一个人，看不见一所房子，可是，不感到一点荒凉的味道。太阳晒在上面，北风轻轻地吹着，就像戴一头亮黄黄的金叶子，草慢慢直起身子，又慢慢低下头去。那边，那边，远远有一两个发白的点子，蒙古包，对了！我们来的地方。啊！跟鸟飞一样，比马还快，跑过去三只黄羊！看它们的腿比什么都细，一跳就有三尺多高，一丈多远！多自在，多快活，这些没有家的走兽！什么也不要，要的只是活着。让我来喊它们一声：来呀！

借助高振义的眼睛，我们不仅欣赏了草原的美丽，而且领略了主人公的心理状态，形成典型的“有我之境”。他先喜后忧，在沉醉于草原风光的同时，忧伤也黯然而起，营造了诗一般的意境。

李健吾主张戏剧创作“性格上出戏”，注重人物语言的个性化、口语化。同时，作为晋南作家，在自己的剧作里融汇了显著的本土经验，地方特色浓郁。

刘：那是我出了神，冷不防叫人吓了一跳。像我这副模样，别说鬼，就是你房里钻出个大马猴，我也不在乎。

梁赵氏：呸！（向四喜）你倒好，窝在家里头，叫人家外头找，东也问西也问，问到黄昏，不见个蹄子影儿，原来在家里头！

四喜：你自个儿不知道哪儿逛了一趟，说是卖人情找我！

赵梁氏：（向蔡）你大叔听，他可冤死人！他也算我男人，嫁过好几年，成天不着面，不是要钱，就是踩人家媳妇脚跟子，倒像我成了多余！

蔡：家长家短，当着生人，还是少说两句好。

娴熟的晋南口语的运用，使作品不仅地方色彩浓郁，而且使人物更具本土风味，也更富真实性。

三、喜中见悲的述说者

李健吾是我国著名的莫里哀喜剧研究专家，他的莫里哀喜剧翻译持续了半个世纪之久。同时，他又是中国新文学史上知名的现代喜剧作家，创作了不少脍炙人口的中国风俗喜剧佳作。所以，他在20世纪三四十年代创作的喜剧作品，如《以身作则》和《新学究》，往往被人称作是“莫氏喜剧”，认为它们是莫里哀喜剧的中国摹本。如果将李健吾的现代喜剧作品还原到20世纪上半期的社会历史文化语境中去考察，会发现李健吾的戏剧是一种熔铸了外来喜剧影响和本土文化传统的独特审美存在。既有莫里哀的潜在影响，也有李健吾独特的个性创造，尤其体现在喜剧之中蕴含着深刻的悲剧性因素。

正如李健吾评价莫里哀的喜剧“往往在使人哄堂大笑之后，引起一种悲剧感觉”[①]。他的戏剧亦是如此：寓悲于喜，悲喜交融，笑中含泪，启人深思。既不像丁西林喜剧那样轻松幽默，也不像陈白尘喜剧的泼辣犀利，而是多种因素的糅合。这和李健吾的人生经历有关。他经历过早年失父之痛、青年失恋之苦、中年漂泊异乡，苦难与坎坷的人生，使他一方面领略了人性被压抑、扭曲的悲剧性，另一方面，对人生乐观的信念和对喜剧特殊的嗜爱又使他深刻地感受到生活中丑恶事物的喜剧性。所以，当他描绘中国半殖民地半封建社会这幅变形的图画时，总是悲中有喜，喜中有悲。

《这不过是春天》既是悲剧又是喜剧。它有一个感伤的结尾，厅长夫人与久别的昔日恋人才重逢又匆匆永别，似乎是一个悲剧。但就精神

① 李健吾：《李健吾戏剧评论选》，中国戏剧出版社1982年版。

层面来看，厅长夫人虽有所失，更有所得，她失去的是一个虚幻的梦，得到的是人类良知的发现、美好人性的复归，与全剧自然、流畅、轻松的风格和机智、风趣、俏皮的语言相一致。因此，《这不过是春天》又是一出别具特色的喜剧。他对莫里哀《达尔杜弗》的评价——“《达尔杜弗》是一出悲剧，但是出之以喜剧手法。因而坐了喜剧第一把交椅。”①——完全适用于他的这部《这不过是春天》。

就人物塑造来看，李健吾笔下的讽刺形象一般都不是那种十足的坏蛋或恶棍，往往是受封建礼教毒害太深而又执迷不悟，精神上愚昧麻木、行为上酸腐可笑的人物。他给予他们温和的嘲笑，在揶揄时不无同情。《以身作则》里的徐守清作为假道学的典型，并不是丧尽天良、道德败坏的无耻之徒。为了“举人”的名位，他演出了种种笑剧，出尽了洋相。《新学究》里的康如水，既可笑又可悲。可笑在于他无休止地恋爱，向每一个女人求爱；可悲在于他始终不知道爱情为何物，他要女人了解他，但他从不去了解一个女人。他是一个集封建意识和资产阶级思想于一身的新时代的“旧学究”，虽曾受到五四思潮的影响，但并不曾领会“个性解放”“婚恋自由”的真正内涵。李健吾以清醒的现实主义精神，一方面讽刺了他们的麻木酸腐、愚拙可笑，另一方面也写出了他们心地的坦诚和作为正常人的情欲。剧作通过他们的丑陋表演，既把他们身上那无价值的东西撕破给人看，又将人生有价值的东西毁灭给人看，在笑声中带有严肃而深长的思索。

在20世纪40年代“孤岛”困守期间，李健吾又创作了五幕喜剧《青春》。这是一个农村题材的爱情故事，上演后，观众反响并不很好。读者徐光灿认为《青春》里面最后一幕的大团圆，显然是一种生硬的凑合。但李健吾在回复徐光灿的信中说，他原是把《青春》当作喜剧写的。他还辩解说，喜剧，尤其是高级喜剧，往往和悲剧为邻，它让人在笑后感到悲哀，不由不坠入思考。这种笑，才有韵味；这种笑，不仅仅一笑了之，

① 李健吾:《李健吾戏剧评论选》，中国戏剧出版社 1982 年版。

往往倒是真正的悲剧。《青春》里有大量悲剧性因素的渗入，使剧作呈现出悲喜交错的特点，自然真实地反映了人生。如第二幕田喜儿与香草私奔，被杨村长发现追回；第三幕田喜儿受罚，香草嫁人；第五幕当罗举人看见田喜儿和香草在一起重叙旧情、互相拥抱时，当即宣布离婚。观众都为香草结束这场痛苦的婚姻而高兴，可是杨村长却认为女儿大逆不道、有伤风化、有辱门庭，是他的奇耻大辱，还力劝女儿上吊自杀，以死洗刷耻辱。老实的农民杨村长在这里扮演了《儒林外史》里王玉辉的角色，可笑复可悲，由此可见封建礼教对人的戕害之深。剧中这些悲剧性情节的穿插，具有发人深省的喜剧效果，拓展了喜剧的深度。到了20世纪50年代宣传新婚姻法的时候，此剧被改编为评剧《小女婿》，乘着政策的东风演遍大江南北，风靡一时。

张健在《试论李健吾喜剧的深层意象》里，认为李健吾的喜剧体现出作为“漂泊者”的创作主体对于“故乡”的向往。这里的“漂泊”，意指一种灵魂的漂泊；这里的“故乡”，意指一种精神的家园。这既与作家的早期经历，也与他成年后的心路历程有关。这种向往在具体作品当中，往往是以回溯性的方式表现的，从而说明回忆是李健吾喜剧创作的深层基础。

评论家刘西渭

1930年代，印象主义批评家刘西渭出版有《咀华集》《咀华二集》，从人性入手，依靠直觉，深入文章的骨髓，与作家做心灵交流，再诉诸清新悠闲的笔墨，“篇篇都可当创作的散文读”。

李健吾作为杰出的批评家有得天独厚的条件。一是有文学创作的实验和体验。他从20世纪20年代开始从事创作，无论小说还是戏剧，都取得了极高的成就。

他批评作品时常是直观感性的把握，这跟他在创作中培养的敏锐的艺术感受力有很大的关系。二是他曾留学法国，熟悉外国文学，对法国文学有专门的研究，翻译过《包法利夫人》，还写过《福楼拜评传》等专著，使他很自然地选择了印象主义。

一、“以文论人”批评模式

李健吾主张将批评看成是和创作平等的独立的事业。批评的基础是批评家的自我存在。他认为：

> 批评的成就是自我的发现和价值的决定。发现自我就得周密，决定价值就得综合。一个批评家是学者和艺术家的化合，有颗创造的心灵运用死的知识。他的野心在扩大他的人格，增深他的认识，提高他的鉴赏，完成他的理论。

既然批评主要是一种“自我发现”，那么就不存在也不该有统一的固定的标准，只要作品能够很好地表现作品人物和作者的“自我”就有存在的价值。李健吾认为：“什么是批评的标准？没有。若有的话，不是别的，便是自我。”

李健吾文学批评的根据是人性。他说：“一个批评家应当有理论（他合其学问与人生而思维的结果）。但是理论，是一种强有力的佐证，而不是唯一无二的标准，一个批评家应当从中衡的人性追求高深，却不应当凭空架高，把一个不相干的同类硬扯上去。”李健吾认为人具有一种“普遍的人性”，即心灵的本善，罪恶是由于不合理的社会制度及伦理道德束缚人性的结果。人类的良善和社会的美好和谐最终又取决于个性的张扬。“一个批评者，穿过他所鉴别的材料，追求其中人性的昭示。因为他是人，他最大的关心是人。创作者直从人世提取经验，加以配合，作为理想生存的方案，批评者拾起这些复制的经验，探幽发微，把一颗活动的灵魂赤裸裸推呈出来，作为人类进步的明证。”李健吾本质上是一个艺术家，他是以一个艺术家的眼光来看待诗人和人性。这也就是为什么他在比较同是现实主义大师的巴尔扎克和福楼拜时，说前者是小说家，不是艺术家，而后者却是艺术家的小说家。李健吾把他对于人性的理解贯穿到文学创作与批评实践中。

在批评对象的选择上，他更多偏向于营造“美”的作品，力图从人性中发掘“美”和“善”，从审美的维度对人性进行透视。如对沈从文《边城》“诗性美”的分析，认为“《边城》是一首诗，是二佬唱给翠翠的情歌。《八骏图》是一首绝句，犹如那女教员留在沙滩上神秘的绝句。”他认为沈从文的小说具有一种特殊的“空气”，这种“空气”在那些揭露人性和现实的丑恶的作品里是缺乏的，因而显得弥足珍贵。现实的创作只是为了“推陈出新，仿佛剥笋，直到最后，裸露一个无常的人性”。而沈从文则不是这样，“他能把丑恶的材料提炼成功一篇无瑕的玉石。他有美的感觉，可以从乱石堆发见可能的美丽”。正是基于对作者的艺术气质和创作个性的深层把握，他最后得出结论：“沈从文先生在画画，不在雕刻；他对于美的感觉叫他不忍心分析，因为他怕揭露人性的丑恶。”

二、印象主义批评：直觉印象与理性分析的融合

20世纪三四十年代，很多批评家几乎充当了文坛的“法官”，或认为自己能穷尽一切真理而形成说教式或审判式的批评，或干脆把批评当作谋取实际利益的工具。他认为批评家，“知道个性是文学的独特所在，他尊重个性。他不诽谤，他不攻讦，他不应征。属于社会，然而独立”。李健吾一再引用法朗士的说法：“好批评家是这样一个人：叙述他的灵魂在杰作之间的奇遇。”这种选择既出于他个人的喜好，也是对当时文坛不健全的批评风气的反驳。

因受法朗士等人的印象主义批评理论的影响，在批评实践中注重捕捉批评主体的直觉印象，侧重批评家对自我的张扬和突破，推崇审美直觉，以“自我”作为感悟印象的标准，张扬批评主体的个性与情感体验，注重批评者自己的内心体验和感悟。李健吾的批评从阅读作品一开始，就力图进行感性把握，努力避免先入为主的理性干扰，做一种几乎称得上“诗意把握”的审美。批评家某种程度上要做到类似庄子提倡的“心

忘”境界，忘记什么文法、语法、艺术法则等外在的纷扰，全神贯注于“书里涵有的一切，是书里孕育这一切的心灵，是这心灵传达这一切的表现”，尽可能地达到自身体验与作者体验相合无间的状态。

同时，他又受圣·佩韦的实证主义批评理论的影响，在通过直觉印象切入作家作品的内部世界之后，更将其主要精力集中到运用比较、综合等科学方法，从事实材料出发，对批评对象进行缜密的逻辑分析和科学的价值判断，从而避免了印象主义批评的主观主义倾向。在评论沈从文的小说《边城》时，他就很好地把自己对批评中的“直观印象”与“理性经验”相结合，并提出自己相应的思考：

> 他不仅仅是印象的，因为他解释的根据，是用自我的存在印证别人一个更深更大的存在，所谓灵魂的冒险者是，他不仅仅在经验，而且要综合自己所有的观察和体会，来鉴定一部作品和作者隐秘的关系。也不应当尽用它自己来解释，因为自己不是最可靠的尺度；最可靠的尺度，在比照人类以往所有的杰作，用作者来解释他的出产。

李健吾的批评方法具有较为明显的可操作性，是一种融合了直觉印象和理性分析的批评。用他自己的话来说，就是两步走：第一步，形成“独到的印象”；第二步，将这印象适当条理化，“形成条例”。

三、随笔性的诗意言说

李健吾坚信批评也是艺术创造，是心灵的奇遇。受法国散文家蒙田纵览古今、旁征博引、汪洋恣肆文风的影响，评论家李健吾极尽能事地发挥了他作家的本色，形成了散漫抒情的随笔性批评文体。

文体结构上，李健吾的批评都松散自如，没有严整的规划，也没有固定的格式，随意而亲切。散漫式的叙述，似乎都是一些“题外话”。例如，在评论巴金的《爱情三部曲》时，李健吾用了几乎占全篇三分之一的篇幅放任闲谈，只字不提巴金。先谈翻译之难，“荷马史诗”的翻译吃力不讨好。又联想到批评同翻译一样，很难做到对作品的“忠实”。随之又大讲“学问是死的，人生是活的”，引出杰作是心灵的“洗练”。接着提到废名的“境界”与“隐士”风，最后才转入正题，开始评论巴金。具体解说时，又用了热情不加节制的语言来论述《雾》《雨》《电》的成败得失：

> 在《电》的同志中间，吴仁民几乎成为一个长者。他已经走出学徒的时期。他从传统秉承的气质渐渐返回淳朴的境地。从前他是《雨》的主角，然而他不是一个完人，一个英雄。作者绝不因为厚爱而有所文饰。他不像周如水那样完全没有出息，也不像陈真那样完全超凡入圣：他是一个好人又是一个坏人，换句话，一个人情之中的富有可能性者。有时我问自己，《雨》的成功是否由于具有这样一个中心人物。我怕是的。这正是现代类似巴金这样小说家的悲剧。现代小说家一个共同的理想是：怎样扔开以个人为中心的传统写法，达到小说最高的效果。他们要小说社会化，群众化，平均化。他们不要英雄，做到了；他们不要中心人物，做不到。关键未尝不在：小说甚于任何其他文学种别，建在特殊的人性之上，读者一个共同的兴趣之上：这里要有某人。也就是在这同样的要求之下，读者的失望决定《电》的命运。《雾》的失败由于窳陋，《电》的失败由于紊乱。然而紊乱究竟强似窳陋。而且，我敢说，作者叙事的本领，在《电》里比在《雨》里还要得心应手。不是我有意俏皮，读者的眼睛实在是追不上巴金的笔的。

语言方式上，运用对比、比喻、排比等修辞，长短句相结合，形成抒情诗化的语言，使他的批评文字妙趣横生。在评价沈从文的作品时，他说：“《边城》是一首诗，是二佬唱给翠翠的情歌。《八骏图》是一首绝句，犹如那女教员留在沙滩上神秘的绝句。”说到何其芳的《画梦录》时，又用“造楼阁”来作喻:“每人有每人的楼阁,每人又有每人建筑的概念。同是红砖绿瓦，然楼自为其楼，张家李家初不相侔。把所有人和天的成分撇开，单从人和物的成分来看，则砖须是好砖，瓦须是好瓦，然后人能全盘拿得住，方有成就。远望固佳，近观亦宜，才是艺术。”在《爱情三部曲——巴金作》里，对巴金与茅盾的文风做比较:“读茅盾先生的文章，我们像上山，沿路有的是瑰丽的奇景，然而脚底下也有的是绊脚的石子；读巴金先生的文章，我们像是泛舟，顺流而下，有时连你收帆停驶的工夫也不给。”尤其是在对文章的思想内涵做进一步分析时，既有诗人酣畅淋漓的激情，也有长者语重心长的灼见。

更为难能可贵的是，李健吾似乎有意识地将自己评论文字的风格与作者作品的风格进行契合，以期产生良好的外在形式共鸣，更有利于对作者作品内容的把握。如评论何其芳的散文集《画梦录》时，文章如诗如画，暗合其文风的唯美媚丽；评论巴金的《爱情三部曲》时，文字则激情澎湃，正如其文章的青春洋溢；评论沈从文的《边城》时，叙述又春日暖阳，酷似其故事的恬静如水。

【研究文献索引】

1. 麻治金 . 新中国成立后李健吾的文学批评 . 中国现代文学研究丛刊 .2020（01）.

2. 李星辰 . 论李健吾剧作中的华北乡村空间——以《村长之家》《梁允达》《青春》三剧为例 . 中国现代文学研究丛刊，2019（05）.

3. 马兵 .“批评者不是硬生生的堤，活活拦住水的去向”——李健吾文学批评观的启示 . 南方文坛，2018（04）.

4. 欧阳文风 . 一种准现代感悟诗学——论李健吾的印象主义批评 . 文学评论，2008（03）.

5. 邵宁宁 . 生命诗学的变调——李健吾 40 年代后期的诗论及其文化选择 . 甘肃社会科学，2013（04）.

6. 胡德才 . 论李健吾与莫里哀喜剧的精神联系 . 中国比较文学，

2013（03）.

7．张健．试论李健吾喜剧的深层意象．文学评论，2000（03）.

8．麻治金．李健吾谈鲁迅：京派文艺观念阐释下的鲁迅及其文学．鲁迅研究月刊，2020（02）.

9．刘涵之，宋洁．典型环境下的非典型人物——李健吾“非典型性”文艺创作观．湘潭大学学报（哲学社会科学版），2018（01）.

10．段新和．李健吾戏剧张力的美学研究．四川戏剧，2016（05）.

11．李维音．李健吾书信：致巴金、陈西禾、常风、柯灵、师陀等．新文学史料，2016（01）.

12．文学武．审美现代性视野下的文学批评——以李健吾的文学批评为中心．社会科学战线，2014（08）.

13．徐欢颜．古典与现实：李健吾对莫里哀喜剧的研究和阐发．文艺理论与批评，2014（02）.

14．范水平．李健吾文学批评的自然主义倾向．求索，2011（06）.

15．孙慧，吕伟伟．异质类的悖论——论李健吾悖论式文学批评的张力特质．南昌大学学报（人文社会科学版），2017（06）.

【思考练习】

1．著名评论家柯灵认为“李健吾的戏剧浸透人情世味的机锋，明讽隐喻，浓厚的乡土气息，活生生的性格化声口，还带点书斋气和外国味的幽默俏皮”。请结合作品内容，分析李健吾剧作的艺术特点。

2．李健吾是20世纪30年代京派的代表剧作家，请探讨李健吾剧作的“京派特色”。

3．李健吾在《咀华集》中说：“批评的成就是自我的发现和价值的决定。发现自我就得周密，决定价值就得综合。一个批评家是学者和艺术家的化合，有颗创造的心灵运用死的知识。他的野心在扩大他的人格，增深他的认识，提高他的鉴赏，完成他的理论。”请结合李健吾的评论，谈谈你对这段话的认识。

第四章　贾植芳

【作家小传】

贾植芳（1916年9月29日—2008年4月24日），山西襄汾南侯村人。出身于一个地主家庭。喜欢看蒲剧，尤其是武生戏。1928年就读于太原成成中学。1932年到北京读高中。1936年春，以“共产党嫌疑犯”的罪名被捕入狱。同年夏出狱后流亡至日本，就读于日本东京大学社会科。抗战爆发后，回国参加抗日救亡活动。抗战胜利前夕，曾在徐州做过策反工作，被汪伪徐州特高科关押入狱，日本投降后才获释出狱。1946年，到上海参加民主文化运动。1947年9月，与妻子任敏被国民党中统特务以“煽动学潮”为罪名关押入狱，直到1948年10月才出狱，后蛰居青岛。1949年10月返回上海，先后任教于上海震旦大学、复旦大学。1955年5月，因“胡风案”牵连入狱，遭受十一年牢狱之灾。1966年3月，被上海中院以“胡风反革命集团骨干分子”为罪名判刑十二年，1980年平反。专注于中国现代文学和比较文学研究。主要著作有小说集《人生赋》、散文集《热力》等，论著《近代中国经济社会》《契诃夫的戏剧艺术》等。

【精读作品】

《人的悲哀——自一个记忆》《人生赋》《我乡》

【经典评论】

他的生命之根，文学之根，是深扎在“故乡”——生养他的这块土地、父母、乡亲、中国的普通老百姓中的。他的绝望中的乐观，也就产生于此。

（钱理群：《“人类史前时期的风俗画”——读〈贾植芳小说选〉》，《复旦学报（社会科学版）》2005 年第 3 期）

说贾植芳的小说如同五四时代的小说一样，其表达的内容是“个人”的。从表层上说，其所表达的内容是作者自身的亲身经历，从深层上说，则表达的内容是“个人”的而不是某个“整体”的“符号”，是对各色人物每一个“个人”的尊重与怜悯。这尊重不是在价值形态上的肯定，而是对人物性格与命运的忠实；这悲悯，则是对人物在价值形态上不应该如此的情怀。就以他的小说《在亚尔培路二号》为例吧。在这篇小说中，我们看到各色犯人，无论是作为政治犯的“我”及骆仲达，还是作为报贩子的小宁波，抑或是做买卖被误抓来的李与聂，甚或是作为犯人的江特务等等，他们每一个人，都有着自己独特的具体的入狱经历及相应的狱中感受。作者在描述他们时，更多的是出自“个人”对“事实”的忠实，而不是在某种预设的理念下对“事实”给以“编码”。如是，这些人物身上，就毫无群体理念支配下的概念化的印痕，而作者的悲悯情怀则流淌于描叙他们的字里行间。说贾植芳的小说，如同五四时代的小说一样，其表达的形式也多有“个人”的标识，既是说其小说中的主人公或叙述者“我”本身即是作者自己或作者自己的化身，同时也是说，贾植芳小说中，对其笔下人物言行描述的分寸，也是符合每个人物“个人”的现实情境下的实际的。譬如那个作为犯人的江特务，面对狱警，既因自己曾是高于狱警的同类因而有着不同于其他犯人的优越感，又有着现在同为犯人而对其他犯人讨好的一面。这样的一种对人物在内容与形式上的准确把握，在阅读贾植芳的其他小说时，亦时时有着一种扑面而来的强烈感受。

（傅书华：《“个人”的“狱里狱外”——贾植芳的人生与小说创作》，

《鲁迅研究月刊》2020年第7期）

贾植芳在《狱里狱外》中对自己有个含义深远的表达："我只是一个普通的知识分子，不过是大时代里的小角色。""大时代"指的是中国社会急剧转型的时代，不仅指中国政治体制发生根本性的改变，而且指中国人的思想观念也在发生根本性的转变。"小角色"自然是"普通的知识分子"的代名词。"小"在贾植芳的话语中有几层含义。第一，在历史的层面上，对于20世纪的中国人而言，任何个体只是这个时代的小角色，一个普通知识分子当然也不例外，由此而言，小角色除了被大时代的浪涛裹挟之外似乎毫无作为。但关键的是，如果小角色能够在历史河湾里寻找到继续往前流动的出口，而不只是在回旋、乱窜、逆背，而能够在历史大河里不被腐臭的淤泥腐烂，那么，小角色就自有其独立性和个体价值。第二，在生存论上，"小"表征一种微末的存在感受。贾植芳这种小的生存感，一方面来自自己的生活，比如意想不到的四次入狱；另一方面，也是由胡风上追鲁迅的一种精神延续。鲁迅把战士放置在无物之阵的对立面，这个战士就显得十分渺小，虽然这渺小中也蕴藏着强大；胡风把上海居所命名为"蚓楼"也是一种象征。总之，"小角色"的定位是晚年贾植芳回顾人生、洞察历史和看待他人的人学基础，由此实现了张新颖所说的"人的宽广的意义，人的开放性"。没有"小"这个基础，《狱里狱外》便是另外一种样式。

（文贵良：《监狱叙事与人学话语——论贾植芳的文学创作》，《南方文坛》2016年第6期）

【基本面貌】

贾植芳作为中国著名的作家、翻译家和学者，一生与监狱结下"不解之缘"，四进四出，风雨坎坷。不仅与他的"革命学生""抗日分子""共党嫌疑犯"和"七月派人物"身份有关，而且与他"人性悲哀"的国民性反思有关，更与他少年时期耳濡目染的“河东风骨”息息相关。正是在“狱而成人”的信念支撑下，贾植芳度过了他的人生之途和文学之旅，写下了端端正正的“人”！

监狱书写

回顾贾植芳九十二年的人生，曾四进监狱。正如他所说：“每当中国历史发生震动的时候，我总在监狱里。”贾植芳用自己的人生很好地诠释了陈独秀的名言：“世界文明发源地有二：研究室和监狱。我们青年要立志出了研究室就入监狱，出了监狱就入研究室。这才是人生最高尚优美的生活。”

成名作《人的悲哀——自一个记忆》写于 1936 年底。此时的贾植芳刚刚经历了第一次牢狱之灾，罪名是“危害民国”，审判结果是“就地正法”。在伯父倾尽心力，用了一千银元和五十两鸦片烟上上下下左左右右几番打点之后，才算是把他安全保释。随后，他急急忙忙流亡到了日本，就读于日本东京大学法科经济系。逃亡到了日本的贾植芳虽走出国门，却根本无法逃脱“魔爪”。到日本还不到一个月，就有警察登门“拜访”说：“您以后在日本的生活就由我来照料，请多多关照！”后来日本警察甚至由对他暗中监视变为了明目张胆的搜房。倔强的贾植芳并没有被吓倒，思想依然激进，不仅与当时留日的爱国青年郁达夫、郭沫若、李春潮、覃子豪等人交往频繁，而且积极参加了李春潮发起的文艺团体“文海社”日本国内的各种进步文艺运动。正是在这样恶劣的生存条件下，他愤然起笔写下了《人的悲哀》，并把它寄给了自己在神田的内山书屋看到的上海生活书店出版的《工人与学习丛刊》的主编胡风。当时，他与胡风并不相识。没想到，胡风真的慧眼识才，“从一大堆的投稿中翻拣出来”，把它发表在他主编的《学习与工作丛刊》。作品以忧郁的心情叙述了一个因反抗旧社会而遭囚禁，获自由不久的青年，靠家庭的面子住在一个同乡的店铺里而受到歧视冷遇及驱遣的经历，暴露了社会的冷酷和人情的冷漠，表达了一个以不屈意志追求理想的青年知识分子的苦闷和决心。这既是他第一篇公开的文字，也是他第一篇“监狱书写”。刚刚出了监狱的“我”又跌入了另一个更大的监狱，这里“阴沉，寂寞，无聊，和苦闷在每个心上缓缓地爬着，纠缠着，生命的继续在这里像是多余和累赘……”于是，老板的翻脸无情、伙计的百无聊赖，通过沉郁坚卓的笔墨一一倾泻出来，力透纸背，表达了作者无处不是苦闷、无处不是监狱的愤懑。尤其是“大家袖着手”，或冷眼旁观，或冷嘲热讽，或垂涎欲滴，那“由头羊带领匆匆奔赴屠场的羊群”，像极了一群困守牢笼而不自知的囚犯观望另一群懵懵懂懂被杀头的囚犯。那唯一的清醒者——“我”，不但无力启蒙愚昧的群众，反而被作为异类驱逐流放。通过贾植芳以后的回忆性文字，我们可以多多少少领略到他的痛苦。想想几个月前，自己还在狱中奋起反抗，为争得应有的人的尊严而怒砸饭碗，大声控诉“我是政治犯，我不吃这种饭”。如今却只能面对压抑的现实，犹如战士陷入无物之阵，无法刺出他反抗的投枪。

正是抱着这种“无时无地不是监狱”的反抗意志，他开始了他的斗争生涯，也开始了他的“反抗绝望”之旅。当然，那一次次的入狱经历，不过是更加印证了他的原初意识。创作于1940年代末的《人的斗争——〈一个人和他的记忆〉续篇》《在亚尔培路二号》等文章，则是根据自己狱中的亲身经历而写。尤其是后者直接以自己的关押地为名。（1947年9月17日，贾植芳因在上海从事民主运动而被捕，关押于亚尔培路2号上海中统本部，后转押到蓬莱路警察看守所。）作为一篇纪实性文字，作者采用第一人称视角落笔，以沉郁的笔墨和散文体的书写，叩问了沉重的命题——如何摧毁牢不可摧的监狱。1951年4月，在全国正开展如火如荼的“镇反”运动时，为响应文协的号召，他写了《血的记忆》（在《文汇报·文学旬刊》发表时题名为《以血还血》，三十年后出作品集时改为《血的记忆》）。本是“应制之作”，贾植芳却荡尽了“应制之气”，遥相响应他在20世纪30年代曾经确立的命题——反抗这绝望的监狱。文章写的是一个狱卒，本是一个善良的农民，却硬是被抓壮丁逼迫其来监管犯人，出于共同的苦难经历，他对革命者先是同情，后来渐渐发展到生死与共。这篇小说缘于真人真事，是他 1947 至 1948 年在国民党中统监狱里听一个难友讲述的。作为“七月派”的代表作家，贾植芳在现实故事令人唏嘘不已的基础上，发扬“主观战争精神”，在其中糅进了自己真切的监狱经验。尤其是通过押解途中革命者本可逃脱，却为了那个狱卒一家的安全甘愿放弃，终至二人都牺牲了性命的情节，表达了“歌颂革命者爱人类的崇高情怀，也宣传无产阶级只有解放全人类才能最后解放自己的思想”的主题。可惜的是，因为当时正在“三反”，贾植芳无意中触响了禁雷，被扣上“宣扬阶级调和论”的帽子，直接送上被批判的境地。如今再读这篇短短的文字，读者依然会被那其中蕴含的沉郁的回肠荡气的情感而感动，因为里面潜藏着作者倔强的灵魂和他决意反抗无处不在的监狱的斗争意志。

1995 年的《狱里狱外》更是凝聚了作者一生重大经历的回忆，追述了他前半生的人生坎坷经历。

> 我一生四次从监狱里走出来，都是处于风雨骤变的年代。一九三六年出狱，一年以后爆发了全面抗战；一九四五年八月第二次出狱，正是日本侵略军宣布投降的翌日；一九四八年第三次出狱，一年以后国民党就在大陆垮台；一九六六年五月第四次出狱时，一场史无前例的“文化大革命”即将爆发，中国将再度陷入大浩劫之中，我也又一次被抛进了受苦受难的茫茫苦海。

贾植芳把自己的入狱经历和国家、民族、时代相结合，具体生动地概括出他一生经历的坎坷和中国命运紧密联系，他生命历程的拐点正好是中国命运的拐点。于是，透视他的监狱生涯就犹如透视我们国家的时代命运，有了白云苍狗、世事沧桑的风霜感。文贵良在《监狱叙事与人学话语——论贾植芳的文学创作》一文中认为：“《狱里狱外》是贾植芳写‘我是谁’的一部奇书，‘奇’不仅表现在他以八十岁的高龄睿智地回忆自己四次入狱的个人历史，而且表现在他‘弱’写个人历史的同时‘强’写他周围人们的生存波澜，由此让读者自己认知历史的复杂性与荒诞处。”也就是说，贾植芳叙述的重心并不是个人苦难，而是要叙写周围人事的风云变幻，从而透视历史沧桑和时代变革。

自称“大时代里的小角色”的贾植芳，以普通的知识分子的个体身份被时代洪流裹挟冲刷，无助而渺小，却又不失自己的独立价值和人格尊严。作者以满怀深情的笔墨温馨地叙述周围亲朋好友的日常掌故，施蛰存的朴素淡然，陈望道夫妇的关心以及请他花钱的诙谐，何其芳革命行动的过激，随手拈来，娓娓动听。即使是生死攸关的大事，作者也淡然处之，诙谐道之，很大程度上消解了事件的剑拔弩张，显示了贾植芳的睿智和豁达。

可以说，贾植芳一生的狱中经历和监狱书写形象地浓缩了中国现代知识分子追求独立、自由和和平的艰难历程，他们踏实坚韧的脚步激励着世人时刻保持警惕，切忌动荡不安，切记无数前辈的热血生命，珍惜我们现在来之不易的和平和谐幸福社会。

人性话语

贾植芳曾说：“我觉得既然生而为人，又是个知书达理的知识分子，毕生的责任和追求，就是把‘人’这个字写得端正些。”终其一生，他不仅在现实人生而且在文艺生涯里成就了他的“人”的书写。

《人的悲哀》尽管有这样那样的缺憾，但正如胡风在《校后记》中所说：“《人的悲哀》是一篇外稿，也许读起来略嫌沉闷吧，但这正是用沉闷的坚卓的笔触所表现的沉闷的人生。没有繁复的故事，但却充溢着画的色调和诗的情愫，给我们看到了动乱崩溃的社会的一图。”受鲁迅的影响，文章有很深的鲁迅印迹。如每天街上那一群赶往屠宰场的羊，在气宇轩昂的头羊带领下，糊里糊涂就走向了死亡。“我赶到门口，细细观察那领首的老羊，是一只怪慈祥的家伙呢，肥壮整洁，甚至是华贵；两支角，很有修养的样子，老乌木一样的颜色，发润；一双窄小但澄清如水、显得蔼然的眼睛，高高地凸出于长瘦洁净的面孔上，温和地转动；裂痕一样的阔嘴很有主张地闭着，长须飘然。全身高大，扑直，雪亮，像一只鸵鸟；屁股上盖一层厚重的圆尾巴，也还是一尘不染。街道因此显得寒伧，阳光被衬得阴暗不振。——我真的吃惊了，这简直是羊群里的一位缙绅，至少也该是个善公，但一方面又不敢置信，因为生来是羊，历史上和自然史上写着，那全盘大功用是供给高等动物做食品的，或鲜吃，或装在罐头里藏着吃，怎么能泰然自若呢？而且那寿数也已经大概不小，这样老而整洁的动物，我似乎也曾看见过，那是教堂里的外国牧师。总之，我实在吃惊，又看到所带领的那一群，却又是那样的愚蠢，不洁，令人失望，甚至厌恶。它们你撞我，我踢你，顽皮天真，一身污乱，却还是一团和顺地跟着走去。”像极了鲁迅的《一点比喻》中“门前的街沿上，一只稀见的身材高大的羊，态度轩昂地领着一群仪容大相悬殊的羊走着”具体形象的扩写。不仅在语言文字上，贾植芳受到了鲁迅的影响，而且在文章的内蕴上，贾植芳也吸收了鲁迅对于人的思考。所以，孙正荃认为，“人性，是他衡量人事最看重的尺度”[①]。可以说，《人的悲哀》不仅开启了贾植芳终其一生对“无处不监狱”的思考，而且也开启了他对“人”的思考。“什么是人？什么是真正的人”贯彻于他的创作始终。正契合了人们对他的高度崇仰：“一个人，一个历史”。

20世纪40年代，他还写有《人生赋》《剩余价值论》《理想主义者》《旱黄色的影子》《一幅古画》等小说，承接《人的悲哀》对人的思索，形象深刻地写出普通人在“战争”这一荒谬处境中的荒谬存在，充满了悲悯意识。作为战争中的一员，贾植芳曾参加过晋南山区的抗战，他把他对战争沉痛的感受都尽情地化于笔下，以胡风所提倡的“主观战争精神”为核心，表现了强烈的流亡色彩和抗争意识。《人生赋》整个故事架构在一列高速行驶的火车上，偶然相逢的四个旅客纷纷扰扰地聊天，寄托了

① 孙正荃:《贾植芳的自由人格》,《文史天地》2006年第10期。

他对战争的荒谬感觉。《剩余价值论》是一篇颇像鲁迅《在酒楼上》的“重逢”故事，借余子固的沉沦，贾植芳叩问了在非常时期作为人、作为担负着精神导师职任的知识分子应该如何保持自身追求的深刻命题。

作者以幽默讽刺的笔墨、悲喜剧相糅的手法，沉痛地揭露批判了他们身上与生俱来的孱弱性和劣根性，呈现了一幅幅“人类史前时期的风俗画”，形象地展现了在20世纪三四十年代中国社会和历史的大动荡大变迁，以及挣扎于底层社会中的小人物庸俗的生存状态。他们根本不能称其为人，只能是一个个“二足爬虫”。贾植芳先用幽默的笔法勾勒人物的肖像，然后对其麻木的精神、愚蠢的逻辑和对革命者的冷漠等种种丑相，借人物自己的嘴全盘托出：“你们这些青年呀，爱国呀！救社会呀！不平等呀！革命呀！哇哩哇啦，炒得别人心烦耳聋！但人家也好办，简单得很！……往麻袋里一装，口一缝，哼！和一袋粮食一般——可粮食值钱，粮食可以充饥呀！——搭上火车，运到海边一个个填下去，真是神不知鬼不觉；尸首喂了鱼，到鱼长大了，被打鱼的捞起挑进城，被送到公馆厨房，结果是搬上食桌，卖国的吃了……你看，就这么一个变化，多简便！哈哈哈……”这种描写略带夸张，但契合人物的性格特征。在这些话语中，小市民的愚昧、革命不被民众理解的悲哀等尽显无遗。作品笔法简洁，但讽刺效果强烈。《更下》中对人类精神蛀虫何天民的塑造也极具讽刺性。他会在搞学生运动坐牢时产生精神愉悦，会因不满长官三化作风在部队被关禁闭而感到自豪，更有甚者是把他人拖进贩毒团伙视为“一个征服者所有的愉快”。这种反常的精神状态再现了何天民如何由“人”沦为“兽”的过程，以及比兽更残酷地吞掉同类的狰狞面目。而在《理想主义者》中，作者则把最没有理想的人冠以“理想主义者”的名称，在表现其丑态之时，让读者反思孕育出这类产物的时代。

最能体现贾植芳关于“健康的人性光辉”的作品，是他的自传体小说《我乡》。小说在讲述了自己回乡的经历之余，还为我们营造了一个美好的“监狱外的生活”：

年轻的穿了军衣，做战士或工作员，红红的面上现着没有畏惧的笑，嘴里说着一些生硬的名词，人与人之间“同志”普遍的称呼起来，正如我作战的地区所见中年以上的人多半蓄了胡须，穿了比平日破十倍的衣服叹息说没有法子，或抬起一双畏怯无神的眼问你：“你看咱们到底有没有办法？”眼里电光般的闪过一抹希望的活光。而且，一向以权威的地位维存着人与人间的存在关系的“架子”和“面子”，这两件宝贝像给战争吓得开小差了，人还原成人。

在这里，人人平等，年轻的乐观健康，年老的尽管犹疑但不无希望，似乎战争的间隙在晋南山村竟然有了片刻的“人的世界”。所以，作者开心地写道：“人还原成人。”

河东风骨

就地理方位，贾植芳出生在享有“金襄陵，银太平”美誉的山西省襄汾县。而且，贾植芳生活的南侯村西倚姑射山，自古就是仙家名山。一方面，这里的厚山沃土和淳朴民风孕育了他坚贞不屈的品格和踏实仁厚的性格；另一方面，这里的历史渊源和古老传说又赋予他浪漫的气质。就人文环境，襄汾是中华民族的发祥地之一，“丁村人”的繁衍生息，使这里孕育了灿烂的黄河文化。陶寺龙山文化遗址又是中原“夏文化”的典型代表。在微观环境上，贾植芳出生于襄汾县南侯村一个富裕的地主家庭。贾家世代以山里乡间务农为生，直到曾祖父辈才开始进京经商。到了父亲这一辈时，又弃商务农，回归“耕读传家”的模式。于是，在贾植芳身上，既有农人的乐天知命和勤俭宽容，又有晋商的义利相生和睿智隐忍。

文学地理学批评的空间往往存在三重性，是现实空间、想象空间与心理空间的统一。现实空间，是指在文学作品中作家以一种现实的眼光如实地描写自然地理形态，作品中存在的空间形态与现实生活中的客观实景具有同一性，并没有太多的变形，可以唤起我们对现实地理空间的实体印象。想象空间，是指文学作品中所存在的事物往往是作家审美认识与艺术想象的产物，没有现实世界的真实感，只有艺术的真实性。心理空间，是指文学作品中存在的与作家的心理密切相关的自然山水空间，虽然是想象性，但主要是作家情感与心理的一种直接现实，如抒情诗、抒情散文中的自然空间。[①] 具体来看贾植芳的自传体小说《我乡》。《我乡》写于1942年他困居西安时期，讲述了自己抗战期间回晋南家乡的一次经历。和四年前回乡所见不同，故乡笼罩在一种浓浓的战争气氛之中。老仆二小在战争中惨遭日本人杀害，曾在洋行做事的长辈沉浸在烧香拜佛之中。当然，更多的是昂扬奋进的战争情绪：年仅十四岁的弟弟参加了干部学校，当了兵；两个妹妹在妇女动员会工作；村里的人们也组织起抗敌自卫队，就在“我”回乡待的这几天里刚刚打了场硬仗。在现实空间上，作品忠实地表现了晋南山村民族觉醒，老百姓决定拿起枪进行自卫的形势。在想象空间上，作品则更多地传达了山民踏实坚韧的气节。作为一篇抒情性很强的自传体小说，《我乡》更多是营造了心理空间。有真挚的亲情，如一向严谨少语的父亲，竟然从被炮火蹂躏的接近荒芜的果园里摘了一个梨，默默地递给“我”；母亲舍不得“我”离开，只是用眼睛静静地注视着“我”。也有浓郁的乡情，如双喜沉痛地告诉“我”，红马已被日本人宰杀；临行时，房主老农静静地站在山头眺望着“我”，害怕“我”走错路。尤其是作品里那一段突然遭遇敌人炮火袭击的浓墨重彩的文字：在不幸被作为敌人进攻的对象时，父亲的爱极骂人、母亲担心的怒吼以及他们之间的相互支撑。难怪“我”想急于“逃开”，“逃开爱我和我爱的家庭”，因为“沉醉不惟是一种没有出路的不幸，而且是痛苦，是痛苦的延长物，毁灭。”于是，我们可以欣赏到在贾植芳眼里，故乡似乎褪尽了原本的丑恶，不再是“监狱”般的存在，而是“爱”的

① 邹建军、周亚芬：《文学地理学批评的十个关键词》，《安徽大学学报（哲学社会科学版）》2010年第2期。

乐园，是“真正人的还原”。

襄汾是山西蒲剧最早的发源地之一。少年时期的贾植芳，尤其喜欢看蒲剧武戏，养成了他强烈的侠义精神。蒲剧武戏、民间小说和传统侠义小说三方面共同构成他的文化底色。章回体小说《古堡笳声》，笔触虽稚嫩，但侠义之气扑面而来。中学时完成的小说《一个兵的日记》，以第一人称日记体的小说形式，揭露了阎锡山旧式军队生活的野蛮和腐败。纪实小说《嘉寄尘先生和他的周围——中条山的插话》里的嘉寄尘，就是“河东风骨”在现代抗日战场上的代表人物。这篇小说是以河东抗日英雄嘉康杰为原型而写成的一篇“报告文学”。既以嘉寄尘为中心，又不局限于嘉寄尘，而是以此展开，描绘了河东抗日的烽烟图景。嘉寄尘虽然出身于中条山地区一个大地主兼商人家庭，但是他背叛了自己的家庭，成为英勇的抗日游击队长，一个群众心中的传奇式的英雄，真可谓侠肝义胆，忠贞不渝。整个作品直接描写与间接描写交替使用，把人物性格表现得深刻而浑厚。

对于贾植芳文学创作的技法，有一个影响源不容忽视，那就是襄汾木版年画。襄汾木版年画属于平阳木版年画的分支，始于隋唐，扩于五代，兴于宋金，盛于元明。作为黄河流域民族文化的组成部分，黄河文化的粗犷豪放，地方戏曲的凝练刚健，历史壁画的流畅舒雅、集中凝聚，使木版年画形成了独特风格。襄汾木版年画，俗称“太平版画”，以故事连环画居多，色彩鲜艳，线条流畅，形象生动，如《七巧图》《马上封侯》。贾植芳小时候尤其喜欢《封神榜》石印本,尽管认不全里面的字，但借助画面，竟是在半猜测半阅读的基础上着迷于故事情节和人物形象。成人后的贾植芳，作为“七月派”的著名作家也活学活用，在自己的作品里，不仅有着“主观战斗精神”的主体风格，而且有着深深的襄汾年画的影响印迹。如《我乡》：“走下一条直坡，算不了是在树林下面的村里了，紧接着一家门旁，坐着几个乘凉的人，一个老太太和几个年轻的姑娘静静的像在期待着什么……老太太大吃一惊地抬起头，从那宽而高的额上和那忧然的失神的眼睛，我认识这就是我的母亲！”在对母亲的形象勾画上，作者巧妙地转用了襄汾年画的传统白描手法形成淡色背景，又采用了特写手法进行定格，达成了谐和的形体组合，使人物刚健硬朗。又如《人生赋》，则借鉴了木版年画的构图艺术，随着牙科医生的口述，作者实现了对上海、重庆和西安或全景或特写的空间描摹，宛如一幅“长篇故事连环画”。再如《人的悲哀》，“古旧废墟的旷荒街道”，“高的剥落的柜台”，“一身褴褛”“黑色短裤袄，发霜的黑呢帽”的乞丐，“摇摇落落”“哆嗦的京戏”……在“早晨焦黄的阳光”“箭一般的”“斜穿”下更加污秽昏暗，使一切“生命的继续在这里像是多余和累赘”。作者套用了木版年画的设色手法，利用黑色这一冷色调为主版颜色，而以黄色这一暖色调实施高强度的对比，使这“地狱般的人间”更加“阴沉、寂寞、无聊和苦闷”，具有撼人心扉的艺术效果。

虽然贾植芳先生自 1932 年离开家乡襄汾以后就开始四处辗转，再也没有在这片热土长期生活过，但童年少年时期故乡的厚山沃土、民风民俗已经深深地镌刻进他的心灵，流淌在他的血液里，时不时地蛊惑着他，使他回味乡情，咀嚼民俗。

【研究文献索引】

1. 钱理群．“人类史前时期的风俗画”——读《贾植芳小说选》. 复旦学报（社会科学版），2005（03）.

2. 张洁宇．俯仰无愧　风骨文章——贾植芳先生访谈录．文艺研究，2004（05）.

3. 傅书华．“个人”的“狱里狱外”——贾植芳的人生与小说创作．鲁迅研究月刊，2020（07）.

4. 文贵良．监狱叙事与人学话语——论贾植芳的文学创作．南方文坛，2016（06）.

5. 宋炳辉．贾植芳先生的人格精神及其学术贡献——以其翻译实践为重点．同济大学学报（社会科学版），2012（02）.

6. 常楠．从一封珍贵的诺贝尔文学奖推荐信说起——兼谈贾植芳的

巴金研究 . 鲁迅研究月刊，2015（02）.

7. 张业松 . 书信里的八十年代——贾植芳致古剑书信发微 . 山东社会科学，2019（02）.

8. 张璐 . 才华缘三晋大地　风骨蕴求真之旅——从山西地域文化特点及其人生经历看贾植芳的学术成就 . 山西档案，2014（06）.

9. 孟绍勇 .“学人情怀”与“师者风范”——王瑶、贾植芳与中国现代文学学科建设 . 名作欣赏 · 上旬刊，2009（10）.

10. 乐黛云 . 新中国比较文学的前驱贾植芳先生 . 中国现代文学研究丛刊，2008（05）.

【思考练习】

1. 钱理群在谈到贾植芳小说时，用“人类史前时期的风俗画”来概括论述其特点。请结合具体作品，论述你对贾植芳小说的认识。

2. 贾植芳有很多“诤句良言”，比如：“我只是一个普通的知识分子，不过是大时代里的小角色。”“我觉得既然生而为人，又是个知书达理的知识分子，毕生的责任和追求，就是把‘人’这个字写得端正些。”请结合其生平经历和文学作品，谈谈你的认识和理解。

3. 作为山西这片土地上走出去的知名作家，贾植芳的作品或多或少具有山西地方特色。请结合具体作品内容，分析贾植芳小说的“山西特色”。

第二编　工农兵文学时期（1942—1966）

1942 年，毛泽东在延安文艺座谈会上的讲话，为全国文学指明了方向，山西文学在“赵树理方向”的指引下，取得了长足的进步。1949 年中华人民共和国成立后，在赵树理、马烽等人的努力下，山药蛋派兴盛，山西文学进入它的辉煌时期。

1941 年 7 月 7 日，晋冀鲁豫边区临时参政会在辽县桐峪镇召开成立大会，晚上演出了《日出》《巡探》等大型话剧。很多人认为这些剧目不符合时代要求和根据地群众的欣赏需要，不能起到宣传抗日、发动群众的作用，主张“等待主义”。而赵树理、王喜等却成立了“通俗化研究会”，企图对文艺大众化问题进行研究。1942 年 1 月，中共晋冀鲁豫边区党委和八路军 129 师政治部联合召开了有五百人参加的“太行山文化人座谈会”，希望文化工作者应该服从每一个具体的政治任务，广泛发挥文化工作的批判性，认真动员根据地和敌占区一切新旧文化人到抗日文化战线上来，接近群众了解群众，调查每一个村的情况，来丰富作品的内容。1942 夏，围绕女作家莫耶创作的小说《丽萍的烦恼》，在晋绥根据地还展开了一场文艺思想论战。《丽萍的烦恼》于1942年3月发表于《西北文艺》。写的是丽萍是一个城市女知识青年，跟着男友林昆投奔革命到根据地，但她却经受不了长期的困难生活和紧张的军旅生活，同三十四岁的老革命赵国华结婚。婚后物质生活得到满足，精神生活却无限烦恼，丈夫要求她要像军人以服从为天职一样服从他。丽萍提出要离婚，却得不到丈夫、往昔男友和其他同志的理解，感到无限的惆怅和烦恼。

随着毛泽东《在延安文艺座谈会上的讲话》在《新华日报》和《抗战日报》全文发表，山西革命根据地普遍形成了学习贯彻的热潮，并作为整风运动的一个有机组成部分，不仅开会讨论学习，而且组织作家奔赴基层。如1942年11月，晋绥文联和部队文艺工作者有计划地分为三组，有的到农村、部队、工厂，有的到县抗日救国联合会，参加减租减息运动。另外，还设立各种奖项，鼓励作家创作具有现实性的文学作品，著名的有三次：1944年，晋绥边区举办了“七七七文艺奖”活动，要求在内容上以根据地的三大任务——对敌斗争、减租生产、防奸自卫为总的方向，题材必须以工农兵为主要对象；在形式、语言上，力求通俗，能为工农兵群众懂得。马烽的《张初元的故事》就曾荣获此次散文奖项。1946年，太岳行署为树立在写作上为民立功的模范，颁发了文化奖金，获奖作品有关宋耀的戏剧《挖穷根》、赵树理的小说《催粮差》等。1947年，晋冀鲁豫边区政府举办了一次文教作品评奖活动，获奖的有赵树理的小说、阮章竞的诗歌等。无论是诗歌、散文，还是小说、戏剧，都取得了丰硕成果。尤其是赵树理的小说，如《小二黑结婚》《李有才板话》等。

1949年12月3日—12月16日，山西省第一次文学艺术工作者代表大会在太原召开，二百八十九人参会，高沐鸿致开幕词，省委副书记赖若愚做政治报告。大会号召作家在毛泽东讲话的指引下继续前进。会议期间，高沐鸿作了《我们的几点历史经验与今后的任务》的总结报告。这次大会标志着全省文艺工作者的团结和统一，是革命根据地和阎统区的农村和城市文艺工作者集中在毛泽东主席胜利旗帜下的大会师。1956 年 8 月 19 日—8 月 26 日，山西省第二次文代会在太原召开，五百九十八人参会，高沐鸿致开幕词，李束为作《为繁荣我省文学艺术创作而努力》的工作报告。马烽致闭幕词。这次会议对中华人民共和国成立以来文艺创作和批评的经验教训，对创作中的公式化、概念化和教条主义进行了清理和总结，树立了社会主义现实主义的创作原则，对于促进山西社会主义文学的繁荣发展起了重要的积极作用。1963 年 11 月，山西省第三次文代会在太原召开，六百三十七人参会，代表们听取了《高举毛泽东思想旗帜，为繁荣我省社会主义新文艺而努力》的工作报告。

新老作家们容光焕发，热情讴歌新中国的诞生，赞颂各地各行业的新气象。尤其是山药蛋派的创作，几乎占据了十七年农村小说领域的半壁江山。

第一章　赵树理

【作家小传】

赵树理（1906 年 9 月 24 日—1970 年 9 月 23 日），原名赵树礼，山西省沁水县尉迟村人，我国著名作家。三代单传，小名“得意”，寄托着祖父对他金榜题名的希望。六岁开蒙，随祖父读“三圣教道会经”。父亲尽管是农民，但是多才多艺。所以，赵树理很早就掌握了“农民的技术”和“农民的艺术”。1920—1923 年，就读于沁水第一批新式学堂。1925 年夏，入山西省立长治第四师范学校，开始接触中国现代新诗和新文学。1927 年加入中国共产党，因参加反对校长运动被学校开除。后入狱，在狱中完成了他的第一部短篇小说《悔》。1928 年，出狱后改名“树理”，意为“坚持真理，为真理而战”。1931 年，赵树理回到家乡后再次被捕入狱。1933 年赴太谷县任小学教师，创作了《金字》《蟠龙峪》《打倒汉奸》等。1936 年，第三次入狱。1937 年“七七”事变以后，赵树理回阳城参加了牺盟会上党中心区宣传队，不久调任阳城县第四区牺盟会特派员，重新加入中国共产党。先后担任《黄河日报》（路东版）副刊《山地》、《抗战生活》（半月刊）、《中国人》的编辑，创作有上党梆子现代戏剧本《万象楼》《清债》《神仙世界》等。1943 年，赵树理发表了《小二黑结婚》，后又发表了《李有才板话》《李家庄的变迁》等。1949 年 7 月，被树为“赵树理的方向”。新中国成立后，先后担任《文艺报》《小说月报》《说说唱唱》主编。1966 年 8 月，作为“资产阶级反动文学权威”“周扬黑帮树立的标兵”被抓去批斗。1970 年 9 月 23 日，赵树理去世。

【精读作品】

小说:《小二黑结婚》《李有才板话》《登记》《“锻炼锻炼”》《三里湾》

戏剧:《万象楼》《十里店》

【经典评论】

赵树理先生不是无所容心地来描写山村的变迁的。他的爱憎极为强烈而分明。他站在人民的立场，他不讳饰农民的落后性，然而他和小资产阶级意识极浓厚的知识分子所不同者，即不因农民之落后性而否定了农民之坚强的民族意识及其恩仇分明的斗争精神。在斗争中，农民是不但能够克服了落后性，而且发挥出创造的才能。这一真理，许多作家在理智上承受，但很少作家能够从作品中赋以形象，最大的原因还是在于他们不曾投身于这样斗争的实生活，而赵树理先生则不但投身于这样的斗争，而且是抱了向民众学习的诚心的。

（茅盾：《论赵树理的小说》，载《赵树理研究资料》，北岳文艺出版社 1985 年版）

赵树理是民间审美自由理性和五四文学理性合孕而成的产儿。在他的身上我们不但看到民间审美在时代理性的偏颇功利挟持下畸变的悲剧，同时也看到五四文学理性在这个伟大作家身上形成的深刻困惑。我们要申明的是，如果我们站在审美高度上看到了赵树理全部创作历程中某些悲剧的话，那么，绝不要把责任独独归咎于赵树理。他对以民间审美为核心的中国农民文化的通透的把握，在这把握基础上所形成的天然的审美自由意念和创造性智慧以及对五四理性的自我消化等，在中国现代文学史上堪成独步。

（席扬：《面对现代的审视——赵树理创作的一个侧视》，《中国现代、当代文学研究》1991 年第 10 期）

赵树理与五四新文化和新文学之间的关系始终是比较尴尬的，他从内容和形式方面对他们所做的吸收、校正、背离和叛逆，虽然都各有苦衷，各具成就，但也并不是没有带来一系列问题。就内容而言，他对底层民众利益的矢志不渝的关注无疑是渗透在五四新文学中的人道主义、民主主义精神的有力体现，然而“时代俗务”的急迫与现实生存空间的狭陋一步步将他推向了政治反抗与叛逆的道路。这条道路上的文化宣传虽然也可以称作广义上的“启蒙”，但显然是为具体的政治斗争服务的“阶级意识”或“阶级仇恨”的启蒙，是围绕着一个个具体的阶段性政治斗争目标及政策和策略而展开的群众动员，其终极目的是让尽可能多的劳苦大众积极投身到现实的政治抗争运动中来——这与五四启蒙运动所突出强调的价值观念的启蒙、文学选择上的弃旧图新以及“人的发现与觉醒”，其间的距离简直不能以道里计。

（范家进：《赵树理对新文学的两重“修正”》，《文学评论》2002年第1期）

赵树理的小说，尤其是中后期的作品，常常使富有教养的艺术家微笑摇头，被精于鉴赏的审美家视为“小儿科”，已很难再在读者心中激起长久的兴趣。这里的症结，以我看来，就在于及时名篇，就事论事，只重眼前暂时的社会功利，企求立竿见影的宣传效果。一方面，他虽然善于刻画农村的小人物，塑造了一群既没有被拔高也没有被歪曲的生动的人物形象，但由于作家“重事轻人”，这些人物往往得不到最充分的重视、最精细的雕琢，大都缺乏高度的概括性，未能给文学之林增添不朽的形象。另一方面，他虽然出色地描绘了一幅幅色彩浓郁的农村风土人情画，但由于过分注意现实政治意义，重在表现一些随形势的发展而纷至沓来的细小矛盾，致使画面长度有余而深度和广度均嫌不足，很容易蒙上时间的灰尘，逐渐地失去艺术魅力。幸好他有难能可贵的胆识和赤子之心，敢于为人民仗义执言，卓然独立于瞒和骗的大泽之上，以真诚的现实主义态度反映农村的真实生活，因而不少作品至今仍有一定的认识价值。可是跟随他“迈进”的许多人，却难免滑进阐释或图解政策的岔道，甚至描摹领导意图，凭空杜撰故事。而这类作品的生命力，自然更其可怜，因为政策多变、问题迭出，一旦时过境迁，它们立刻失去了赖以立足的基础。

（戴光中：《关于“赵树理方向”的再认识》，《上海文论》1988年第4期）

对民众启蒙之外，赵树理还试图通过戏曲实践自己社会主义乡村文化理想，即实现农村社会主义的“生活歌舞化”。为实现这一文化理想，赵树理戏曲更多地借助于上党梆子、鼓词、快板、道情、平调、老掉、四股弦、落子等各种地方小戏。正是通过小戏这一有效形式，赵树理“将自己和自己的写作嵌入到乡村的生活世界中”。

（刘成才：《论赵树理戏曲及其社会主义乡村文化理想》，《理论月刊》2019年第1期）

赵树理对歌舞作了更广义的理解：歌，等于歌唱性的说话、作诗；舞，泛指所有舞台动作。并且认为戏剧程式化不是公式化，而是“单位”化，“如语言中的词”。戏曲就是通过歌舞这样一个个单位来重新组织生活，这和西洋话剧强调写实的美学观不同。歌舞的象征和程式化就意味着人物说和唱都符合人物身份，什么人说什么话，其次该说处说，该唱处必唱，唱是抒情和烘托气氛，观众情绪此时可能达到高潮的地方，就得唱，说书中称叫板，叙事、说理的地方，就得说。歌舞并提，还指歌舞的契合，所谓“无声不动，无动不舞”，“凡是有点声音，就得有歌唱的韵味，凡是有点动作，就得有舞蹈的意义”。这样，赵树理提倡生活歌舞化，不仅指戏曲通过象征性歌舞生活之意，还指声音和动作的契合，而歌舞结合得最好的不是传统大戏，而是载歌载舞的民间地方小戏。

（孙晓忠：《有声的乡村——论赵树理的乡村文化实践》，《文学评论》2011年第6期）

【基本面貌】

赵树理的小说世界

据董大中先生在《“老百姓喜欢看，政治上起作用”——赵树理的文学价值观》一文中阐述，赵树理的文学价值观，是由农民、政治、文学三个基点而生成的六个重要理念构成的价值体系，即围绕“农民”产生的民本理念、启蒙思想，围绕“政治”构成的参政意识、求实精神，环绕“文学”形成的民族风格、民间形式的审美理念。具体包括：

1. 农民立场——文摊作家

读书时，赵树理曾给家里人诵读鲁迅创作的《阿 Q 正传》，却并没有引起大家的共鸣，这使他后来立志成为“文摊作家”而非“文坛作家”，宁愿“敲边鼓”，也要写出老百姓的心声。这样的选择有利于弥补“五四”以来的新文化与乡村文化的隔膜。可以说，赵树理与鲁迅的小说创作相反相成，反向互补，共同把中国现代小说推向顶峰。在鲁迅笔下，启蒙是其真正的目的之所在，救赎灵魂乃是鲁迅小说创作始终不渝的明确追求。而 20 世纪 40 年代共产党已唤醒老百姓的政治意识，所以，对于赵树理来说，其首要任务是怎样做好当下的实际工作，正因如此，工作中所接触的各类具体问题水到渠成地成了赵树理创作所观照的对象。

2. 工作本位——问题小说

对于赵树理来说，他首先自认是一个共产党干部，其次才是一个作家。因此，他认为文艺要为工作服务，作家要关注社会中的各种问题。据他理解：“我在做群众工作的过程中，遇到了非解决不可而又不是轻易解决了的问题，往往就变成了所要写的主题。”而这些问题大多具有强烈的时效性，在时间上具有长久性，在空间上具有普遍性。例如：涉及党的工作方法或工作路线的大问题，在《李有才板话》里就有形象的体现。

3. **形式选择——新评书体小说**

因为熟悉农民生活，了解他们的喜怒哀乐，知道他们的鉴赏品味，在选择形式表达时，赵树理很自然地选择了他所谙熟的评书体。以讲故事的形式对老百姓进行启蒙，进行思想渗透，使他们乐于接受。

4. **创作方法——现实主义**

立足现实，清醒地关注着老百姓的各种疾苦，尽可能本真地去反映他们的生活，表现他们的悲欢离合。所以，现实主义创作方法就成为他不二的选择。但同时，也决定了他命运的坎坷。在 20 世纪 40 年代，因为党和国家领导人的中心在农村，要依靠农村包围城市，不管是有意迎合还是无意契合，赵树理以现实主义创作方法创作的作品深受上至国家领导下至普通老百姓的欢迎；但在十七年时期，因为他仍忠于现实主义创作原则，对老百姓的疾苦心声不能闭上眼睛，所以《三里湾》作为中国第一部描写合作化运动的小说，因为作者的现实主义态度，造成故事情节发展非常勉强，远不及后来的《山乡巨变》和《创业史》那样理直气壮地宣传国家的农业合作化政策。

5. **语言定位——农民语言**

小时候给父母读《阿 Q 正传》的“失败”经验，使他深深明白写给老百姓看的文学作品必须用老百姓熟知的语言。赵树理在介绍创作经验时曾说过：“我既是个农民出身而又上过学校的人，自然是既不得不与农民说话，又不得不与知识分子说话。有时候从学校回到家乡，向乡间父老兄弟们谈起话来，一不留心，也往往带一点学生腔，可是一带出那种腔调，立时就要遭到他们的议论。碰惯了钉子就学了点乖，以后即使向他们介绍知识分子的话，也要翻译成他们的话来说，时候久了就变成习惯。说话如此，写起文章来便也在这方面留神——‘然而’听不惯，咱就写成‘可是’；‘所以’生一点，咱就写成‘因此’。不给他们换成顺当的字眼儿，他们就不愿意看。字眼儿如此，句子也是同样的道理——句子长了，人家听起来捏不到一块儿，何不简短些多说几句。‘鸡叫’‘狗咬’本来很习惯，何必写成‘鸡在叫’‘狗在咬’呢？”所以，在进行文学创作时，赵树理尽可能地选择“本色化”的农民语言，以通俗易懂的语言讲述农民习以为常的故事，真正实践了新文学的本土化和民间化。

《小二黑结婚》的复杂意蕴

《小二黑结婚》写于1943年5月，讲述了一对青年男女的爱情婚恋故事。他们相爱相亲，却遭到了双方父母的反对，同时村里的恶霸势力也肆意阻挠、破坏，最后还是在区政府的帮助下才得以“有情人终成眷属”。1943年9月华北新华书店初版，之后被许多出版社反复再版和翻印，1952年干脆收入当时的高级中学语文课本。另外，数以百计的剧团也将其改编为不同地方剧种搬上舞台。该作发行盛况空前，在太行山区竟销到四万册，超出了作者以及作品的批评者甚至支持者的意料，赵树理因此成为解放区家喻户晓的大作家。据美国记者贝尔登在《中国震撼世界》一书所记，赵树理在农民中的知名度“仅次于毛泽东和彭德怀”。

作品之所以如此畅销，实际上有四个原因，也是四大优势——

一是现实原型。1943年4月，在中共北方局调查研究室工作的赵树理到左权县柴城村搞调查研究，遇到横岭上村人告状，说村干部打死了他侄子、民兵队长岳冬至，把尸体吊在牛圈的梁上，造成自杀的样子……经赵树理和辽县公安局侦查人员二十余天的调查，岳冬至确为被打致死，打死岳冬至的村干部史虎山、王天保等人后来被分别判刑。在案件调查的二十多天里，赵树理与公安局的侦查员一同调查，亲自听取对石献瑛、史虎山、石羊锁、王天保四人的审讯，参与了案件的全过程。案件调查、处理过程中，村民们认为岳冬至和智二良的行为有伤风化，“打几下教育教育不过分，可是不该打死”。赵树理认为村民们的这种封建思想对贯彻边区政府的婚姻法有极大阻碍。为了弘扬正气，赵树理便把悲剧改为了大团圆结局式的喜剧，写出了不朽之作《小二黑结婚》。

二是现实背景。新政权已经建立，但乡村的旧势力和流氓无产者并没有退出历史的舞台，横行霸道，残害民众。太行山革命根据地迷信盛行，“离卦道”秘密组织强大。形形色色的宗教会道更是多如牛毛，各以其五花八门的招数蛊惑百姓，广收门徒。赵树理一家就是“教派林立”，祖父、祖母信奉“三圣教道会”，母亲及其娘家信奉“清茶教”，父亲赵和清则迷恋于传统的阴阳卦术而不可自拔，而赵树理也曾和前妻一道加入过“太阳教”。在这种愚昧文化氛围中，赵树理耳濡目染，深受其害，小小年纪便把《麻衣神相》《奇门遁甲》等算命的一套背得滚瓜烂熟，十六岁成亲后，甚至也装腔作势地对比他大一岁的妻子马素英摆起大丈夫的架子来，令她服从。

三是《在延安文艺座谈会上的讲话》。1942 年 5 月，在延安召开的文艺座谈会，其中心命题就是为群众和如何为群众的问题。为此，毛泽东确立了文艺的工农兵方向，要求广大作家必须以工农兵为首要创作对象，真实生动地展现他们的生活。这就必然向大多数小资或资产阶级出身的作家提出他们亟须完成的任务：由五四时期确立的“化大众”向“大众化”的转化。如何完成？作家们清楚地意识到必须转变自己的立场、感情与世界观，快速地与普通老百姓相结合，完成“土”的洗礼。在这儿，赵树理可谓是“先行者”，因为他很早就开始思考这个问题。

四是第一批读者。《小二黑结婚》写成之后，赵树理曾先后投过很多杂志社，却接连遭到拒绝。直到北方局妇委书记浦安修看到后推荐给彭德怀同志，才结束了它被弃稿的命运。也就是说正是共产党的介入使出版成为可能，否则这部作品将永无问世之可能。这意味着，此作切中共产党组织建设的某些要害，或者说满足了当时的某些时代需求，是基层读者和党急需的文学作品。所以，彭德怀看了《小二黑结婚》之后，欣然题词：“像这样从群众调查研究中写出来的通俗作品还不多见。”

《小二黑结婚》创制了新评书体小说的雏形。赵树理更多采取了“说话人”的姿态，讲述了大家熟知的故事，具备了“新评书体小说”的初级形态。

首先，小说采用与民族审美心理所匹配的第三人称叙事。既有利于作者全面掌控叙事世界，产生安全感；也有利于作者与叙事世界拉开距离，产生传奇感。同时，无所不知的全知叙事又荡平了叙事死角，适合文化水平不高的一般读者。与此相对，鲁迅小说大多采用第一人称叙事，一方面有利于作者深入解剖人物内心，塑造成立体化的人物形象；另一方面也有利于作者内省，完成他心灵的痛苦挣扎。但不可否认的是，却造成了文本的艰涩，限制了更广大的读者群。所以，赵树理第三人称叙事的采用，更有利于文本的大众化。

其次，小说站在说书人的民间立场观事看人。说书人往往采取不高于书中人的价值立场，与赵树理不高于先进农民的立场相吻合，以民间的伦理道德标准作为主要的价值评判尺度，颠覆了五四以来的启蒙视角。赵树理在这里采取的是平视的视角来看取书中人物。在启蒙文学中，作者与读者、书中人物的关系是启蒙者与被启蒙者的关系，作者作为启蒙者俯视书中人物，对读者进行启蒙教育。所以，总有种高高在上的感觉，农民不喜欢看，也不愿看。

然后，这种说书人的立场带来文本鲜明的“前现代”特点。把传达故事作为小说最重要的功能，作品有头有尾，环环相扣。在塑造人物形象时，注重外部世界的铺染，包括人物的行为举止、神态表情等，而不太在意心理描写。如作品对小芹的外貌描写，活脱脱化自中国古代乐府诗《陌上桑》的侧面烘托手法：“行者见罗敷，下担捋髭须。少年见罗敷，脱帽著帩头。耕者忘其犁，锄者忘其锄；来归相怨怒，但坐观罗敷。”这样的文字在赵树理的小说里并不少见，如《孟祥英翻身》里对于孟祥英的外貌描写。

另外，小说的时间概念具有鲜明的古代性。中国古代的时间概念是循环往复的，具有宗教或文化意义，完全有别于现代的线性时间概念，不同于后者所蕴含的进化论意义。小说在写到村里人延续了很多年去三仙姑家串门的习惯时，没有明确的年月日，只是简单的蒙太奇式的时间串联，形成了模糊的时间概念，时间似乎在这里静止停滞。

所以，民间说话人视角的采用，使小说文本更多继承了中国古典传统小说精神，而与五四以来的现代小说拉开了距离。这可以说是赵树理创制的新评书体小说的前奏。

《小二黑结婚》在婚恋故事的外壳下隐藏着政治意识形态的内核。

“三仙姑式”的婚恋模式，让我们看到中国传统婚姻模式的危害。三仙姑嫁给于福时，是前后庄上第一个俊俏媳妇。而于福老实巴交，夫妻二人根本没有共同语言。再加上婆婆死得早，家里甚是冷清。村里的年轻人就经常到于福家“串门聊天”。公公发了一顿脾气，新媳妇反而病了。病好后，就开始在家里设香案。于是，这便给了三仙姑接近男青年们的机会，漂漂亮亮的三仙姑不怕青年们不跟着她转来转去。

因此，三仙姑的婚恋具有复杂的内涵：①不幸的婚姻。一朵鲜花插在牛粪上，双方根本没有感情基础，三仙姑陷入孤单境地。②民间宗教作为婚姻的变奏和宣泄。跳大神与日常生活实现了贯通，体现出民间宗教的世俗化。③在畸形的解脱中，三仙姑心灵的扭曲。如她对小二黑的畸形情感，竟然与女儿争风吃醋。

作为旧文化的残留物，“三仙姑式”的婚恋模式，在当时的农村还具有强大的市场，很大程度上抑制着人们的日常行为习惯，压制着年轻人的新型文化的发展。通过这场婚恋，作者反映了隐藏在中国农村风俗中的恶俗部分。

小二黑的童养媳，让我们感受到自古以来“童养媳式”婚恋模式的强大和特异性。“有一年，彰德府来了一伙难民，其中有个老李带来个八九岁的小姑娘，因为没有吃的，愿意把姑娘送给人家逃个活命。二诸葛先问了生辰八字，掐算了半天就替小二黑收作童养媳。”这既是农村长期以来的包办婚姻模式，也嵌套了“童养媳式”的婚恋模式，极大地显示了赵树理笔下的包办婚姻与五四知识分子题材中的包办婚姻的不同。五四时期，作家针对包办婚姻，主要批判了其不顾人的尊严，一味讲求门当户对的观念；而赵树理小说则描写了穷人的常态的包办婚姻，他们之所以跌入包办婚姻之中只不过是为了活命。在反抗特性上，二者也有不同。五四作家为了打破旧有的婚姻观念，强调个性解放；而赵树理的小说则真实地呈现了反抗的尴尬性，难以兼顾个人的自由和人道主义关怀。可以说，“如何保全个人的自由同时又有人道主义关怀”，是赵树理对五四包办婚姻盲区的一种发现和补充。

小二黑和小芹的自由恋爱，则开启了一种新型的婚恋模式。小二黑一开始是跟着些闲人到三仙姑那里凑热闹，后来跟小芹混熟了，慢慢就相好了，好像是一天不见面也不能行。但是二诸葛不愿意，认为小二黑是金命，小芹是火命，命相不和；而且小芹生在十月，是个犯月；另外三仙姑的名声不好。三仙姑同样不同意，因为小二黑“在三仙姑看来好像鲜果，可惜多一个小芹，就没了自己的份儿”。于是，急忙给小芹定了刚刚死了老婆，在阎锡山部下当过旅长的退职军官。同时，村里的金旺也觊觎小芹的美色，碰了小芹的钉子后，就借机开了两个斗争会，一个是武委会斗争小二黑，一个是妇救会斗争小芹。

与五四以来的多数婚恋自由故事相比，小二黑与小芹的婚恋具有如下特点：①与接受新教育的新青年们不同，小二黑的知识来自中国文化的源头。②与新青年们一样，小二黑和小芹都鄙视财富与门第，小芹旗帜鲜明地表示，不跟阎锡山的旧军官。与新青年们不同的是，他们少了些风花雪月，多了些侠骨和担当，整个爱情从下意识的好感到确定情感，所有的行动都来自感情自身，情感的目标也很清楚，就是婚姻。③与五四以来的新青年相比，小二黑与小芹的恋爱有一个特别大的优势，那就是新婚姻法的颁布。仅就以小说的文本看，这一法律是维护小二黑的爱情权利的。而这是其他新青年无法比拟的优势，所以最终形成大团圆的结局。

由此可以看出，小二黑与小芹的婚恋，在解放区的婚姻现实下，有着深刻的政治内涵：反对封建家长的包办婚姻，反对封建迷信，反对民间风俗中的恶俗部分，反对变质的基层政权。而这些，正是解放区的意识形态所关注的。

当然，小说也存在一些缺憾，如反动势力金旺、兴旺对二黑、小芹两人的自由婚姻明目张胆地横加干涉有违常理，二诸葛与三仙姑之于二黑、小芹两人自由婚姻的表现缺乏逻辑性，二黑、小芹在争取婚姻自由时的所作所为难以令人信服。

早期“乡村知识分子”小说

20世纪20年代，赵树理读了鲁迅、郭沫若、郁达夫、蒋光慈的作品，文学研究会、创造社、狂飙社的杂志。也读了屠格涅夫、易卜生等外国文学作品，着实努力学习过欧化，还把他崇拜的新小说和新文学杂志带回去给父亲看，尽管他父亲对他崇拜的小说并不感兴趣。20世纪30年代在太原被关监狱“自新”时，赵树理开始尝试用“新小说”的形式写作品，先后完成了《悔》《白马的故事》《铁牛的复职》《盘龙峪》《有个人》《金字》等小说。

一、乡村知识分子

赵树理的早期小说贡献了独一无二的“乡村知识分子”人物肖像。不同于五四时期的知识分子形象，远离土地，渐渐融入都市，融入都市文明，赵树理笔下的知识分子开始自觉地变成农民的一员，不只是在思想上同情和认同农民，而是彻头彻尾像他们那样生活、劳动、过日子，承认泥土的价值。

在1929年的小说《悔》中，他详细刻画了陈锦文的心理活动：他是一个被学校开除的学生，在一个大雪纷飞的晚上赶回家门。未进家门之前，恰听到父亲正和邻居在屋里聊天，谈的正是自己。父亲手里拿着学校辞退儿子的信，但还没有打开，故还蒙在鼓里，一个劲儿向邻居夸赞儿子是个有抱负的青年。这一切都被隐藏在窗外的儿子听得清清楚楚，心真比刀割还难受。当看到父亲终于拆开信开始念的时候，陈锦文的心理彻底崩溃了，他觉得再也没有脸面回家了，于是下意识地返身逃出了家门，他听见周围的人都在风雪中寻找他。这篇小说不仅关于一个时代青年学生的出路，而且反映了赵树理的民粹立场。很明显，陈锦文是需要批评的青年，他不但对不起社会，而且主要对不起他的父亲。他被学校除名是因为“品行不规”，这个故事引申开去，可以理解为知识分子向农民忏悔：一批在都市求学的年轻学子肩担了许多父母的期盼，如果不能很好地努力进步，最对不起的就是自己的父母——那些辛劳的农人。

作为主人公自我逃亡的故事，它开启了赵树理式“农民知识分子应有的责任和义务”的主题。作为一个农民知识分子，赵树理在20年代末和30年代中期自然而然地关注本阶级的苦闷：传统晋升之路没了，洋学堂或出国留学根本不可能，大批知识分子滞留于自己的家乡，唯一可能性就是变成农人，变成农人知识分子群体。

1933年的《有个人》是一篇比较长的故事，小说共有十二节，讲述了一个家境颇为宽裕的农家渐渐没落的故事，白描了宋秉颖从一个念四书五经的学生渐渐变成农夫的过程。尽管对父亲不无歉疚，宋秉颖还是半推半就地接受了变成农民这个事实：

> 于是秉颖就变成了农人。自这年起，秉颖的皮肤渐渐变黑；脸也由一天洗一遍，变成积年累月的不洗了。唯其是“渐”变，所以他女人并不觉着，偶尔发觉了，也不过以一笑了之。不过她也渐变了；从前每天擦粉，现在只有过大年和去娘家时才擦；从前充满幽香的卧室，现在褥子上常印着秉颖的土脚印；而她不但不觉讨厌，反而好像“这样便好”。

皮肤渐渐变黑，脸渐渐不洗，从前充满幽香的卧室，现在褥子上常印着秉颖的土脚印。这个“土脚印”可以说是宋秉颖新的身份写照，而不擦粉的妻子（在故事里她也是一个秀才的女儿）也变得像普通农妇那样洗尽铅华，甘于朴素。赵树理有意地淡化了知识分子向农人转变过程中可能遇到的各种心理和现实的问题：困惑、彷徨、愁苦、矛盾，把这个转化写得非常简单并且富有诗意。在这个诗意的背后则是对“单纯”“自然”“纯朴”的土地伦理的认同。

二、“逃离”元叙事

赵树理的早期小说还开启了他独特的“逃离”叙事。中国现代文学的开端即是一个“分家”的寓言，“有谁从小康之家坠入困顿的么？”这是鲁迅在《呐喊·自序》中的发问。家道中落既是民族寓言，也是国家衰败的具体症状，这是所有五四作家的不愉快记忆。如果说《家》《财主的儿女们》《四世同堂》等写出了城镇士绅家族的破产，张爱玲、张恨水写出了城市市民家庭的新旧传奇，鲁迅、赵树理则用短篇小说这一“小形式”记录了农村基层社会变动的瞬间。尤其是赵树理，关注了各种宏大叙事之外的农村小户人家。于是，就有了“逃离”叙事——“有个人被债主逼得没办法，只得逃走了。”在 20 世纪 40 年代逐渐发展为“逃跑又回来”的故事，如李有才先是被逼无奈逃离故乡，然后回来了，就做了社会的新主人。《李家庄的变迁》中的铁锁亦是如此。赵树理把观照点落在“个人 / 家”组成的农村最基本单元上，通过具体描写农村传统秩序的瓦解过程，分析这一变化过程的各种原因，表现了繁重的苛捐杂税和不可一世的恶势力对普通农民的迫害。

《有个人》的整个行文思路，理性又无奈。小说的一开始就交代了：

> 有个人姓宋名秉颖，他父亲是个秀才。起先他家也还过得不错，后来秀才死了，秉颖弄得一天不如一天，最后被债主逼得没法，只得逃走。完了。
>
> 假如比较详细点说，原来是这么回事：

以下便是正文部分，详细地讲述了秉颖的家境是如何破落的。

和这个开头遥相呼应的是故事的结尾：

> 这么着还没有说详细了，假如有机会，我还比较再详细说。

故事至此戛然而止，遗憾而耐人寻味。小说虽然到此结束，但故事并未结束。这是普通的套话吗？显然不是，随后的写作中，赵树理不断地履行自己的诺言，他不断变化着方式和角度重新演绎这个基本的母题。我们今天对当时农村结构变迁的感性认识很大程度依赖赵树理在这方面的作品。《李家庄的变迁》前半截铁锁被逼出走的故事就与此相似。

仔细分析赵树理的早期小说，其中的主要人物并不是最穷的那类农民，如秉颖一家，假如不算地主的话，怎么也算富农了，因为雇了两个长工干活。在赵树理心目中，这类人某种程度上构成了传统的农村共同体基础。他们的没落意味着这个共同体的解体。而直接造成共同体解体的原因就是高利贷和保证高利贷运行的机制。如《有个人》里的村长，就是设计陷害秉颖以图谋其产业的人，就是这种不可一世的恶势力造成了对普通农民的迫害。

1933 年，他还写了另一篇小说《金字》。这篇小说后来遗失了，1957 年凭着记忆他又补写了出来。这是一篇反苛捐杂税的小说。故事里没有主人公，只有一个小学教员“我”，目睹了群众对镇长的仇恨，人们对镇长的印象是：“除了催款，他哪里挨得着我们？”这篇小故事里再次出现“苛政猛如虎”的主题。同时，最后的结尾是——

> “真他妈的！又叫人家把咱们装鼓里头了！”
> “执问镇长去！”
> “执问王静仁去！”
> “执问王八蛋去！”
> 大家说着跳下台，冲出庙门。
> 过了一阵，街上的人声就越吼越大了。

人们呐喊着找镇长算账，预示了另一个崭新的主题：官逼民反。这基本上为他的“逃跑”故事找到了一个最终的叙事途径：哪里有压迫，哪里就有反抗。于是，叙述“压迫 / 反抗”渐渐成为他 40 年代小说创作的主流。

实际上，30 年代的左翼农村小说也有相似的命题，如“破产”“逃亡”。从许多方面来说，赵树理的文学的起点可以追溯到茅盾开创的左翼小说。《有个人》继承了茅盾在经济结构和政治结构两个方面理解农村变化的传统，《盘龙峪》则开始以茅盾的方式塑造农民小字辈的英雄。只是，赵树理与其他左翼作家不同的地方在于：第一，他对于农村的权势人物设计暗算普通农民的种种鬼把戏了然于胸，写得游刃有余，令人如身临其境。第二，他笔下的人物有更细腻和更丰富的身份差异。这些差异往往体现在几亩地的财产不同上、性格的沉闷和活泼与否、是不是有那么点智力的优势（比如能唱啦，会识字啦）等等。

日本学者竹内好曾提出当时文学有两种趋向：“一种是茅盾的文学，一种是赵树理的文学。在赵树理的文学中，既包含了现代文学，同时又超越了现代文学。至少是有这种可能性。这也就是赵树理的新颖性。”

赵树理于 1947 年创作的《李家庄的变迁》中的“逃离”，既不是五四时期的“拔高式的逃离”，铁锁并没有变成启蒙者，尽管有自我重构的可能性；也不是十七年时期“成长式的农民英雄”，如《红旗谱》中的朱老忠。铁锁曾背井离乡流浪太原，在流浪中遭遇了地下党小常，也目睹了官场的昏昧，激发了他的个性“成长”。如果说行动上参与群众运动，思想上获得阶级立场，铁锁看似获得了“更高的新的起点”，建构起超越现代个体的社会主义或先进人物的主体性，那么问题是《李家庄的变迁》恰恰在不经意中写出了“个人成长”的困境。随着国事的急剧变迁，“家恨”渐渐与“国仇”纠缠，“个人”逐渐被“群体”裹挟，铁锁失去了成长的空间，慢慢淡出历史轨道，让步于下一代——李家庄举行欢送参战人员大会，鼓舞铁锁的儿子、王安福的子侄等去报家恨国仇。小说中，主人公由铁锁—小常—众人—下一代，场面空间由村公所—太原—龙王庙—战场的转移，多少反映了乡村“逃离者”很快变成“落伍者”的困窘，会不会是有些评论者所说的“‘群体’本身有可能产生的暴力”？但“赵树理或无意或无力予以追究”。

遗憾的是，赵树理早期小说有着或多或少的缺憾，而这些缺憾某种程度上也影响了他后期的小说创作。比如“自然的缺失”。赵树理小说里的空间几乎只有社会性的内容，而自然则被排斥在外。也就是说，只有社会环境描写，而没有自然环境描写。如“盘龙峪”村落的介绍。“自然的缺失”是赵树理小说里的常态。同时，“大地的缺失”，也使得赵树理的小说无法提供人在大地上“诗意地栖居”这个超验性意象。赵树理的人物不生活在广漠无边的大地上，他们只生活在可以步行丈量的有限的空间。还有，人物的“外在性”和“内在性”的双重缺失。人物既没有外貌特征，也没有意识活动，既缺乏外在规定性，也缺乏内在规定性。《盘龙峪》第一章出场了十四五个人物，只有财主木头刀的外观被刻画了一笔，说他是“一个苍白胡须的老头，手里拿着一把旱烟管。这老头正是木头刀”。因此，蒋晖在《试论赵树理三十年代小说创作的主题和形式》一文里认为，赵树理早期的小说提供了一套反乌托邦和反形而上学叙事，不仅消解了内与外、主体与客体、人和自然的简单的二元对立，而且形成了一种“去中心”的寓言叙述模式。①

工农兵时期“民间化”小说

从1943年的《小二黑结婚》到《李有才板话》，再到《三里湾》，赵树理试图创作出“大众化”的“史诗书写”,构建他民间化的“史诗”。

一、“民间史诗”

赵树理的挚友王春谈到家庭出身对赵树理的影响时说：“他熟悉农村各方面的知识、习惯、人情等等。”并且交代赵树理的父亲“是精通农村‘知识’的，从有用的缠木杈、安镰把，到迷信的捏八字、择出行，无不知晓，无不告诉给他。赵树理自己上过村学，放过牛驴，担过

① 蒋晖：《试论赵树理三十年代小说创作的主题和形式》,《文艺争鸣》2012年第12期。

炭，拾过粪，跟着人家当社头祈过雨，参与过婚丧大事，走过亲戚拜过年，总之他在农村实顶实活了这么大，再加上他父亲遗给的那些‘知识’，也就算得是真正熟悉农村了。”在这样“全把式”的熏陶影响下，赵树理对农村日常可谓是无所不通，无所不精。

因此，仔细分析他“问题小说”的成因，会发现：一方面，作为革命队伍一分子，他自觉响应领导号召，主动配合当时当地土改运动、推行新婚姻法、农业合作化运动等政治斗争的需要；另一方面，也在于他的家庭身世和人生经历很大程度上促成了对“问题”观察的角度，这与观念化、概念化的流行趋势十分不同。

1949 年 4 月 14 日发表在《人民日报》上的中篇小说《传家宝》，主要表现土地改革对农村普通家庭的影响，围绕李成娘和媳妇金桂的婆媳关系展开故事，表现了“新式婆媳关系”和“家庭伦理”。李成娘的传家宝是一架纺车、一个针线笸、一口黑箱子，黑箱子里装有各种破布和“针、线、尺、剪、顶针、钳子之类”，她打算把这些传给过门的媳妇，特别是那口黑箱子，好让媳妇守在家里做针线活。但媳妇金桂认为：“那里面没大出息，接受下来也过不成日子。”因为媳妇要出去参加集体劳动，不再延续千百年的“恪守妇道”的传统，不愿守在家里缝缝补补，不愿只是“围着锅台转”了。尽管媳妇屋里屋外地忙，又勤快，干活又利索，还被选上村里的“劳动英雄”，但李成娘却说：“她那个劳动呀，叫我看是狗抓老鼠，多管闲事！”她恪守的是传统的道理：“男人有男人的活，女人有女人的活。”

如何处理？婆媳或邻里闹矛盾，必然有人来说和，这也符合乡村生活、人情社会通行的不成文规则。于是，李成娘的女婿就成了评理人，因为他是新政府的领导，不得不承担起原来“乡老”要承担的重任。女婿用革命大道理来劝说她：“老人家！如今世道变了，变得不用吃糠了！革命就是图叫咱们不吃糠，要是图吃糠谁还革命哩？”“家里的事你不用管。”这反而激起了李成娘的怒气：

“我死了就不用管了，不死就不能由别人摆布我！”

“这是我的家！她是我娶来的媳妇！先有我来先有她来！”

“管不了？娶过媳妇才一年啊！从前没有媳妇我也活了这么大！”

“她有本事叫她另过日子去！我不图沾她的光！大小事不跟我通一通风，买个驴都不跟我商量！叫她先把我灭了吧！”

李成娘借此又把陈芝麻烂谷子都翻了出来。最后闹得实在没办法，金桂只好把管家的“权力”，也就是记录家里吃穿用度的账本交给她，然后一五一十地向她交代了收入和支出的账目。其实李成娘根本不识字，更不懂账目，但让人没想到的事却在此时发生了，虽然她不懂账目，但金桂的“交权”却让她挣足了面子。在女儿的劝说下，她顺水推舟，说：“实在麻烦，我不管了！你弄成什么算什么！我吃上个清静饭拉倒！”矛盾解决，故事完成。

由表现家长里短而编织出密密麻麻的细节，不仅冲淡了作品的主题色彩，而且也冲淡了宏大叙事、主题先行带给作品的紧张。这种写法为日常生活带来一种散淡的韵致，并由散淡生出诙谐与幽默，消解了大叙事的庄重和典雅，形成“民间化”的“史诗书写”。

《三里湾》和《“锻炼锻炼”》也是这种“史诗”的继续，通过民间日常琐事架构宏大史诗。《“锻炼锻炼”》首刊于 1958 年 8 月号的《火花》杂志，紧接着《人民文学》在 9 月号上转载。1957 年，赵树理在长治县的琚寨村下乡蹲点，先后以这里的农业生产合作社为背景，以这里的人和事为原型写出了《五里坡》和《“锻炼锻炼”》两部小说。《“锻炼锻炼”》写于 1958 年，正是“大跃进”的高潮期间。赵树理曾说，《“锻炼锻炼”》是“半自动写的”，是“《人民文学》约稿，自己也愿意写”，是“介于坚持党性和直言批评之间”而成的一部作品。大多数意见持肯定态度，认为它真实地反映了农村人民内部矛盾的复杂性，相当生动地描绘了农村中像“吃不饱”“小腿疼”这一类农村妇女与基层干部的形象。

但是，在反右倾的政治背景下也有一些偏颇意见，认为《“锻炼锻炼”》不但不是农村生活的真实写照，而且说成丑化农民和歪曲了现实。到了“文革”前夕的反对修正主义时，将这篇作品以及赵树理的《套不住的手》《实干家潘永福》等表现“实干”、讲究“实利”的几篇小说诬称为“中间人物论”的代表作。

作为典型的“民间化”的“问题小说”，《“锻炼锻炼”》具体生动地写出了“争先社”存在的现实问题：

首先，农业社的生产形势不太好。借农业社支书王镇海的话说：“现在快上冻了，妇女大半不上地，棉花摘不下来，花秆拔不了，牲口闲着，地不能犁……”副社长杨四海也随声附和。可见，争先农业社确实是遇到了棉花该摘摘不了、花秆该拔拔不了、地该犁犁不了的困难情况。而且，这种情况不是1957年当年一年的情况，上一年1956年也是这样的。据社主任王聚海说，上年他是用“把定额减一减——把摘八斤顶一个工改为六斤”的“救急办法”才解决问题的。

其次，农业社社员的生产积极性不高。在争先农业社，妇女上地积极性不是一般的不高，而是非常不高。为了让妇女上地，上年主任王聚海采取的是修改定额的办法，而这一年，副主任杨小四则采取欺骗的办法。即头一天晚上宣布说，允许大家自由拾花。当第二天早上，“平常装病、装忙、装饿的那些妇女”与别的妇女一样都到了村外南池边集合后，副社长杨小四却突然变了卦，不准大家拾花，而是摘花。他宣布说：“今天来的人一个也不许回去！妇女们各队的到各队地里摘三遍花，定额不动，仍是八斤一个劳动日……”面对此种情况，有个妇女还是说自己的孩子病了，得回去，当场受到杨小四的批评。“还有几个也想找理由请假，见她受了碰，也都没敢开口。她们也想偷偷溜走”，可“各队队长又都坐在通往村里的路上，谁动一动都看得见，想跑也跑不了”。杨小四还宣布说：“谁也不准回村去！谁要是半路偷跑了，或者下午不来，把大字报给她送到乡政府！”

再次，干群关系严重恶化。《“锻炼锻炼”》里所写的争先农业社的整风运动，实际上是“运动群众”，批判斗争群众，就是组织社员批判“小腿疼”与“吃不饱”两个社员。小说里有三个高潮：第一个冲突高潮是杨副主任利用大字报的形式公开批判这两个社员，于是引起了“小腿疼”大闹社办公室，但终于被干部利用法律和政权的力量所制服。“大字报”“大辩论”在整风时期是群众发扬民主的武器，利用它们，群众可以向领导提意见，但文本里它们却变成了领导干部整治群众的工具。辩论中干部们句句逼人，不断上纲上线，逼得农民无话可说。要知道，我们党对待群众的基本原则之一就是“要耐心细致”，而不能用“罚款”“坐牢”和“送乡政府”等国家暴力机器来恐吓和威胁群众。

第二个冲突高潮是，因为社员出工率低，查原因是一部分落后的群众（不止“小腿疼”和“吃不饱”两个）嫌工分太低、定额太高，还有就是自私自利思想作怪，只愿意拾“自由花”，不愿意为社里摘棉花。于是杨副主任就想出前述“拾自由花”的欺骗之法。社员出工就这样变成了强制性的劳动。

第三个冲突高潮，又回到了“小腿疼”等人身上。原来她们以为第二天是自由拾花，于是就自己单独去拾花，结果变成了“偷棉花”，被当作罪犯接受群众的批斗。群众批斗会是变相的刑场，它使每一个参加批斗会的群众都失去人性，成了盲从暴力的帮凶。从小说的情节发展来看，是干部们诱民入罪，然后利用群众的盲目性来整治“落后的农民”。可是，小腿疼等人究竟犯了什么罪？赵树理自己也说：“这是一个人民内部矛盾问题，王聚海式的，小腿疼式的人，狠狠整他们一顿，犯不着，他们没有犯了什么法。”

关于当时干群关系的整个过程，梳理出来就是：先大字报公开批判，再想尽办法抓到“作案证据”，最后进行全民大辩论。这样的方式只能带来恶性循环。

二、“新中国想象”

赵树理希望在民间化的小说世界里，实现他对“新中国”的想象。

他试图编织一个与现实齐头并进的文学世界，小说中的“时间”与现实中的“时间”构成同步关系。20 世纪 40 年代至 60 年代，赵树理在作品中越来越热衷于标记故事发生的具体年代。

小说	发表年份	故事发生时间	故事时间标识或出处	有无故事发生的具体年份
《小二黑结婚》	1943	抗战时期	故事内容	无
《李有才板话》	1943	抗战时期	“抗战以来，阎家山有许多变化……”[4]赵树理《李有才板话》,p.253	无
《地板》	1946	抗战时期前后	故事内容	无
《李家庄的变迁》	1946	1926、1927 至 1945 年	“抗战以前的八九年……”“到了民国十九年夏天……”“到了民国二十四年这一年……”“日本宣布投降的消息传到李家庄之后……”[4]赵树理《李家庄的变迁》,p.1,p.21,p.45,p.122	有
《催粮差》	1946	抗战以前	“抗战以前……”[4]赵树理《催粮差》,p.137	无
《福贵》	1946	1946 年	“……直到去年敌人投降以后……”[4]赵树理《福贵》,p.147	无
《刘二和与王继圣》	1947	1934 年至 1946 年	“一九三四年秋天”“日本投降后……又隔了十来个月”[4]赵树理《刘二和与王继圣》,p.169,p.200	有
《小经理》	1947	1940 年代	故事内容	无
《邪不压正》	1948	1943 年至 1947 年底	“一九四三年旧历中秋节……”、“第二个大变化在一九四六年……”、“到了这年(一九四七)十一月，政府公布了土地法……”[4]赵树理《邪不压正》,p.280,p.300,p.310	有
《传家宝》	1949	1949 年正月初二	“……在本年(一九四九年)这一天早饭时……”[4]赵树理《传家宝》,p.331	有
《登记》	1950	1950 年正月到公历 5 月左右	“小飞蛾生了个女儿叫‘艾艾’，算到一九五〇年阴历正月十五元宵节……”，“……再回头接着说今年(一九五〇年)正月十五夜的事吧：……”[3]赵树理《登记》,p.2,p.9	有
《三里湾》	1955	1952年9月1日至30日	“到一九五二年……就在这年九月一日的晚上”[3]赵树理《三里湾》,p.166	有
《灵泉洞》上部	1958	1940 年初夏至 1943 年	“一九四〇年初夏……”“1941 年春天……”“到了一九四三年三月之后……”[5]赵树理《灵泉洞(上部)》,p.102,p.139,p.219	有
《“锻炼锻炼”》	1958	1957 年秋末	“这是一九五七年秋末……”[5]赵树理《锻炼锻炼》,p.221	有
《老定额》	1959	1959 年	“今年(一九五九年)六月十二日……”[5]赵树理《老定额》,p.354	有
《杨老太爷》	1962	1947 年	“又隔了一年(一九四七年)……”[7]赵树理《杨老太爷》,p.49	有
《互作鉴定》	1962	1961 年	“一九六一年……”[7]赵树理《互作鉴定》,p.106	有
《卖烟叶》	1964	1963 年	“她本来在这一年(一九六三年)……”[7]赵树理《卖烟叶》,p.222	有

时间上，赵树理认为：“中国旧小说有一个特点就是‘有话则长，无话则短’，这和西洋小说‘有话则有，无话则无’不同。”于是，小说中的人物一般用吃饭（日常起居）、开会（基层组织生活）、农历（农事生产），而不是钟表来标识时间。如《小二黑结婚》中的时间。可以说，赵树理在外在的时间概念上，尽力追赶现实事件；而在文本内部的时间概念上，则采取了古代的计时法，从而成为一个自足的整体，以完成他的“新中国构想”。

描写阶级斗争时，赵树理则自然而然地用温情的宗法文化取代残酷的敌我矛盾。

1943年10月,《李有才板话》连载于《群众》,是继《小二黑结婚》之后的另一部扬名之作。茅盾认为“这个中篇当然可以视为赵树理(1943年为止)的代表作”,政治上更是被指定为整风运动、减租减息和土改运动的干部必读材料。作为一部采取“清官断案”模式而创作的问题小说,涉及农村形形色色的问题,如:领导人员缺乏经验,不深入群众;基层政权的复杂性,不管怎么改选,村里的实际政权都牢牢把握在阎恒元手掌中;恶霸地主的多变性;农民的小农意识等等。从阶级斗争角度分析,小说主要讲的就是在土改、减租减息运动中,农民阶级如何实现真正的乡村民主选举,使权力转移到“农民当家做主”的民主政府。只是,小说主要不是从地主与农民对峙的阶级角度去展开问题,而是大量掺入乡村宗法势力的描写,把一个阶级斗争故事转化成“农村宗法文化故事”。

开篇从介绍阎家山的村落布局说起:

> 阎家山这地方有点古怪,村西头是砖楼房,中间是平房,东头的老槐树下是一排二三十孔土窑。地势看来也还平,从西到东却是一道斜坡。西头住的都是姓阎的;中间也有姓阎的也有杂姓,不过都是些在地户;只有东头特别,外来的开荒的占一半,日子过倒霉了的杂姓,也差不多占一半,也是破了产卖了房子才搬来的。

“板人”李有才就住在村东头老槐树下,属于阎家山的杂姓、外来户,又以快板为“业”,这种“下九流”的身份,过去一直被人看不起。正是他代表农民阶级编板书,揭露和讽刺住在村西头的地主阶级村长阎恒元。于是,“阶级斗争”大量表现为乡村宗法势力对外姓人、外来者、外来流民的排斥和欺诈。最后,在老杨同志带领下,找回李有才,通过他的快板,团结了一大批小字辈农民,揭露了村里坐地户、大户人家、宗法势力的代表阎恒元的罪恶行径,迫使他“赔黑款”、“退押地”,最终退出乡村政权舞台；与此同时，村东头“外来的开荒的”，“日子过倒霉了的杂姓”，还有“破了产卖了房子才搬来的”小保、小明和小顺则在农救会选举中获胜。“阎家山，翻天地，农救会，大胜利”，这一皆大欢喜的“大团圆”结局反映了作家真实的愿望：不断消除乡村“恶”的宗法势力，不断扩大乡村“善”的民主势力。换一种说法，在赵树理笔下,《李有才板话》就是以快板形式为传统农村变迁撰写的“未来新中国想象”。

通过展示外来户、本地人、地方官绅、走狗、二流子、佃户贫民、富裕中农、基层干部等形形色色的人物，建构起超越阶级分类的更为广阔的乡村社会网络和等级结构，与他们相关的人事也都可以视为乡村社会常情、常理、常态的表征。赵树理正是在这种稳定的乡村社会结构和伦理体系中来展示人事变迁的。因此，人物作为个体不重要，重要的是其在乡村社会阶层中的类属。他更多关注的是国家政策如何融入乡村社会日常运转中，以及村民在其中如何重塑思想信仰。到了1949年后，最务实的文艺想象则是如何在社会生活的常情、常态、常理中建构起一种新型人格和人际关系。

在人物与空间的关系上，赵树理对人物的处理方式与五四以来的现代小说截然不同。后者要求文章围绕一个核心冲突事件组织完整的结构，造成匀称、平衡的形式美感，要求人物描写深入到心理分析的层次，表现自我分裂式的内心冲突，而赵树理则有意识地淡化人物的重要性，将其转化为背景性人物。

1947年的《李家庄的变迁》可分为三部分。①民国十七年至十八年间一桩乡村官司。写出了未经战争和革命触动的乡村秩序，以及农民张铁锁破产的过程。②铁锁在太原的经历以及回村后的活动。表现的是这个朴素也普通的农民自我觉醒的过程。③村子里的群众场面和群众活动。他们如何与地主、汉奸斗争，最后取得胜利。不是以某个人物为中心，也不是以某一矛盾事件为中心，而是以更为庞杂的空间或群体为表现对象。在试图表现出某一社会环境或空间的现代化变动时，现代小说惯常采用的手法是以一个家族或一个主人公来表现，如《财主的儿女们》《红旗谱》等，人物被放在高于环境的位置，等到他们的历史性格完成时，他们也就站到小说世界最显眼的位置，读者通过人物与环境的象征性关系很自然地累积社会环境的变化。《李家庄的变迁》则不同，环境始终是小说要表现的第一对象。即便是作为第一主人公的铁锁，当完成其任务时，便再次回复到环境之中，“消失”于新涌现出的抗争人群。这大概就是竹内好所说的“先选出来，再使其还原的这样一种双重性手法”。

另外，不同于现代小说中的中心人物是空间的中心，铁锁只是“李家庄空间”中的普通一分子，他身上始终具有某种融合了“主动性”和“被动性”的因素。关于他对自己遭遇的压迫的愤懑，关于他如何迅速接受“知识分子”身份的革命家小常的思想影响，是“主动性”；而他必须通过小常这样的人才能确认“世界的不合理性”和抗争的必要性，他即使成长为新人，也不是引导历史前进的英雄，则是“被动性”。日本学者洲之内彻觉得赵树理笔下的人物，“只不过是具有社会意义、历史价值的影子而已，实际上他们连反对社会权威的战斗都没参加过。新的政府和法令，如同救世主一般应声而到，道路是自动打开的”，很好地说出了赵树理小说人物的“被动性”内涵。

赵树理认为，农民的现代意识形态并不是从既有的由乡村宗教会道门传播的封建世界观和宗族秩序中解除出来，就立即获得独立的个体意识的，而是停留在未被重新整合的“自在”状态。因此，赵树理的小说一方面宣传反迷信，但又没有明确地写出“民主”个体；一方面宣传“婚姻自主”，但又不写“爱情”；一方面配合每一次政治宣传而写出相应的主题小说，但又总被指责为有“农民意识”。事实上，“十七年”时期赵树理的尴尬，正表现在他的文艺形态处于“工农兵文艺”与“社会主义现实主义”两种规范之间的矛盾。

1951 年，赵树理被调到中宣部任文艺干事，实际上是中宣部让他集中精力读书提高，把思想从“工农兵文艺”向“社会主义现实主义”转化。“胡乔木同志批评我写的东西不大（没有接触重大题材），不深，写不出振奋人心的作品来，要我多读一些借鉴性作品，并亲自为我选定了苏联及其他国家的作品五六本，要我解除一切工作尽心来读。”据说那五六本作品中，有契诃夫、屠格涅夫等人的小说，也可能有社会主义现实主义的代表作，如写农村题材的《静静的顿河》《被开垦的处女地》等。

这就难怪作为赵树理的朋友和研究者的汪曾祺曾指出：“很多人一提起赵树理,印象中总以为这是一个‘土’作家。其实不然。……《登记》是为了宣传婚姻法写的，但是仅仅是为了‘写政策’么？这是中国两代女性的罗曼史,是一首优美的浪漫主义的抒情诗。……《登记》不是‘土’小说，它的结构是很‘洋’的。小说的开头写一大篇罗汉钱的由来，然后才从容不迫地进入故事。这种写法像梅里美。”正如那时与赵树理交往密切的严文井回忆说：赵树理原来就读过不少五四时期的文艺作品和外国作品的译本，“我这才明白，老赵并不是一个‘土包子’，他肚子里装的洋货不少”。

因此，有评论者认为，“赵树理是大众现实主义，而当国家要求史诗式的现实主义和社会主义远景的时候，要求从更大视野上来理解乡村问题，社会主义需要政策和策略的政治的时候”，他是“以一个乡村治理者的身份坚持写作并参与到实际斗争去的”，他的“治理者的位置和实践哲学，就体现了他和主流思想的冲突，暴露了危机”。① 也可以说，在面对创作困境时，赵树理总是选择把“人物未被重新整合的‘自在’状态”置于首位。

晚期从“新故事”到“反成长小说”

赵树理的创作显示了中国小说现代化历程中由欧化向民族化突围的一大脉络。“通俗化”与“新启蒙运动”是赵树理文艺观和文化构想的核心。“通俗化”是“文化大众化”的主要道路,是“新启蒙运动”的组成部分。“新

① 孙晓忠、廖美琳:《分家立户：小生产的大转型——民国到合作化小说中的“编户”》，《中国现代文学研究丛刊》2018 年第 12 期。

启蒙运动”是相对于五四时期的启蒙运动而言，指的是延安文艺整风运动之后党和国家领导人有意识地要“拆除文学对大众的障碍”，改造群众的旧的意识并使其接受新的世界观的启蒙运动。这场运动对赵树理来说并不陌生，相反他从心底里热烈欢迎，因为赵树理总是反复强调中国当时的文艺有三个传统：古代士大夫文化传统、五四新文化传统和民间文化传统，而民间文化传统和普通老百姓联系最密切。

“新启蒙运动”源于赵树理对乡村自始至终的亲密情感和变革夙愿。一方面，赵树理在创作生涯之开端即关注“农村”与文化这一命题。1936 年的赵树理将中国乡村比作一个埋头“吃苦”的小伙子，而将自己拟想为“引路人”，欲改变其将苦难委诸命运的观念。赵树理作品中一贯处理的核心问题正是如何从农民的日用伦常、常情常理出发，来确立新启蒙“理”之所在。另一方面，“新启蒙运动”是赵树理有感于中国文艺现状的应对性策略，但他对农村的文艺状况有着清醒的认知。20 世纪 40 年代的农村主要以戏剧和秧歌的改造取得的成就最高，诗歌和小说基本上交的是白卷。普通民众广泛阅读的既不是边区文人出版的“大众文库”,也不是“抗战读本”。经过十多年的旧戏曲改革运动的老解放区农村，旧戏的流行仍然超过新文艺或新戏。1949 年赵树理指出城市旧文艺阵地也很大，赵树理和大众文艺创作研究会的诸位发起人，都怀有争夺封建文化阵地的紧迫感与承担感，但这些文化实践多以失败告终。比如，赵树理曾致力于将新小说改编为曲艺，但新文学作家不干，旧文人干不来。1954 年至 1955 年，通俗读物出版社成立时曾建议成立改编部，后未实现。通俗文艺出版社停办后，赵树理曾与该社编辑提倡办通俗刊物，亦未能实现。赵树理和其友人的文艺大众化实践并未获得文艺界的普遍认同，通俗艺人和民间艺人也未获得相应的文化及经济待遇。

对于 20 世纪 50 年代的文化界而言，最为困难的是如何在文艺美学上落实对于旧的文艺传统的挣脱和新的文艺范式的想象问题。1949 年后新的美学形式还未从表现新生活的文艺中发明出来。通俗化或大众文艺并不等同于完全采用民间形式、旧形式，也不等于无条件地采用口语。

1941 年的赵树理已意识到旧形式对于表现新内容的“‘拖住’的成分多，‘提高’的成分少”。1955 年赵树理坦然承认写旧人旧事容易“生活化”，而新人新事容易概念化。

进入 60 年代，赵树理在传统叙事方式面临失效的前提下试图进行变革，这一变革恰好也折射出 60 年代社会主义文艺实践的内在危机和困境。作为赵树理生平最后一篇小说《卖烟叶》的存在便是一个典型的案例。《卖烟叶》的创作本身就是社会运动的产物，其直接的创作动机就来自推行于 1962—1966 年的“新故事”运动。

《卖烟叶》的开篇有段作者小序：

> 现在我国南方的农村，在文化娱乐活动方面，增加了“说故事”一个项目。那种场面我还没有亲自参加过，据说那种“说法”类似说评书，却比评书说得简一点，内容则多取材于现在流行的新小说。我觉得“故事”“评书”“小说”三者之间没有严格的界限。例如用评书形式写成的《水浒传》，一向被称为“小说”；读了《水浒传》的人向没有读过的叙述起这书的内容来就又变成了“说故事”。
>
> 我写的东西，一向虽被列在小说里，但在我写的时候却有个想叫农村读者当作故事说的意图，现在既然出现了“说故事”这种文娱活动形式，就应该更向这方面努力了。闲话少说，让我先写一个卖烟叶的故事试试灵不灵。

这段直接交代创作意图的“夫子自道”出自赵树理民间本位的通俗文化观。在赵树理看来，“故事”“评书”和“小说”是可以互通互换的文类。经过了 20 世纪 30 年代“文艺大众化”讨论和 40 年代初“民族形式”之争，通俗文学叙事和社会革命理念逐渐融合。“新故事”运动（即“说故事”）即是这一融合的产物，它从属于更大规模的“社会主义教育运动”，旨在以讲故事、说书的形式传播革命精神。“新故事”发端于上海市郊区农村讲革命故事的活动，其间诞生出诸如《故事会》这样发行量巨大的杂志，也催生了大批工农兵出身的熟练掌握讲故事技巧的“故事员”（又称红色故事员、红色宣传员或革命宣传员）。不难看出，“新故事”并不“新”，它和此前的“新秧歌”“新歌剧”“新民歌”等文艺实践分享同一套革命话语逻辑，强调的是根据时代的政治需求为旧文艺形式注入新的革命血液。

如果说“问题小说”是赵树理在长期深入农村生活中“自然”催生的类型，那么，基于“新故事”的外在需求而写出的《卖烟叶》，则别有一番深味：“现在既然出现了‘说故事’这种文娱活动形式，就应该更向这方面努力了。闲话少说，让我先写一个卖烟叶的故事试试灵不灵。”这一“努力”固然是赵树理为适应新的社会变革和意识形态做出的“最后一搏”，但它最终还是被否定了（《卖烟叶》是“我所写的小说中最坏的一篇”）。“故事”“评书”和“小说”在传统的意义上可以互换，但它们和“新故事”始终不能等同。从传播和接受方式来看，“新故事”中的故事员是直接面向群众“以说代读”，以新的“发送—接受”方式完成新一轮文化传统和意识形态的统合。因此可以认为，“故事员”某种程度上取代了赵树理作为革命说书人的角色。赵树理一生追求文艺通俗化，但面对社会和文艺实践的更迭，他也不得不承认：“老的真正的民间艺术传统形式事实上已经消失了，而掌握了文化的学生所学来的那点脱离老一代群众的东西又不足以补充其缺。我在这方面的错误，就在于不甘心失败，不承认现实。事实上我多年所提倡要继承的东西已经因无人响应而归于消灭了……这些新人新书给的启发是我已经了解不了新人，再没有从事写作的资格了。”这段“文革”初的自我反省，恰好也点出了《卖烟叶》的现实处境。《卖烟叶》的“失败”，一方面是由于赵树理没能充分挖掘通俗化文本的革命意识形态潜能，另一方面则是因为赵树理模糊了“说故事”和小说的界限，二者并非同一个概念，甚至可以认为，“说故事”是对小说叙事的某种“反动”。另外，从创作机制上看，“说故事”是“三结合”（领导、群众、作者）的集体创作，目的在于塑造社会主义新人，而社会主义新人是“集体的人”，是无产阶级工农兵的崇高形象，凝结的是自我克制、英雄主义和为集体而献身等社会主义精神，但《卖烟叶》中的贾鸿年却与之判然有别，其形象无论怎样界定都是“反新人”的。

小说中有段叙事者借“社会主义新人”的标准对贾鸿年进行的批评：

> 难道贾鸿年受了多年学校教育，思想上就没有点变化吗？有是有来，只是还远远没有达到脱胎换骨的程度。一个人的思想改造，有个决定性的界限，那就是有没有决心做个合乎社会主义公民标准的新人。谁要是没有过了这一关，他的基本行为就仍是旧思想指导着，学得的一些新词汇、新道理，恰好能给自己的旧思想、坏打算做个伪装、打个掩护，让别人一时摸不透他的底。贾鸿年正是这一种人。

贾鸿年为他自私自利的行为——创作长篇小说获取稿费，进而和王兰结婚——冠以“以共产主义精神教育人民”这样堂皇的理由，由此造成言语和实际行为的反讽。从行为动机来看，贾鸿年和刘正都是“反新人”的，他们的形象也迥然有别于现代中国的“成长小说”。现代中国的成长小说滥觞于清末民初的“少年中国”和“新青年”，其时青年人被塑造成反抗旧秩序、为现代“民族—国家”而奋斗的形象。60年代的社会主义教育运动，显然也离不开对青年人的塑造，不过在“革命后”的语境中，作为“社会主义接班人”的青年人反而成了需要受到批评教育和改造的对象，《青春之歌》《创业史》《金光大道》等表现社会主义新人的小说，正是在此话语逻辑下产生的。相较而言，《互作鉴定》和《卖烟叶》却处处透着“反成长”的意味：“占据所谓‘十七年’文学主流位置的仍然是西方‘成长小说’的各种变体，而我们已经知道赵树理的小说是很难被纳入这一‘成长小说’叙事范畴的。”[①] 成长小说脱胎于

① 董之林：《关于“十七年”文学研究的历史反思——以赵树理小说为例》，《中国社会科学》2006年第4期。

西方启蒙时代的 Bildungsroman（译为“教育小说”或“成长小说”），它关注主人公的心理和情感发展。德国哲学家威廉·狄尔泰认为成长小说的“每一个阶段都有其内在的价值，同时也是更高级阶段的基础”。与此相对，刘正和贾鸿年却没能迈向“更高级阶段”，其“成长”屡次因权力话语的介入而停滞，文本并没有对他们的“成长”做出明确的书写。

当然，这并不意味着赵树理的“反成长小说”毫无价值。在歌颂了陈秉正、潘永福等正面劳动者之后，集体化劳动中个人的位置问题（“不安心于劳动”的刘正们和“投机倒把”的贾鸿年们）被置于聚光灯下，透露的正是作家对社会主义危机的体察。从“歌颂”和“暴露”的创作谱系来看，很显然，赵树理是借“老人”以反对“青年人”，以“社会主义新人”的标准批判和规训青年人，宣扬的是社会主义时代劳动的崇高价值。以《卖烟叶》中贾鸿年的追求对象王兰为例，王兰在群众大会上宣布：“今生今世也不离开本村，要和本村人共同进行生产建设，直到共产主义。”作为“个人主义的依附者”的贾鸿年则站在了王兰的对立面。有趣的是，王兰努力成为“符合社会主义公民标准的新人”，却因“私人感情”和“政治原则”的冲突而伤心落泪，小说对其心理波动有生动的描绘。

赵树理有意无意写下的“反成长小说”与“社会主义新人”并非截然对立；相反，看似不同的两类话语的背后，包含着对“文学”和“人”的关系的不同判断。在赵树理这里，是通过“歌颂”老年人来“暴露”和批判青年人的思想问题，两个系列最终呈现出紧张和分裂的叙事姿态。1960 年以来，“社会主义教育运动”“四清”“五反”等社会运动接连不断，城乡差别逐步扩大，赵树理再也无法像《小二黑结婚》《登记》等小说一样以“大团圆”解决现实问题。尽管这批小说脱胎于“问题小说”，并且和社会主义危机有着更深刻的关联，但它们对问题的解决始终显得捉襟见肘：刘正最后被定性为“自命不凡，坐卧不安，脚步落地，心想上天”，容不得半句申辩。而贾鸿年的投机倒把行为在被公安机关发现后，素来赏识他文学才华的李老师则厉声批评：“你要想重新做人，就得先在群众面前把你自己的底子交代透！千万不要以为在群众中只有你自己聪明！……你才二十来岁，跌倒了爬起来重新做人有的是前途；不过要继续做‘鬼’的话,那就没有人再挽救得了你了！”在社会主义中国，资本主义和社会主义两条路线的斗争俨然到了“人鬼”殊途的境地。当然，这种近乎道德说教的“劝人”小说也有别于其时流行的苏联文学模式，这些脱离社会主义教育的青年人更不像《李家庄的变迁》中的小常和铁锁，在经历革命斗争和启蒙后迅速成长并融入社会集体。日本学者竹内好在《新颖的赵树理文学》中认为：“在赵树理的文学中，既包含了现代文学，同时又超越了现代文学。至少是有这种可能性。这也就是赵树理的新颖性。”这一判断或许更适用于20世纪40年代的赵树理文学。但在60年代，所谓的“超越”已经寸步难行，赵树理塑造那些青年人已非竹内好说的，既“关系到集体的命运”，又能“悠然自得地生活在与自己息息相通的世界之中”。“新故事”和“反成长小说”虽然归属不同的话语阵营和价值立场，但它们在互动中所造成的扭结和冲突，却直指20世纪60年代社会主义语境中青年人的“出路”问题，同时也凸显出赵树理晚期小说复杂的意识形态特质。

在1949年以后立足于“革命”和“民族形式”的社会主义文艺体制中，“新颖”的赵树理文学显得危机重重。不管是对“中间人物”的刻画，还是对农业合作化运动和青年思想问题的忧思，最终集结为赵树理晚期小说中颇具症候的叙事风格,其文学实践和话语方式既脱胎又区别于“问题小说”，为我们测绘出一幅20世纪五六十年代的社会主义时代的文学政治地图。考察赵树理晚期小说的风格,可以发现,其中最重要的症结是：当作家/叙事者与笔下人物存在相当大的叙事“距离”时，赵树理就不得不借助其他叙事手段（多重叙事声口和书信的并置等）来“贴近”人物的精神世界，与此同时，也制造出一系列无法解决的悖论：作家试图理解并诊断社会主义时代青年人的思想病症（“不安心劳动”“投机倒把”等）时，反而一再将叙述对象推至远处。这一难以解决的悖论，背后涉及“人的文学”和“新的人民的文艺”以及“社会主义现实主义”的关系，文学如何表现人，怎样才能塑造真正的“社会主义新人”，都是值得反复探讨的问题。重估赵树理晚期小说的叙事风格，既涉及对“十七年”文学的评价，也关乎如何处理当代文学“一体化”进程中连续和断裂的问题。

赵树理的戏曲世界

从 1936 年赵树理写下第一个剧本《打倒汉奸》开始，到他去世，一生共创作改编十三个剧本，撰写戏曲评论一百一十五篇，总字数超过二十五万字。[①] 赵树理曾这样慨叹命运：“我是生于《万象楼》，死于《十里店》。”1942 年的《万象楼》和 1964 年的《十里店》是赵树理用家乡地方戏上党梆子形式创作的两个表现现代生活题材的戏曲作品。实际上，赵树理所理解和创作的戏剧类型，主要指长期流行于山西长治晋城地区，以上党梆子为代表的上党地区百姓喜闻乐见的各类戏曲。

一、乡土中国剧

赵树理之所以如此重视戏曲，与他对作为传统社会艺术象征的戏曲在现代社会中艺术功能的理解有关：“一本小说不能看几个人，一本戏就有几万人看。如果写成剧本，剧团在农村公演，让老老少少都能看，这有多好！”在赵树理心目里，以声音为主要传播媒介的戏曲，作为中国民族形式最重要的代表，可以让抽象的革命理念转变为具体形象的舞台表演，既简单易懂，又不失艺术本色，非常好地实现唤醒普通民众的革命任务，重塑他们对革命、对国家、对民族的认知，进而在更高的维度上构建革命乡土中国。于是，他开始了轰轰烈烈的戏剧革命：借助熟知的上党梆子等传统民间戏曲，透过家长里短、风土人情等与老百姓切

① 刘成才：《论赵树理戏曲及其社会主义乡村文化理想》，《理论月刊》2019 年第 1 期。

己的民间生活题材，传达宏大的政治命题，形成既通俗易懂又喜闻乐见的现代民间戏曲。

赵树理自小濡染于乡村戏剧文化，对上党梆子怀有无比深厚的情感。他喜爱这种“高亢激越、粗犷豪放”的地方戏曲：“我以为上党戏的好戏是激烈、痛快，我爱这种痛快的气氛。”直到日后离开家乡，辗转于京城等地，赵树理对家乡戏曲心醉神迷的深情始终未变，在他看来，“天下最好听的戏曲就是山西梆子了。山西梆子又以上党梆子最来劲儿”。不仅喜欢，赵树理还熟练掌握了上党梆子吹拉弹唱的技能，有“一个人唱起一台戏来”的本事。

赵树理对戏曲现代戏的态度与解放区政权对现代戏的态度相仿无二。戏曲现代戏在毛泽东代表的延安政权的视野中突现，一方面是因为戏曲形式为老百姓喜闻乐见，一方面是因为较之传统戏和新编历史剧，现代戏能更直接关注现实问题，参与现实生活。这无疑也应该是赵树理创作戏曲现代戏的认识基础。事实上也确是如此。他的“反迷信”的《万象楼》等剧“当时在根据地流传很广，起到很大的宣传教育作用”，当地的老人至今记得演出的一些细节，比如，“演《万象楼》时，演员没有经验，抽纸烟时，用手指拨拉开戴在嘴上的长须，插进去，令人捧腹……”

早在 1934 年，赵树理就开始有意识地通过自己熟知的戏曲形式为革命服务，尤其是看到王聪文的现代戏实践，使他更坚定了戏剧运动的方向：把根据地的实际需求与老百姓喜闻乐见的戏曲形式相结合，以实现他的戏曲乡土中国理想。《打倒汉奸》《两个世界》《韩玉娘》《慈云观》《郿宫图》《做军鞋》《好消息》等戏曲，除了以石印本的文字形式在农村流传外，更被很多地方剧团搬上舞台，在农村广泛演出，起到了很好的宣传教育作用。

在赵树理改编后的戏曲《三关排宴》中，尽管家国情怀很是强烈，但并不惹人反感。如当佘太君听到儿子杨延辉被擒降辽，做了辽国驸马时，唱道：“十余载皇驸马南柯之梦，此一番管教你转眼成空。我杨家保大宋满门忠勇，岂容你小畜生卖国求荣。”这样的唱词，传达的是强烈的民族家国情怀，只是套用了普通老百姓喜闻乐见的上党梆子形式。再加上大家以前养成的感知定势，反而起到了很好的宣传作用，激发起观众学习杨门精忠保家卫国的热情。而且，赵树理用人情伦理凸显戏曲矛盾，使戏曲情节的进展更符合事理逻辑，戏曲也因此焕发出别样的光彩。在杨四郎企图求情侥幸存生时，肖银宗、佘太君、焦光普、杨排风等人相继斥责杨四郎的不齿行径，使得杨四郎叛变的人情伦理因素和叛国的家国政治因素合为一体，观众也就很自然地沉浸在杨四郎的行为不仅是个人行为,更是家国行为的情感认知之中。“真要是老太君把你宽宥，回杨府我还是替你发愁。全家人秉忠心扬眉昂首，你算个什么人混在里头。手下人也不愿把你侍候，对外人又不便让你出头”的唱词，也就回肠荡气地萦绕在众人的心中，久久难以散去。剧尾，佘太君一句“四郎！你死了？你死了好！”唱腔悲怆，让观众深切地感受到作为母亲的佘太君难以言说的失子哀恸，回味之余，慢慢体会到其中隐藏的政治命题——大敌当前，家与国是合一的，个人的命运遭际与国家的兴盛衰败是同一的，从而实现了人情伦理与政治理念的双重胜利。

《十里店》本是以农业与副业的矛盾表现当时严峻的路线斗争，但赵树理却以强烈的生活气息，让严峻的政治主题更贴近农民的日常生活。开场“议娶”中，王家骏去县城请马红英到十里店支援工作，实是要和马红英讨论婚事,和戏曲的阶级斗争主题形成鲜明反差。“安客”一场中，结婚时请不请大队全体干部不是基于阶级考虑，而是“别的干部都请过咱,咱办事不请他们,很有些解释不清的地方”,请大队保管员是因为“杀个猪借个锅灶呀，搭棚借个木料呀，都得和他们打交道”，更多的是基于农村人情往来。最后“查卫生”一场中，李玉屏因故意刁难王东方母亲而被一农妇用炊帚上的锅灰抹了黑鼻子，刘宏建意识到自己受骗时说自己是个二百五，把严峻的路线斗争化为农村日常闹剧。戏曲因贴近农民日常生活，第一次公演就“受到了群众的热烈欢迎”。虽然严峻的阶级路线斗争已经影响到十里店的日常生活，但民众之间赖以维系的依然是传统的人情伦理与风俗习惯。这是普通人在面临时代巨变时更坚忍的凭借所在。

同样，在只写作了三场的梆子戏《焦裕禄》中，赵树理设置了焦裕禄向水利勘探员小王请教如何治洪水、向农民李呈祥请教如何开渠的情节，把抽象的政治理念融入了日常生活中，让焦裕禄的形象具有了普通人的情感，日常生活也因之更具政治感。

二、问题剧

与写作“问题小说”的笔法相同，赵树理在上党梆子现代戏中表达了他对农村现实问题的发现和思考。赵树理创作的戏曲大多配合政治宣传任务。如《两个世界》中，国民党统治的黑暗腐朽与解放区的光明幸福形成鲜明的对比；《巩固和平》严厉批评了“今年成了太平年，咱们可以睡大觉”的麻痹思想，提醒解放区军民一定“要防范，休露空子叫他钻”；《好消息》通过民兵抓获新八军逃兵送回部队的故事，很好地宣传了高树勋新八军起义的英勇事迹。

1942 年，赵树理写出了“有战斗性、群众性”的《万象楼》。《万象楼》应该算是赵树理对自己 1942 年初在太行山区文化界人士座谈会上首次公开的文艺创作观念的最初实践。在那次座谈会上，赵树理说，在群众中占压倒优势的“文化”是“观音老母坐莲台，一朵祥云降下来”，看似不登大雅之堂，实则非常受普通老百姓的欢迎。尽管遭到全场参会人员的哄堂大笑，但赵树理还是坚持了自己的创作理念。座谈会后，他以上党梆子形式创作了“反迷信”的现代戏《万象楼》。翌年便迎来了“创作上丰收的一年”，这一年，他的成名作《小二黑结婚》引起热烈反响，一时间使赵树理成为在农民中可能“除了毛泽东、朱德之外最出名的人了”。

《万象楼》直接取材于 1941 年太行腹地黎城县由汉奸操纵的迷信组织“离卦道”冲击抗日政府暴乱的真实事件，是“赵树理运用他心爱的上党梆子形式创作现代戏的第一次尝试，也是他运用文艺形式为政府服务、解决现实生活中的具体问题的第一次尝试”。表面上讲抗日故事，汉奸吴二勾结何有德是戏曲进展的关键，但实际要表达的主题却是反封建。吴二勾结何有德扮作西天古佛，只用“今日里县政府妖精作乱，公务员都是鬼怪临凡。那县长他本是丧门一转，众妖魔只害得一方不安。不杀他定要遭刀兵水旱”几句唱词，就哄骗李积善等两千多道徒攻打抗日县政府，农民的愚昧封建在戏曲中如此凸显。赵树理在抗日反汉奸的外衣下，表达的其实是反封建这一现代中国的启蒙主题，之所以要利用戏曲这种民间形式，是为了能够更广泛地启蒙民众。

1964 年《十里店》问世。赵树理在《回忆历史　认识自己》中说,《十里店》是“自动写的，而且是自以为重新体会到政治脉搏，接触到了重要主题”。这个剧本通过十里店大队农业与副业的矛盾写农村中的两条路线斗争问题，结尾以“查卫生”的行动象征清除旧社会渣滓和资本主义路线的决心。首先是写农村的阶级斗争。赵树理说自己原本“认为农村的阶级矛盾仍以国家与集体的矛盾以及投机与‘灭机’的两条道路斗争为主。后来听了几次大的政治报告及京郊的几个调查报告，看了《夺印》等戏，逐渐认识了地富篡夺领导权的可怕……”其次是写英雄人物。这一次赵树理决心纠正自己长期很少塑造正面人物乃至英雄人物的缺点。他曾经说过:“什么时候看到我的新作品中的新人物比旧人物更生动、具体了，那就是我有了新的进步了。”赵树理想把《十里店》“写成代表自己‘观念转变’——即‘写英雄’的作品，这一点动机是不会错的”。

《十里店》在写阶级斗争和英雄人物的同时，尖锐托呈出农村存在的问题。如贫农东方母的唱词：“土改后本应该步步如愿，却不料这几年情况倒颠”，“不劳动修下了新房大院，劳动的住的是破瓦碎砖；不劳动每日里穿绸摆缎，劳动的常常是少吃无穿”，“难道说真成了你们的江山？不止是我老婆子心怀不满，谁想到十里店地主变天”等等，透露了农村改革过激过快而造成的危害。于是,《十里店》在山西省进行了一次内部演出后即被勒令禁演，次年因上级干部李学峰的过问又搞了一次调演，这年 1 月初参加晋东南地区“四清”剧目会演，此后几乎再未重见天日。

《十里店》被要求修改时，一开始赵树理拒绝了，认为“《十里店》真实不真实，能演不能演，应由农民群众来决定，他们是生活的主人，最有发言权。”坚决不同意动他剧本里的一个字。但是，在各种压力和因缘际会之下，他还是投入了作品的修改。尽管四易其稿，还是因为《十里店》中道出的问题不适合时代主潮而未能重返人们视野。

三、“歌舞”式剧

赵树理把在农村地区流行的戏曲分为两种，即多演历史故事的“大戏”和主要表现家庭生活内容的“小戏”，而且特别强调“小戏”的艺术价值。他总结了“小戏”的两个特点：其一，故事单纯，往往带点浪漫成分，不过这种浪漫不是惊心动魄，而是异想天开，使人觉得娓娓动听；其二，唱腔虽然简单，却引人入迷，“听进去好像在一个平静的湖面上泛舟，一定也用不着吃力，心情自然随着剧情而荡漾起来”。他认为这种“小戏”的艺术价值在于，能够给劳动者以休息，使他们得到和风细雨式的愉悦和教益，而不是让人大大振奋一下。所以他非常强调地方戏曲对于农民的娱乐功能，一再回忆起农民热爱戏曲的生活细节，即使贫穷，“有机会也还要偷个空子跑到庙院里去看一看夜戏”。基于对戏曲的音乐、唱腔、表演程式的深刻理解，他在评价和创作戏曲时非常重视“唱”和“演”，希望写出“歌舞式戏剧”。

赵树理的戏曲创作充分发挥了“唱”的特色，特别重视汲取戏曲的地方特色，使“唱”和“演”充分结合，比较完美地实现了戏曲的艺术表达功能，而又贴合农民观众的接受习惯。《十里店》和《焦裕禄》是赵树理独立创作的上党梆子剧本，非常系统地反映了他对于戏曲艺术程式的“本色当行”。在表达音乐与唱腔的衔接时，他沿用了传统地方戏曲表达中的“切”“还腔”“过”等用语，而且娴熟运用“大开门”“阴阳板”“转流水”“剁板”等乐调变化；在剧情安排方面，他有意识地保留了戏曲脚本的言语声口，比如“斟酒一巡”“落”“介”“屏入”等动作术语，以强化戏曲的“本色”风貌。对于一些比较短小的曲词，他也着意点出

“唱”的重要性。“小唱剧”《巩固和平》开头就交代：“不布景，不限调，各种地方戏均可唱。”在这一作品中，他主要使用了快板和丝弦两种乐器，也是出于可以到处传唱的目的。较长些的《开渠》，则是以“七字调”为主，参以“打酸枣调”“钉缸调”，共十一场，每场一韵，既有独唱也有合唱形式。这和当时解放区的戏剧普及背景有着十分密切的关系，村村有秧歌、人人唱新戏的浓郁氛围使合唱成为当时农村戏剧活动的重要特征。为了适应不同地方戏曲的交流和搬演，赵树理在剧本设计方面做了比较周到的安排。《开渠》是为上党地区创作的，其中第九场末的“穿场”，作者特意注明：“要是在其他剧种演，穿场可移在下场。”这表明赵树理创作吸取的主要目的是为了“演”，一切以演出效果为重。

地方戏曲中很多表达幽默的程式在赵树理笔下呈现出新的特点，而又非常妥帖地和剧情演出结合在一起，具有强烈的农村生活气息。《十里店》最后一场，李玉屏故意刁难王东方的母亲，一农妇气不过，拿锅底煤烟抹向她的脸，李玉屏“急闭目躲避，但未躲及，被抹了个黑鼻子”。这是化用了传统戏曲中丑角画白鼻梁的方式，虽然以黑易白，但对于农民观众来说，演出效果是一样的，而且富有现实生活趣味。当刘宏建终于明白自己上当时，有这样一句独白：“我真是个——唉！二百五呀！”这也是戏曲中反面人物自曝其短时常用的声腔，赵树理显然是考虑到表演效果才如此设计的。

另外，在结构方面，传统戏曲的叙事思维和其他中国古典艺术的思维方式是相通的，是一种“散点透视”的审美思维，即视角常随人物的穿场和在每出表演中的主次地位而变。这一方面发挥了全知叙述者无所不晓的功能，故事性和传奇性并存；另一方面，情节的不同阶段各成一个相对独立的叙事单元，戏曲的“出”“折”和古典小说的“章回”之间有着内在的相似性。赵树理的戏剧叙事常取散点透视的方式，矛盾冲突因人物变化而演进，视点也常因人物的转换而变化，这样在每一个具体场景中，矛盾冲突与人物关系是单纯的，叙事视角也呈限制状态，而不同场景与矛盾冲突的衔承则全由一个外在的叙述者控制，又在整体上打破了这种相对独立的限制叙事，使之呈现出冲突进展与人物性格变化的统一性。比如《万象楼》，分别将布景设在万象楼上、李积善家门外、街上高地，三处布景构成了剧情的三个叙事单元，最终汇聚成两大阵营的冲突。《十里店》中，赵树理把对重副轻农、投机倒把、损公肥私等所谓“资本主义倾向”的批评嵌套进一场婚姻的全过程，民间伦理秩序之调整的完成恰好是当时运动目标的完成。具有质感的生活细节和矛盾冲突不仅强化了上党梆子的艺术情境，也有效保留了这一剧种的风俗性和地方性。此外，赵树理对戏词的通俗化处理、对戏曲节奏的处理都为这出政治戏曲的艺术化接受提供了坚实基础。

赵树理的编辑世界

编辑作为联结读者、作者和作品的枢纽，极大地决定着作品的呈现方式，导向着读者的阅读心理，甚至操纵着作者作品的传播命运。因此，报刊不仅是一种文化载体，而且是一种社会文化形态。赵树理作为编辑，开始于 1939 年 10 月《黄河日报》的副刊《山地》，后陆陆续续担任了多个刊物的主编、编委，直至去世。

赵树理编辑的期刊一览表

序号	时间	刊物	职务	期刊宗旨	备注
1	1939 年 12 月—1940 年 1 月	《黄河日报》路东版《山地》	主编	发动人民抗日，揭穿阎锡山反共反民主的阴谋	《黄河日报》创刊于 1939 年 1 月，终刊于 1940 年 4 月
2	1940 年 5 月 1 日—5 月下旬	《人民报》副刊《大家干》	主编	教育战士为主的部队报	《人民报》创刊于 1940 年 5 月 1 日，由《黄河日报》（路东版）与 129 师办的《晋豫报》合并而成

序号	时间	刊物	职务	期刊宗旨	备注
3	1940 年 6 月—1940 年 7 月	《抗战生活》	编辑	反映太行抗日根据地军民战斗生活	1939 年 4 月 –1939 年 6 月，由张磐石主编，共出 6 期。1940 年 5 月复刊。1941 年 12 月，《抗战生活》与《华北文艺》合并，改为《华北文化》
4	1940 年 8 月—1942 年 11 月	《中国人》周刊	主编	专发敌占区	赵树理一人支撑
5	1948 年 1 月—1949 年 6 月	《新大众报》周刊	编辑	晋冀鲁豫边区斗争生活	1945 年 6 月 –1947 年 12 月为月刊，后改为半月刊，共出 45 期；1948 年 1 月 –1949 年 6 月为周报，共出 94 期；1949 年 7 月改为《工人日报》
	1949 年 7 月—1949 年 8 月	《工人日报》副刊			
6	1950 年 1 月—1952 年 1 月	《说说唱唱》	主编	开创民族的大众的科学的说唱文艺	1950 年 1 月 –1955 年 3 月，共出 63 期
7	1957 年 1 月—1965 年 2 月	《曲艺》	主编	专发新曲艺作品或加工整理的传统曲艺作品，以及曲艺研究文章	1957 年 1 月 –1957 年 12 月，双月刊；1958 年 1 月 –1960 年 12 月，月刊；1961 年 1 月 –1966 年 5 月，双月刊；1979 年 1 月复刊

注：1950 年代，赵树理还曾参编《文艺报》《人民文学》等刊物，但由于不能决定刊物的大致样态，故未辑录。

作为编辑，赵树理坚实地改造着自己的编辑职责。周作人在《鲁迅的编辑工作》里评价鲁迅编辑工作的两个词“亲切”与“精细”，也形象地概括了赵树理作为编辑的职业态度和道德。

自称“编辑世家”的赵树理，在尊重作者、保护他们的自尊心上可谓尽心尽力。在艰难的战争岁月，赵树理勇敢地承担起沉重的编辑责任。无论是组稿编稿，还是校对排版，都亲力亲为。据华山回忆，为画插画、写标题、描图案，赵树理经常忙得不可开交。但他从未抱怨过，而且还充当同院人的“欢乐调节剂”，时不时地来那么一段快板或戏曲以放松大家紧张的神经。

1948 年，他在主编《新大众报》时，和顺县北头村贾怀玉等人写了《考神婆》鼓词寄到编辑部。尽管行文幼稚，又有很多纰漏，赵树理还是在与苗培时商定后，倾尽心力推敲改写，并将其发表在 1948 年 6 月 11 日的《新大众报》上。面对“字迹难以辨别”的陈登科的《活人塘》，赵树理连想带猜地认真读完，在文末写了“四人赞”对作品进行了评价，并将其郑重推荐给田间。同时，在给陈登科的信里提出具体的修改意见，开出一长串的书籍名称，鼓励他加强文学修养。紧接着，又推荐陈登科进入中央文学研究所学习。更加难能可贵的是，在 20 世纪 50 年代“左倾”思潮席卷整个文坛，赵树理已经被拉出去作为反面典型进行批判时，他仍不忘初心，极力保护作者，把责任揽归自己，认为做编辑的“不必强叫人家和自己的观点完全一致”。

“与躲不开的问题碰头”

赵树理不仅是伟大的作家，而且是解放区和新中国杰出的编辑。他的基本编辑理念——面向群众、针对问题、宣传鼓动、双向互动，既与鲁迅相反相异，又与鲁迅相协相成。1939 年 12 月，赵树理承担了《解放日报》路东版《山地》的编辑任务，“便把多年的理想化为现实——其中形式上鼓词、快板、童谣、故事等无所不包，而总的政治内容以发动人民抗日，揭穿阎锡山反共反民主的阴谋为范围”[①]。赵树理坦言自己年轻时曾深读鲁迅，因此也颇谙“鲁迅笔法”，面对现实中“想躲也躲不开”的材料,他就果断思考“非解决不可而又不是轻易能解决了的问题”，并转化成编辑的主题，为人民答疑解惑。

1940 年 8 月，为了开展对敌占区的宣传工作，新华社华北分社决定出版《中国人》周刊。时在《新华日报》工作的赵树理，受命担任主编。

---

① 戴光中:《名家简传书系 · 赵树理》，中国华侨出版社 1997 年版。

除采用华北新华日报社的电讯稿以外，大部分作品都出自他手。因为报纸是“专发敌占区”，所以，他不遗余力为国统区人民答疑解惑，以辛辣风趣的笔墨一针见血地暴露敌人的凶残和丑恶，充分发挥了他所说的“鲁迅笔法”之匕首之功。如《一串鬼话》针对“什么是汉奸”，以具体形象的事例道出，“凡是无视国家民族利益，一心要搞‘中日亲善’”“东亚协同体”的人就是汉奸。除儿歌《小学生不学日本话》外，《帮助》则借用学生对汉奸所教的日语“帮助”一词的巧妙歪用，宣传了中国人说中国话，绝对不学日本话的道理。而且，赵树理尽可能地宣传根据地的光明，让国统区的人民更好地了解解放区。如《李二嫂的炉边闲话》三问三答，幽默风趣地道出日本鬼子和八路军的截然不同；《比一比看》把“陕甘宁边区的施政纲领”与“敌寇汉奸的鬼话”相并置，指出“谁才是真正地为国为民”。

在报纸的专栏设置上，也颇具特色。《中国人》共四版，第一版专发社论与要闻，第二、第三版有新闻也有议论，第四版则是文艺副刊，一开始没有刊名，直到 1941 年 4 月 16 日第 20 期时，才有了正式刊名《大家看》。赵树理设置了很多专栏，如“老实话”“鬼话正解”“你索寓言”等等，或正面阐述，或反面讽刺，充分发挥了报纸的宣传鼓动功能。“你索寓言”是套用世界知名的《伊索寓言》，针对现实问题，以嬉笑娱乐的方式解说严肃的道理。“鬼话正解”则很好地实现了知识分子与人民大众的双向互动。例如对“同文同种”“王道乐土”等的解释，既有农民式的思考，又有知识分子的口吻，小巧隽永，风趣幽默。大概是看到了专栏独具的“小巧而犀利”的功能，到 1948 年编辑《新大众报》时，赵树理仍沿用了这一设置，安排了“有问必答”“大众信箱”“小辞典”等专栏，不仅解释政治名词，而且解答日常常识，使报刊真正走进现实，走向群众。

在选稿改稿方面，赵树理同样贯彻了“发现问题、宣传互动”之宗旨。1950 年，针对现实中存在的“左倾”问题，赵树理冒着被批斗的危险，毅然刊载了孟淑池的《金锁》。既表现了他珍贵的尊重事实的编辑精神，也体现了他敏感的服务现实的问题意识。因为他认为，“有些写农村的人，主观上热爱劳动人民，有时候就把一切农民都理想化了，有时与事实不符”，而“作者真正了解未解放以前的农村”。缺陷是，作品“没有写出他进步的过程——也就是尾巴接得太短了一点，使金锁一类人读了不知道该如何挺起腰来，‘瞎闯王’‘孟二愣’等农民读了不知道对解放后的金锁在日常生活中应取什么态度，做农村工作的人读了不知道对金锁该如何做工作”。[①] 这又体现了他要求作品应该负起“指导工作”，“服务现实”的编辑思想。

“在而不在”

出身农家的赵树理养成了凡事节俭的习惯——总是最大限度地利用纸张。为了更好地扩大报刊的影响力，使人民群众受到更广大的教育，赵树理在《中国人》的二、三版中缝也做起了“变相广告”，用大写体印刷着：“中国人爱中国，请来阅读本刊，读后讲给别人听，传给别人看，一传十，十传百，功德无量。”可以说，与鲁迅的广告争取文化宣传和市场经济效益不同，赵树理刊登的广告则是服务于政治宣传，争取更大的政治效益。

赵树理编辑的几份刊物，无论是共和国成立前的还是成立后的，全部都是根据地人民政府或国家新闻署授权的官方刊物。作为官方喉舌，代表着国家意识形态，不仅内容上要求紧密配合政治任务，而且形式上也有严格的要求，甚至在读者的定位上也起着极大的导向作用。

《山地》的创办是为了发动人民抗日、揭露阎锡山反共阴谋的；《人民报》是以教育战士为主的部队报，内容由领导根据实际情况随时确定；《中国人》干脆明文规定报刊要执行的政治任务，“一、向敌占区人民宣传我党的政治主张，进行抗战教育；二、向敌占区人民揭露敌寇汉奸的

① 赵树理：《〈金锁〉发表前后》，载《赵树理全集》，北岳文艺出版社2000年版。

一切欺骗宣传；三、介绍敌后抗日根据地，鼓舞敌占区人民的斗争情绪，动员敌占区人民参加抗战并发动敌占区人民的斗争”；[①]《新大众报》则是密切联系群众的工作，对群众说老实话，正确地反映群众的意见。而且，《新大众报》的创办也颇具官方喜剧色彩。当时太行区模范文教工作者会议及文教展览会在涉县召开，为了活跃大会气氛，赵树理临时创办了“新华窗”，以“壁报宣传栏”的形式生动幽默地向广大民众通告会议的内容。会议结束后，一份严肃的报刊就此诞生。

赵树理在编辑刊物时对读者群的定位，极大地契合当时的国家意识形态。他敏锐地意识到：“农民不识字，看不懂书报，只能让别人念给他们听。所以，办小报主要是给农村干部看的，通过干部再向群众宣传。”即便是服务于部队的《人民报》其读者群定位也不外乎农民出身的部队干部。“农民需要什么，我就写什么。农民喜欢什么艺术形式，我就采用什么形式。快板、评书、故事、小说以及地方戏曲，我样样都写……每次写出初稿，先念给老乡听听，征求意见，看看反应如何，再作修改。”[②]因此，来往行人争着抢着看《山地》，交通常常因此堵塞；《人民报》很合战士们的胃口，很受连队战士的欢迎；《中国人》在国统区影响广泛，极大地鼓舞了人民群众；《新大众报》“念了一遍，他们听得上了劲，要求再念，念到正要紧的地方，一颗飞机弹落在战壕附近，战士们将灯光用洋铁片挡了一挡，还叫念”[③]。显在的是受欢迎，隐在的则是报刊宣传、教育、鼓动功能的尽情发挥。可以说，赵树理不辱使命，成功地发挥了报刊作为官方喉舌的最大效用。

同时，赵树理充分考虑到报刊的传播方式，并使刊物尽可能适应此方式。一般来说，根据地的报刊或是单位征订后发放给群众参读参看，或者囿于现实环境和人力财力消耗，干脆张贴于醒目的位置，如城门洞、

① 《党的生活》，中共中央北方局出版，1940 年 8 月，第 18 期。

② 赵树理：《编小报的回忆》，载《赵树理全集》，北岳文艺出版社 2000 年版。

③ 贾青山：《在战壕里读〈新大众报〉》. 转引自宋应离、袁喜生、刘小敏编《20 世纪中国著名编辑出版家研究资料汇辑》第 7 辑，河南大学出版社 2005 年版。

村镇宣传栏等,由群众自发去看。如《山地》就专往人群密集的地方张贴,群众呢，贴到哪里就挤到哪里。比较特殊的是《中国人》，因为是专发敌占区，所以不能借助邮局，只能通过建立有效的短距离运输线，沿途设站，把报纸进行接力传送，然后再由交通员挑担分送到各秘密散发点。这就必然决定了刊物必须小巧轻便、简洁精炼。如《中国人》每期四版，十六开，既便于携带，也便于传阅。

但是,赵树理并不是“唯政治论者”,相反,他坚定地站在“民本立场”上去打量周围的一切。比如前述对《金锁》的刊登，就是“选一篇比较现实的作品来作个参考。”[①]1952 年，在批判浪潮的压迫下，他坦然说道：自编辑《说说唱唱》以来，自己犯过三次错误，“第一次是发表了歪曲农民形象的《金锁》”;“第二次是写《武训问题介绍》中说‘有些人’捧场，‘有些人’批评，故意把‘阶级’观点字样避开”；“第三次是发表了用单纯经济观点宣传种棉的《种棉记》，以为只要使不愿种棉的人读了去种棉就行，也不必给农民以更高的政治教育”。[②]这样沉痛的话语，我们得反着思考。“歪曲农民”“避开阶级”“单纯经济观点”,与此相反的是“抬高农民”“不忘阶级”“政治第一”，后者正是当时的时代主潮，而恰恰正是这些观念严重地伤害了文学独有的审美品格。可以这样说，正是他犯的这三次“错误”，表明了他是一个独立、清醒的编辑大家。

“软性读物”

一个期刊的风格不仅受外在大环境影响，而且受内在小环境，尤其是编辑主体文化追求的影响。赵树理更多地化用民间形式,向“俗”接近,向“软性读物”靠拢，使期刊更具通俗性、民族性和大众性。

限于现实条件，在编辑刊物时，赵树理更多地从最小的形式换取最

① 赵树理:《〈金锁〉发表前后》，载《赵树理全集》，北岳文艺出版社 2000 年版。
② 赵树理:《我与〈说说唱唱〉》，载《赵树理全集》，北岳文艺出版社 2000 年版。

大的收益角度考虑。不仅表现在专栏的设置上，而且体现在排版上趋于密集、紧凑。小小的《中国人》每期四版，十六开，赵树理在这狭小的空间里每版要“挤”上六七篇稿件，约一千三四百字。为此，不得不采用如蝌蚪一般的“小五号”字，以使整张报纸共刊二三十篇文章、五千多字。这绝对有别于鲁迅的“余裕美”，而形成独具一格的“紧致美”。

同时，为了满足读者群——农民、战士、地下工作者——的审美需求，赵树理灵活地化用了各种民间形式，形成通俗气息浓郁的刊物风格。或颇似相声的《李二嫂的炉边闲话》，指出八路军与日本鬼子的天壤之别；或喜剧气息浓郁的打油诗《村政民选小调》，描尽人们翻身做主人的欢天喜地；或朗朗上口的快板《神枪手刘二堂》，赞扬民族英雄英勇善战的光辉业绩；或古朴典雅的旧体诗《避雨者》，讲述背井离乡之人的不幸和痛苦；或曲折生动的章回体连载小说《再生录》，借敌占区一个普通人家被黑暗社会逼迫得家破人亡，农民赵天锡在流离失所无处寄身的境况下最终走上抗日的故事,教育敌占区人民“唯反抗才有真正的出路”；或自创的有韵话《比一比看》，“想要知道谁是真正为国为民，最好看看他行的是什么政令。你若看了陕甘宁边区的施政纲领，敌寇汉奸的鬼话哪里还能哄人？”以参差的韵式、简短的体式，生动有力地宣传了边区的光明……另外，赵树理还活用了民歌的各种形式，如小放牛调、打花鼓调、走西口调等，使刊物既通俗易懂、风趣幽默，又能说能唱、音乐性十足。真不辜负王春对他的评价：赵树理有三宝，“头一宝是懂得农民的痛苦”，“第二宝是熟悉农村各方面的知识、习惯、人情等等”，“第三宝是他通晓农民的艺术，尤其是关于音乐戏剧这一方面的”。[①]

值得注意的是，1939—1942 年的解放区并不是毛泽东在党的六届六中全会上所提倡的“新鲜活泼的，为中国老百姓所喜闻乐见的中国作风

① 王春：《赵树理怎样成为作家的？》，转引自宋应离、袁喜生、刘小敏编《20 世纪中国著名编辑出版家研究资料汇辑》第 7 辑，河南大学出版社 2005 年版。

和中国气派”[①]的文学一统天下，占据解放区主流的绝大多数知识分子是来自国统区的文学青年，他们仍然沿用在外国文学或五四新文学熏陶下养成的文学审美观念，以“雅”的眼光打量这“俗”。与赵树理一起工作的《新华日报》同事就曾揶揄他是“庙会作家”“快板诗人”。其实在编辑《中国人》时，就只有杨献珍、何云和王春等少数几个人支持他的“大众化”主张，也正是何云力主由赵树理编辑主持《中国人》。1942年1月16日，在清漳河畔曲园村召开的晋冀豫区文化人座谈会上，赵树理一开始就成为众矢之的，直到他搬出一大堆仍然雄霸农村文化市场的诸如《秦雪梅吊丧》之类的“民间俗文学作品”时，才激起人们的热烈反应。“提高与普及”也成为人们争执不休的话题。尽管此次会议并没有从根本上改变解放区的文坛现状，但却更加坚定了赵树理的信念：“彻底面向广大群众，对于提高不但不会妨害，反而会为提高造成非常方便的条件。”[②]

但是，等到20世纪50年代整个文坛“通俗”一片红的时候，赵树理反顾自己的创作、编辑生涯，直面当时文艺现状，却语重心长地指出当时编辑们存在的通病——“在选稿问题上，由要求‘形式通俗化’走向‘形式主义’。”[③]这与他当时反思文学内容存在严重违背事实的弊端如出一辙，也正与他1939—1942年独排众议，力推“大众化”“民族化”“通俗化”一样功不可没。

另外，赵树理也喜欢使用插图插画，而且把它们的作用发挥到了极致。如他曾为《人民报》副刊《大家干》设计的题头插画，三个工农兵战士右手抱拳，左手握枪，威风凛凛地屹立在报纸的右上角，而一个身材矮小的日本鬼子兵畏畏缩缩地旁伏于下侧，战栗地迎面注视着我们的战士。这些犹如黑白版画的插图，洋溢着雄壮的工农兵“力之美”，与文章内容相辅相成，极大地鼓舞了读者的士气。

① 毛泽东：《中国共产党在民族战争中的地位》，载《毛泽东选集》，人民出版社1991年版。

② 赵树理：《彻底面向群众》，载《赵树理全集》，北岳文艺出版社2000年版。

③ 赵树理：《我与〈说说唱唱〉》，载《赵树理全集》，北岳文艺出版社2000年版。

于是，轻松幽默的话语形式、简朴精练的雕版图画和严肃整饬的政治内容共同形成了茅盾所说的“软性读物”①。

【研究文献索引】

1. 贺桂梅 . 赵树理文学与乡土中国现代性 . 北岳文艺出版社，2016.

2. 白春香 . 赵树理小说叙事研究 . 中国社会科学出版社，2008.

3. 黄修已 . 赵树理研究 . 山西人民出版社，1985.

4. 孙晓忠，廖美琳 . 分家立户：小生产的大转型——民国到合作化小说中的“编户”. 中国现代文学研究丛刊，2018（12）.

5. 董之林 . 关于“十七年”文学研究的历史反思——以赵树理小说为例 . 中国社会科学，2006（04）.

6. 张卫中 . 大众化语境中的误读——关于赵树理语言研究的审美反思 . 华中师范大学学报（人文社会科学版），2014（02）.

7. 王彬彬 . 赵树理语言追求之得失 . 文学评论，2011（04）.

8. 董丽敏 .“劳动”：妇女解放及其限度——以赵树理小说为个案的考察 . 中国现代文学研究丛刊，2010（03）.

9. 刘旭 . 文学史中的赵树理 . 浙江社会科学，2008（09）.

10. 席扬 . 多元文化视域中的“价值形象”——半个世纪以来国外赵树理研究评析 . 文艺研究，2006（11）.

11. 蒋晖 . 试论赵树理三十年代小说创作的主题和形式 . 文艺争鸣，2012（12）.

12. 陈荒煤 . 向赵树理方向迈进 . 人民日报，1947－08－10.

13. 董大中 . 坚持革命现实主义的道路——试谈赵树理解放后的创作 . 文学评论丛刊第 6 辑，1980.

14. 宋剑华 . 论“赵树理现象”的现代文学史意义 . 文学评论，2005（05）.

① 茅盾：《软性读物与硬性读物》，载《茅盾全集》，人民文学出版社 1990 年版。

15. 朱庆华.论赵树理与“十七年”现实主义文学之关系.中国现代文学研究丛刊，2007（05）.

【思考练习】

1. 20 世纪 40 年代，茅盾在论述赵树理的小说作品时，认为“他站在人民的立场，他不讳饰农民的落后性，然而他和小资产阶级意识极浓厚的知识分子所不同者，即不因农民之落后性而否定了农民之坚强的民族意识及其恩仇分明的斗争精神。”请结合其小说，具体论述赵树理的艺术观。

2. 尽管 1947 年中宣部号召解放区作家沿着“赵树理方向”前进，但 1949 年之后，赵树理的文学作品并没有成为“中国当代文学”的主流文学，反而命运坎坷，遭受了无数的质疑和批判。请结合《小二黑结婚》《“锻炼锻炼”》《三里湾》等作品，对赵树理文学在当代文坛起起伏伏的原因展开具体分析论述。

3. 鲁迅与赵树理对农村的书写,有力地推动了中国乡土文学的发展。只是因为观察视角的不同，两人笔下的农民形象有着巨大的差异。请结合二人具体的作品，从文学立场、视角选择、人物形象形态、主题意蕴等方面对鲁迅与赵树理乡土文学创作进行细致的分析。

4. 作为晋东南土生土长的作家,赵树理“以为上党戏的好戏是激烈、痛快,我爱这种痛快的气氛”。而且,他在总结自己的戏剧命运时说:“我是生于《万象楼》，死于《十里店》。”由此可见，赵树理的戏剧占据着他文学创作的很大比例。请以《万象楼》《十里店》为例，论述赵树理戏剧创作的特点。

5. 20 世纪 40 年代，可以说赵树理“一个人支撑着一个期刊《中国人》”，除此之外，赵树理还编辑或主编了《大家干》《新大众报》《说说唱唱》《曲艺》等刊物。鲁迅生前也编辑了很多刊物,如《语丝》《莽原》等。请结合时代背景，对比分析二人各自的编辑风格。

第二章　山药蛋派“五虎将”

【经典评论】

相近的出身与经历，使他们的人生形态颇多近似之处，这一近似之处，首先体现在情感形态。受其个人出身及其经历中革命及与农民亲密关系的影响，他们与普通乡民在思想感情上有着一种天然的血缘性关联，这也是马烽等四人先后自愿调离作为政治文化中心的京华等地而回到家乡的主要原因。……“五老”与农民的关系，是情感上的，是血缘上的，是由内而外的，是“形”与“神”的统一，而不是如“深入乡村生活”的作为乡村外来者的作家之于乡村的关系。如柳青、周立波等人，他们是理性的姻缘上的，由外而内的，“形”与“神”在某种程度上是相脱节的。前者是一种天生的、与生俱来的亲近，后者则是相互需要的结合；前者去乡村，是回家，后者去乡村，是“下乡”。

受上述情感形态的支配，也因为他们年少时受到的乡村文化的影响，成长时代所受到的民族化、大众化、通俗化的与乡村文化联姻的政治文化的影响，他们的知识结构、价值形态更多地立足于传统的乡间的伦理文化土壤，且与中国以善为美的历史长河一脉相承。这样的情感形态、知识结构、价值观念，使他们在反映农村生活时，更易贴近农民，贴近农村现实。他们的创作实绩全部体现在农村题材的创作上，与他们的此种创作生态是密不可分的。但有一利即有一弊，耀目的灯光下即是黑影的存在。对此种情感形态、知识结构、价值观念的执着、眷恋、赞美，使他们对生活的体验，使他们的文化视野，更多地处于文化封闭状态，更多地处于同质浸染的循环，缺少文化上的开放性，缺少文化异质冲突的可能，也使他们的文化心理结构得不到质的更新与嬗变，在观照农村生活时，缺少了现代文化的参照。

（段崇轩：《山西文坛“风景线”1949—2013》，山西人民出版社2014年版）

过去人们在口头上曾把山西的这个流派称为“山药蛋派”。为什么称“山药蛋派”？这是结合着山西在生产上和生活上的特点，又针对这批作家深深扎根于农村生活，作品有浓厚的生活气息和地方色彩这些特点而命名的……自从“山药蛋派”的称呼在人们口头出现之后，已经过去二十多年，在总结三十年来的经验教训之后，我们应该把发展文学流派的口号响亮地提出，“山药蛋派”的作家们也应该及时地亮出自己的旗帜了。

（李国涛：《且说“山药蛋派”》，《光明日报》1979年11月28日）

从抗日战争到新时期的文学史尽管可以有各种各样的写法，但不管怎样写，每一个阶段都不能漏马烽。漏掉了，就会残缺不全，就会出现空页，甚至就根本无法绕过去。

（艾斐：《中国当代文学流派论》，北岳文艺出版社1994年版）

农民和民兵热爱它，是因为从里面重新看见自己，学的政策、方法，去和进犯者搏斗，保卫家园；部队的同志们喜爱它，是因为指挥员和战士从里面看见现实的群众力量，找到自己的左右手，更有信心与进犯者作战，并消灭它！各机关各级干部们热爱它，是因为他们可以从里面学得这一行工作的知识，作为工作上领导上的参考，特别是县区村干部，真正可以把它当作一部好的文化课本，只要你去接触它，就会把你吸引住。

（李挺：《推荐〈吕梁英雄传〉》，《晋绥日报》1946年7月3日）

【流派基本面貌】

山药蛋派，孕育于20世纪40年代抗日战争时期，兴盛于20世纪五六十年代，主要指表现太行、太岳一带农村斗争生活的山西作家群体，即以赵树理为首，包括其座下的五虎将：马烽、西戎、李束为、孙谦、胡正。

一、20世纪40年代山西的微文化场域

1. 山西农村文化运动的蓬勃发展

在大政方针指导下，山西革命根据地的文化建设逐步走上正轨。或建立农村“梯队化”文化建设机构，层层领导，面面顾及；或建立法制制度，努力做到文化工作有章可依、有法可循；或大力发展农村文化教育事业，加强教育体制改革，民办与公办兼施，采取丰富多样的文化教育形式；或积极开展群众文艺活动，注重发展农村戏剧，举办群众艺术节，经常组织农村剧团公演和竞赛；或强调文化严肃性与娱乐性相结合，大部分村庄都有秧歌队或剧团，几乎村村都要闹秧歌，把教育和战争、生产、日常生活的实践紧密结合；或设立各种奖项，发展壮大文艺队伍，鼓励革命人枪杆与笔杆同时进行。如1944年，晋绥边区举办了“七七七文艺奖”活动。

2. 楷模的力量

随着赵树理《小二黑结婚》《李有才板话》和《李家庄的变迁》的相继问世，作家们或多或少地受到赵树理的影响，特别是1947年“赵树理方向”的提出，更为根据地作家，尤其是山西作家树立了榜样。20世纪90年代，马烽客观中肯地说：“他的作品不仅受到我们的喜爱，也成为我们学习的样板。很早以前，我们心目中就认为赵树理是解放区文学创作的一面旗帜。”并认为，“山药蛋派”是在赵树理潜移默化的影响下“自然形成的”。

二、山药蛋派的发展历史

正如马烽所说，山药蛋派是“自然形成”的，每个山西作家，即便是被称为五虎将的作家们也都没有刻意而为。关于它的命名也是一个由非正式到正式的过程。第一次命名，是50年代中期，在各种公开或私下场合,以非正式的多种称谓形式,如“火花派”“山西派”“赵树理派”“山药蛋派”等。这既与作家们作品的成熟有关,也与山西文学刊物《火花》的发行有关，更因为1958年《文艺报》11月号推出“山西文艺特辑”，收录了马烽的《三年早知道》，西戎的《姑娘的秘密》，孙谦的《伤疤的故事》，李束为的《老长工》和韩文洲的《长院奶奶》《蓝帕记》等。除对作家作品进行总评外，还有专门的单篇评论，标志着新中国文艺界第一次把他们有意识地作为群体给予了特别的关注。第二次命名，则是1979年11月29日李国涛先生在《光明日报》上发表了《且说“山药蛋派”》。在文章中，他详尽地阐述了山药蛋派产生的根源，呼吁为它命名的势在必行。此文有着不可估量的价值，使文坛开始对以赵树理为首的山西农村文学创作命名固化，并开始将其作为现当代文坛不可或缺的文学流派来慎重对待。

山药蛋派作为一个独立的文学流派，在中国独异的工农兵文学思潮中，有着它独特的发展轨迹。就创作实绩而言，大体由三代作家交叉经历了五个阶段。

第一代作家主要是赵树理和“晋绥五作家”的马烽、西戎、李束为、孙谦、胡正，以及太行区的刘江、太岳区的李古北等。他们既有着相同点——以通俗易懂的形式反映山西农村变革，也有着不同点——各自的文化渊源相导。赵树理相比于其他作家，是在五四浪潮下经受了现代思潮而成长起来的作家，他反观历史，反思文学，选择了“文摊”。而其他作家则是在根据地的通俗化浪潮中经历了现实革命风云而成长起来的作家，他们更多是党性作家。正如原山西省委书记王谦所说，马烽是为党而写农民，赵树理是为农民而写农民。这评价也适用于赵树理与其他第一代作家的区别。第二代作家是50年代末到60年代初涌现出来的作家，如韩文洲、刘德怀、义夫、杨茂林、张旺模、侯桂柱、杜曙波、田东照、谢俊杰、马峻等。他们的创作正好处于第一代作家创作高潮的下滑期，创作还没有达到高潮，就夭折于“文革”浪潮之中，因此作品的思想浓度和艺术品格都不算太高。比较有名的有韩文洲的《长院奶奶》《蓝帕记》《天门取经记》，李逸民的长篇《双喜临门》等。第三代作家是新时期文学之初的张石山、成一、韩石山、张平等，代表作品有张石山的《镢柄韩宝山》、成一的《顶凌下种》。但是，除张石山（先后发表了中篇《官锥》《血泪草台班》等作品）还坚守着山药蛋派的创作风格外，其他作家很快就脱离阵营，风流云散，转向了新的创作范式。所以，傅书华先生认为：“从‘山药蛋派’作家的代际转换来看，可以说，第二代作家大大地弱于第一代作家，第三代作家是‘山药蛋派’的回光返照。”

五个阶段分别为：

1. 孕育期：30年代中期到40年代初期

此时期是山药蛋派的初创时期，由赵树理来担纲，主要作品有《盘龙峪》《再生录》等。赵树理以“文摊作家”为己任，秉承30年代以来左翼文学的大众化、通俗化传统，尝试着以通俗易懂的农民化口语反映农民的日常琐事，为山药蛋派的发生发展提供了成功的实践经验。

2. 40年代中后期

在文艺为工农兵服务的方向指导下，各根据地作家学习赵树理创作经验，创作了各类文学艺术作品，推动了解放区文艺创作运动的开展。作为文学流派，山药蛋派此时由赵树理和“晋绥五作家”的马烽、西戎、李束为、孙谦、胡正，以及太行区的刘江、太岳区的李古北等第一代作家担纲，主要作品有《张初元的故事》《金宝娘》《村仇》（马烽），《兄弟俩》《喜事》《谁害的》（西戎），《租佃之间》《红契》《第一次收获》（李束为），《我们是怎样回到部队的》《村东十亩地》《胜利之夜》（孙谦），《碑》《民兵夏收》（胡正）等短篇小说，以及长篇小说《吕梁英雄传》和戏剧《大家办合作》等。这些作品，生动反映了当时农民前所未有的民族斗争和农村阶级斗争的觉醒和抗争，表现了鲜明的时代特色和强烈的主题思想。在艺术方面，吸收传统民间文学的新鲜血液，具有浓郁的地方特色和乡土气息。注重作品的故事性，通过日常生活和平凡人物，表现了解放区的巨大变革。小说语言通俗易懂，叙述方式多用白描，从而形成山西著名的晋绥作家群，极大地促进了文学的民族化本土化。

此期间，身处晋冀鲁豫的赵树理与马烽等“晋绥五作家”，沐浴着毛泽东《在延安文艺座谈会上的讲话》所倡导的文艺方向，符合根据地政治文化的价值诉求，从而进入它发展历史上最灿烂的时期。

3. 高潮期：50 年代前期到 60 年代前期

新中国成立后，尤其在山西第二次文代会以后，社会主义现实主义创作原则的确立，使山西文坛呈现出一派繁荣景象。赵树理，西、李、马、胡、孙五战友先后在山西再次团聚，他们决心深入群众，反映自己所依恋所热爱的人民生活。随后，以《火花》杂志为出版阵地，作家们相继发表了《三里湾》《登记》《“锻炼锻炼”》《实干家潘永福》（赵树理），《三年早知道》《我的第一个上级》《太阳刚刚出山》（马烽），《宋老大进城》《灯芯绒》《赖大嫂》（西戎），《好人田木瓜》（李束为），《伤疤的故事》（孙谦），《汾水长流》（胡正）等作品。

在“双百”方针的贯彻指导下，山药蛋派迅速壮大，如晋东南地区的韩文洲、运城地区的李逸民、晋中地区的刘德怀、晋北地区的杨茂林等中年作家，也相继成为这一流派的后起成员。这些作品，取材于山西农村，充满了山西的地方色彩，于是文化界把他们称之为“火花派”“山西派”“山药蛋派”。由此形成新中国成立后第一个文学流派。不仅影响到本土作家，而且影响到其他作家，无论是在创作方法、思维方式，还是在文学观念上都产生了一定的影响。

山药蛋派创作高潮的最为鲜明的时代性标志是“大连会议”，即 1962 年在大连召开的农村题材短篇小说创作座谈会。会议确立了“写中间人物”和“现实主义深化”两个创作命题，树立了一个标兵、三个样板，标兵是山药蛋派的创始人赵树理，三个样板中两个样板又是山药蛋派作家西戎的《赖大嫂》和韩文洲的《四年不改》。可惜紧接着就是滑坡。随着对“中间人物论”的批判，无论是赵树理笔下的“小腿疼”“吃不饱”，还是西戎创造的“赖大嫂”，抑或是马烽塑造的“三年早知道”，都是“中间人物”的典型，首当其冲成为被批判的对象。山药蛋派创作由此也失去了自己的理论支柱，进入下滑期。

4. 萎缩期：60年代中期到“文革”结束

此时期山药蛋派的影响开始萎缩，代表作品有赵树理的《卖烟叶》《十里店》，马烽的《刘胡兰》等。“文革”中赵树理的去世与马烽等人的停止创作，标志着山药蛋派的创作完全被遏制。这既是当时整个文坛的整体现象，也是山药蛋派自身发展的必然。实际上，早在50年代赵树理的创作就面临着“瓶颈”，第二代作家的“模仿性”又使他们不会有太长足的发展，即便没有“文革”，山药蛋派在60年代中期也呈现出青黄不接的症候。只是“文革”的发生，给作家们以致命的打击，彻底制止了他们对农民价值的诉求。

5. 回光返照期：1978年到2006年

从1978年开始，山药蛋派与其他文学创作流派一样，进入它的青春焕发期。可惜好景不长，到2006年胡正的中篇《明天清明》的发表，标志着这一风行中国文坛六十余载的山药蛋派创作行将结束。此阶段，除以张石山为代表的第三代作家的创作外，还有第一代作家的复出性作品，如马烽的长篇《玉龙村纪事》、杨茂林的《酒醉方醒》等，当然还有马烽、西戎的电影作品。

可见，山药蛋派在创作上最辉煌的时期有两个阶段：一是40年代中后期的解放区，二是50年代前期到60年代前期的当代文坛。可以说40年代末以后，整个中国当代文学的格局是靠他们来支撑的，山药蛋派自始至终都是工农兵文学的一个重要组成部分，代表着工农兵文学的最高成就。

三、山药蛋派的流派特色

山药蛋派的作品大都坚持革命现实主义的创作原则，忠实于农村现实的生活实际，忠实于作家的真实感受，作品具有浓郁的地方特色和乡土气息。

1. 生活描写方面，突出描写现实生活中各种复杂的矛盾，构成强烈的戏剧冲突，以揭示社会问题和反映农村变革。如赵树理《三里湾》围绕合作化和单干两条道路，反映了农民家庭婚姻上的各种问题。西戎的《赖大嫂》通过赖大嫂三次养猪的经历揭示了各种矛盾。

2. 塑造人物方面，主要塑造了农民形象，照农民的口味去写农民。注重人物的多样性，既有背负传统观念重担的落后农民或处在转变过程的"中间人物"，如"小腿疼"、"吃不饱"、赵满囤、田木瓜等，也有朴实自然的新人物，如陈秉正（赵树理《套不住的手》)、老田、铁聚富（西戎《灯芯绒》）等。无论新旧人物，都具有强烈的真实性。这缘于他们不但熟悉农村生活，而且熟悉半个世纪以来几代农民的命运变化，更缘于他们在新人物的刻画上遵循两条原则：一是，"先进"是实事求是，不是吹出来的，是实干出来的；另一是，"先进"要给国家或集体带来好处。

3. 情节结构方面，具有浓郁的民族风格和通俗化特色。故事性强，讲求情节的连贯性、完整性，有头有尾，环环相扣，引人入胜。而且善于设"悬念""伏笔"，以事写人，以言行举止状人。如赵树理《登记》中的"罗汉钱"，孙谦《伤疤的故事》中的"伤疤"。

4. 语言创造方面，以山西口语为基本语言，吸收民间文学、古典文学中的一些词汇和现代汉语书面语言中的一些新词汇，通俗易懂、平易晓畅，又幽默风趣。

总之，山药蛋派的作品在内容上真实地反映了当时的农村变革，塑造了一大批栩栩如生的农民形象，在艺术上，故事性强，语言通俗，极大地促进了中国现代文学的民族化、大众化和本土化。

四、山药蛋派的代表性作家

1. 西戎

【作家小传】

西戎（1922—2001）原名席诚正，山药蛋派文学的代表作家之一。1922年12月出生在山西蒲县西坡村。1935年于蒲县高等小学毕业后，考入临汾省立第六中学，因家中变故辍学放羊。1937年抗日战争爆发后，参加了丁玲领导的西北战地服务团。1938年4月参加蒲县牺盟会工作团，从事抗日宣传活动。1940年5月加入中国共产党，12月随剧社赴延安，在鲁艺附设的部队艺术干部训练班和部队艺术学校学习。五个月后，返回晋西北。1941年冬，再次随吕梁剧社赴延安学习。1942年，西戎在晋绥根据地文化工作队从事文艺宣传工作，发表了处女作《我掉了队后》。1944年，在晋绥边区纪念抗日七周年"七七七"文艺奖征集活动中，与人合作编写秧歌剧《王德锁减租》，获甲等奖。1945年6月与马烽合著长篇小说《吕梁英雄传》在《晋绥大众报》连载。1949年4月任《晋南日报》记者，年底随军南下在四川成都创建《川西日报》，随后又调任《川西农民报》任社长兼总编辑。1952年调北京中央文学研究所创作辅导组任副组长。1955年调回山西省文联，创作了《灯芯绒》《赖大嫂》等一批优秀小说。"文革"时期，被下放到运城西膏腴大队劳动。1975年恢复工作，任《汾水》杂志主编。1992年被中共山西省委、山西省人民政府授予"人民作家"称号。1993年享受国务院颁发的政府特殊津贴。

【精读作品】

《灯芯绒》《赖大嫂》《吕梁英雄传》

【基本面貌】

西戎的创作大体分为三个阶段：

一是新中国成立前。主要以短篇小说反映解放区的战斗生活和农村新生活、新风貌以及存在的问题。如《我掉了队后》描写“我”作为一名八路军战士掉队后，在老乡的护理和保护下逃脱敌人的搜寻，安全返回部队的故事，表现了八路军和老百姓的鱼水情深，细腻深刻。《兄弟俩》写了兄弟两个争着参军，报效国家。《过节》借崔二嫂和婆婆一天的生活，反映了解放区新的婆媳关系。《喜事》里的小秀反对包办婚姻，追求自由结婚。《谁害的》通过蓝英与喜旺的自由恋爱，批判了旧的封建婚姻制度。这些小说有着共同的创作特点：内容上通过新人新事新风尚，反映根据地的新生活；艺术上，极富通俗性，具有浓郁的地方特色和乡土气息；同时注重故事性，情节环环相扣；而且多以喜剧性结尾，洋溢着乐观的气氛。

二是新中国成立后。作为山药蛋派的主将，西戎仍然采用短篇小说反映新生活、新气象和新问题。如《灯芯绒》批判了仍具有旧的生活习气的钱大嫂。《盖马棚》既赞扬了副社长牛三虎的忠诚无私，又批评了他的“左倾”思想。这些作品以人为本，以小见大，以农民质朴的眼光观察、认识和反映生活，多层次塑造具有个性化性格的人物形象，既有言行描写，也有心理描写。尤其表现在短篇小说《赖大嫂》中。

1962年，西戎在《火花》上发表了短篇小说《赖大嫂》。小说叙述了赖大嫂三次喂猪：第一次“收入归公”，赖大嫂赖了一百斤饲料，饿死了养了三个月的猪；第二次“自喂自养，收入归己”，赖大嫂先是观望，后决定散养，任由猪糟蹋别人的庄稼，引起了她与立柱妈的争吵，恼得她杀了猪，吃了肉；第三次，在立柱妈喂猪卖猪取得丰厚的报酬引起轰动后，她厚着脸皮又从社里领养了一只猪。这篇小说秉承了赵树理的“问题意识”，通过赖大嫂三次养猪的经验，反映了社会主义建设时期复杂的人民内部矛盾，批判了自私自利思想和损公肥私的个人主义，提出了如何更好地发展农村经济的尖锐问题。在艺术上，人物形象真实生动，以出色的心理刻画集中突出了赖大嫂的“赖”。

小说发表后，不仅受到读者的喜爱，而且引起了文学界的广泛关注。中国作协于1962年在大连召开“农村题材小说创作座谈会”，对这篇小说做了充分肯定，并作为“写中间人物”的样板性作品加以推广。然而，到了 1964 年，文艺界的“左倾”思潮盛行，中国全面开展了对“中间人物论”的批判,西戎的《赖大嫂》也成了“中间人物论”的“黑样板”，认为是塑造了落后的人物形象，调和了阶级斗争，被打成“毒草”。

三是新时期。尽管年事已高，西戎还是辗转于农村各县，着重述写了三中全会以后农村的新人新事。《春牛妈》表现了植棉模范李长兴，不顾“文革”经受的病痛，在实验田里忙东忙西。《赵庄闹水》则对基层干部进行了深刻的解剖和批判。赵庄为了“闹水”，由白会计用集体的财物去贿赂农机局刘主任，以换回早应该得到又得不到的水泵，于是矛盾就转化到团支书和白会计之间。这场矛盾也就激化成党内的组织作风建设，是坚持廉正原则还是贪污受贿，成为每一个共产党员在新时期都要面临的严峻问题。曾经获得山西省首届赵树理文学奖短篇小说一等奖的《在住招待所的日子里》，以第一人称“我”在等待分配工作期间两次住招待所的经历，嘲讽了现实社会中人与人关系的冷漠、道德风尚的退化、拜金贪利等不良之风，表达了作家呼唤善良人性和社会良知的焦虑心情。上至共产党干部刘主任，下到招待所的普通服务员，都违背良心，贪图小利，难怪作者借作品中人物的口感叹道：“在这个家庭里，我仿佛已经看到生活的光愈来愈黯淡,他去得太远了啊！”小说构思精巧，对比迭起，显示了作为共产党员作家的西戎，抱着强烈的社会责任感和对党对人民对社会的无限忠诚，直面现实生活，直斥社会弊端的情怀。

作为山药蛋派的代表作家，西戎无论是新中国成立前，还是之后，抑或是新时期，都始终坚持革命现实主义的创作原则，忠实于农村现实的生活实际，忠实于作家的真实感受，通过熟悉的一山一水、一草一木和一人一事，在充满浓郁的山西地方特色和乡土风情里寄寓了自己对党对国家的热爱和赞美。

2. 李束为

【作家小传】

李束为（1918—1994），原名束学礼，笔名束为，山药蛋派代表作家。1918 年 11 月出生于山东省东平县朱管村一个农民家庭。小学辍学后，到一家酱油作坊当学徒，饱尝了人间苦难。1935 年，参加阎锡山部队在山东的招兵。抗日战争爆发后，李束为从阎锡山队伍投奔到山西抗日少年先锋队、抗日决死二纵队，转战于太行山、吕梁山一带。1939 年 9 月加入中国共产党。1940 年秋，考入鲁迅文学艺术学院戏剧系学习深造。1942 年冬，李束为回到晋绥边区文联，被派往河曲县第三区农会搞减租减息工作,发表了第一篇反映解放区减租减息斗争的近万字小说《租佃之间》。1944 年，李束为被调到《晋绥大众报》当编辑，陆续发表了一批中短篇小说及秧歌剧，主要有《土地和它的主人》《拦羊娃》《红契》《卖鸡》《十年前后》等。"十七年"时期,先后完成三十多篇小说、散文、报告文学，其中小说《春秋图》《好人田木瓜》《老长工》《于得水的饭碗》《迟收的庄禾》《大事业》，报告文学《南柳春光》《更上一层楼》等，都产生过较大反响。"文革"期间，李束为被作为"走资本主义道路的当权派""资产阶级作家"进行残酷批斗迫害。1984 年担任山西省文联党组书记。

【精读作品】

《红契》《于得水的饭碗》《迟收的庄禾》

【基本面貌】

与西戎相似，李束为的创作也大体经历了三个时期：

一是 20 世纪 40 年代。以短篇小说反映减租减息运动和土地改革运动。如《租佃之间》，堡子村地主金卯故意把原先租给佃农二小子的两块地暗中转租给佃农六十八，引起矛盾，农会及时召开会议，识破阴谋，保护成果。《红契》写曲营村地主胡丙仁表面上老实，暗地里却造谣破坏，逼迫苗海其等几户农民退还他红契。受契诃夫和莫泊桑短篇小说的影响，李束为严峻深沉地剖析人生，题材上不仅广泛地反映社会，而且在描写对象的精巧细致和乐观向上的情调上都颇具契诃夫特色和莫泊桑风格。注重表现农民细微复杂的心理变化。如《红契》中二小子揣着菜刀找六十八护地时，不忘把契约揣在怀里。语言精练含蓄。不注重故事的有头有尾，更多的是场面描写，有一定的跳跃性。如《红契》里二小子与地主金卯的谈话和村里的"群众大会"，借这两个代表性的场景，不仅形象地展现了农村的阶级矛盾，而且客观冷静地塑造了重要人物，颇有契诃夫之风。

二是"十七年"时期。歌颂新生活，批评阻碍社会进步的不良倾向。《于得水饭碗》讲述了农村兴办公共食堂的故事。这篇小说曾经发表过两次。第一次发表时，李束为在"歌颂"食堂化的同时，更多地透露出农村生活的真实情况：农民群众在吃食堂时，连温饱也难以保证，致使农民于得水不得不偷盗集体的山药蛋度日，却被支部书记发现，予以没收。到春节时，全家八口人依靠领导送的一点粮食和山药蛋才不致断顿。然而，发表以后，却被一些人扣上"歪曲大好形势"的帽子。迫于压力，李束为不得不把群众的合理呼声当成坏人的言论，把描写农村贫困状态的文字一笔勾销。第二次发表的《于得水的饭碗》，虽然还是原来的人和事，但立脚点却大不一样，成了一篇宣扬浮夸风的作品。《于得水的饭碗》给李束为创作造成的直接影响是将近三年没有写小说，他认为，与其写那些违背自己愿望、违背农村真实生活的作品，不如不写。直到1962年8月他参加了中国作家协会在大连召开的农村题材小说创作座谈会后，心情才顺畅起来，重新写小说，这就是《迟收的庄禾》。《迟收的庄禾》写的是"大跃进"以后三年困难时期，张二货一家没吃没喝，到了"挽起了死在炕上"的边缘。不得已，只能偷偷在离村很远的山坡上开了一块自留地。庄稼熟了却不能收，甚至不能承认是自己种的，因为怕扣上一顶"走资本主义道路"的帽子。《玉成老汉》也是此类题材。这一时期的李束为冷峻地观照现实，对时代进行深沉的理性思考。

三是新时期，李束为完成了《雨过天晴》《清风习习》等短篇小说，继续展开他对社会问题的思考。

3. 胡正

【作家小传】

胡正（1924—2011），原名胡振邦，山西灵石人。1938 年参加吕梁抗战剧社，1940 年冬到延安鲁迅艺术学院、部队艺术学校学习。1943 年春回到晋西北文艺工作团，深入游击区，并参加武工队工作。1945 年到交城进行文教调查，先后担任晋绥边区文联《晋绥日报》副刊编辑、《晋南日报》记者，重庆《新华日报》副刊组副组长。1950 年到中央文学研究所学习，后任《山西文艺》主编。“文革”期间，胡正被下放到灵石县山村插队落户。1972 年调回省文化局创作组。“文革”结束后，创作有短篇小说《奇婚记》《那是一只灰猫》，中篇小说《几度元宵》《重阳风雨》，长篇小说《明天清明》等文学作品。1992 年 5 月，被中共山西省委和山西省人民政府授予“人民作家”荣誉称号。

【精读作品】

《七月古庙会》《几度元宵》

【基本面貌】

20 世纪 40 年代，胡正的作品真实地反映了战争时期人民的英勇抗战和农村的主要矛盾。如 1942 年 8 月的《碑》，是胡正根据 1939 年秋随吕梁抗战剧社到临汾枕头村演出时听到的女英雄事迹写成的。先是抄在墙报上，受到晋绥地区文艺界抗敌协会的赞赏。后在《解放日报》上发表，国统区《新华日报》和晋西北《抗战日报》先后予以转载。作品集中塑造了女英雄凌前英的形象，歌颂了吕梁英雄儿女临危不惧、舍己救人、不怕牺牲的革命精神。

“十七年”时期，胡正主要揭示了农民在合作化运动中的内部矛盾，体现出强烈的时代精神。如1956年11月的《七月古庙会》，小说以讽刺的笔法刻画了一个工作积极却极端主观主义的副县长魏志杰，批判了官僚主义和教条主义工作作风。1957年3月的《两个巧媳妇》，写了既是邻居又都精明能干的两个巧媳妇杨万花和尹芝贞争强好胜、斗心眼、谁也不肯认输的故事。

1962年出版的长篇小说《汾水长流》是胡正创作生涯中的里程碑之作。这部二十多万字的长篇小说，以现实主义的创作手法、严谨的结构、鲜明的人物形象，全景式地描写了20世纪50年代初晋中汾河岸边的农村风貌。通过防霜、抗旱、春荒闹粮、麦收、扩社等几件大事，将农业合作化过程中各阶层农民的思想情绪和他们繁复多变的关系叙述得波澜起伏、风生水起。无论是思想还是艺术上，《汾水长流》都标志着胡正创作的全面突破，与赵树理的《三里湾》、刘江的《太行风云》和马烽的《刘胡兰传》，共同构成了山药蛋派在新中国成立后的长篇史诗。

新时期，重返文坛的胡正又重新焕发极强的创作生命力，先后创作了《奇婚记》《几度元宵》《又是元宵》《遭遇》等小说。这些小说从农民利益出发，从现实生活出发，对过去十七年进行了实事求是的深刻反思。在伤痕小说风行的当时，短篇《奇婚记》另辟蹊径，以对人物思想情感和不同个性的展示为重点，通过郭秀妮和周全娃等普通劳动者同邪恶势力的斗争，褒扬了他们高尚无私的品格和倔强不屈的精神，揭示出正是他们的勇敢坚贞才是战胜“四人帮”的思想基础。1982年，分别以正篇《几度元宵》和续篇《又是元宵》发表的中篇小说，则以农村青年沈翠叶、薛安明为争取婚姻自由，同极“左”路线和封建世俗观念顽强抗争为线索，梳理了从“四清”运动到粉碎“四人帮”后农村的几度变迁，对社会进行了深刻的纵横剖析，既具有沉重的历史感，也有鲜明的时代感。艺术上，《几度元宵》在山药蛋派故事完整、情节曲折和喜剧性结局的基础上，以元宵节为节点，创造性利用了多线索并进的结构方式，将现实与回忆并置，把场景描写与人物命运相结合，在众多人物错综复杂关系的发展过程中，多侧面多角度地刻画了生动的人物形象，多层次多方位地反映了广阔的社会生活。表现手法上，除象征、比喻、倒叙、插叙等外，人物心理的深刻剖析，也增强了小说的思想深度，具有很强的哲理性。

4. 孙谦

【作家小传】

孙谦（1920—1996），原名孙怀谦，山西文水人。上学四年后，因家境窘迫辍学。1937 年考入山西国民军官教导团当兵。抗战爆发后，参加了青年抗日决死纵队。1938 年调黄河剧社，曾到晋东南民革学校学习有关音乐、美术等文艺知识，开始接触外国文学和中国新文学。1939 年加入中国共产党。1940 年到延安鲁迅艺术学院的部队艺术干部训练班和部队艺术学校当辅导员，同年秋天进入文学实习班学习了三个月。1942 年夏回到晋绥文联工作，后到保德县担任文化部部长。1947 年冬，调到东北电影制片厂任编剧，开始电影工作，先后担任《盐》《葡萄熟了的时候》《谁是凶手》等电影的编剧。1957 年，在山西省文联从事专业创作，继续电影工作，先后担任《谁是被抛弃的人》《伤疤的故事》《万水千山》《山花》《咱们的退伍兵》等电影的编剧。1988 年，与马烽合作编写电影剧本《黄土坡的婆姨们》。1992 年 5 月，被中共山西省委和山西省人民政府授予“人民作家”荣誉称号。

【精读作品】

小说：《村东十亩地》《奇异的离婚故事》

电影：《泪痕》《咱们的退伍兵》

【基本面貌】

20 世纪 40 年代，孙谦的文学创作主要是短篇小说和秧歌剧。或描写战斗生活，或反映土改斗争，以现实主义创作方法，真实地反映工农兵的生活。处女作《我们是怎样回到队伍的》，以第一人称视角描述了在一次战斗失利后，“我”同部队失掉联系，遇到一位身负重伤的女战士刘勇。作者采用两次“闪回”手法来表现刘勇的性格。一次是我望着她思索的面孔和蓬乱的头发时，引发出对她乐观、坚定精神的联想；一次是为了取水，双脚拼命踩淤沙时，忆起她的勇敢忘我的品格。《村东十亩地》写的是贫农杨猴小在村东有十亩好地，被地主活财神诬陷而夺走。六年后，村里成立了农会，杨猴小自觉腰杆硬了，但还是险些上了活财神的当：活财神给杨猴小写了假契约，表示要退回村东十亩地，暗地却抢收粮食。后在农会领导下，斗倒活财神，农民翻了身。作品较为典型地反映了农村中严峻的阶级斗争和土改给中国农村带来翻天覆地的变化。

“十七年”时期，孙谦有意识地从真实的生活中寻找题材，从善良纯洁的人性人情中挖掘人的本质。《奇异的离婚故事》写了一位老干部于树德在进城后，随着环境地位的变化，竟然抛弃了患难之妻。后改编成电影《谁是被抛弃的人》。此作与萧也牧的《我们夫妇之间》很相似，批判了“糖衣炮弹”对革命干部的腐蚀，颇具时代气息。《有这样一个女人》亦是如此，写了干部刘国本道德败坏，强奸少女被捕。这一时期，小说构思精巧多变，故事性强，善于制造悬念。语言在山西口语的基础上，又采用了排比、反复、对比等修辞，既丰富多彩又富于抒情。

新中国成立后，孙谦的创作重心转向电影文学，以他熟悉的农村生活为题材，反映了农民翻身做主人的喜悦和新旧思想的矛盾。如 1956 年的《丰收》，作为山西新中国成立后第一部获奖影片，通过“打井”揭示了农村先进与落后思想的矛盾，塑造了张初元、孙富贵、孙小冬等形象。新时期，与马烽合作相继完成了《泪痕》《咱们的退伍兵》等电影，都极具时代特色和泥土气息。

5. 马烽

【作家小传】

马烽（1922—2004），原名马书铭，山西孝义人，当代著名作家、评论家和影视人。父亲马子骅，是前清末年的秀才，后学中医，以行医来维持生计。马烽五岁时，父亲去世。1937 年冬，日寇入侵山西，学校被迫关闭，差半年就毕业的马烽只得辍学回家。1938 年春，马烽参加了抗日游击队，随军转战于太行山、吕梁山一带，1938 年冬加入中国共产党。1940 年冬进入延安鲁迅艺术学院附设的部队艺术干部训练班学习。1942 年冬，马烽回到晋绥边区文联文艺工作队。1944 年，在晋绥边区文艺界发起抗战七周年文艺奖金征文活动中，创作了通俗故事《张初元的故事》，获小说散文类乙等奖。同年调《晋绥大众报》，和西戎合著发表了长篇章回体小说《吕梁英雄传》。1951 年，马烽发起筹备中央文学研究所。1956 年回到山西省文联。“文革”结束后，马烽除创作了一些短篇小说外，把更多的精力放在电影文学上。

【精读作品】

小说：《吕梁英雄传》《三年早知道》《我的第一个上级》

电影：《我们村里的年轻人》《泪痕》《咱们的退伍兵》

【基本面貌】

作为山药蛋派五虎将之一，马烽可谓是主流文坛的多面手。既有长篇革命历史小说《吕梁英雄传》，也有反映解放区军民生活的短篇小说《张初元的故事》《一个下贱的女人》《村仇》等和反映山西新农村新生活的短篇小说《三年早知道》《我的第一个上级》《结婚现场会》《葫芦沟今昔》等，还有很多影视创作《扑不灭的火焰》《我们村里的年轻人》《泪痕》《咱们的退伍兵》等，以及探析文学创作规律的文学评论作品。

长篇小说《吕梁英雄传》作为革命历史小说和革命通俗小说，是毛泽东《在延安文艺座谈会上的讲话》的指引下根据地文化结出的一枚硕果，是文学走向民族化、大众化的一次成功尝试，生动真实地再现了抗日战争，为解放区长篇小说创作的发展和繁荣做出很大的贡献。小说从一开始就有明确的目的性，是为了配合当时的斗争和工作任务，宣传党和国家的抗日主张，呼吁民众不做亡国奴，勇敢拿起枪去反抗日本帝国主义。1944 年底，晋绥边区召开第四届群英大会，参加会议的马烽和西戎被英雄们可歌可泣的动人事迹所感动。《晋绥大众报》编委会决定由马烽、西戎挑选一些典型的材料，编成连载故事。1945 年 6 月 5 日，《民兵英雄的故事》在《晋绥大众报》上发表，后改为《吕梁英雄传》。1946 年 8 月 21 日，在报刊上登载完毕，共九十五回。作品完成后，又参照各方面的意见，进行了全方位的修改。1946 年，马烽、西戎整理了前三十七回，由吕梁文化教育出版社出版了单行本。同年，周恩来和董必武率中共代表团去重庆与国民党政府谈判时，将《吕梁英雄传》带到重庆，在《新华日报》上连载。1949 年初，马烽、西戎把专家和群众的意见进行归类，对小说进行了全面的修改，将九十五回压缩为八十回，于 1949 年 10 月由北京新华书店出版发行。《吕梁英雄传》曾风行各地，翻印了若干版。仅 1949 年在天津一地，就印行了两万五千部，等于过去文人出了十四五版的集子（以两千部为一版计）。后又被接连翻译成日文、俄文、朝鲜文等多种语言出版发行。

《吕梁英雄传》通过吕梁山区康家寨民兵的抗日斗争故事，反映了晋绥根据地“把敌人挤出去”伟大抗日斗争的全过程，表现了解放区军民波澜壮阔的人民武装斗争，显示了抗日战争全民抗战的特点和人民战争的伟大力量。首先，小说表现了根据地人民在抗日战争中如何觉醒、如何成长、如何翻身的变化过程，如何由个人的复仇行为逐渐转变到有组织的抗日行动。其次，作者浓墨重彩地刻画了一系列抗日勇士，如武得民、雷石柱、孟二愣等。另外，小说有力地揭露了日本帝国主义的侵略罪行和国民党反动派所谓“曲线救国”的投敌卖国的可耻行径、反动地主为虎作伥的汉奸罪行。艺术上，《吕梁英雄传》忠实地实践了“毛泽东的讲话精神”，力争做到“为中国老百姓所喜闻乐见的中国作风和中国气派”。结构上，采用章回体的形式，增强了作品的故事性。全书共八十回，在结构上可分为三大部分。第一回到第十九回写反维持会的斗争；第二十回到第四十九回写康家寨抗日力量不断壮大，日本鬼子、汉奸遭到沉重打击；第五十回到全书结束写民兵们大搞围困战，直到把敌人全部挤出去，取得了斗争的胜利。三大部分紧密相接，不可分割。在每个大的斗争阶段中，又夹杂着许多小故事，这些小故事有头有尾，独立成章。而且，在回与回之间常用“卖关子、设扣子”的叙述方法，使作品更富有传奇色彩，具有极强的可读性。人物形象塑造上，常把人物放在矛盾斗争的漩涡当中，通过人物的言行显示人物性格，通过故事的发展完成人物形象的塑造。语言上，大量采用山西农民口语和民间谚语，既有利于展现人物性格，又使作品富于地方色彩和乡土气息，真正做到了“识字者能看懂，不识字者可听懂”。

总的来说，《吕梁英雄传》体现了同时代同类型革命历史小说的叙述共性，既是“英雄的说部”，在构架适应当时解放区时代背景的宏大叙事模式时，无形之中于草莽之气中蕴含了强烈的史诗性品格，也具有不容置疑的革命权威性，形成了当时风靡解放区的新英雄传奇。

马烽的短篇小说创作，大体可以分为三个时期：

1. 探索期（1942—1949 前夕）。代表作《张初元的故事》《金宝娘》《村仇》等。《张初元的故事》根据边区劳动模范张初元劳武结合的真实先进事迹创作而成；《金宝娘》叙述了在万恶的旧社会店头村金宝娘一家的痛苦遭际；《村仇》生动有力地揭露了地主阶级争权夺利，嫁祸于农民的罪恶和阴谋。这些小说大多取材自己亲身经历、体验过的战斗生活和农村斗争事件，富有鲜明的时代特色和强烈的主题思想。作品中的人物形象都是社会底层的农民，以小见大，反映了时代变迁带给人们翻天覆地的变化。语言通俗生动，叙事多采用顺叙，并通过插叙、倒叙等手法增加作品的容量。

2. 成熟期（1949—1966）。代表作有《三年早知道》《我的第一个上级》《太阳刚刚出山》等。《三年早知道》讲述了一个勉强入社的中农赵满囤在农业合作社不断发展壮大的过程中提高觉悟、转变思想的故事。《我的第一个上级》塑造了一个农村干部老田的形象，突出了他的实事求是、尊重科学、为人民长远利益着想的优秀品格。此时期小说坚持现实主义的创作方法，内容更加丰富，既有表现农村技术革新的，也有反映老一代农民在新社会笑着和自己的过去告别的。人物也更加有血有肉。马烽惯用第一人称，细节平凡又典型，语言通俗明快，质朴通俗，故事性强，泥土味浓。

3. 回归发展期（1976—2004）。代表作有《结婚现场会》《葫芦沟今昔》等。《结婚现场会》叙述了作为县委书记的“我”应邀到该县一个穷乡僻壤西岭大队参加结婚现场会，以实事求是的工作作风取得老牛筋的信任，使结婚现场会圆满完成。《葫芦沟今昔》写记者到葫芦沟采访，通过耳闻目睹，强烈感受到改革开放给农村带来的巨大变化。小说在继续保持原有风格的同时，开始大胆反映改革中出现的新问题，并敢于提出自己对这些问题的真知灼见。

作为山药蛋派的五虎将之首，马烽的短篇小说既有着共同的流派特点，也有着自己的独特风格。真实是马烽小说的生命，也是他创作成功的奥秘。广泛继承古典小说和民间文学的优秀传统，自觉运用群众喜闻乐见的形式，真实反映农村生活，努力刻画农民、农村基层干部形象，赞颂他们朴实勤劳的精神。积极追随时代前进的步伐，及时反映农村变革中带有萌芽性质的新生活、新人物，使作品具有“史”的价值和积极向上的艺术力量。同时，常常借助喜剧性的情节，使作品妙趣横生，富有时代特点和喜剧色彩。

马烽作为山药蛋派的主将，除小说外，还有很多影视创作。他的电影创作开始于 1954 年与西戎合写的电影剧本《扑不灭的火焰》。作为马烽的成名作，《我们村里的年轻人》把“大跃进”作为人物活动的大背景，用浓墨重彩写了以高占武、曹茂林为首的农村年轻一代靠自己勤劳的双手，发挥集体的聪明才智，劈山修渠、引水发电，改变家乡面貌的故事。

在电影里，作者有意识地淡化背景，把劳动与爱情相结合，真实反映了新中国成立以来的新农民精神面貌。1979 年，马烽在《汾水》上发表了电影剧本《新来的县委书记》，后改编成电影《泪痕》，展现了新来的县委书记朱克实来到金县后，大刀阔斧，通过追查县委前书记曹毅“自杀”一案及对“全县的旗帜”木村公社真实内幕的调查,反映了粉碎“四人帮”后，清除其残余和流毒的必要性和紧迫性。20 世纪 80 年代，马烽完成了《咱们的退伍兵》,叙述了复员军人方二虎回到家乡“乱石沟”，带领全村共同富裕的故事。《黄土坡上的婆姨们》反映了农村男劳力大量流失到城市后，这些农村妇女依靠自己的辛勤劳动，带着村里的“7字 3860 部队”，承包荒弃的土地，换来了农业的大丰收。在讴歌的同时，作者也提出“如何正确处理工业、农业和副业的关系问题”，因此有“问题电影”之称。与小说相同,马烽在影视创作上也坚持现实主义创作原则，正视社会矛盾，既讴歌社会主义新生活，也真实地反映了存在于现实生活中的各种问题。艺术上，运用幽默的人物语言、典型的细节和富有喜剧性的情节，形成明快、流畅、富有喜剧性的个性特点。

马烽的文学评论大体可以分为三大类：1. 对社会主义时期文艺发展及存在问题所发表的评论。虽然数量虽不多，但显示了马烽对社会主义文艺的热切关注，如《我是怎样学习写作的》《坚持为工农兵的方向》。2. 创作谈。既有对某一篇小说创作过程中成功经验的总结，如《〈三年早知道〉的写作经过》《〈我的第一个上级〉写作经过》等；也有对自己几十年创作的总结,如《三十年创作的小结》《读书、生活、创作小议》《从民间文学中吸取养料》等。注重文学创作的“新、短、通”。3. 评介青年作家作品的评论。马烽热情扶植优秀新人新作，或为他们的作品写序，或给他们的作品写评论。如给成一的小说集《远天远地》写的序。马烽的评论虽不多，却平易亲切，明快动人，深入浅出。

五、山药蛋派的意义和局限

判断任何一个流派的发展与消亡，都应该从社会历史前进的步伐，以及流派内部构成及其特征和流派形成环境的整个文学发展上考察。山药蛋派在中国农村题材创作上立下汗马功劳，形成从 1949 年到 1966 年中国农村小说创作版图的重要一角，具有无可比拟的意义。山药蛋派首次在中国新文学历史上完成了文学与农民相结合的重大课题。他们采用农民喜闻乐见的中国作风和中国气派，成功描写了千百年来农民的真正觉醒和彻底翻身得解放的斗争，塑造了众多个性鲜明的农民新人形象。以坚强的党性，坚持现实主义创作方法。无论是在战火纷飞的战争年代，还是在“低气压”的 20 世纪 60 年代，山药蛋派作家们在热情讴歌农村社会主义变革的同时，也把笔伸进农村现实生活的深处，真实描绘了农民的封建积习，更为难能可贵的是揭示了生活中存在的各种现实问题。

只是，山药蛋派作家的农民本位思想，使他们以仰视的目光审视农民，把农民的文化价值视为一种审美理想，一定程度上束缚了作家对问题的深层思考。艺术思维也不够开阔，在审美取向上、中外借鉴上都尚显拘谨。

六、“山药蛋派”的影视创作

20 世纪 40 年代以来，山药蛋派作家作品作为一种文学现象、文学流派、文学精神，对整个山西文学乃至中国文学的影响深刻而持久。“山药蛋派”的影视创作，尤其是马烽、孙谦、西戎的电影创作，可以让我们发现山西电影的进展脉络，也可领略山西电影的独特风采。

歌颂与问题并存

因山西省无拍摄电影权利等现实原因，从新中国成立伊始到 20 世纪 80 年代初期，山西人与电影之间的关系主要依托于山药蛋派作家作品的改编。根据山药蛋派创作思想的发展演变与电影剧本的创作特征变化，大体可以分为三个时期。第一时期是 1956 年—1976 年，代表性作品有《扑不灭的火焰》《我们村里的年轻人》等，凸显讴歌和赞美，但已显现阶级斗争的气味；第二时期是1977年一1984年，经典作品有《新来的县委书记》(影片名为《泪痕》)、《几度风雪几度春》等，重点在直面历史，反思历史，揭示生活本质。第三个时期是1985年—1989年，主要作品有《咱们的退伍兵》《黄土坡的婆姨们》等，侧重改革中面临的贪污腐败问题。从山药蛋派三个时期作品改编或者电影剧本创作中，既可以看到他们创作风格的变化，也可看到在社会变革中国人的心理变迁。

1959年在全国上映的《我们村里的年轻人》，是马烽独立完成的第一部电影文学剧作，也是山药蛋派第一时期的经典性作品。影片通过一群农村青年劈山引水、建造水电站从而改变家乡面貌的壮举，歌颂了年轻人投身家乡建设、甘于奉献的大无畏精神，塑造出一系列个性鲜明的年轻人形象，如性格沉稳、善于思考的复员军人高占武，热情聪慧、性格倔强的孔淑贞，以及其他如小翠、李克明、王二狗等性格迥异、想法多样的农村青年。影片时代痕迹明显，剧作创作目的也很明确，如迎合“向大自然宣战”“多快好省建设社会主义”等标语任务，但并没有影响影片的观赏性。影片围绕“劳动与爱情”，在体现“劳动最光荣”的基调上侧重村里年轻人的爱情纠葛，就今天看来也有较强的趣味性。影片中的小翠喜欢有文化、长得帅的李克明，李克明贪恋她的美貌却嫌弃她没文化。当美貌与智慧并存的孔淑贞出现时，李克明自然移情别恋。影片中男一号高占武、男二号曹茂林都喜欢孔淑贞，而他们能够看上孔淑贞，除了因她的美貌，更多的是其爽朗、泼辣、坚韧的性格。这种多角恋的设置，就是在今天也仍然具有很大市场，故在那个全民思想一统的年代，这样的片子实为难能可贵。

影片中的孔淑贞与小翠也同样彰显了新时代女青年的精神状态。虽然不可避免“男女都一样”的官方诠释，但较之于20世纪50年代初期影像中的女性，她们更多了独立自主的成分。之前影片中的女性大都反对婚姻包办，反抗对象是村中的封建专制以及来自父权的压迫，而在这部影片中，已然不再是与父权与族权的矛盾，却是自己与自己之间的冲突。对个体“人”的强调是本片比较突出的一个亮点。这一时期大部分作品流于对标语的阐释，而这部影片在阐释的基础上不失自己的风格。影片细节刻画也围绕“人”本身而作。如因为性格不同，每个人的行为动作也不同。李克明比较自私，以自己为中心，不管孔淑贞对其的拒绝，仍借机讨好；曹茂林比较憨厚老实，虽然喜欢孔淑贞，却一直不敢表白，每次遇见孔淑贞都是紧张万分、束手无措。整部影片虽不可避免政治意图，但叙事流畅通俗，恋爱戏轻快又不失真诚，在限制爱情书写的年代，无疑是一部值得认可的影片。

随着政治意识形态的深入干扰，马烽创作中的人物形象塑造开始趋向概念化和单一化。如马烽与孙谦合作的两部电影文学剧本《千秋大业》与《高山流水》。这两部剧作与《我们村里的年轻人》题材一样，都是关于农民喝水难的问题，讲述农民与天斗、与地斗、勇于牺牲自我的故事，不过人物日常生活味道越来越淡化，思想性更加强化。如新式农民郑山花（《千秋大业》）、赵春山（《高山流水》）较之于《我们村里的年轻人》的高占武来说刻板且缺乏生活情趣。高占武需要吃饭休息，也需要谈恋爱，但赵春山吃不下饭、睡不着觉，为修渠半夜 3 点找沈县长谈话。大尉军官张大年也顾不上回家，去医院看望因救人负伤的妻子郑山花（共青团支书），两人仅在车站匆匆见了一面，便各自回到了自己的战斗岗位。里面所涉及的旧式农民，他们最初都是坚持个体生产，后在先进人物的带领下，提高了政治觉悟，相信集体，成为热情建设社会主义的一员。

十年“文革”结束后，山药蛋派作家们在伤痕文学和反思文学兴盛时期，也推出了自己的“伤痕电影”。如由孙谦、马烽所作《新来的县委书记》改编的电影《泪痕》，是此类电影的上乘之作。剧作构思精巧，情节跌宕起伏。影片以“疯女人”孔妮娜为主线，围绕被迫害致死的前县委书记“曹毅之谜”历史疑案，把 20 世纪 70 年代末期全国范围的拨乱反正工作浓缩到一个县城内，以此反思多年来的错误路线以及“实事求是”在现实中执行的艰难。影片中的人物形象塑造也比较成功，相对比较饱满而不模式化。如“说不清是我的思想跟不上形势，还是形势跟不上我的思想”的公安局局长吕明远，粗暴打骂群众但也敢于认错的周小山，泼辣耿直的女公社书记华如玉等等。每一部现实主义影片的价值不仅在于影片主题的表达，其涉及的众多社会现象也颇有研究价值。《泪痕》这部影片除了要表达“四人帮”所带来之伤害，同时反映出政策与人民群众之间的脱离、盲目农业学大寨等。此外，影片中涉及的“三干会”“投机倒把”“干四化”等词语都具有非常明显的时代特征，这些以影像方式留存下来的历史资料已然超出电影自身的价值。

十一届三中全会召开，山药蛋派作家开始着力反映农村改革。其中马烽、孙谦合作的《咱们的退伍兵》《黄土坡的婆姨们》延续歌颂与赞美，由西戎、义夫合作的小说《叔伯兄弟》改编的电影《金匾背后》则更具批判意味。这些文学作品（影片）不仅真实反映了改革开放给农民生活带来的巨大变革，同时呈现了经济改革大潮冲击下农民思想意识的剧烈震荡。

《金匾背后》与《黄土坡的婆姨们》两部影片同在 1987 年摄制，都是在讲山西农村的故事，两个村的生活情况却有明显差距。《黄土坡的婆姨们》中很少有现代化设备，代表着现代化的四轮车，全村仅有常绿叶家一辆。《金匾背后》中则已有彩色电视机、电风扇以及摩托车等 20 世纪 80 年代的标志性现代化家用品，侧面反映出改革开放之后贫富差距逐渐拉开的事实。就“万元户”来说，《黄土坡的婆姨们》中，村里仅有一家靠开饭店致富的皮万金，属于富裕户的乐大同靠搞运输挣钱，年收入也就是五千元，恶劣的生活环境导致大量农民进城打工，山村荒废的趋势已然显现。《金匾背后》的故事背景显然是一个大集镇，“万元户”数量要多一些，影片也是围绕“万元户挂匾”事件展开。王满福是地道的老农，恪守财不外露的老一辈原则，钱不存在银行，而是放在家里的各个犄角旮旯。弟弟王满喜却恰恰相反，他手段多样，巴结乡政府干部、贿赂信用社主任，开公司、搞养殖等。影片中，信用社主任厨房后面的暗间堆满了各种烟酒，读书的女儿看不惯，说他是歪风邪气，主任说了一句话：“既然是风，那就不是一个人刮的。”这极为真实地再现了贪腐受贿的理所当然与普遍性。

如果说新中国成立后农村最让人羡慕的是供销社工作的话，那么改革开放后信用社的优越感则一跃千里。两部影片中都谈到贷款难的问题。《黄土坡的婆姨们》中常绿叶为联合体贷款买地膜与肥料，几乎跑遍各个行政口，皆被冠冕堂皇的理由拒绝。《金匾背后》中王满福的儿子金虎一直想贷款自己养牛，按政策规定养殖贷款是优先贷，但是金虎不懂其中奥妙,只是多次好言求助信用社主任,都被“研究研究再说”拒之门外。其叔叔王满喜家中资金充足，本无须贷款，却在贿赂信用社主任后顺利贷得五千元。正如信用社主任所言：“研究研究就是烟酒烟酒，没有烟酒就没有研究。”

新中国成立三十年，山药蛋派作家的小说作品不少都改编成了电影，他们或者直接进行电影剧本创作，可以说，山药蛋派的小说和电影剧本创作是当时山西电影最重要的构成部分。虽然他们的作品曾一度遭到诟病，但不可否认的是，他们对农村的关注是任何其他作家流派无法比拟的，尤其为中国当代文学史与当代电影史提供的农民形象系列，其价值与意义是无可替代的。

地方性诗意言说

山药蛋派的山西电影，具有浓烈的山西乡土气息，表现了大量的山西自然风光和社会风情，特别是音乐及插曲，吸取了晋剧和山西地方梆子戏以及山西各地民间音乐的特点，至今流传不衰。

由于要反映地域特点和表现劳动场面，所以有大量的外景镜头表现了山西壮美的自然风光，甚至于把这些风光“推到了前景”。在这些镜头中，山西美丽的自然风景被电影画面一览无余地展示出来。无论是地貌地形、山山水水、畜养的牲口、种植的粮食作物，还是居住环境、穿着方式都有着强烈的山西特色，让观众明显感觉到这些故事发生在三晋大地上。《我们村里的年轻人》远看有黄土高坡、牛羊满山、沟壑梁峁、羊肠小道，近看有汾河流水、乡间小路、路旁排排杨树、田间地头、棉花白如云、高粱红似火；《汾水长流》在表现晋中平原的风貌时，有一望无际的麦田如浪，还有人群骡子马车、镰刀锄头扁担，一派欣欣向荣的农村景象；《花好月圆》中既有适于种植水田作物的河湾景色，又有生活在高坡的各家农户。

山药蛋派的影视人特别注意"山西风味"，注意细节的真实。比如简简单单的"窑洞"。《我们村里的年轻人》里，孔家庄就是由依山而建的窑洞所组成的村落，孔淑贞、曹茂林家住的是"靠崖窑"；《花好月圆》里村民居住的则是"砖窑"，用砖墙砌碹的窑洞，比"靠崖窑"更高级。当然，真正的"山西味儿"体现在影片人物的日常生活中。这些影片以农民的视角打量农民和农村生活，人物真实鲜活，具有土里土气的亲切劲儿。极其准确生动、诙谐成趣的口语化语言，亲切而又风趣的语调，标明了"老西儿"身份。这些从百姓口中说出的泥土味儿语言，源于赵树理、马烽、胡正等山药蛋派作家的语言功底和提炼，"小说中浓郁的地方色彩和乡土气息……已成为读者熟知的场景"；也源于导演在体验生活和拍摄过程中的观察与积累，"只有到生活中去，才能打开创作的武库"；同样也与演员体验生活的经历、充满激情的表演息息相关。据当年的演员回忆，"在拍摄之前导演引导全体演员生活在沸腾的农村中……体会劳动的情感以及掌握劳动的节奏等"。在拍摄《我们村里的年轻人》以及四年后拍的续集时，创作人员相聚在汾水河畔，演员们都任劳任怨，不怕艰苦，一切跟村里的农民一样。令观众记忆最深刻一场戏，就是孔淑贞穿着电工的衣服站在电线杆的顶部，一边工作一边演唱那首著名的《人说山西好风光》。穿上当地农民宽松合体、便于劳作的服饰，再经过演员体验生活和充满激情的表演，使他们创造的这些农民角色在举手投足间都带有了浓厚的山西特色。

"十七年"山西乡土电影中的插曲和音乐都具有鲜明的山西民歌风格和山西戏曲烙印。《我们村里的年轻人》的作曲张棣昌随摄制组来到山西省娘子关及汾阳峪道河沿线采风。张棣昌在创作时大量借鉴了当地的民歌和地方戏素材，《幸福不会从天降》（马烽词，张棣昌曲）是女主人公孔淑贞出场时演唱的一首歌曲，借用了左权民歌“樱桃好吃树难栽”的曲调，把男女恋爱的情歌改成了歌颂社会主义建设的新民歌。歌词虽然经过了改动，但曲调清丽而优美，风格委婉而温柔，意境新颖，诗味浓郁，富有浓郁的山西地方风味。主题歌《劈山引来了清泉水》（马烽词，张棣昌曲）在片尾出现，同时又在《我们村里的年轻人》（续集）的片头出现，一头一尾，通过音乐把新中国电影史上极少有续集的两部影片完整地联系到一起。主题歌的音乐吸收了山西民间音乐常用的笙、板胡、三弦、唢呐、琵琶，调子高亢、嘹亮、悠长、舒展，富有山西劳动号子风格，一唱三叹，节奏鲜明有力，音调单纯流畅，情绪乐观豪放。《我们村里的年轻人》（续集）的插曲《人说山西好风光》（乔羽词，张棣昌曲）则画龙点睛地表达了影片的主题思想。这首歌清新自然、旋律流畅、曲调圆润，把民歌风味与时代精神融合得恰到好处，把人们热爱家乡的精神面貌表现得淋漓尽致。在曲调上，吸收了晋剧曲牌的许多元素，配上唢呐、梆子等山西地方乐器，使音乐的旋律也蒙上了浓浓的山西色彩。同时，导演调动电影手段，用远景、近景、特写、仰拍、俯拍等方式，配合歌词把山西农村风光表现得异常美丽。词作者乔羽采用了山西民歌常用的二段式手法。第一段写景，意境开阔，颇有指点江山的气概。唱词是山西地方土话，做到了雅与俗完美结合，加上土生土长的山西歌唱家郭兰英的倾情演唱，十足的山西味儿自然流出。影片在 1959 年上映后，这首插曲不胫而走，很快风靡全国。时至今日，《人说山西好风光》已经成为山西的一个符号和象征。

在《花好月圆》中，音乐作为一个重要的角色参与到影片整体创作当中，将剧情极度地渲染，并烘托了影片“花好月圆”的主题。插曲《三里湾》（赵树理词，雷振邦曲）是一首合唱歌曲，由北京大学生合唱团民歌队演唱，在影片的开始和结尾分别出现。影片开头时的演唱伴随着镜头简明展示了三里湾优美的地理环境和复杂的人物关系，结尾变调的演唱则暗合了三里湾在实现农业社后有情人终成眷属的大团圆结局。赵树理写的歌词是三段式结构，非常口语化，以景寓意。著名作曲家雷振邦为影片作曲，他吸收了山西民歌欢畅明快的演唱技巧，以山西群众闹红火时多用的唢呐、笛子、锣鼓为主要伴奏乐器，设计了具有打击乐风格的音乐曲调，创作了这首合唱歌曲。既强烈地显示了山西地域特色，又突出了影片欢快的喜剧风格。他还以歌曲的变奏旋律做主题音乐，用琵琶、唢呐、板胡等分别主奏，弦乐融合，或快或慢，分别在灵芝与玉生、有翼和玉梅、小俊和满喜恋爱的场景里作为背景音乐出现，把不同青年之间的爱情心境加以区别，也把他们打心底里迸发出的兴奋与喜悦淋漓尽致地表达了出来。

《汾水长流》的歌曲直接参与影片叙事，而且取得很好的效果。歌声伴随着劳动场景，生动有力地表现了大家在集体劳动中的热情与干劲。插曲《汾河流水哗啦啦》（乔羽词，高如星曲）是一首充满山西地方戏曲韵味的优秀歌曲，不仅为各时期的民歌演唱家所传唱，还是晋剧名家们的保留节目，也是乔羽先生继《人说山西好风光》后写出的又一赞美山西风光的名曲。其中，晋剧为音乐创作的主要元素。使用了“驻马亭”等传统的晋剧曲牌，采用晋剧乐器“四大件”（晋胡、二弦、三弦、四弦）和传统民族乐器琵琶、二胡、唢呐等相融合进行演奏，并在此基础上进行了变奏，糅进了一些山西晋中民歌的旋律，“用看似简单的音乐手法演绎出了丰富多彩的音乐旋律”，突出了地域风格，收到了很好的艺术效果。更为可贵的是，插曲与画面配合，推动剧情层层向前发展。歌曲在影片中出现了两次。第一次是在影片的开头，由晋剧“皇后”王爱爱演唱。随着她高亢的歌声，镜头中首先出现了晋中汾河沿岸杏园堡农业社的乡村风光，然后是一望无际的田间，社员们从家里往庄稼地扛高粱秆，点火烟熏，防止霜冻。当第二段歌词结束时，插曲作为背景音乐，镜头转入支部书记郭春海与恋人杜红莲互相勉励的画面。第三段歌词则伴随着全村男女老少连夜奋斗、火光连天的场景，彰显了集体劳动的雄伟壮观。歌曲第二次出现在影片中后段，由在山西战斗和工作多年的部队歌唱家孟贵彬演唱。这时农业社已经取得了夏季大丰收，第一段歌词所表现的画面已经是麦浪滚滚的丰收景象。在第二段歌词还未唱起的音乐过门当中，插入书记郭春海告诉大家农业社即将迎来拖拉机的喜讯。在社员们进行劳动比赛的同时，第二段歌曲唱响。第三段之前的音乐过门，镜头直接切入单干的周富有的麦田，他家冷清的田头与旁边农业社热闹非凡的场面形成鲜明的对比。农业社层层麦浪里，农民们排成一排，七手八脚地割麦子，身后的麦子成捆成堆，一辆辆马车拉着高高的麦垛满载而归。当嘹亮的第三段歌声响起时，镜头以大远景拍摄了麦田里辛勤劳作的农民，并以近景展现了副社长没有割干净的麦田，展开下一单元的故事。

“十七年”时期的山西乡土电影，无论是自然风光还是社会风情，都显著地表露了浓郁的山西地方风情。影片中人们居住的窑洞、活动的庙宇环境和穿戴服饰，以及流露出的大量的社会风俗，真实准确地体现了山西的自然环境和人文环境，刻画了当时山西农民宽容乐观的性格特点，热烈真切地展示了山西农村欣欣向荣的时代风貌。尤其是这些影片中的音乐设计，充分吸取了山西民歌和戏曲这些几千年来的积淀形成的传统文化的精髓，又紧密与时代精神相融合，创作出了一批经得起时间考验，具有明显地域文化特点，已经成为经典的优秀音乐作品。

当然，由于时代的局限，山药蛋派的电影也具有这样那样的缺憾，比如紧贴形势而导致意蕴肤浅，作品表现得更多的是“政治文化”；以农村为叙事中心的封闭心态，拒斥一切既有价值观的城市文化等等。

【研究文献索引】

1. 段崇轩 . 山西文坛“风景线” . 山西人民出版社，2014.

2. 杨晶 . 马烽评传 . 大众文艺出版社，2004.

3. 周宗奇 . 栎树年轮 . 大众文艺出版社，2004.

4. 陈为人 . 马烽无刺 . 金城出版社，2011.

5. 朱晓进 .“山药蛋派”与三晋文化 . 湖南教育出版社，1995.

6. 程帅 . 当代文学研究中的“地方”——1950—60 年代山西文艺研究的另一种可能 . 文艺理论与批评，2021（04）.

7. 刘芳坤、白慧 . 动员叙事与角色转型——马烽、孙谦电影剧作再解读 . 电影文学·下半月刊，2021（07）.

8. 段文英 . “山药蛋派”作家作品电影改编及创作 . 电影文学·上半月刊，2020（10）.

9. 傅书华 . 论“山药蛋派”的历史流变 . 海南师范大学学报（社会科学版）.2017（01）.

10. 李明彦 . 一类故事的两种写法——《我在霞村的时候》与《金宝娘》的互文阅读 . 文艺争鸣，2015（12）.

11. 王再兴 . 合作化小说“个人”故事的讲述及其问题——以马烽和《韩梅梅》为例 . 扬州大学学报（人文社会科学版），2013（06）.

12. 毕星星 . 赵树理马烽异同论 . 文学自由谈，2012（01）.

13. 王醒 . 新闻出版与“山药蛋派”形成之关系 . 编辑之友，2009（02）.

14. 段崇轩 . 土色土香的农村“史诗”——马烽小说论 . 文艺理论与批评，2006（01）.

15. 苏春生 .“山药蛋派”论 . 晋东南师范专科学校学报，2001（04）.

16. 艾斐 .《讲话》与马烽的文学道路 . 文艺理论与批评，1992（05）.

17. 王广飞 . “十七年”山西乡土电影评析 . 当代电影，2010（04）.

18. 郝春涛 . “载道”视阈下的封闭心态——新时期马烽、孙谦电影剧本的叙事学解读 . 当代电影，2010（04）.

【思考练习】

1. 山药蛋派文学曾经占据了农村题材小说的半壁江山，对中国乡土文学产生了巨大的推动作用。请结合具体作家作品，论述山药蛋派的整体创作特点。

2. 无论是文学还是影视，山药蛋派的创作都具有强烈的“泥土气息”和“时代氛围”。请以《我们村里的年轻人》《黄土坡的婆姨们》等电影为例，分析论述山药蛋派影视作品的历史意义。

3. “新英雄传奇”是 20 世纪 40 年代解放区典型的文学创作形态。

《吕梁英雄传》作为其中的佼佼者，不仅发挥了巨大的社会宣传功能，而且奠定了革命历史叙事的基本模式。请结合作品内容加以分析和论述。

第三编　晋军崛起时期（1976—2000）

1985 年春天，人民文学出版社主编的《当代》杂志（当年的第 2 期），集中发表了几位山西作家的作品，分别是成一的《云中河》、雪珂的《女人的力量》、李锐的《红房子》等。主编章仲鄂在杂志《编者的话》里写道："本期刊载的中篇小说，均出自山西省的中青年作家之手。近几年'晋军'的崛起，引人注目，这里选发的四篇，不仅题材各异，风格也迥然不同……雪珂的《女人的力量》明丽晓畅，成一的《云中河》质朴本色，李锐的《红房子》清新感人。"后来，人们就把"文革"之后成长起来的一批中青年作家作为山西新时期文学创作的主力军，称作"晋军崛起"。代表作家作品有成一的《顶凌下种》，柯云路的《三千万》《新星》，李锐的《厚土》《无风之树》，张石山的《镢柄韩宝山》《甜苣儿》，张平的《姐姐》《天网》《法撼汾西》等。

作为"晋军崛起"提法的始作俑者章仲锷，在一篇文章中回忆起当时的想法时说道："'晋军'是指山西省新时期以知青为主的一批作家，它不同于原先的'山药蛋派'，是当时在国内文坛可与'湘军'南北辉映的一支实力派队伍。而'晋军'的名号能有影响地打出来，实自《当代》始，我则是具体运作者。大约1985年，我首次去太原，那是因为找焦祖尧谈对他的中篇小说《跋涉者》的修改，从而开始接触山西一批年轻作家的。我先去原平县找成一，他是河北籍的知青；后又去找……柯云路及其夫人罗雪珂，他们都是北京知青；李锐也是北京的，我去之前就已结识，他的夫人蒋韵是山西籍的知青，也是'晋军'的巾帼将军。后来我在《当代》组发了一个山西作家中篇小说专辑，包括……李锐《红房子》、成一《云中河》和雪珂《女人的力量》。其中……《女人的力量》都被改编为电影……在这专辑前的'编者按语'中我写了'晋军崛起，引人注目'一段话，从此前和以后的'晋军'创作实绩看，我的估价是有根据的，因而得到了文坛的认同。"[①] 这段话具体解释了他对当时几个人作品的想法，也评价了以他们为中心的山西作家的创作成就。因而，"晋军崛起"不是一个简单的名词，它有着深刻的含义，至少在当时它主要有三个含义：一是，那时山西的文学创作和过去相比有了很大的提高，特别是那四位作家的作品，确实代表了当时山西文学创作的最好水平；二是，作为一个地域，它的文学创作和其他地域同一时期的文学创作比较而言相对突出；三是，山西文学在新时期文学创作中产生了一次较高水平的突破。正是在"晋军崛起"这一批作家的引领下，新时期山西文学取得了骄人的成绩，标志着山西当代文学继山药蛋派创作后又一次文学高潮的到来。

按照学界普遍的划分，"晋军崛起"的作家们通常被分为两个阵营：知青作家和本土作家。如前面提到的李锐、柯云路、

① 章仲锷：《岁月如歌——我在〈当代〉的一些回忆》，《当代》1999年第4期。

雪珂、成一等都是知青作家，而蒋韵、张平、张石山等则是本土作家。知青作家，或是在“文革”中由北京各个中学来到山西，如李锐、柯云路、钟道新、秦岭、雪珂等；或是“文革”前就已从正规大学毕业分配到山西工作，如成一，他是南开大学毕业后回到山西的。从宽泛的意义上说，“晋军”中最重要的作家是由知青和老五届大学生构成的。本土作家则是山西本土出生的作家，如田东照、王东满、韩石山、周宗奇、张平、张石山等。他们率先摆脱政治阴影，更多地从一种文化反思的角度来切入并思考中国的现实和历史生活。艺术上，在现实主义基础上，有意识地借鉴西方现代派创作技巧，取得了显著成绩。两部分作家相比较，客观上来说，前者取得的成就更高，这与他们的知识修养和外来者的身份都不无关系。所以，谢泳将其归结为“文化反差”，认为“‘晋军’在小说上的成就，我们以为除了那些知青作家来自北京这个文化中心，有较为开阔的视野之外，也与他们在山西农村的真实生活处境有关。他们是一些由都市而乡村的青年知识分子，他们在农村的生活比那些长期生活在农村的人（如山西许多本土作家）更有新鲜感，这种城市和乡村的差异，使他们对于同样的生活产生了不同的感受，这种感受我们把它认为是一种文化上的反差”。“所谓文化反差是我们观察一个人文化阅历幅度和深度的概念”，具体到晋军作家而言，知青作家与本土作家至少有三个反差，“一是地域的反差，二是身份的反差，三是命运的反差”[①]。这些反差决定了作家在选材、审美、情感上必然存在很大的差异。

---

① 谢泳：《山西作家的文化构成》，《当代作家评论》2001 年第 3 期。

第一章　成一

【作家小传】

成一（1943 年 3 月—），原名王成业。生于河南济源，因逃荒举家迁居山西太谷县。1963 年毕业于南开大学中文系。1969 年赴山西省原平神山村插队务农。1970 年任职原平县委。长期担任《黄河》主编。1978 年 1 月，发表处女作《顶凌下种》，获首届全国优秀短篇小说奖。1979 年加入中国作家协会。2001 年，出版长篇小说《白银谷》。著有长篇小说《游戏》《真迹》《西厢纪事》《回家的路》《白银谷》《茶道青红》等，短篇小说集《远天远地》《外面的世界》等，中篇小说《千山》《悬挂滑翔》《历史试点》《云中河》等。

【精读作品】

《顶凌下种》《白银谷》

【经典评论】

一是成一有一种深刻的历史意识、历史的自觉；二是语言的自觉。在《茶道青红》中，成一的语言更趋古朴、典雅，颇具“三言二拍”的神韵，而现代口语的加入又让古朴生机勃勃焕然一新。他这样写小说不是无意识的、随大流的，而是对中国白话清醒的思考。他的语言尽量简化、净化，简单句式背后，却是对百年文化的承担。我们要在全球化的背景下用方块字的写作回答别人的湮没，在这里，成一给我们做出了非常好的榜样。

（李锐：《〈茶道青红〉：重述晋商故事》，《中华读书报》2009年6月14日）

尤其值得注意的是，虽然小说主旨在于表现探究晋商文化，但成一还是守住了小说家的本分，他并没有让文化肆意漫延以至淹没了对于小说尤其是长篇小说而言最为重要的人物故事。他不仅未使人物变成演绎体现某种文化观念的僵化玩偶，反而以富于生命力富有复杂多重人性人格的人物形象的塑造包容了自己所欲探究表现的晋商文化，因而使得小说获得了一种特别的艺术感染力。在这个意义上，上述晋商之诸种特点就被作家有机自然地融化进了以康家为主要表现对象的情节故事之中，虽仍能处处让人感觉到这种种特征的存在，但却又把这一切恰切无形地消弭融化于文本的情节故事之中，犹如盐之溶于水，虽然盐味仍存，但一切却又都不着痕迹，给读者以水乳交融浑然一体的感觉。窃以为，这也正是一切优秀的历史性文学作品所应该具备的一种艺术境界，而成一的《白银谷》，则很显然是已经企及了这一境界的。

（王春林：《叙述、历史及其它——评成一长篇小说〈白银谷〉》，《小说评论》2002年第1期）

成一以晋商经营中的超前意识和文化上的保守主义作为小说的矛盾建构，解剖了以康家为代表的封建末世商业现象。作品中传递出作者深切的人文关怀和独到的文化思考。

（李丹宇：《透视〈白银谷〉中的晋商民俗文化》，《名作欣赏·中旬刊》2014年第8期）

从现在比较流行的商业历史叙事作品来看，存在着若干艺术取向：一种类型是重商业而轻历史，作者过于迷恋讲述商界的奇闻轶事、商场的经营博弈和商人的传奇人生，因此而忽视了对历史本身的思考，如邓九刚的多卷本长篇小说及长篇电视连续剧《大盛魁商号》就是著例。第二种类型是重历史而轻商业，所谓借商业而言历史，如二月河与薛家柱合著的长篇小说《胡雪岩》……第三种类型则是以成一的《白银谷》和《茶道青红》为代表的商业和历史并重的商业历史叙事，这是一种没有把“商业”和“历史”强行分离或简单叠加的“商业历史小说”，它抓住了“商业历史小说”的根本，即再现中国商业史中商业制度的变迁，而把商界人物的性格和命运置放在这种商业制度变迁的背景中予以艺术的展现。显然，成一的商业历史叙事相比其他作家而言要“专业”得多，他对晋商或曰西商历史的书写抓住了这种特殊题材的灵魂。

（李遇春：《成一“晋商小说”论》，《小说评论》2012 年第 6 期）

【基本面貌】

出生于河南济源的成一，因家乡遭逢灾荒，举家逃荒迁居山西太谷。这让他与其他山西作家相比，既有相似性，也有不同性：山西既是他生活工作的主战场，同时，他又能超越其他本土作家冷静地审视脚下的这片土地。1963 年毕业于南开大学中文系。1969 年赴山西省原平神山村插队务农。与其他知青作家相比，相同的是他也有被放逐的经历，不同的是他在被流放的同时，又可以说是被遣返原籍。因此，在选材上，更多接近于晋军崛起中的本土作家。成一的创作大体分为三个阶段：

一、农村题材

成一最早是写农村题材。山西的农村题材创作比较发达，山药蛋派文学创作对山西作家有很好的示范作用。《顶凌下种》获得了首届全国优秀短篇小说奖，成一也成为“文革”之后第一位获全国奖的山西作家。《远天远地》《外面的世界》和系列小说《陌生的夏天》都是这类题材。

成一擅长描绘农民的心态。这种“心态小说”。以理性的人物心理分析为主，真实地反映了农民的苏醒和内心激烈的新旧冲突。如《顶凌下种》老支书与“四人帮”残余势力坚持斗争的内心世界。成一曾说：“《外面的世界》只是一般的从人物的情绪情感方面写改革的历史潮流，写风气如何为之一变。在《陌生的夏天》里，我要正面地描写农村的改革了。”① 在《陌生的夏天》里，作者干脆塑造了三类人物形象：（1）苏醒式：随着国家联产承包责任制的实施，农村开始发生天翻地覆的变化。成一敏锐地感觉到这一点，在他的笔下，诞生了形形色色的农村改革家形象。如《洼地》里的马占奎，乘着改革的春风，成功地由一个不学无术、四处游荡的二流子转变成一个勇于开拓的现代农民。（2）旧梦式：这类人物形象类似于赵树理笔下的“落后农民”，他们身上有着沉重的历史负累，既有封建性的小农意识，也有本能的农民自我保护机制，在面对新的农村政策时，不免怀疑，不免怯懦。如《泥房子》中的史金寿，在包产到户后，并没有走商品经济，而是退回到“日出而作，日落而息”的自然经济。就连他的妻子刘玉莲，年轻时也曾大胆地追求过下乡干部，等到不得不嫁到史家后，生活的重负磨平了她所有的棱角，现在的她正努力学着如何做一个新式婆婆。（3）醒后难以预卜式：鉴于外在社会形势的动荡不安，很多农民在改革开放初期都抱着观望的态度，就连很多党员干部亦是如此。如《云中河》的吴能，作为县委书记，既想改变现实又怯于行动，患得患失；民办老师吴佳更是具有了小资产阶级的秉性：既富于幻想，又不敢走出农村。

二、对知识分子、城市生活的关注

从20世纪80年代中期开始，随着全国文坛的变革，寻根文学、现代文学、实验小说等文学思潮盛行，成一也在静静地思考着自己的创作走向，是继续奉行现实主义创作方法叩问农村现实，还是尝试现代主义创作方法关注城市文明？反复考虑后，他毅然辞去《黄河》杂志主编，到山西祁县挂职县委副书记。虽然没有具体分管某项工作，但是这一职

① 蔡润田：《山西文学五十年纵横论》，山西人民出版社2000年版。

务为他搜集晋商史料、文献等提供了很大便利。1993 年，他推出了用反侦破笔法揭示晋商消亡之谜的《真迹》。这是一部典型的“新历史主义”长篇小说。成一用戏仿的叙述策略从根本上颠覆了晋商的传奇神话。他选择讲述一个关于晋商的“现代故事”，巧妙地借用了侦破小说的叙述模式，表面上是企图侦破晋商大户——康家天成元号的一起失窃案件，实则是为了隐喻以天成元为代表的辉煌晋商历史的虚无与荒诞。这是一个没有结局的侦破故事，从根本上颠覆了侦破小说必须有侦破结果的叙述成规，从而成为名副其实的反侦破小说。此后又写《加冕现场》。这些作品具有强烈的悲剧性幻灭感，是经历了十年浩劫的中国历史最直接的情感反射。

三、晋商题材

余秋雨在《抱愧山西》一文中写道：“北京、上海、广州、武汉等城市里那些比较像样的金融机构，最高总部大抵都在山西平遥县和太谷县几条寻常的街道间，这些大城市只不过是腰缠万贯的山西商人小试身手的码头而已。”可以说，从明清开始，山西一直都是中国最富裕的省份和金融贸易中心。作为山西人，追随山西商人的足迹，探究他们的晋魂硬骨，是山西作家应该做也必须做的事情。1986 年，生在河南、长在山西太谷商人家庭的成一，毅然放弃自己擅长的农村题材，而把目光定位在晋商题材，决心写出晋商的兴衰成败。这既是他所自谓的“弃农从商”，更是对中国传统文化的复归。或者说，他的选择遥相呼应了文坛正如火如荼的“寻根文学”，只不过他寻找的是中国传统文化在山西商界的蜕变。

1986 年，成一辞去了《黄河》杂志的主编，选择到祁县挂职做了三年县委副书记。作为晋商的大本营，祁县给了他搜集有关晋商史料的便利条件。但是，因为中国自古“重儒轻商”，有关“商”的记载在史料文献里可谓寥寥。尽管他翻遍了太谷、平遥、祁县的县志，但所获甚少。不过，越是艰难，越是坚定了他梳理晋商文化的心志。也正是在慢慢搜集资料的过程中，他对晋商命运的思考逐渐深化。正如后来他在《白银谷》

的题记中所说："晋商吸引我的，不在它曾富可敌国，而在它从不曾形诸文字。"

引起巨大轰动的《白银谷》，不仅荣获 2001—2003 年度"赵树理文学奖长篇小说奖"，而且入围第六届"茅盾文学奖"。2005 年被改编成电视剧搬上荧幕。小说以康家为中心，用气势磅礴的笔墨讲述了明清两朝素以"南徽北晋"并称于世的西帮商人票号的秘史般的金融传奇。作品首次全景式地再现了晋商望族太谷康家的商业活动、社会关系、个人隐秘等诸般形态，对豪门深藏的善恶恩怨，商家周围的官场宦海、士林儒业、武林镖局、西洋教会，都有着丰满鲜活、淋漓尽致的描绘，不仅塑造了形形色色的晋商形象，而且生动地反映了西帮商人的兴亡历史。可以说，作品将翔实的史实依据与引人入胜的传奇故事、飘摇激荡的社会与让人牵挂的人物命运艺术地融为一体。

如果说《真迹》是晋商题材的试水之作，那么《白银谷》则标志着成一开始踏踏实实地转向晋商题材写作，尝试建构一种实在的、可以考察的晋商历史。在此基础上,成一在 2011 年又推出长篇小说《茶道青红》。如果说《白银谷》表达的是成一探索晋商衰亡规律的想法，那么《茶道青红》则展示了晋商初兴轨迹的艰难。作品在坚持他一贯的历史文学观的基础上，不仅强调文学的真实性，还加强了对语言的追求。因此，李锐将《茶道青红》定义为"新白话小说",认为"历史意识、历史的自觉"和"语言的自觉"在支撑成一的这部"新白话小说"。至此，成一完成了他的晋商题材系列小说《真迹》《白银谷》《茶道青红》的写作，显示了他对晋商文化的思考。

寻根与先锋的缝隙

成一转向晋商题材的 1986 年正处于中国当代文学史上"寻根文学"方兴未艾而"先锋文学"后来居上的时节。无论"寻根"还是所谓"先锋",80 年代中期的中国文坛在文学观念和写作策略上正经历着巨大的裂变。

我们很难说成一当年的创作转向没有受到这种文坛裂变的影响。放弃原先轻车熟路的山西风味的农村小说路子，而转向陌生的几乎毫无依傍的晋商题材历史遗痕，这对于成一来说既是一场文学的历险，也是响应文学的召唤，因为在一个文学变革的年代里，与其墨守成规，毋宁开辟新径，做一个文学的拓荒人。成一二十岁以前一直生活在“祁太平”中的太谷县城，他的祖、父两代都在那里经商，虽然他的青少年时代是一个商风不兴反受抑的年代，但毕竟早年生活环境中遗存的历史的蛛丝马迹，还是给日后成一的创作转向埋下了艺术的伏笔。正是在这种得天独厚的个人生活环境和文学时代精神的交互作用下，成一转向了“晋商小说”写作，并且为当代文坛别开了新生面。一方面，成一的转向可以视为“寻根”行动，他对晋商历史的追寻，包孕着作家与生俱来的一种寻根溯源的冲动；另一方面，成一早期的“晋商小说”毕竟与常见的“寻根小说”之间有着很大的差异，与后者一般习惯于将历史和文化加以神秘化或神圣化处理不同，成一的早期晋商文本对于晋商历史的处理属于解构性的，成一热衷的是历史的祛魅而不是神化。在这个意义上，成一早期的“晋商小说”与其说属于“寻根文学”范畴，毋宁说与“先锋文学”有着更加深厚的精神血缘。

其实，20 世纪 90 年代以来大兴的“新历史小说”潮流正滥觞于 80 年代中期的“寻根小说”和“先锋小说”思潮之中。毫无疑问，消解历史是“新历史小说”的核心叙述法则。在“新历史小说”的历史上，成一也许算不上是一个开风气的人，虽然他早在 1986 年就开始涉足“晋商”的历史题材，但他真正推出消解历史的“晋商小说”则到了 1990 年代初。此时他发表了包括长篇小说《真迹》和中篇小说《商家笑史》《惊人之举》在内的“晋商小说”系列，它们开了中国当代“商业历史小说”的先河，尤其是开了“晋商小说”写作的先河。这几部作品基本上都属于消解历史的“新历史小说”，其意在于祛除笼罩“晋商”上的神秘历史面纱。长期以来，虽然官修的正史中没有晋商的位置，但民间关于晋商的传说故事众多，这就更加增强了晋商历史的神秘性。如何破解或者祛除这种神秘性，就成了成一最初的“晋商小说”写作所面临的最大问题。在《商家笑史》中，作者无意书写晋商的正史，或者说是光荣史和传奇史，他感兴趣的是晋商光荣史背后的历史暗角，甚至是让曾经叱咤风云的晋商大亨们难堪的历史瞬间或者历史噱头。《惊人之举》则直接对准了晋商走向没落的历史隐痛。当清末朝廷准备组建户部银行之际，晋商票号中执牛耳者——蔚泰厚的大掌柜毛云生却在晋中平遥老号里因长年吸食鸦片烟而苟延残喘，而京帮李宏龄对此却一无所知，一直在苦等毛老总的“惊人之举”来化解危机。小说在最后时刻点明了毛云生的隐秘，晋商的辉煌史顿然轰塌。不难看出，成一在这两部中篇的写作中都采用了类似“戏说”的方式消解晋商的历史，但这毕竟不是成一商业历史写作的本色。

真正能体现成一早期“晋商小说”本色的是长篇小说《真迹》。这是一部典型的“新历史主义”长篇小说。作者用戏仿的叙述策略从根本上颠覆了晋商的传奇神话。关于自己的新历史观，成一这样解释说，他小时候居住的小城中有一座东寺，东寺中有一座藏经楼，“拆迁时，我亲见一砖一瓦细心卸下，编号装箱，说是将在一个更美好的地方原样复制出来。多年后，我在省城的一个大公园中，见到了复原出来的这座藏经楼。它焕然一新，重加漆画，但我怎么也不能习惯，总觉得它似老妇浓妆，不忍细睹”。“所以，我在写这个过去的故事时，没有敢企图‘重现历史’，仍然是把它当作一个现代故事来讲”。[①] 成一对“重现历史”持怀疑态度，这与海登·怀特等西方新历史主义哲学家怀疑历史叙述的真实性和可靠性如出一辙。他巧妙地借用了侦破小说的叙述模式，表面上是企图侦破晋商大户——康家天成元号的一起失窃案件，实则是为了隐喻以天成元为代表的辉煌晋商历史的虚无与荒诞。中国当代先锋小说家一度十分热衷于这种文体的戏仿与解构，如马原、格非、余华、北村等人时常借用通俗小说文体，如侦破、爱情、寻宝、武侠等来传达自己

① 成一：《迁走的藏经楼（代后记）》，载《真迹》，上海文艺出版社 1993 年版。

反通俗的先锋姿态,成一似乎也未能例外。《真迹》事关晋商的历史之谜,但作者的叙述实则是一个没有谜底的谜面。

与《真迹》的寻根是为了解构和颠覆历史不同,《白银谷》的寻根则是为了建构和还原历史,故而前者属于典型的“先锋文学”文本,而后者基本上可纳入“寻根文学”的范畴。《白银谷》以商业制度为叙述中心,作者不仅能借此展开山西票号制度的表层物质经济层面的书写,如具体的商战和经营博弈之类,而且还能借此挖掘出这种票号制度背后的深层文化内涵,如支撑山西票商的传统儒家文化观念与异质性的本土商业文化观念之间奇特的融合与冲突。由此可见,成一在《白银谷》中选取的商业制度角度,其实是一种立体的多层次交融的商业文化形态史角度。作者所要追寻和复原的这种商业文化制度或者商业制度文化,其实是一种“作为指导范型的传统”,它在特定的历史语境中具有高度的操作性、稳定性和延续性,而且具有高度的仪式性和象征性,是被清代晋商所发明、建构并确立的一种中国商业文化传统。

《茶道青红》的叙述焦点则在于对清末民初的“伙东制”做动态的观照,试图再现清乾隆年间山西茶商如何变祖制、立新制,废除既定的僵化的“东家制”,从而走向灵活的所有权与经营权相分离的“伙东制”的一段历史。

商规与商妇的叩问

《白银谷》从时代变革的历史维度彰显商人的精明理性和勇于开拓,用传统文化的思想资源演绎商人的崇商建业和诚信重义,并从中发掘和提炼具有现实普遍意义的价值规则和精神底蕴。中国商人那积淀在血液里的崇商建业、诚信重义、精明理性、勇于开拓的精神特质在作品中获得了动人心弦的艺术张扬,其文化精神的负面因素亦在审美刻画中得以发人深省地理性彰显。

一、学而优则商

在追溯晋地文化的过程中，成一在晋商身上发现了不同于中国“重儒轻商”的传统，明清以来晋地反倾向于“重商轻儒”。晋商家族重学，但他们是以学保商，“学中有商，商中有学”，商人中不乏学问之士。《白银谷》中康氏王国的中心康笏南极力反对第六个儿子参加科举考试，而且村里但凡聪明伶俐的男孩子都会选择经商，而不是读书取功名。小说中何师爷可以算作晋地文化的典型。他一生虽中举，却不得志，始终未能在官场上谋得一官半职，倒是在商界却能如鱼得水。西安危机是他出面力挽狂澜，北京危局是他出谋划策成功摆脱，后期他清醒地意识到官商合办西帮的较好出路，却未能打动老东家的心。他一生的命运，可以说是对“官本位”的讽刺。他当时之所以参加科举就是为了扬名，却不承想尽管高中科举，却被闲置乡野，难以进入仕途。同时，他的遭际，也是对“重官轻商,官商相隔”的批判,他时时告诫一心要考功名的学生，一定要“学用结合”。借助何师爷，成一至少透露了他对于晋商文化的思索：一是儒贾相通。自古以来，中国传统社会都严格区分读书人和经商人，认为“儒为名高，贾为厚利”，而“君子重义，小人重利”的儒家人生观,很自然地把商人与“小人”画上了等号。所以,一般人在“仕”与“商”发生冲突时，会坚决地选择“仕”。而山西自明清以来在商界实现了“儒贾相通”，认为行贾也可习儒，“儒可贾，贾可仕”，在当时，为普通老百姓提供了一个全新的时尚的生存选择：“儒商”。二是义利相通。“仁义礼智信”是中国传统文化的精粹，它们不仅形成了一种约定俗成的道德规范，而且是约束人们行为的准则。而“义”与“利”在传统观念里有着水火不容的性质,绝不能相提并论。但晋商在信奉“诚”“信”的基础上，打通了“义”与“利”的壁垒，实现了义利相通，养成了史书中略带贬义的“山右积习，重利之念，甚于重名”的社会价值观。

二、“隐忍”的商界生存规律

“藏”是成一对晋商生存之道的高度概括。《白银谷》里，成一写道：

“无论官场，无论商界，这个‘藏’字，都是一个大关节处。官场一般要藏的，是拙，是愚，是奸，是贪，因为官场平庸之辈、奸佞之流太多。他们这班人，内里稀松，才爱面儿上张扬、显露。倒是官场中那些贤良英杰，常常得收敛不彰，藏才，藏智，藏贤，藏锋。……我西帮能把生意做到如此局面，生意遍天下，商号遍天下，理天下之财，取天下之利，就是参透了这个‘藏’字。藏智，藏巧，藏富，藏势，藏我们的大手段、大器局。”“藏”意味着“隐忍”，而这是每一个晋商都必须信奉的基本准则。所以，小说一开篇就给了那个不知轻重、随意炫富的邱泰基“下马威”：康家自上而下身穿平日里很少穿的官服或礼服，盛装以待。紧接着，不但被减俸，而且遭远遣以示惩戒。除“藏”外，成一还高度赞扬了晋商“赔得起”的精神。他们不但“以博学、有耻、腿长面世”，而且勇于承担，敢于负起应负的责任。《茶道青红》里，康家的茶叶外贸恰克图遇到了闭市停关的严重打击，掌管生意的康二爷滞留俄国。危难时刻，戴夫人挺身而出，主动担起了重担。戴夫人出身名门，心存高远，刚柔兼备，富有开拓精神，她在内外交困中实施的“伙东制”，使康家在复关后迅速崛起，并成为晋商纷纷效仿的“样板”。《白银谷》里，北京因时局动乱殃及票号，他们大无畏地承担了经济损失，即便是有人浑水摸鱼拿来了并不是自己票号的单据，他们还是照单全付，表现了晋商的博大胸怀。当然，成一并不避讳西帮商人的弊端，他们精神里的固执守旧，也最终把票号逼上死路。

三、“商妇”文化

这一系列小说是极富深度的人性小说和“商妇”文化小说，不仅揭示了商业王国里强悍下的丑恶，而且显示了男权王国里女性的悲惨命运。《白银谷》里的康笏南，在公众形象上是一个响当当勇于承担的掌门人，不顾年事已高，为了生意毅然南巡，对违背自己经营政策的邱泰基恩威并施，知人善用，治理自己的票号王国。但在私人形象上，他是一个不折不扣的恶家长。他不给自己儿子以生存的喘息，他为了满足一己私欲可以把一个个妻子“活人办葬礼”，“活埋”于尼姑庵中。

成一笔下不仅有“女强者”戴夫人，也有深受夫权禁锢的杜筠清、邱夫人。如果说，前者为晋地女人树立了一个学习的样板，那么后者则低声咏唱着对女性独立自由平等的向往。杜筠清作为康笏南的第五任太太，也同样难逃被遗弃的命运，尽管她学贯中西，是西方先进文明与中国传统文明结合的“宁馨儿”。她与三喜的偷情不仅仅是对康笏南“冷漠”的报复，更是对传统男权文化吃人的疯狂反抗。正如王春林所评价的：“《白银谷》通过对杜筠青人生悲剧的细致演绎，既充分地表现出了这一女性那别具一种人性魅力的大胆叛逆性格，同时更对以康笏南、三喜以及杜筠青自己的父亲为代表的冷酷残暴的男权制度给予了极大的蔑视与批判。”[①] 于是，看似一个简单的偷情，就有了深刻的现代意蕴：在现代个性遭遇强权侵犯时，她们不得不维护自身尊严，体现自身价值，转而对传统文化的吞食人性进行自焚式反抗。另外，杜筠清在康家的境遇，还嵌套了一个西方文明与传统文明对垒的命题：西方文明已经被中国传统文明摧残，浸染，改造得面目全非。

如果说杜筠清是晋商群体里上层妇女的代表，那么邱夫人则是下层商妇的代表，她同样经受着被抛弃的命运。她与云生的偷情一开始有着冠冕堂皇“生子”的外衣，实则不过是对金钱压抑人性的反抗，是一个个无名的商妇对“商人重利轻别离”传统文化的扭曲反抗。

总的来说，《白银谷》中的女性各自有着属于自己的命运，贵为老夫人的杜筠青，从文本中来看，更多的是充当别人的“物”。不管是父亲事业上东山再起的筹码，还是康笏南当众行房事的对象，又或者无意间成为三喜走向学徒的跳板，这些都成了杜筠青命运的悲剧所在。尼采说，悲剧“回荡着人物的悲哀和生存的恐惧”。对于杜筠青来说，作为别人的“物”的存在固然是一种悲哀，但也正是发生在她身上的这许多

① 王春林：《叙述、历史及其它——评成一长篇小说〈白银谷〉》，《小说评论》2002年第1期。

事，使她成为“让人牵挂到底的人物”，最终选择出家，远离尘世种种，对她来说也许是最好的选择。而姚夫人为夫苦守多年，得不到男人的体谅，转而为自己的未来谋出路，由此走上商家妇的老路，也不能不说是一种勇敢的选择。这些都表明了女性在当时的生存境况中对自己的命运做出的抗争，她们并没有一味地选择忍受自己受到的不公，而是在自己的能力范围内，最大限度地去改变自己的命运。尽管《白银谷》是一部主要介绍未被载进典籍的晋商的金融传奇，但其中作者对女性生活境况的展现无疑使我们认识到了女性的不易，她们因其父、因其夫、因其出身而不同程度地受到的生理心理压抑，最终都在自己的努力寻找中有了使自己满意的答案。

历史与文学的融合

《真迹》《白银谷》《茶道青红》等小说不仅属于晋商文化范畴，而且是典型的新历史小说。通过这些小说，成一无声地诉说着他的文学观——“历史小说要好看，主要得靠历史的魅力，史实的魅力，而不能只靠今人‘戏说’。这是历史小说的规矩。”

其一，虚与实结合。成一在《白银谷》和《茶道青红》中都是采用虚与实相结合的方式。在《白银谷》中，虚构了一个太谷康家“天成元”票号，设计了帮总戴膺、汉号老帮陈亦卿、西安分庄老帮邱泰基及其家人等等一系列身份不同、性格各异的人物。这些人物在特定社会背景下的所作所为，生发出一个个独具特色、跌宕起伏的故事。同时，围绕“天成元”，把历史上确实存在过的太谷志诚信，祁县渠家三晋源、乔家大德通，平遥日昇昌、蔚泰厚、蔚丰厚等票号及太谷的另一富商曹家的许多真实人物和事件都贯穿起来，构成了一个多层次的、真实的艺术世界。在《茶道青红》中，同样虚构了茶号，设计了康家兄弟两家、几位权重掌柜、俄国商人等等一系列人物，演绎出一段悬念频发、险象丛生、跌宕起伏的故事。同时，围绕康家茶号，把历史上确实存在过的榆次常家、太谷曹家的一些真实人物，如常万达等，都贯穿起来，构成了虚实结合的艺术世界，收到了很好的效果。

其二，当历史与文学对垒时，历史远远高于文学，要在保持历史真实的前提下进行合理的虚构。不仅要保证小说好读好看，更要保证它切中史实。所以从小说的角度看，他在《白银谷》里以光绪二十五年到二十八年晋商票号史上动荡最大的三年为大的历史背景，从多方面展示了康家如何在外部环境的逼迫和自身观念保守的双重夹击下，靠着遍布天下的汇兑体系，靠着多年建立的信誉，靠着雄厚的资金实力，渡过了一次次劫难，又终于难扭由兴盛走向衰落的必然规律。《茶道青红》选择的同样是晋商外贸史上最难挺过的七年，即乾隆五十年到五十七年之间为大背景。这七年中，因为俄国不能严惩越境入中国抢劫的罪犯，乾隆皇帝下令关闭了两国恰克图外贸集市，导致不少经营茶叶等物品的晋商陷入困境，有人沉沦，从此销声匿迹；有人坚守，终于迎来了复兴的美好。这样的设置，既能显现史实的魅力，又便于塑造人物、展开情节，达到好看的目的。所以，当山西推出了一系列反映晋商的影视作品和舞台作品，形势一片大好之际，成一认为这固然是好事，但一定要牢记：无论怎样进行艺术的虚构，都应该接近历史面貌。

【研究文献索引】

1．王南南．论成一《白银谷》中的女性形象．名作欣赏・中旬刊，2020（10）．

2．李丹宇．透视《白银谷》中的晋商民俗文化．名作欣赏・中旬刊，2014（08）．

3．杨虹．商人精神的诗情阐释——以成一的《白银谷》、邓九刚的《大盛魁商号》为例．求索，2003（03）．

4．王春林．叙述、历史及其它——评成一长篇小说《白银谷》．小说评论，2002（01）．

5．李遇春．成一“晋商小说”论．小说评论，2012（06）．

6. 周建平 . 他者启蒙下的成功女商人——《茶道青红》主人公戴夫人形象分析 . 湖南商学院学报，2011（02）.

7. 黄钰，刘湘香 . 茶道 · 商道 · 人道——略论《茶道青红》中的商业文化及其现代启示 . 湖南商学院学报，2010（06）.

8. 傅书华 . 新民间历史小说——从成一长篇新作《茶道青红》说开去 . 小说评论，2010（03）.

【思考练习】

1. 成一的“晋商”文化小说，不仅得益于他对晋商文化的了解，更有赖于他对人物形象、情节结构等小说元素的思考，从而使小说获得了一种特别的艺术感染力。请以某部作品为例，具体分析成一晋商小说的特点。

2. 成一认为：“历史小说要好看，主要得靠历史的魅力，史实的魅力，而不能只靠今人‘戏说’。这是历史小说的规矩。”请结合《白银谷》《茶道青红》等作品，具体谈谈成一的“历史小说观”。

3. 请对比阅读高阳的《红顶商人胡雪岩》，探讨成一晋商文化写作的历史和审美价值。

第二章　张平

【作家小传】

张平（1953—），山西新绛人。1982年毕业于山西师范大学中文系。1976年参加工作，历任山西新绛县东街学校教师，山西临汾地区文联《平阳文艺》编辑，山西省文联《火花》副主编、创研室副主任，山西省作家协会主席等职。1981年发表处女作《祭妻》。1985年加入中国作家协会。著有长篇小说《法撼汾西》《天网》《抉择》《重新生活》《生死守护》，中短篇小说集《祭妻》《姐姐》《夜朦胧》等，长篇报告文学《孤儿泪》等。《姐姐》曾荣获第七届全国优秀短篇小说奖，《抉择》获第五届茅盾文学奖，另有多部作品曾获全国多种奖项。

【精读作品】

《祭妻》《抉择》《十面埋伏》《生死守护》

【经典评论】

如果张平仅是把这篇小说写成一个婚姻悲剧或控诉“血统论”罪恶的故事的话，就会使《祭妻》雷同于同一时期可以归属于“伤痕文学”这一范畴的其他许多小说。这篇小说之所以成功，别具一格，在于作者在叙述故事之外，着重揭示了人与人之间深切的情感内容以及在此之上表现出来的普通人的人格力量和价值。张平不是平面地讲述一个人的不幸，而是从男主人公赵大大的情感视角出发，写一个生命在特殊的年代里不幸毁灭，在另一个人身上所产生的情感波澜。

（杜学文：《诗化：张平的前期小说》，载温幸、董大中主编《山西文学十五年》，山西人民出版社 1997 年版）

正如詹姆森所说，“在第三世界的情况下，知识分子永远是政治知识分子”，“文化知识分子同时也是政治斗士，是既写诗歌又参加实践的知识分子”。张平的可贵在于确立了一种新政治写作模式。他一方面勇敢选择了政治作为文学审美观照的对象，恢复了文学与政治的审美关系结构，推动了政治写作在新世纪的重新出发，对以往的文学与政治关系的倾斜性结构进行调整。张平的政治小说中，文学与政治二者互为平等关系主体，既尊重文学自身审美特性和审美规律，又集中凸显现实政治；既表现人物主角坚定的社会主义信念，也呈现人物周围的严峻政治环境，人物主角与他周围的环境、内心世界进行激烈的现实搏斗。另一方面，张平的新政治写作模式也体现在他还原了政治语义的本原。张平新政治写作模式中的“政治”，不再是某种名词概念的科学化阐释，也不是某种政治观念的言辞训教，而是具象化的、个体性的鲜活生活。关系人民根本利益的“现实政治”在错综复杂的尖锐矛盾冲突、曲折紧张的中国化叙事方式之下，化为一个个具体细微的审美形象。“政治”不再是某种意识形态的传声筒，而是展现为具体的现实生活，展现为竹内好所说的“共通的问题”，“还原到人类世界应该怎样生存的问题上来的”。因此，张平在确立新政治写作模式的时候，也还原了被 20 世纪中国文学一直误读的“政治”语义的本原，指向最广大人民的现实生活及其根本利益。

（张丽军：《具有强烈现实精神和社会主义理念的新政治写作——张平论》，《文艺争鸣》2010 年第 7 期）

张平的叙事以演奏社会主旋律的大气磅礴，呼唤社会正义的热血激情，构成了其追求阳刚美、崇高美的美学风范，在社会面临剧烈变革的今天，把握世道人心，引起社会各界的广泛共鸣，推动着社会的进步，从而具有很高的美学价值。“大美无形”在于人心，诚如斯也。

还有，张平叙事风范的美学追求，在今天后现代文化的不断浸染中，以严肃积极的态度直面社会现实，鞭挞丑恶，呼唤崇高，与后现代文化的消极厌世、嘲讽调侃、没有正经构成了鲜明的对比。这是文化的对抗。我以为，这种美学追求，根源于黄土文明的腹地文化，“龙脉”的热土热力，使“地灵”作用于“人杰”，而“人杰”终将“我以我血荐轩辕”，显示这种文化的力量。于是，面对后现代文化，张平的叙事风范，又凸显着文化“抵制场”的风采，耐人寻味。

（张翼：《追求阳刚美和崇高美——评张平的叙事风范》，《太原师范学院学报（社会科学版）》2003 年第 1 期）

过分强调清官的重要性，必然使反腐斗争最终演化为清官反躬自省、向内求诸道德的个人斗争。然而，道德良心的制约性有多大，是不确定的。这样依靠道德或者个人魅力反腐，对于转型时期的中国来说，无异于一把双刃剑：一方面，它给现实中的民众以信心和希望，如刘郁瑞终于为李荣才伸了冤，李高成终于将腐败分子绳之以法；而另一方面，清官个人品质的凸显，也容易使公众产生依赖意识、崇拜心理，进而忽视个人民主意识的增强，造成个体人格的相对萎缩。同时，法律的地位也同样难以为大家所认识和追求。这些方面均暴露出张平小说的局限，当然，这也是同类小说共同存在的问题。

（王君梅：《从清官神话到张平反腐小说》，《文艺理论与批评》2009 年第 4 期）

与张平其他小说相比，《生死守护》包含更为自觉的历史理性意识。作者不着眼于对当下现实生活的描摹，他力图在写出生活的“现实”深度和广度的同时，将生活现实化并置于历史的发展中，既忠实于当下中国现实，又赋予“当代性”“时代精神”以深远的历史感。《生死守护》将当下中国正在发生的“悲壮而生动的现实”放在波澜壮阔、“快速蜕变的历史进程”中，借助由历史（文化）和未来（远景）建构的历史纵深视镜看取现实生活，便源自历史主义哲学的支持。现实与历史之间的结构性关系，是形成《生死守护》“历史小说”品质的根本依据。小说关联双重历史／文化：古代／当代。连接它们的是“城中村”二道河马家园—龙飞大道开通的重要拆迁对象。它既是各种现实矛盾和利益关系的扭结点，也是古代／当代历史的关联点。小说对这个特定地点的描述以地上的“城中村居民”和“地下文物群”两方面展开,其中隐含着“现实／历史”的对位与融合。

（王金胜：《现实主义视域中的政治性写作——以张平近年小说创作为话题》，《中国现代文学研究丛刊》2021 年第 1 期）

【基本面貌】

在当代中国作家中，张平既是一位有着极强的社会责任感、历史使命感的作家，又是一位有着丰厚生活积淀和多幅创作笔墨的充满创作激情、富有创作才华的作家。文学界习以为常的贴在其创作上的“反腐小说”“主旋律文学”等标签，根本无法概括其不同凡响的文学实绩。张平的文学创作大致分为两个阶段：

一、家庭苦情小说

1981 年,《汾水》杂志上发表了张平的处女作《祭妻》，被《小说选刊》《新华文摘》等各大知名刊物转载。小说受到当时风行的伤痕小说和反思小说的影响，讲述了一个农民怀念离婚已故的妻子的故事。兰子嫁到赵大大家以后，给赵家带来了温馨，但由于兰子家庭出身不好，随着“血统论”在社会的蔓延，慢慢被冷落、遭鄙视，甚至被打骂，最后走上绝路，饮恨离开人间。当“文革”结束后，血统论遭到批判时，赵大大的灵魂受到自我鞭挞，进行了痛苦的祭妻。

1984 年发表的短篇《姐姐》，曾荣获第七届全国优秀短篇小说奖。

这篇小说与《祭妻》有异曲同工之妙，写的也是身处困境的农村妇女的命运和性格。所不同的是，小说的主角“姐姐”原本是一个有着花样年华的大学教授的女儿，因为“文革”而嫁到农村成为农妇。拨乱反正后，父亲恢复工作，也要姐姐回城，但姐姐拒绝了。姐姐是那个家庭的主心骨，承担着操持整个家庭生活的重任。这个有着兄弟七八个人的家庭，如果离开姐姐，立即就要崩溃。小说生动地刻画出姐姐成为一个吃苦耐劳、精明能干的农妇所具有的那种品格，写出了命运对人性的磨砺产生的那种悲喜交加的境况。

对于广大普通民众生存状态进行艺术性的描摹与表现，自觉地成为普通民众的代言人，一直是张平小说创作的一个根本特点。而这可以追溯到作家创作的最初起始点：苦情小说。

二、意识形态文学

1987年，张平认识了刘郁瑞。张平听刘郁瑞讲接待群众上访的时候，产生了强烈共鸣。强烈的、颠覆同质化意识形态的底层现实生活使张平的创作走出了“家庭”，走进了社会，由书写个人苦情转向了关注民间疾苦、现实社会问题的政治写作。“最早，我也写一些风花雪月作品，也写过所谓的先锋文学，但是在写过《天网》之后，我改变了创作的路子。可以说，认识刘郁瑞，写刘郁瑞，成了我文学生涯的分水岭。在写过《法撼汾西》《天网》之后，我开始写了一系列关注现实题材的作品《孤儿泪》《抉择》《十面埋伏》等等。”[①] 张平从个体的苦难生命体验出发，把自己的创伤记忆转化为群体性的苦难书写，塑造了一个有正义感、顶住压力反腐败、为民申冤的典型艺术形象——刘郁瑞。刘郁瑞形象的塑造是张平关注现实生活、介入社会现实性政治写作的开始。《天网》和《法撼汾西》是张平政治写作审美转向的标志性作品，张平也成为“意识形态小说”的代表作家。

① 陶澜：《张平为民说话　情愿速朽　新作〈国家干部〉出版》，《北京青年报》2004年3月14日。

他的这些作品一再获奖，一再引起社会的广泛关注，并接连被改拍成电影、电视剧，成为读者和观众关注的焦点，冲击着文坛，冲击着读者。

总观张平的小说创作，内容上，从抒写家庭苦情的“伤痕小说”到干预生活的“政治小说”，表现出他独特的艺术视角和强烈的社会责任感。早期，他既有对社会现实的深刻把握，更有对一己生存体验的超越性表达。后期，他试图信奉理想现实主义，既抓住社会中的关键问题，也抓住极端的关键性处境来展开故事，刻画人物性格，具有紧张的戏剧性效果。如果说柯云路侧重从大的体制改革方面入手，形成一幅幅酣畅淋漓的“官场现形工笔图”，那么张平则侧重从生活侧面入手，一步步地探究生活真相，形成一张张曲径通幽的“社会蛀虫素描图”。如《十面埋伏》，围绕错综复杂的线索，始终笼罩着紧张的氛围，悬念的设置又适度地推动着小说的叙事节奏。既有侦探小说的暗扣手法，也有现代派的荒诞感，还有心理小说的细致分析，一步步慢慢揭开谜底。《重新生活》中若干关于魏宏刚贪腐细节的大量描写：魏宏枝和武祥夫妻的住房问题，武祥在魏家祭祀魏宏刚父亲的香炉里发现了魏宏刚专门留下的装着三个存折、一个房本的塑料袋子，魏宏刚的外甥女绵绵由延门市十六中这所普通中学被“强制性”转学到延门市最好的重点高中延门中学后所享受到的一系列特殊待遇，魏宏刚的儿子丁丁被打伤后，被姑姑魏宏枝和姑父武祥送到延门市第三人民医院后对比性极强的描写……这些无疑都在很大程度上反证着魏宏刚并非“无辜”，实则贪腐。

“为人民写作”

如果追溯文学历史源头的话，清末谴责小说和政治小说可以说是张平意识形态小说的渊薮。在时代背景上，它们都产生于一个特定的社会转型期；在关注点上，它们都把官场黑暗或官员腐败作为自己揭露的重点；在艺术手法上，它们都采用了纪实性的写作手法。相对于清末小说，张平意识形态小说的历史进步性在于：中国共产党是反腐败斗争的领导核心，人民群众是反腐败斗争的中坚和主体力量。

张平与老百姓有着天然的亲近感。张平情感世界和审美意识的成长得益于民间文艺资源。张平在农村接触到一些民间艺人，他会二胡、板胡、小提琴、手风琴等乐器，形成一种与普通老百姓相通的审美意识和审美体验,并成为日后文学创作的重要精神资源和思想背景。挖煤、淘粪、喂猪、种地的经历使他非常熟悉社会底层的生活，培养了他与底层老百姓相通的思想感情。这种与老百姓相通的精神背景、思想资源和情感体验，随着张平创作的深入和内心审美体验的开掘，已经凝聚成为老百姓写作的“人民性”思想意识,并逐步演化为作家政治写作的理性自觉追求。

在一切都可以消解与戏要、躲避崇高、追求浅薄拒绝沉重、享受欢娱放弃担当、关心经济拒绝政治的“新意识形态”之下，文学成为文字游戏、生活时尚或某种欲望的对象化，放弃了批判现实的思想维度。张平在调查中发现，当代农民喜欢的文艺作品依然是赵树理时期喜欢的古典通俗文学。因此张平质问并反思：“为什么生活在千千万万精神和物质世界尚还贫乏的老百姓之间，却会渐渐地对他们视而不见？为什么与这块土地血肉相连的自己，会把自己的眼光时时盯在别处？什么时候自己对老百姓的呼求和评判竟会变得如此冷漠而又麻木不仁？又是在什么时候自己对自己以往的责任、理想和忧患意识放弃得如此彻底而又不屑一顾？”于是，张平将梁启超的政治小说和赵树理的问题小说相融汇，开始了自己“新意识形态小说”的探索——不忘初心，“为人民写作”。

反对腐败、揭露黑暗是张平意识形态小说的基本主题。腐败问题自古至今就是一个和平时期任何国家都难以根治的顽症。因此，如何彻底铲除腐败，就成为每一个真正的共产党人、每一个有良知的中国人都十分关注的问题。张平的小说从《法撼汾西》到《天网》,从《抉择》到《十面埋伏》，尽管表现的生活范围不同，但无一例外地表现了反对腐败这一国民关注的社会内容。《法撼汾西》与《天网》表现的是农村基层政权中存在的腐败问题，以及以县委书记刘郁瑞为首的一批领导干部与腐败分子所进行的艰苦斗争；《抉择》所反映的是国有大型企业中阳纺织集团公司的一场惊心动魄的腐败与反腐败的斗争；《天网》描写了一个黑社会性质的大案，斗争从古城监狱内部开始，最后涉及监狱外面，涉及社会各个阶层，斗争更为复杂，更为艰苦激烈，所揭示的问题也更为触目惊心。这些作品，无不展现了最为惊心动魄、最为人民大众所关心的问题。

“为人民写作”的平民意识是张平政治小说的立足点。张平在《抉择》的后记中说：“如果我以前没有真正想过我的作品究竟是要写给谁看的，那我现在则真正想过和想定了，我的作品就是要写给那些最底层的千千万万、普普通通的老百姓看，永生永世都将为他们而写作！”因此，他在每一部作品的创作之始，都会对将要反映的问题进行充分的调研，以求最大限度地把握社会材料，真实深刻地揭露与国民生死攸关的社会问题。他在《十面埋伏》一书的代后记《遭遇十面埋伏》中写道：“不熟悉，不了解，感动不了自己的人和事，我根本无法落笔。即使是在写作期间，一有拿不准的地方，还是得不断地往下跑。”并且，他坦率地回答了那些质疑自己创作力的人：“这跟作家的想象力没有任何关系，再有想象力，也不可能把你没见过，没听过，一点儿不懂不知道不熟悉不了解的东西写得栩栩如生。一个细节，一个平常的东西，有时候采访好长时间还是闹不明白。”所以，他的小说一经发表，就立即产生巨大反响，深受老百姓喜爱。据张平自述，《天网》和《法撼汾西》出版后，他收到的读者来信就有两千多封，一千人以上的联名信就有四封，而五百人以上的联名信也有十二封。[①] 甚至当他身陷“官司”时，临汾的平民老百姓出力出资为他声援。

理想现实主义

在《生死守护》自序里，张平坦言：“我始终觉得对当代现实文学

① 张平：《永生永世为老百姓而写作（代后记）》，载《抉择》，北岳文艺出版社2005年版。

创作最大的威胁和困境既来自瞬息万变的生活本身，也来自我们自己。一方面是波澜壮阔、浓郁酷烈、惊天地、泣鬼神、令人惊诧不已、应接不暇的当代生活；一方面则是生活体验越来越匮乏，题材越来越狭窄的当代文学创作。面对一座座文学的富矿，文学却无力挖掘和描写。这种强烈的对比和反差，让我们扼腕长叹，感慨万分。这其中的原因，值得每一位写作者反省和思考。”抱着“为人民写作”的信念,张平忧心如焚，却又不得不面临双重的难题：一方面是权力利益的深刻矛盾，另一方面是人民的苦难。这促使他总是有一种紧迫感，一种危机感，为了冲淡这种危机感，他选择了将“理想现实主义”作为自己小说的美学追求。

首先，文学真实性的坚定信仰。秉承山药蛋派的优良作风，张平把真实作为他文学的首要目标。“我们的时代需要各种各样的文艺作品，但我们的时代决不需要那些充满铜锈和私欲的伪文字和伪文学。”他的文学作品不仅经过大量的调查，而且作品中的主要人物大都在现实中有生活原型，甚至《天网》和《法撼汾西》中的主人公刘郁瑞，就用的是真名真姓。为了追求作品的真实性，他甚至被人告上法庭，但也在所不惜。

其次，乐感文学倾向，喜剧式的结尾。为了不削弱老百姓对生活的信心，使他们保持对生活的乐观，他在作品中巧妙地采用了“理想现实主义”创作手法，既保持小说的真实性，带给人们心灵的震撼，也绕过了悲剧结局，尽量给人们以喜剧收尾。他的小说作品绝大多数在结尾是“正义战胜邪恶”，形成典型的乐感文学。如《生死守护》，即使龙兴市一度局面混乱，省委高层也明察秋毫。高层部门一旦出手，靳如海之流很快土崩瓦解。当然，这也是评论界对他的作品所诟病的地方，但要看到的是，他之所以这样做，最根本的还是他的“平民意识”，是他的善解人意。

最后，“清官”加“孤胆英雄”的模式。既然选择了反腐这一主题，张平就不吝笔墨直面被解剖的对象，从枝枝节节一寸一分去剖析他们的灵魂。当然，与腐败坚决斗争的正面人物也就是他着力歌颂的英雄。这就决定了在创作时，张平总是采用“拴桩法”，灵活地运用了“突出性”

原则，把人物置于风波迭起的中心，通过他自己的选择来表现其人格，突出人物最根本的特征。《抉择》里清正廉明的市长李高成，为防止国有资产流失，只身奔赴工厂了解实情。经过层层盘查，终于弄清了企业倒闭的祸首。就在他准备向腐败势力反击的时候，竟然得知自己的爱妻也跻身于这个腐败集团中。在党性与亲情面前，他面临着艰难的抉择。他的选择不仅是自己的，而且是千千万万真正的共产党人的。《生死守护》的主角辛一飞性格倔强，坦荡磊落。随着情节的进展，辛一飞的胆识、品格、正义感与忘我的工作风格愈来愈突出。尽管他的对手愈来愈多，但他从未胆怯、犹豫，从未考虑妥协和退却。“清官”加“孤胆英雄”的模式并未引起人们的反感，相反，古老和熟悉加倍唤起了读者的激动。

崇高激越的美学形态

崇高是一种在历史和文化脉络中发展的、动态的、具有历史性的精神样式和美学范畴，它与社会、历史、文化和文学传统有着密切关联，并在特定情境下呈现为或可称为“崇高变体”的具体形态。对现实主义文学来说，崇高感是其主要的魅力来源。

20世纪80年代前期，“伤痕”“反思”“改革”等诸种小说在共享时代精神时，为中国文学贡献了一系列革命者、受迫害者和改革家形象，它们在“启蒙”和“现代化”开启的历史空间中，体现着信仰、德行或精神境界的崇高之美。这些形象在延续五六十年代文学中革命英雄崇高镜像的同时，也在“人性”和“生活”等层面上转换了它。自20世纪80年代中期开始，“寻根”“先锋”“新写实”及王朔等的小说，显示了一种新的美学取向：“反崇高”。进入新的历史时代以来，中国文学再次涌现大量具有崇高美学品质的作品，徐怀中的《牵风记》、陈彦的《主角》、梁晓声的《人世间》、阿来的《云中记》、赵德发的《经山海》、滕贞甫的《战国红》等历史和现实题材的长篇，都是其中各具特色的崇高美学作品。这一现象的出现，与中国文学走进中国的深层历史与现实，在开阔的历史视野和强劲的时代精神感召下发掘中国自身内部的历史、文化和人性的艺术追求有深层关联。

在张平的“反腐小说”中，无论是那些坚忍执着，以一己之力与腐败现象做斗争的英雄，还是身处困境，却抱有生活的信心并介入反腐事件中的普通人，都蕴含着强大的信念力量和人性光辉。

一、主旋律的叙事

张平以直面现实的严肃而积极的态度把握世道人心，发现社会问题，揭示社会矛盾，激发社会各界关注并解决社会问题，创作出反映社会转型和时代变革的文艺作品，构成“主旋律”的主体格调。早期的《法撼汾西》和《天网》，以一个山区小县为切口，宽视野、大纵深地解剖中国几千年的，至今仍有强大惯性和强大生命力的乡土政治文化。《抉择》和《十面埋伏》则把目光投放到改革开放、社会转型的中心——都市，紧扣社会关注焦点——腐败问题，视点集中，而视野更加宏大地深入解剖社会转型期的中国经济文化、政治文化，以及在这场大变革当中的人性、灵魂所面临的剧烈考验。《重新生活》以大量的细节描写，很大程度上反证着魏宏刚的并非“无辜”、魏宏刚的贪腐；《生死守护》写城乡贫困人群和家庭的不幸，写灯红酒绿中埋藏的黑暗与肮脏，也写大面积、塌方式腐败及其背后的体制弊病，棚户区居民的贫困与官场人物的奢侈形成鲜明的反差，传达出腐败现象的普遍性和腐败的极端危害性，在揭示这些现象时更给予了强烈的批判。

二、英雄人物的塑造

张平的小说塑造了一系列具有崇高信念和无私无畏献身精神的英雄形象。通过他们，小说有力地传达了以阳刚之美为内核的崇高美、悲壮美。如《生死守护》中，辛一飞、刘小江和沈慧等在各自的工作岗位上，以自己的方式与腐败势力、黑恶势力做生死搏斗，是崇高精神和英雄精神的化身。艺术上的崇高是通过英雄性格表现出来的，崇高是它的必然标志。崇高最接近于社会的审美理想，英雄性格则直接体现为一定的社会理想。

张平的“新意识形态小说”在人民性崇高美学塑造上便存在着别有意味的复杂性。当然，张平在笔下的英雄人物形象中全部寄托着自己的政治理想和美学理想。只是从现实主义“典型化”理论来看，这些英雄人物形象，普遍性多于个性，理性化成分重于感性化因素。某种程度上，属于“扁平人物”而非“圆形人物”，属于梁生宝、乔光朴、李向南式的“工农兵”英雄人物和“改革英雄”。但是特别值得注意的是，中国20世纪五六十年代的文学在借助英雄形象塑造崇高美学时，作家往往发挥着政治或主流意识形态代理人的作用，并以此维系着阶级、国家的正面自我形象。那些执念于人民性宏大叙事的作家，往往把人物、事实和现实当作其理论、观念和预设立场的道具，从而陷入曲解、迷误乃至错谬之中。仔细斟酌张平塑造的这些英雄人物形象，会发现他们与政治激进时代“高大全”式的英雄截然不同：后者几乎是清一色的道德至善至美的宗教式理想人格，在阶级斗争哲学支配下，他们的叙事职能就是工具，围绕、烘托这些主要英雄人物的是众星托月里的“众星”——那些以“所有人物”“正面人物”“英雄人物”或“中间人物”面目出现的众生——“人民”。“主要英雄人物”作为人民的代表是空洞的理念化身，而被放逐的却是真正存在的“百姓”。

三、大量平凡人物的出场

小说浓墨重彩地塑造了那些普通老百姓既平凡又伟大的崇高形象。他们不再是简单的背景人物，他们很大程度上转化成小说的群体主体性形象。这些人虽然生活贫困，为国家、为城市的建设和经济发展付出了巨大的努力和牺牲，但内心仍然对党和政府抱有信任和希望。他们既有对贪官奸商的愤怒，又保留着对政府的信赖和对“清官”的渴盼。《抉择》在建立“人民利益守护者”和“人民”“群众”之间血脉联系的同时，也赋予二者共同的崇高感。《生死守护》中的普通人，特别是辛一飞的母亲和棚户区的居民，同样是小说确立崇高情感的形象。前者感恩于难产之际政府和人民对他们母子生命的挽救，而将儿子称为“百姓娃”，直到上学以后才改名为“辛一飞”，“盼着他一飞冲天，长大以后能做大事，报答天下的百姓给了他这条命”。当儿子有了出息以后，每次在电话中都嘱咐儿子“一定别忘了你和妈的命都是国家给的，都是老百姓给的。咱就是再苦再累，也不能做那些对不起国家和百姓的事”。直到八十岁，辛一飞母亲仍留在农村耕种庄稼。张平作品的崇高美学正是在其象征意义与强烈的历史感、现实感之间建立了联系，与日常经验达成了某种具有浓烈时代精神和浓郁诗意的交流、沟通。

这些平凡的人物具有的是个体生命神圣化所产生的崇高感，其实质是当代国人对自身力量的一种期盼心理，也是一种在中国文化传统中包括祖先、先辈和当代人奋斗历程所形成的精神境界和心灵情调。

四、独白式的艺术手法

在作品中，张平的激情热血更多地泼洒在大段大段的莎士比亚化的心理独白和人物演说上。这种心理独白和人物演说的意义，不仅在于深入叙事、剖析事理、解读心灵，更在于咏叹阳刚、赞颂崇高。尤其是当他心中的正义英雄面临重大考验时，这种心理独白和人物演说简直就像心理风暴，摧枯拉朽般地鞭挞丑恶、荡涤龌龊、拷问灵魂、激扬崇高；于是主人公在心理风暴中挺起了脊骨，读者在心理风暴中被撼动心魄，净化了心灵。比如《抉择》第四十四节，基本上是李高成的心理独白和省委书记万永年的激情演说，能够看出，这是张平的激情热血激动着的人物心理风暴，也是张平的激情热血意在唤起的接受者的心理风暴。

于是，张平的叙事以演奏社会主旋律的大气磅礴、呼唤社会正义的热血激情，构成了其追求阳刚美、崇高美的美学风范，在社会面临剧烈变革的今天，把握了世道人心，引起了社会各界的广泛共鸣，推动着社会的进步，具有很高的美学价值。

【研究文献索引】

1. 南帆．激越的叙事——读张平小说《生死守护》．南方文坛，2021（03）．

2. 吴义勤．人民性与现实主义崇高美学——读张平长篇新作《生死守护》．文艺争鸣，2021（01）．

3. 王金胜．现实主义视域中的政治性写作——以张平近年小说创作为话题．中国现代文学研究丛刊，2021（01）．

4. 傅书华．半为欣喜半为忧——读张平新作《重新生活》所想到的．当代作家评论，2019（06）．

5. 张乐．"介入"理论视野下的现实主义——张平《抉择》再解读．名作欣赏·中旬刊，2019（05）．

6. 张丽军．具有强烈现实精神和社会主义理念的新政治写作——张平论．文艺争鸣，2010（07）．

7. 王春林．试论"家庭苦情"系列对"伤痕文学"的艺术超越——重读张平 1980 年代的"家庭苦情"系列．海南师范大学学报（社会科学版），2009（04）．

8. 王君梅．从清官神话到张平反腐小说．文艺理论与批评，2009（04）．

9. 张翼．追求阳刚美和崇高美——评张平的叙事风范．太原师范学院学报（社会科学版），2003（01）．

10. 杨矗．张平小说写作的方向、价值简析．太原师范学院学报（社会科学版），2003（01）．

11. 张志江．张平小说与晚清谴责小说的比较研究．晋阳学刊，2001（03）．

【思考练习】

1. 请以《祭妻》《抉择》《生死守护》等作品为例，具体探讨张平文学创作一以贯之的现实性。

2. 朗吉弩斯在《论崇高》一文里认为"崇高"具有五个真正的源泉：

庄严伟大的思想、慷慨激昂的热情、辞格的藻饰、高雅的措辞以及尊严高雅的结构。请结合张平的“意识形态小说”创作，分析论述其文学作品所具备的“崇高美学”。

第三章　张石山

【作家小传】

张石山（1947—），山西盂县人。1966 年高中毕业参军入伍，做过侦察兵。服役满后，做过工人。1978 年调入山西省作家协会、历任《山西文学》副主编、主编。20 世纪 90 年代初，下海经商。1995 年，恢复文学创作。出版有长篇小说《兄弟如手足》,中短篇小说集《镢柄韩宝山》《母系家谱》《神主牌楼》等，诗集《永远的三月》，散文集《爱河之源》《叙述的乐趣》等，自传体长篇《商海炼狱》，纪实长篇《穿越——文坛行走三十年》，文化思考专著《拷问经典》等。

【精读作品】

《镢柄韩宝山》《穿越——文坛行走三十年》

【经典评论】

张石山的长篇小说《清明无战事》描写的是 20 世纪 40 年代初发生在中国北方，具体说就是山西吕梁山区的一个“抗战故事”。之所以用引号，是因为小说描写的不是一般意义上的抗战。在整部小说中，基本没有两军对垒式的战争场面，主要是描写人们的文化态度与价值选择。从其叙述语言来看,《清明无战事》是一部具有浓郁北方地域特色的小说，不论是作者的叙述，还是其中人物的语言，都是“吕梁山”式的。小说所表现的社会构成以及人物的思维方式，也同样具有突出的地域文化意味。小说所描写的就是具有浓郁民族文化特色的中国生活、中国故事、中国人物。这种民族特色具有不可替代性和非常明显的可识别性，能够使我们从作家的叙述中走进一个民族的内心世界。

（杜学文：《中国审美的生动表达——从长篇小说〈清明无战事〉谈起》，《中国文学批评》2016 年第 2 期）

长篇纪实传记体文字《穿越——文坛行走三十年》，皇皇四十万言，是张石山非典型的自述，他没有日记，不查看资料，完全是凭着超强的记忆力叙写自己的从文经历，更秉笔直书记录下三十年文坛见闻，书中披露了三十年文坛一些大的事件、一些小的故事、一些逸闻趣事，没有刻意遮掩哪个人名或哪件事情的关键过程，具有可信的文学历史资料意义。十几年后，张石山在自己的博客上连载了这部书的多数内容，在文坛内外，尤其是山西文化界，产生了极大的反响。当然是有赞赏的，有批评的，有客观评价的。事实上，能够有如此大的反响，就证明了文章的价值。

（杨占平:《张石山：得赵树理真传者》,《山西文学》2021 年第 1 期）

读张石山的《被误读的〈论语〉》，我最强烈的感觉是，他是站在民间个体生命的立场上来解读《论语》的。这样的一种解读立场，使他的解读有这样的五个特点：第一个是不“依文解经”；第二个是在对《论语》的整体的理解上来解读《论语》的具体句子；第三个是不“高推圣境”；第四个是强烈的现实在场性；第五个是受个体生命的历史局限，在解读前人对《论语》的论述时,常常形成的“误读”与“错位”,这种“误读”与“错位”在今天的各种文化思潮的冲突中，也颇具典型意义。

（傅书华：《让古代圣贤与现代民间个体生命直接相遇——读张石山〈被误读的《论语》〉》，《社会科学论坛》2014 年第 3 期）

【基本面貌】

已故德高望重的评论家、作家、编辑家李国涛先生，在20世纪80年代撰写的《张石山论》中，曾经这样评价张石山："得赵树理真传者，张石山一人而已。"这是一句十分准确、到位的评价，得到文坛众多作家、评论家、编辑家的认同，更让张石山本人接受。张石山在后来一篇文章中解释道："就小说的语言风格，就对乡土民间的了解熟悉程度，包括幽默感，我有几分像赵树理。不用专门学，山西这片乡土教给我们的，大略如彼。李国涛老师对我的评价，当初或许是指这些方面。从外在语言风格向内在精神品格追究，民本思想，民间立场，我认为这些才更是赵树理的真传。"事实上，张石山在五十多年的文学创作中，用将近千万字的业绩，交上了一份作为作家的超级答卷，证明了自己的确是赵树理的真传者。

小说：主宰一生

张石山从1973年开始文学创作是写小说，到如今近五十年写作生涯里，尽管他涉猎过几乎所有体裁，但是，小说一直是主打项目，可以说，小说主宰了他一生的文学之路。从短篇小说起步的张石山，像多数作家的创作规律一样，经过中篇小说，最后是长篇小说。他出版有中短篇小说集《镢柄韩宝山》《单身汉的乐趣》《母系家谱》《神主牌楼》，长篇小说《兄弟如手足》《攻城》《清明无战事》等等。他早期创作的短篇小说《镢柄韩宝山》获1980年全国优秀短篇小说奖，短篇小说《甜苣儿》获1986—1987年全国优秀短篇小说奖，是山西作家中唯一一位两度获全国优秀短篇小说奖的得主。长篇小说《清明无战事》获得过2016年山西省"五个一工程奖"。

张石山在20世纪80年代推出的家族文化系列小说"仇犹遗风录"，最能见出他前期创作的思想深度和艺术功力，其代表性作品是《甜苣儿》《神主牌楼》《年头岁尾》《血泪草台班》《官锥》等。这个系列小说，以他的故乡太行山区青石沟为人物的活动舞台，以由奶奶、叔伯、未婚青年男女组成的张氏家族为作品中主要的人物群像，通过对青石沟张氏家族的细腻描写，试图反映出中华民族的社会进程、历史发展规律、传统文化形态上的某些特点，这也正是张石山反复强调故乡青石沟就是古代仇犹古国领地的意味所在。既是“国”之一部，又有“古”的历史，正可见他试图穿透社会发展根本结构的努力，也使一个青石沟张氏家族中形形色色的几十个人物具有了厚重的社会与文化的分量和意蕴。

具体分析张石山的“家族文化小说”，主要有四个特点：

第一，对风俗民情的生动描写与深刻揭示。例如他在《年头岁尾》中对青石沟过春节的习俗描写就是如此。在这篇小说中，张石山详细介绍了少儿时代的“我”对过春节所恐惧的三件事：碾面、剃头、洗手洗脸。通过这三件事，让我们看到了乡村物质消费和文化生活的贫困、落后、愚昧。接下来又详细介绍了青石沟过春节的种种习俗，又让我们看到了青石沟人对生活保持乐观的希冀与物我合一、天人合一的种种观念。最精彩的部分则是对青石沟人磕头拜年的详尽描写，正是这些描写，才给张石山的家族文化系列小说中各种人生的悲剧以广阔的文化背景。

第二，通过表现人性的欲望与礼教的冲突和对抗，展示封建文化的虚伪性。在《血泪草台班》中，应虎与艾艾的爱情悲剧正是中国封建文化的形象写照。此外，在《官锥》中樊樱桃花与四黑牛、《甜苣儿》中甜苣儿与庆云的婚姻关系中，也让我们多次看到了这类的描写。

第三,对个体感性生命的张扬。这个特点集中地显现在“吃”与“性爱”上。张石山的家族文化小说多次写到了吃在人的生活、生存中的重要性，那是人类生活、生存的一个动力源，是人的本性之一。性爱则集中体现了人的生命欲求，因而，性爱欲求与封建理念的冲突与对抗也往往更尖锐、更激烈。《血泪草台班》中的应虎与艾艾,《官锥》中的樊樱桃花,《含玉儿》《甜苣儿》中的含玉儿、甜苣儿，无不是把自己的全部人生情感投入到性爱之中，用自己的满腔热血去烫卷封建礼教吃人的锋刃。这些都是作为人的个体感性生命张扬的表现。

第四，写出了社会变革与文化形态相纠缠的斑驳陆离的状态，从而更加体现了文化的恒久性、强大性。这种状态主要体现在对人物命运、生活轨迹的影响上。每一篇小说都通过对一幅幅独特、真实、形象的社会环境与文化景观的描述，蕴含了文化、社会之间错综复杂的关系，使读者对特定社会背景和文化氛围有了更进一步的深刻认识。

中短篇小说写作多年后，张石山于2013年推出一部长篇小说《攻城》。在一定意义上说,《攻城》是张石山借小说之笔为自己的父亲立传，这是因为书封的语言概括很爽直：一位父亲的史诗，一座中国人的围城。本书的主人公叫张六，为生活所迫当了最下层的脚夫，几年打拚成为工头，后来加入中共地下党；解放太原时，张六又作为解放大军的登城向导，带领部队打回太原城。如此的传奇经历成为叙述结构主线，故事情节精彩，人物性格鲜明，作品语言老辣，寓意深刻，是一部关于父亲的传奇小说，更是一部引发读者思索的人生之“城”。

《攻城》中的父亲，或曰张石山的父亲，履历简单，不过是一介农民草根子弟，日伪时期年少有力，想过上不愁吃喝的日子，于是进城扛包打拚，因为聪明加上肯吃苦，可以说是“混”得还是不错的；抗战胜利后，父亲接受中共组织的教育，开始在城内做地下工作，在隐蔽战线左推右挡，解放军攻城时更是有向导之功；1949年后却坎坷多多，其种种命运遭际已是国人熟知；进入改革开放时期，父亲退而不休，又是搞运输又是种山林，去时自谓坦坦荡荡，终在故乡自选的墓穴内安息了复杂的一生。论其经历，他一定不是最曲折的；论其结局，他也一定不是最悲情的。但这位父亲，读来却不同凡响，特别有意味，甚至应该说是很震撼。此类题材，为达到这个震撼的效果，按说是常用“非虚构写作”或“口述史”的技法，张石山却巧妙地利用小说，并且发挥得很好。这至少能说明两个问题：其一，小说这类文体，在当今时代写作环境下，仍然有着其他体裁的不可替代性，小说写历史有无限的空间；其二，七八十年代在文坛上靠小说起家的张石山，多年后重操旧业，依然是一个优秀的小说家。

《攻城》的语言是特别需要强调的，阅读者翻开书，只需读几段话就体会到其朗朗上口的风格，极富幽默感、形象感和简洁生动性，吸引你一定要看完。这种高于常人的语言技艺，源于张石山民族文化的基因遗传，当然也依赖于他非凡的民间记忆和草根理念。张石山在本书中使用的叙写方式以及对人物的细腻描摹，与现今一些作家喜欢的花腔语调迥然，他追求的是朴拙中正的传统味道，这种味道纯正浓厚，令人回味无穷，更是对悠久传统文学创作精华的传承。

在几部长篇小说中，张石山自己比较看重的是《清明无战事》。这部作品创作于 2015 年纪念抗日战争胜利七十周年之际，讲述了这样一个故事：在日本侵略军占领区唐家山，为协助美国教会转移战争孤儿，普通民众安如玉、夏樱桃、唐小顺和美国传教士保罗被日军抓捕。唐家山开明乡绅唐汉宸严正拒绝日军的交涉条件，被俘人员惨遭侮辱、杀害。不久，八路军和游击队发动反“扫荡”作战，缴获了日军存放的成百盒骨灰。唐汉宸道义高标，力排众议，主导归还日方骨灰，迎回我方人员遗体，时间定在清明节，并约定这一天不起战事。不料日军背信弃义，唐汉宸身背“抗日分子”的亡命旗坦然赴死。

《清明无战事》的主人公是一些小人物，鲜活生动地存在于那段“地无分南北，年无分老幼，无论何人，皆有守土抗战之责任，皆应抱定牺牲一切之决心”的抗日战争大历史中，烟火人生中舍身赴死的决绝却非常接地气。

张石山在一篇访谈中谈了创作《清明无战事》的起因和目的：

> 全人类反法西斯战争的胜利，过去了七十年。中华民族在世界反法西斯东方战场所付出的代价无比巨大，对全人类优秀文明战胜法西斯所做出的贡献无与伦比。身为一名作家，我是否能够超越平庸，写出具备走出国门、走向世界那样水平的作品来？这要牵扯到对中国抗战的理性认识。改革开放以来，国人迎来了伟大的思想解放。重新认知抗日战争，不再是禁区。这方面，国人已经达成了许

多共识。抗战对于中国，是中华民族近代百年屈辱失败史上的第一场大胜仗；亡国灭种的危机，激活了中国全民的抵抗意志；这是一场全民抗战，绝非一党一军可以独自胜任。种种共识之外，我也逐步形成了属于自己的独立思考。我认为：从全球格局来看，二战是全人类众多伟大文明与反人类的德日意法西斯的大决战；中国抗战，是伟大的华夏文明对日本军国主义法西斯的殊死抵抗；中国抗战，是反法西斯大格局中东方战场最伟大的事件；同时，中国抗战是华夏文明与全人类文明的协同作战。当然，任何文学创作最忌讳外在说教，作家所有的思考必须通过讲述故事与刻画人物自然流露出来。在《清明无战事》所讲述的故事里，我着力塑造了一位曾经的乡绅。在中国漫长的历史中，多是小政府大社会的格局。乡绅，在事实上成为乡土自治、维系乡间社会平衡的中坚。他们身上曾经最多保全了中华文明、士子传统。在和平年代，他们行为世范、道德表率；在国难当头的时节，他们毁家纾难、垂范千秋。他们多数并非虚构的阶级敌人恶霸"黄世仁"，而是山西抗战史上开明士绅刘少白、牛友兰那样的人物。理直气壮歌赞这样的人物，正是理直气壮歌赞华夏文明。华夏文明到底是一种怎样的文明？我们要不要热爱弘扬这一文明？这个问题极其严肃。我坚定地认为：战争或有一时之成败，并不能就此判断文明之高下。仗恃暴力、弱肉强食，那是丛林法则，与人类文明风马牛不相及。成吉思汗的蒙古铁骑横扫欧亚，岂能证明当时欧亚文明落伍落后！在文明对话方面，伟大的华夏文明博大精深、强韧厚重，浩浩乎存于天地之间，卓然挺立于世界文明之林。我们的伟大文明，从来没有失败过。仁者无敌。我们的文明根本就没有敌人。全球抗击法西斯战争的伟大胜利，说到底正是全人类文明的胜利；中国抗战的胜利，则是华夏文明的伟大胜利。

在《清明无战事》这个故事里，在那一特定的历史环境中，中国曾经的乡绅身上所葆有的华夏文明，形成了与日本侵略者所推行的法西斯文化最直接的对抗。法西斯文化的残暴无耻暴露无遗，而

> 华夏文明雍容博大、强韧无比，凸显出永远不可被战胜与征服的无与伦比的生命力。不曾被入侵者的刺刀和滑膛枪征服的华夏文明，却遭到了中国人自己的践踏、遭害与破败，这是极其令人痛心的事实。历史发展到当今，抢救与恢复传统文明的呼声不绝于耳。强韧的华夏文明屡经劫难，总是能够劫后余生。大地在，山河在，人民在，给人以伟大的信心。作为小说，需要小说式的叙述语言和叙事笔调。从“历史的担当”到“文化的对抗”，我的抗战题材写作在向深层掘进。

从张石山的上述阐释中，我们已经非常明白和理解了他创作《清明无战事》的初衷与目的，可以说，他讲得特别深刻、全面、准确，完全超出了一个普通作家的文学思考，他是站在世界历史观、站在华夏文明的高度看待抗日战争。当然，他也清楚自己是在写小说，因此，更多的是通过人物和故事来演绎主题思考。整部小说结构紧密，细节真实，故事有味，尤其是几位主要人物，塑造得活灵活现，栩栩如生，而他的语言文字仍然是延续以往风格，富有很强的艺术感染力。

作为一个写了几十年小说的成名作家，张石山会经常遇到有人问写小说的动机是什么、有什么技艺之类的问题。他在一篇自述文章中有过回应：

> 会写小说，写了小说要人看，希望不会写小说的读者愿意读，有语言问题、技巧问题，更有态度问题。你需要用炫目的技巧来吸引读者吗？你是个走江湖卖狗皮膏药的吗？你的语言，是想让读者看懂，还是旨在炫耀自己多么高明？这儿，作文犹如做人，需要真诚。最高的技巧是无技巧。《诗经》《论语》，有什么技巧？真理简约，大美不言。我倒更愿意承认“写作状态”这个说法。调动自身，进入写作状态，故事编得生动、人物性格鲜明、对话精当、细节精准、叙述得心应手，往往同步达成。编剧是这样，写小说也是这样。作家唯一的仗恃依凭是语言。在确定写什么之后，关键是怎样写。语

言决定作品的整体风格，甚至折射出作者的整体人格。

纪实文学：打捞史实

2015年，为纪念抗日战争胜利七十周年，张石山在创作《清明无战事》的同时，还与作家谭曙方合作编著了《六福客栈——小妇人艾伟德传奇》。这是一本反映国际友人在抗日战争时期护送中国孤儿远离战场的纪实类文学作品。

20世纪30年代末，日军入侵山西后，英国妇女格拉蒂丝·艾伟德，为了让众多的孤儿逃出日军的魔爪，克服重重困难，从山西晋东南阳城县跋山涉水，将一百多名中国孤儿护送到黄河西岸的陕西省，表现了国际友人在世界反法西斯战争中英勇而高尚的精神，同时再现了中国人民和国际友人同仇敌忾反对法西斯的壮举。据史料记载，格拉蒂丝·艾伟德1930年来到中国山西晋东南的阳城县传教，并在那里生活了十年。她开办“六福客栈”，收养孤儿，受聘为政府的禁足督察。1936年，艾伟德加入中国国籍。全面抗战爆发后，她深入沦陷区为我方收集情报，受到日军的通缉。1940年，艾伟德带领百余名孤儿辗转千里，到达当时还未被日军占领的大后方西安，让这些孤儿免遭日军的侵害，也留下了一段国际友人保护中国人的佳话。

1958年，以艾伟德为原型，由国际影星英格丽·褒曼主演的电影《六福客栈》风靡欧美，在不长时间内，就让世界众多国家知道了艾伟德这个人物。张石山、谭曙方编著的《六福客栈——小妇人艾伟德传奇》，是由中国作家编撰的唯一一本有关艾伟德的传记文学，他们打捞历史资料，用文学方式纪念那位为中国抗战做出过特殊贡献的国际友人。张石山和谭曙方在《六福客栈——小妇人艾伟德传奇》一书前面有一篇名为《文明的互动》的序言，很好地传达出他们创作这部书的意图：

二战是全人类优秀文明与反人类的德日意法西斯的大决战，中国抗战是华夏文明与全人类文明的协同作战。那是东西方文明的伟大互动。当下，东西方乃至全人类都在纪念二战的伟大胜利，这是东西方文明互动的继续，这是协和万邦的人类文明大合唱。这种文明互动，已成世界潮流。全人类的进步事业，指向世界大同，无可转折。文明的坐标从来都在身后。纪念二战，追溯历史，幸能够找到并点燃一粒历史的火种。希望我们所创作的这部《六福客栈——小妇人艾伟德传奇》，能够成为东西方文明互动的一个实绩。抗战开始后，艾伟德收养难童、救助伤残，不辞辛劳，不遗余力，弘扬践行了伟大的人道主义精神。不仅如此，她还利用特殊身份，冒险出入日寇占领区侦察敌情，为国军与八路军提供了许多有价值的军事情报。同时，艾伟德通过欧美国际媒体，无情地揭露了日本军国主义的种种战争暴行，因之受到日寇的通缉。艾伟德声称："我是中国人，我要和自己的同胞共赴国难。"1940年，由于此前日寇的飞机几次轰炸阳城，屠杀了上千和平居民，艾伟德心系难童孤儿的安危，毅然带领百余名孤儿离开阳城。这支队伍徒步南出阳城，翻越中条山，最终全部平安抵达当时的大后方西安。这一壮举，在当时即为世人传颂,艾伟德由之赢得了"中国孤儿的母亲"的崇高赞誉。

2015年,是全世界反法西斯战争胜利和中国抗战胜利七十周年。七十年来，关于艾伟德的著作，无论是传记还是小说，包括儿童读物，在西方出版了数十种之多，而在我们中国，在艾伟德故事的主要发生地，却没有几本堪以匹配的出版物。艾伟德的故事，是继续屏蔽雪藏，还是让人知道？艾伟德身上体现出伟大的人道主义精神，是理直气壮地宣扬，还是视而不见，任其自生自灭？纪念抗战，中国作家责无旁贷。创作这样一部作品，事实上成为我们纪念抗战的当代践行。客观评价，我们创作的这部《六福客栈——小妇人艾伟德传奇》，是由中国作家创作的关于艾伟德其人其事的第一部作品。与外国人所写的同一题材的作品相比，本书至少有两个方面的突破。第一个方面的突破是内容广度的拓展。本书不仅向读者全面准确地介绍了艾伟德其人其事，而且向读者展现了当代中国人了解艾伟德、纪念艾伟德的实际状况。中国人并非忘恩负义之徒，也绝不是麻木不仁之辈。中国人懂得感恩，中国人受艾伟德精神的感召，正在继承与光大这一精神。无疑，这才是纪念艾韦德的本质意义所在。本书在第二个方面的突破是文化认知高度的把控。就我们的有限涉猎所见，西方关于艾伟德的宣传报道、传记书写，包括电影故事编撰，多有高推艾伟德的超然境界，对之有过分神话之嫌。在西方人的叙事中，艾伟德几乎就是一个天生的圣人。积贫积弱的中国、落后愚昧的中国人，需要艾伟德来传播福音，救助众生，而虔信上帝的艾伟德，由于信仰坚定，几乎无所不能。其中的西方叙事立场非常明显。事实上，恰恰是在艾伟德还远远没有成为“艾伟德传奇”的时候，艾伟德就已经来到了阳城。她在阳城待了十年，这十年，正处在中华民国的“黄金十年”时段。她一定真正接触到了当地无数的中国人——那些具备了民国风范的中国人。正是通过这些中国人，艾伟德终于探知了华夏文明的底蕴。她在阳城申请加入了中国国籍，从此，艾伟德认定自己是一名中国人，并以此而自豪。中肯地评价，籍籍无名的艾伟德是在阳城获得了她的成长，方才最终成为伟大的艾伟德。

从上述这些话语中，我们能够看到张石山和谭曙方是站在非常广阔和高远的层次上，表达他们对世界反法西斯战争与中国抗日战争关系的理解。东西方文化由于起源和发展轨道不同，自然会有不少冲突之处；但是，在共同对抗侵略战争时，就会形成融合，尤其是人道主义精神是不分国界的，艾伟德的行为就是最好的诠释。当然，毕竟东西方文化的传统观念、道德评价、信仰目标不一样，所以，后人在评价艾伟德时，结果会有差异。两位编著者站在客观的立场上记录并评述艾伟德的行为，传递了一种中国文化人的历史观、价值观，其意义将会随着时间的推移不断显现。

影视创作：追求精品

张石山顺应潮流，于1995年前后开始涉足影视剧剧本创作。

张石山最早的影视剧创作，是他应山西省内一家电视剧制作单位之邀，写出了表现基层法官工作与生活的剧本《窑洞法庭》。此后一段时间，他把主要精力转到了影视剧创作方面，先后写出二十集古代题材连续剧《水浒后传》、描写农民工进城打工的二十集连续剧《兄弟如手足》、根据马烽和西戎经典长篇小说《吕梁英雄传》改编的二十集同名电视连续剧，反映右玉县生态建设的二十集连续剧《追梦苍头河》、演绎韩国近代皇族李氏几代人沉浮的长篇电视剧《阿里郎》、再现河东盐湖历史故事的连续剧《大明银城》、讲述春秋时期“五霸”之一晋文公重耳故事的三十集历史题材连续剧《晋文公》等。其中《兄弟如手足》在多家省级卫视播出，收视效果理想，达到了制作方预期的目的；而《吕梁英雄传》由中央电视台在2005年7月一套黄金时间隆重推出，在广大观众中产生了强烈反响，这是包括张石山在内的众多文艺工作者奉献给纪念抗战胜利六十周年的一份厚礼，也是对已过世的两位作家最好的告慰；《晋文公》则是张石山下功夫最多的影视文学作品，获得了原国家广电总局首届电视剧剧本评选优秀作品奖，是山西省唯一荣获这项国家级大奖的作品。

电视剧《兄弟如手足》应当是张石山影视剧创作的代表性作品之一，讲述的故事情节是：石金河、石银河两兄弟出生在偏远的山区石门掌。由于家境贫寒，父亲石罗锅只好用抓阄来决定两兄弟的前程。哥哥石金河得以念完中学，并考取了大学；弟弟石银河却只能在家种田，与父亲共同肩负供养金河上学的重担。转眼间，金河即将毕业，他努力寻找工作，想在城市中闯出一片属于自己的天；而银河也不甘心一辈子在乡下务农，进城打工赚钱，在一个饲料厂当搬运工人。乡下的父亲催促着大儿子回家相亲，金河拒绝，发誓要变成一个城市人，再不要遭人白眼、被人歧视。父亲和媒人合计来了个移花接木，让银河代替金河去相亲。

没想到，老实的银河自己就戳穿了骗局，也正是由于他的坦诚，赢得了姑娘的芳心。金河已经有了心上人，是与他同班的一个女同学相恋。那个女同学和金河同样面临留城和找工作的困难。由于现实的残酷，女同学接受了高干子弟的帮助，并嫁进豪门。这让金河非常难受，他好不容易在保险公司谋到一份推销保险的工作，却因业务毫无进展被公司辞退，屡屡受挫的金河只好到饲料厂和弟弟一块卖苦力。突然爆发的禽流感，使得饲料厂面临倒闭的危险，老板拖欠着员工工资，仓皇出逃。两兄弟不忍心看着玉米被白白浪费，他们拿出自己微薄的积蓄给工人们发工钱，组织大家继续生产饲料；他们付出的努力收到了回报，禽流感过去了，饲料大批短缺，玉米变成了“金豆子”，公司一举盈利几百万。赚到了钱的金河和银河还需要面对更残酷的市场竞争和心灵的考验。两兄弟齐心协力经历了风风雨雨，依然以淳朴赤诚之心面对生活，面对爱情。

张石山的《兄弟如手足》，能够原汁原味地对乡村生活状态进行展示，尤其是表现了农民工进城打工的艰难、挫折与成功这个当下社会的主潮，抓住了农民群众摆脱贫困的本质，体现了一个文艺写作者的责任感。影视剧描写农民工离开故乡进城打工的生活状态，从现实主义理论的观念看，要求按照生活的本来面目呈现，然而，真实性并不等于照抄现实，不等于对现实生活作简单、机械的记录。如今的城乡现实生活是多元且复杂的，作家在创作过程中，面对乡村与城市现实生活，都经过了主观思考和判断过滤，影视作品中反映的现实，实际上已经融合了作家的价值观念和社会理想，已经是比生活真实更高、更完善的艺术真实，能够代表社会某些本质方面和发展趋向的真实。张石山在《兄弟如手足》中对金河、银河兄弟的刻画，就是既立足于现实生活的真实，又加上了自己的认知，因而，人物形象达到了典型性。他们在剧中淳朴、生动地展示了农村人善良、诚实、吃苦耐劳的本性，也不乏智慧与前瞻眼光，他们饱受磨难后的成功，就是必然的。他们率真又风趣的语言，浸透着深厚的民俗文化内涵，很好地体现了现实主义文艺创作的基本规范。

马烽、西戎合著的长篇小说《吕梁英雄传》，是中国现代文学史上解放区第一部反映全民族抗日的著名经典作品，抗战即将胜利时就与读者见面，是中国图书界的“红色经典”之一。张石山改编的电视剧《吕梁英雄传》，以吕梁山区一个村庄——康家寨为主要环境，生动地再现了晋绥抗日根据地广大人民群众抗击日寇和汉奸的战斗活动，显示了抗日战争实质上是全民战争的特点，晋绥抗日根据地战争是全民抗战的一个缩影。该剧在忠实于原著的基础上，充分发挥电视剧艺术的特点，使得这部作品的历史价值和现实意义都得到了很好的张扬。原著《吕梁英雄传》以人物的故事为主要构架，全书写了很多人物，有名、有姓、有活动的就达一百多个。而在这众多的人物中，民兵英雄作为主要骨干，自然是马烽和西戎着墨最多、描写最出色的，比如雷石柱、孟二愣、张有义等，生长环境相似，却性格各异，为人处事方式不同，给读者留下了深刻印象。电视剧不可能将这么多人物都表现出来，对原著做了合理的裁减，使得一些人物的性格更加鲜明，都是有血有肉、栩栩如生的角色。电视剧《吕梁英雄传》将原著富有地方色彩的语言——是一种从晋西北人民口语中提炼出来并赋予其艺术韵味的独特语言——展示得更为形象化，这个特点集中表现在人物对话干净利落、富有个性、机智幽默方面。电视剧中对话的功用，不但在于表情达意，而且对于描绘一个人的性格、神态、举动，以及心理变化过程，作用也非常大。此外，剧中俗语、谚语、歇后语等民间语言，使用得也非常确切，对表现人物性格、烘托场面气氛都起到了别的语言无法替代的作用。在场景设置上，《吕梁英雄传》强调了真实性，剧中保留了原著中极具特色的吕梁山村的“土腥味”，具有十分鲜明浓郁的吕梁地域特色。

2011 年，张石山应约创作出三十集长篇历史题材电视剧《晋文公》。这部剧讲述了春秋时期，晋国公子重耳经过十九年流亡终于复国，年过六旬的晋文公努力振兴国家，起用名臣良将，称霸天下，建立盛世大业，成就千古英名的故事。剧本围绕晋文公重耳的传奇一生展开，从其流亡在外备尝艰辛，到艰难复国，最终开创千秋霸业，情节紧张而富有悬念，人物形象生动鲜活，将晋文公的一生如同史诗画卷般缓缓呈现。剧本以传统的历史观为导向，以真实的历史人物和事件为选题，“大事不虚，小事不拘”，严谨还原史实，着力发掘史实背后的现实意义，力图彰显中华文明核心理念，弘扬优秀传统文化精髓。为创作这部剧，张石山倾注了极大的心血，据他说，是他在影视剧创作方面投入精力最多、动用历史积累最丰富、思想考虑最深刻、人物形象塑造最费心的一部作品。他在一次剧本研讨会上表示：认知地域文明正是认知整体华夏文明不可或缺的功课，宣扬歌赞古晋文化正是颂扬我们整体中华文化。

《晋文公》剧本完成后，有关方面举办过好几次研讨会，其中2017年在北京召开的剧本论证会，规格颇高，各方专家齐聚，对剧本给予了高度评价，认为它不仅公正地评价了真实的历史人物、历史事件，同时加以艺术创造，更加符合实际，符合情理。中国文艺评论家协会名誉主席李准，参加过很多影视剧的研讨、评选活动，是国内影视剧评论的权威专家，在他看来，我国文艺创作道路正处于历史正剧、重大历史题材创作回暖的阶段，所以在这段时间推出这部剧作是恰到好处的。他高度评价张石山通过晋文公写了一个时代，不仅仅塑造了晋文公本人，呈现了其身边众多真实的历史人物，而且符合历史真实，“剧本中还原了众多历史事件，突出了晋文公不同于其他霸主的‘仁’，这在历史剧中是不多的，塑造了一部戏的灵魂，很令人期待”。《晋文公》剧本参加了国家新闻出版广电总局于2013年度开始的首届全国优秀电视剧剧本评选，成功获奖，是山西省唯一获此殊荣的电视剧剧本，这也证明这部剧作代表了全国的高水平。然而，这部张石山本人特别重视、获得各界人士一致好评、受到国家影视剧最高管理部门嘉奖的优秀电视剧剧本《晋文公》，却至今未能完成拍摄。好在2018年，由北岳文艺出版社以图书形式推出，与读者见面，多少了结了张石山的一些遗憾。

儿童文学：讲好传统文化

乡音古语是我们的历史身份，乡音古语是我们的文化符号，乡音古语更是我们记忆深处绵延不绝的回声。乡音古语的消失，在现代化的加速条件下，正按代际间的速率递增着。对于这种状况，传统文化底子雄厚的张石山特别忧心，他不希望我们的世界发达了，传统文化却消失了，他要尽自己的一点能力，让少年儿童懂得一些乡音古语，把传统文化继承下去。这样的思绪，让他把写作转向此前没有涉足过的儿童文学创作领域。

2017 年 11 月，张石山去美国探亲，待了四个多月，他在西方文化生活氛围中，潜心撰写了三部弘扬中国传统文化的儿童文学作品，即《方言古语》《一画开天》《无字天书》，回国后又做了精心修改。2019 年初，这三本书由希望出版社出版。他和出版方协商，把这三本书统一命名为“讲给孩子们的传统文化”系列丛书，读者对象是少年儿童及其家长。

这三本书从方言古语、数学教育、乡野文明三个方面切入，图文并茂，浅显易懂，信息量大，可读性强，有益有趣。张石山给每本书都写了精彩的序言，讲述了自己写这本书的原因和目标。在《方言古语》中，他说：

> 语言是人类存在的家园。而家乡话亦即方言，是哺育滋养每个人成长的母语。除了少数人出生于首都或京畿地面，他们天然地会说普通话，事实上更多的国人都是外地人，大家自幼学说的都是与普通话千差万别的方言。凡爱国者，必爱自己的家乡。爱家乡的人，也一定爱自己家乡的文化，包括那儿的方言。……推广普通话，当然必要；同时，不要冷落我们的方言古语，这同样非常必要。普通话本来是由多种方言磨合交融而成。普通话仿佛取了众多方言的公约数，它带来交流的方便，但也磨去了方言许多精彩的棱角，词汇减少，读音趋同。对于伟大的汉语汉字，任何语音的缺损、词汇的缺损，都是文化的缺损。最直接显在的例证，比方许多著名的唐宋诗词，用普通话来诵读，竟然不押韵，而用方言来随便一念，偏偏非常合辙上口。原来，方言好比语言的活化石，保全了我们古汉语

的许多生动词汇与古老读音，是一座极其丰富的语言宝库。

《方言古语》全书一共有十二篇文字，各篇内容有所关联，又基本上独立成章。这本书的整体文字叙述，与张石山多数作品的风格一样，追求明白晓畅、雅俗共赏、老少咸宜，不仅中小学生可以读得通、看得懂，学生家长们也爱看，甚至教师们也喜欢读。同时，他更希望这本书在学术上也能够经得起推敲，能够获得有关研究方言古语的专家学者们的认可。据阅读这本书的读者反馈给出版社的感受，认为它是有趣的，对大家是有益的，在阅读过程中有很多收益，学到了若干日常生活的知识，还能够帮助大家打开思路，获得某种能力。

在《一画开天》序言中张石山写道：

> 在人们的印象中，中国传统的民间启蒙教育，好像只是教授孩子们念《三字经》《百家姓》《千字文》等读物，偏重于教儿童认读文字。其实，这是一种过于粗浅的印象，是一种想当然带来的误解。……事实上，在曾经的过往，在广大的民间，传统的启蒙教育，在教授孩子们认识若干文字的同时，也要教授大家知晓数字概念，学会简单的计算。识字与识数，并无偏废。民间的数学教育，内容非常丰富。在乡间，流传着很多与数学相关的谜语和故事；在民间话语中，关乎数学的谣谚也很多。至于日常生活，有日用不绝的种种数学常识,有让孩子们背诵的珠算口诀和“斤秤流法”。包括历法、月相、时间方位，地亩里路丈量、升斗斤两换算，皆有循序渐进的持续教化。

这本《一画开天》，是张石山根据自己的亲历亲见，回想儿童少年时代所受到的民间数学教育，分门别类加以整理之后写出来的，是一本关于数学教育的有趣而又有益的书。本书所涉及的数学题目，虽没有特别的难度，但有以下几个特点。首先是民间话语的丰富性，其中蕴藏着种种丰富的知识。它们有关乎文字的，也有关乎数字的。张石山说，他的民间数学教育方面的知识，主要得之于父亲的传授。他的父亲是城市底层苦力工，但脑海中却有着丰富的民间知识。其次是民间话语本身的天然趣味性。《论语》开宗明义第一句话，说的是“学而时习之，不亦说（悦）乎”，这和人们常说的“寓教于乐”意思差不多。张石山在本书所涉及的关乎数学的民间话语，或者是精练的民谚，或者是合辙上口的韵句，或者是引人的故事，都非常有趣。这样，就让比较枯燥的数学变得非常具有趣味性，让学习数学变得快乐，让少年儿童不再胆怯数学。

《无字天书》是把概念化的“文化”用少年儿童喜欢的方式表达出来的读物。张石山为什么要这样做，在序言中有阐述：

> 所谓文化，绝不仅仅存留在文化学者的高头讲章中与博物馆的馆藏里，那样的话，文化已然死亡，变成了文物。文化，一定是在深广的民间有着丰厚的留存与活体口头传承，它是一条从远古流淌而来的此在之河。这条文化之河，浸润着祖祖辈辈的中国人；祖祖辈辈的中国人，与这条河同在。……在民间在乡下，确实有不识字或者读书不多的人，但他们却非常文明儒雅，讲理懂礼。应该说，是读书人与众多普通草根大众，共同传承养护着我们的华夏文明。
>
> 这本书的核心是强调口头文化对少年儿童的传承作用。张石山注意到，少年儿童从牙牙学语开始，早已受到了成年人口头文化的熏陶，即便读书认字之后，在书本之外仍然随时随地沐浴着口头文化的滋养。口头文化影响广泛，可谓面面俱到，从学儿歌、听故事开始，让孩子们渐渐学着说话、计数、游戏、唱歌、辨认器物、知晓礼仪乃至社交做人，这里面既有德育、智育，也包括美育。因此，相对于有形的文字写成的书本，口头文化仿佛就是一本极其厚重的“无字天书”。张石山在这本书中依据自己的亲身经历写出的口头文化，采用朴素有趣的叙述风格讲解出来，就是民间话语的形象化体现。少年儿童阅读书中那些熟悉的民间话语，能使他们的文化积

累更加充实丰富。

综观张石山的文学道路和丰富多彩的作品，其实也是“晋军崛起”那一批山西作家的典型代表。“晋军”作家身处内陆，在艺术和技巧的时尚性方面不如京沪等地作家，但在文化传统的延续性、思想内容的厚实性、兼容并蓄的开放性上，却显示了自己的特点：既保持了传统的乡村题材优势，又开阔了视野，涉猎到城市、科技、历史等多个领域，尤其是文学理念绝不落伍，在全国文坛有一定的示范意义。因而，“晋军”作家的作品在题材选择、主题深化、艺术探索等方面，都富有强烈的个性，更好地体现了文学创作的多元化特征，在山西文学创作界确实发挥了承前启后的作用，很好地继承了“山药蛋派”的诸多优良传统，又有超越和发展；同时，对后起的青年作家颇具启示意义，使得山西作家队伍能够一代一代地接续下去。张石山和“晋军”作家伙伴已经步入老年行列，然而，他们的创作生命还在绽放光彩，用成熟的上乘之作展现价值。

【研究文献索引】

1. 杨占平 . 张石山：得赵树理真传者 . 山西文学，2021（01）.

2. 张溥 . 壮丽的复生——张石山《甜苣儿》品读 . 名作欣赏·上旬刊，2015（10）.

3. 杜学文 . 中国审美的生动表达——从长篇小说《清明无战事》谈起 . 中国文学批评，2016（02）.

4. 傅书华 . 让古代圣贤与现代民间个体生命直接相遇——读张石山《被误读的〈论语〉》. 社会科学论坛，2014（03）.

5. 武金兰 . 论张石山“家族文化小说”的独特文化性 . 湖北科技学院学报，2013（11）.

6. 张石山，续小强《被误读的〈论语〉》访谈录 . 山西文学，2013（01）.

7. 孟凡通 . 族天下与氓世界——张石山与曹乃谦笔下农村和农民形象比析 . 黄河，2012（02）.

8. 段丽萍. 一曲凄美而忧伤的悲歌——张石山小说女性形象分析. 山西煤炭管理干部学院学报，2008（01）.

【思考练习】

1. 作为“文坛全才”,张石山的文学创作似乎涉及了各个领域：小说、散文、儿童文学、影视文学等等，请结合其具体创作，谈谈你的认识。

2. 请以《镢柄韩宝山》《甜苣儿》为例,分析张石山早期创作的特点。

第四章　韩石山

【作家小传】

韩石山（1947—），山西临猗人。1970 年毕业于山西大学历史系。在山西省汾西县当过多年中学教员。1972 年开始发表作品。1980 年加入中国作家协会。1984 年调入山西省作家协会，曾担任《山西文学》主编。长期从事小说、散文、文学批评等门类的写作及现代文学研究。以小说成名，后又写散文、文学评论，素有“文坛机关枪”“文坛刀客”“酷评家”之称。出版有长篇小说《别扭过脸去》《边将》《花笺》等，中短篇小说集《魇子》《鬼府》《猪的喜剧》《轻盈的脚步》等，学术著作《韩石山文学评论集》《李健吾传》《徐志摩传》《寻访林徽因》《少不读鲁迅，老不读胡适》《民国文人风骨》等三十余部。2005 年被评为“中国当代十佳优秀传记文学作家”。

【精读作品】

《边将》《韩石山文学评论集》《少不读鲁迅，老不读胡适》

【经典评论】

《徐志摩传》作者既要写一部“史书”，他摒弃想象——无论其是否“合理”。这样，收集与整理资料的工作就格外重要。显然，作者不能信任现成的、经前人或旁人整理过的资料，他无法依赖以往资料整理者的成果。那一本本既有的“作品选”“研究资料汇编”“回忆录”等等无不是选编者依照预设意义搜集、选择、整理的，它们的编码分别突出着某种评价尺度。作者只能重新做起，他说："传记属于史学，史学就是史料说，找不下更多的材料，光凭见识，光凭文笔，肯定写不好一部传记。"作者以三年时间挖掘、梳理徐志摩本人的著作以及生平资料，他"不怕繁琐，越繁琐越高兴"。从收入《韩先生言行录》一书的散文《一个星期六的上午》可见他寻觅爬梳的苦心与细心。

（刘纳：《"当作一部史书写"的人物传记——读韩石山著〈徐志摩传〉》，《中国现代文学研究丛刊》2004 年第 4 期）

韩石山先生在大作《少不读鲁迅，老不读胡适》……只是笼统地向读者交待,他所采用的"科学方法"是"有一分材料说一分话"。说什么话?是纯粹的描述，还是对故事本事和故事中的人做评价？准确地说，作者采取的是老派评述的方法，易言之，就是叙述一则材料，再加上一段自己的评论。

（梁展：《知识分子：在公共与个人之间——读韩石山〈少不读鲁迅，老不读胡适〉》，《中国图书评论》2006 年第 1 期）

这本号称"公道""科学""放弃成见"的书，不过是一次"抑鲁扬胡"的旧货新展。立论毫不"公道"，基本主题先行，且肆意割裂资料，为我所用。货色先便陈旧，批鲁文章，鲁迅在世时便多如牛毛，韩氏的主要观点，我们只要翻开太阳社诸君、自称将"反鲁"当作半生事业的苏雪林女士以及鲁迅死后半世纪仍念念不忘斥之为"阴险""小人"的"正人君子"梁实秋先生等人的文章，便都可见到，"新文化运动以来对鲁迅最不认同的声音"云云，首先便不能成立。单就批判的"技术含量"而论，也无甚可观，在技巧花样的翻新方面，韩石山对于"反鲁大业"，可说毫无新发明、新发展。在资料掌握上，亦远不及张耀杰、邵建诸君（韩石山的许多观点和材料甚至是直接从他们那里来的），既未超越"先贤"，又不能与"时贤"比肩，遑论令他人汗颜？或许正如一位研究者所说的，韩石山的意义正在于写了这么厚的一本书，“更进一步把零散的观点集中起来加以系统化，把许多人躲躲闪闪对鲁迅的贬低索性挑明，推到极端，确实达到了耸动视听的效果”。

（王晴飞：《韩石山的“进化论”及“小说笔法”——读〈少不读鲁迅，老不读胡适〉》《中国图书评论》2010 年第 2 期）

韩石山在 2018 年第 12 期《文学自由谈》撰文，以他一贯的深涵若海、机趣俏敏告诉我们《边将》的成书起因及过程。他自称此书为“短篇的框架，中篇的节奏，长篇的气势”。在写作手法上，具有“抟泥成型”的结构，即将一些小的事件，抟在一起，成一个大疙瘩；同时让故事舒展开来，感情与战事相伴发展，最后共同达到高潮，然后“齐格察”地停了。

（刘世芬：《那一缕边塞烽烟——读韩石山长篇历史小说〈边将〉》，《名作欣赏·上旬刊》2019 年第 8 期）

【基本面貌】

韩石山是“文革”期间大学历史专业毕业的，被分配到吕梁山区的汾西县担任了多年中学教师，直到 1984 年，他才离开汾西县进入山西省作家协会，成为专业作家。在教书之余，韩石山根据生活条件并结合自己的兴趣爱好，选择了小说创作。由于他有丰富的基层生活体验，读书很多，特别是善于观察人物个性和事件本质，语言叙述能力出众，作品很快就被国内重要报刊采用。“文革”结束后，文学创作的春天到来，韩石山把主要精力放到小说写作上，成为当时山西青年作家中出类拔萃的佼佼者，不到十年时间发表了一大批作品，结集出版了《猪的喜剧》《轻盈的脚步》《魔子》与《鬼符》四部中短篇小说集，还有长篇小说《别扭过脸去》等。近年来，韩石山重回小说创作，出版了长篇小说《边将》《花笺》等，功力不减当年，思想性和艺术性都达到了高水准。

《别扭过脸去》

长篇小说《别扭过脸去》堪称韩石山的小说代表作。杨占平发表在《火花》的评论《从小说创作到研究学问与撰写随笔》,对《别扭过脸去》做了详细的介绍和解读。这是一部采用第一人称叙述方式的作品，叙述者“我”，同时也就是小说的青年女主人公李惠兰。这种女性自述的叙述方式，有助于作品对女主人公心路历程的充分表现，给读者以一种异常真实贴切的感觉。李惠兰是一个在内心深处渴求着真诚爱情的青年女性，却因父母贪图两份礼钱而被迫嫁给了性功能不健全的猥琐男人刘成喜。刘家婆母抱孙心切，欲借河南流窜人赵子龙传宗接代，但李惠兰却早已在内心深处爱上了本村虽出身不好，却既有高中文化程度、又很有男子汉气概的郭秉义。因此，她不仅在郭秉义被关进学习班以后想方设法帮助郭秉义与妻子凤芝团聚，而且还不惜牺牲自己的尊严帮助他当上了生产队长。虽然在他们的所谓“奸情”败露后,郭秉义曾经绝情地连“眼珠子都不朝我斜一斜”，但当李惠兰从下乡干部老张处听说郭秉义很可能受此事的牵连而被免去队长职务的时候，又主动跑到公社承担了全部责任，使郭秉义保住了队长的职务。然而，尽管李惠兰为郭秉义做出了如此多从肉体到精神上的牺牲，郭秉义却始终没有真正平等地把她作为情人来看待，反而得寸进尺地要求她为了自己入党去和公社副书记睡觉。李惠兰真正地绝望了：“山圈里的事传出后，村里人的指责没能改变我的心，反倒坚定了我跟秉义好下去的意志。那天晚上闹了场，我也没有动摇。爸的话，我当成了耳边风。凤芝的跳井，使我动了心，可没下了狠心。只有这次，我算看透了秉义的狼心狗肺。”情爱追求的失败给李惠兰以沉重的打击，但她仍然不准备放弃对真诚爱情的企求，从小说的结尾处即可看出，曾经被她拒绝过的那个河南人赵子龙成了她新的情爱偶像。然而，赵子龙会不会是一个新的郭秉义呢？一切都还是未知数，只有生活会继续发展。小说开放性的结尾处理，给读者留下了相当充分的思考空间。

韩石山在《别扭过脸去》这部展示表现女性主人公情爱追求悲剧的长篇小说中，为李惠兰主观上的爱情追求提供客观契机的，乃是乡土社会中极为根深蒂固的关于传宗接代的深层观念，李惠兰与郭秉义的爱情关系正是借助于这样一种潜在的观念形式才得以最终实现的。当类似于李惠兰与郭秉义这样的“奸情”败露后，乡农们往往习惯于对女性指责唾骂，但对如郭秉义这样绝情绝义的男性却总是给予过于宽厚的许可与纵容。这一点在《别扭过脸去》中表现得异常明显，李惠兰和郭秉义在他们的爱情关系中各自的付出与所得，构成了最为醒目的对比。所以，李惠兰悲剧的成因，并不仅仅在于她遭遇了寡情绝义的郭秉义；从更为本质和更为内在的意义上说，她的悲剧是由黄土地上传承久远的不成文的乡俗所造成的。也正是在这个意义上，我们才认为作为个案的李惠兰的悲剧，其实是处于传统乡俗笼罩下的黄土地女性们的共同悲剧，对这一点的有力揭示与表现，则是韩石山的《别扭过脸去》最重要的思想价值之所在。李惠兰是他笔下女性形象中最为成功的一个。在对李惠兰这一女性形象的塑造刻画过程中，我们明显地感觉到了作家的那种悲悯与同情心理的存在。在故事结构、细节描写、语言叙述等方面，这部长篇小说也调动了韩石山的全部艺术积累，在当时国内小说创作界属于非常富有探索意义的作品。

《边将》

《边将》以明代为历史背景，以大同右卫镇为人物活动舞台，塑造了以杜如桢为代表的几代将领的形象，涉及明代北部边疆的许多历史大事，也展示了边关民众的日常生活场景、对国家的忠诚以及情感世界的纯洁与坚毅。

《边将》“一剑”，历经四年打磨，冉冉逸出的，是一段明朝的烽烟。这段烽烟“燃”起于雁北大同右卫城，也时而“燃”及周边乃至京师，总之就是一场接一场大大小小的战役。边关一守就是几代人，镜头拉近，是杜家。爷爷杜俊德，爸爸杜国梁，以及兄弟三人：大哥杜如松、二哥杜如柏、老三杜如桢。作者截取其中的六十六年，一个完全虚构的人物——杜如桢，从他的十三岁初识边关，写到七十九岁终老于故乡，从新平堡守备任上的青年军官，到独石口的参将，再成为大同的主帅，一生戎马，壮怀激烈。三兄弟的后代思勋、思义、思昭，也都成为“边将”。边将们有的年纪轻轻就战死了，如二哥如柏；有的自童年就被异族掳去，星月移转，竟被同化，成为流淌着汉族血液的异族人，如二嫂王慕青的哥哥王效青以及成年后偷偷跑回的马芳；也有的虽墨经从戎，却历经战火，建功立业，还有的因谗言奸佞陷害而死；大部分官兵则在边关哨卡的时光中度过一生……我们看到的，是一幅幅明朝大同的战时烽火图、日常风情画。

诚然，韩石山断不肯呈现一个高大全的“假人”，杜如桢是一个血肉真实的——人。不错，他饱读诗书兵书，家教严饬，作战勇敢，体恤官兵，未雨绸缪，精准把握战机，情怀与山川相激荡，这些统统让他有了英雄意味。男人是讲国品的，无家国情怀的男人，才气再高非上品。别说上品，中品都不算，别说中品，指定下品……也因此，尽管杜如桢毫不掩饰地爱恋二嫂，敢于“腹诽”母亲、诅咒二哥，一次次酣战之后，仍去狎妓，可是读来，你就是觉得这是个可敬可爱可信赖可仰望的——人，具有凡人的温度和触感，活生生的，不是蜡人。

《边将》取材于山西右玉县古代的一位将军——麻贵。他先是抗击蒙古人南下，后来又率部赴朝鲜，抗击日寇的侵扰。小说涉及明代北部边疆许多真实的历史事件，谋篇布局颇显“刀客”的眼力与腕力。除了杜如桢一家，《边将》中的人物都是明朝历史上真实存在的，比如声震关外的大人物杨博，屡战屡胜，只要赏赐、不要官阶的将军马芳。《边将》中既有边将们的征战厮杀、家国忠诚，也有烽火连天中的儿女情长，更有明朝大同一带的民风民居、市井俚俗等边关民众的日常生活场景。

此外，当时流传于坊间，引起士子与平民关注的《金瓶梅》《三国演义》的情节和典故也被作者信手拈来，安插于六十六年生活战斗的各个场景中，显得格外自然、贴切。一个个极具地域风情的地名、物名、俚语、饮食都给人留下深刻印象：脚地、毛裢袋子、蒲州小吃“杂镇”、海东青（一种草原上的苍鹰）……使得小说显得格外耐读，口齿噙香。比如朝廷大臣杨博改良戏班子的情节：本是落魄的蒲州同乡班主和外甥，因右卫被围，穷得连唱戏的行头都变卖了，也不够回家的盘缠。杨大人对他们深表同情，杜家为他们置办了行头，再让他们排几出戏，转身之间他们竟成为大同边军的“文工团”，在边防军堡巡回演出，一时成为盛况。更为奇怪的是，戏台就建在堡门外，每当演戏，杨大人便吩咐下属告诉墙外的蒙古人：“备上吃喝，请他们老老少少，都过来看戏！”几十年后班主的儿子重整旗鼓，依然不忘边关情谊，每年都带戏班子到边关来演出。那些演出的剧目也被韩石山安排得恰到好处：《五典坡》《黑叮本》，全书结尾处的那场戏还把杜如桢的生平故事编排进去，这个细节安插在杜如桢的暮年，更给人一种人生如戏、戏如人生、电光石火、云垂海立的情感大回旋。

读《边将》，那种“边”的意象鱼贯而出，全书被一个个带有“边”的词语塞满。既有我们熟知的边关、边疆、边塞、边寨、边防、边民，也有颇为新鲜的“边”字组词：边材、边务、边堡、边镇、边兵、边地、边戏、边军、边诗、边墙、边患、边鄙……诸多的“边”，统于“边将”。这些“边”字写满边关的高渺悲怆，也不乏烟火挚爱。沿着这一个个“边”字，恍然、慨然：华夏版图的脊背处，大同这个兵燹之地，对当时的大明边防可谓一夫当关！你可曾见一种独特的边关情态：一边亮剑、一边握手，“你中有我，我中有你，狗咬连环，撕扯不清”。历史上的各次战役使明军中留有不少“达（鞑）将”。到全书的尾声，如桢的随从张胜就酒后出言：“要说守边，功劳谁最大，还数咱们达人，靠汉人，哼！”另一方面，“去了蒙古那边的汉人，不是三十二十，也不是三百二百，海了去了”。外人看上去，真有那么一股“天下大同”的意味。当然谁都明白“天下大同”是个美醉的童话，但有时也是民众、百姓以及他们人性深处渴望的自然流露，从中生发出的对美好生活的向往，就让烽烟有时还会变为炊烟，至少变得不那么面目狰狞，还让人有一丝留恋、回眸。

二嫂的哥哥王效青六岁被蒙古人掳去，后成为蒙古将领，名字也改为“巴图鲁”。思乡心切的巴图鲁装成鞑靼的样子劫持了自己的亲妹妹，假意猥亵，以此聊慰思亲之情。之后不久，右卫城经历蒙古军长时间的围困，巴图鲁冒着“通边”杀头的危险，趁妹夫如柏上哨巡察不在家的当口儿，偷偷溜到妹妹家，为久被围城所困的妹妹全家送来新鲜的蒙古奶酪，以及妹夫一旦作战失利足以救命的“腰牌”。这种奇特的“腰牌”关乎生命,上面刻着“奇奇怪怪”的“八思巴文”,有浅浅的双勾的“令”字，按如桢理解，应为蒙古首领俺答大营里的宝物，“至高无上，悉听此令”。为的是让妹夫如柏一旦失利，身陷重围，出示这个腰牌即可保命……残酷的墙子岭大战中，巴图鲁适时为如桢送来救命的汗血马和海东青。由于众所周知的原因,巴图鲁深知自己“回国”无望,但对“国内”亲人的眷眷之情可见一斑。

还有朝廷命官杨博的手下大将马芳，十岁被掳，十八岁凭着过人的机智和才能偷偷跑回大同，而蒙古首领俺答明明看到他逃跑却不让手下人搭弓射箭。俺答看到成年后容貌昳丽的马芳，也说“这样长相的人，要为他们朝廷效力”……匪夷所思的是，无论马芳还是巴图鲁，竟都称颂掳了自己的俺答“雄才大略”，“值得留恋敬重”。这种复杂的边塞情态意味深长，同时直指人性深处。杜如桢与王效青藏身山洞那一段尤为感人，这时的效青已是巴图鲁，巴图鲁高烧，如桢悉心照顾他，他们各自的下属纷纷喊他们，但为了不让对方暴露，他二位宁可煎熬也都默不作声。巴图鲁的“战友”默扎哈是个纯种蒙古人，他对巴图鲁已情同手足，他在山洞外一遍遍喊着：“好兄弟，你要不回来，我怎么向俺答老人家交代？你可是他最喜欢的孩子呀！巴图鲁呀巴图鲁，你在哪儿？我的好兄弟！”可见他对巴图鲁的感情已超越族类、国别,发人深思。原来，蒙古人掳汉人孩子，也不是随便见一个就抢，而是暗中跟踪很久，搞清这孩子的家世背景，“孺子可教”的才被盯上。当时的这种社会状态被在永安寺避难的儒商孙占元一语道破：大明、蒙古以及漠北的鞑靼三方要“互市互惠”，才能平安无事。而朝廷如果一味剿灭，只能是“治丝益棼，难有靖时”。

韩石山称这是一个“神圣的爱情故事”，也是一曲人性的赞歌。杜如桢始终深挚地爱着二嫂王慕青，长他四岁的二嫂也是“怎么看着他这个小叔子都喜欢，说话，笑，都多余”。在他们生活的那个时代，无疑无法打破诸多禁忌，即使在杜如桢的夫人过世可以“把二嫂续过来”的时候，侄子思义也坚决反对母亲嫁给三叔——已成为明军将领的思义要为母亲向朝廷争取“节孝牌坊”。为了不让思义难堪，也为了却叔嫂二人相望已久的心愿，后来还是孙胡子费尽苦心，花五千两银子为二人在广宁王府安排幽会，那一刻二嫂变成了“王妃娘娘”，黑暗中二人尽享鱼水之欢，如桢日后才知那就是二嫂……

这段烽烟，堪称历史长河中的那一管“大漠孤烟”，虽千疮百孔，却也华美绮丽，温暖而又苍茫。作品格调苍凉而雄浑，文字精练清爽，叙事舒缓而有节制，不经意间，处处有机锋在焉。饱经时光淬炼的人淡定从容又端丽宏大，岁月沧桑中漫溢而出的激情恣肆，一方面拜托了岁月，更重要的，则是顽强的生命意志，以及由此衍化的生生不息。难怪韩石山称《边将》乃晚年最重要的一部作品，“此生有此作，足矣”。

《花笺》

2021 年 7 月在春风文艺出版社出版的长篇小说《花笺》是韩石山的最新作品。作品讲述了在一个不起眼年份的一个地方作协主席换届竞选的故事。时间是 1988 年，两位竞选人，一位是当地土生土长且德高望重的上任老主席；另一位则是外来户，是后生可畏的文坛新锐。老主席不仅革命资历深、作品影响大，而且一手扶植提拔了众多青年作家，这些青年如今在这次选举中都有了投票权。其选举结果不难想象：老主席众望所归顺利连任，新锐退而求其次当选副主席，未来接班。事实却和这位竞选前势在必得的老主席开了个不小的玩笑，当年他栽培起来的青年们，清一色临阵倒戈。他们的倒戈，一方面自然是暗地里上下勾通一番；另一方面，还有一个并不好言说却又客观存在的理由，即老作家选上了，新锐自然要占据一个副主席名额，这样青年们就少了一个副主席的名额，而新锐若当选，副主席自然能多出一个空位，他们便多了一份机会。但是也有例外，数位有投票权的青年之中，有一位在青年们私下勾通之时，拒绝倒戈，从此与众人陌同路人。

在长达四百页的自叙传体长篇小说《花笺》中，关于竞选的思考只有不足四页的篇幅，但是他毕竟还是把这件事通过文学的方式表达了，直到他在近年陆续完成了长篇小说《边将》和《花笺》的写作后，借《花笺》主人公方仲秀之口一吐憋在心里三十多年的话："一战荡平群寇"。

在《花笺》中，韩石山借人物之口，写道："花笺代表着古代文人心中最柔软的那一部分。文学，就是要探索到、触动到人心中最柔软的那一部分。"应该说《花笺》的确探索到、触动到了韩石山心中最柔软的那一部分，至少，那薄薄的四页纸，就是证明。

刘富道在《文学自由谈》发表《〈花笺〉的多种读法》一文，作者从另一个角度分析了这部长篇小说："我读《花笺》，就像读卢梭的《忏悔录》一样，把它视为一部自传性作品。我认识这本书的作者，同韩石山先生是 1980 年中国作家协会文学讲习所第五期的同学，几十年来，一直有着交往。因此，我读这本书，边读就会边联想到韩公的一些经历。"

在《花笺》中，方仲秀的力不从心是一条主要的贯穿性情节线。方仲秀接受家人的提议，编印一部《方仲秀信札》，作为自己七十大寿的纪念。这条线，方仲秀与太太有过小小的分歧，但并不构成实质性的小说矛盾冲突。这条线有一个人物——耳东小姐的老板曹竖，一位笺谱收藏家。他是方仲秀的知音，也许就是韩石山的知音。韩石山对书法情有独钟，平日里爱用毛笔直书写信，写在特制的宣纸信笺上。他还紧跟时代潮流，用手机拍下信笺，再用微信发给对方，而信笺原件则收藏起来，于是就有了信札结集的风雅之事。其中一部分信笺，或日后面呈。就是这个“日后面呈”，产生了歧义，才衍生出方仲秀与耳东小姐的床笫之尴尬。就是这么一点点小情趣，在作者笔下，放大，放大，再放大，于是成了一部长篇小说。

作为学者型的作家、作家型的学者，《花笺》容纳了韩石山的许多高论：

> 多少年前，我就发现，通常伟大的作品，几乎都是人性在低层面上发生的冲突，在高层面上达到和谐与解决。若违背了这个规律，也许热闹，也许赚钱，但绝不能称之为真正的文学作品。

《花笺》中，特别引人注目的是作者关于文学、关于生活，还有关于男人和女人的独特见解，总会让人读之解颐。

传记文学

20世纪90年代中期以来，韩石山把重心转向做学问和关注文坛热点，基本上不再写小说。他一方面以犀利的随笔和评论参与国内文坛各种热点问题的论争，出版了《文坛剑戟录》《纸窗》《名节与狂傲》《亏心事》《我的小气》《路上的女人你要看》《韩先生言行录》《谁红跟谁急》《少不读鲁迅，老不读胡适》《民国文人风骨》等十几部集子。另一方面，他以沉静的心态和学者的风范，认真查找阅读书籍，梳理相关资料，创作出文人传记《李健吾传》《徐志摩传》和现代文学人物随笔集《寻访林徽因》等，以丰富的资料、准确的考证、鲜明的观点和小说家的文笔，在国内文人传记领域独树一帜，成了研究这几位中国现代文学史上有重要影响的作家的权威。作为学者的韩石山，为了写出有价值的《李健吾传》和《徐志摩传》，不辞辛苦，多次跑京沪等地图书馆、资料室，从大量资料中发掘有用的文字；尽可能多地走访一些还健在的过来人，掌握第一手材料。在写作过程中，韩石山以严谨的治学态度，力求材料翔实、观点明确、文风朴素，既写出了李健吾和徐志摩这两位中国现代文学史上成就卓著的作家与评论家的应有地位、性格特点，同时也体现出了他自己做研究的态度与特色。因此，这几部传记受到了文学界人士的充分肯定。

《文坛剑戟录》是韩石山撰写文人传记时研究中国现代文学史的随笔文章结集，收入本书的文章，往往是就现代文学史上某个问题或某个人物发表的看法,有他自己独到的见解。创作《李健吾传》和《徐志摩传》，让韩石山积累了丰富的人物传记写作经验。几年后，韩石山又花费很大精力，写出了记述山西最重要，在全国也有较大影响的考古学家、古文字学家、书法家张颔先生一生学术的《张颔传》，该著作在考古学界和文学界都反响热烈。近几年，韩石山扩大视野，写出了民国时期著名的军事将领徐永昌的传记——《徐永昌将军传》,以文人的视角书写军事家，既有翔实的史料，又有明确的观点，还有很好的可读性。

与做学者的严谨风格不同，韩石山在写随笔时，总是抱着一种平和、轻松的心态，凡俗的题材蕴藏着深刻的文化内涵，无论长短，均能调侃幽默，妙趣天成，发人深思；评论作家作品时，更是一针见血，尖锐深刻。他对写这类文章的理解是："既然作品是作家的自供状，能见出作家个人的性情，自己又是最易了解也最难了解自己的，何不干脆知难而上，写写自己的喜怒哀乐，所思所见呢。至少这不是怯懦的标志。一个连自己的内心世界都不敢袒露，连自身形象都塑造不好的作家，尽可以让人崇敬，却难以让人多么钦佩。"（《我的小气·自序》）这是他悟出的道理，他也是这么做的。他希望自己的随笔能对当下文坛庸俗化、功利化的现象有所触动，其中有一部分达到了胡适对文学的要求：清楚明白，显示出力量，显示出美。

韩石山的散文随笔的确袒露出了自己的内心世界和真实性情，许多读过他这类文章的读者都有一种体会：阅读韩石山的散文，会有一种畅快轻松的感觉。他写到的人或事，更接近常人的凡俗生活，他说出了许多人想说又说不出或者不敢说不便说的话。这未尝不是一位作家写作的范畴。事实上，韩石山的散文风格特点已经为文学界和广大读者接受，在国内散文作家中自成一家。韩石山的散文写得轻松，写得真切，得益于他丰富的生活阅历、敏锐的洞察现实的眼光、厚实的知识积累以及富有个性的文字表达功夫。在做学者之余写些轻松的散文，对于韩石山来说，也是一种不错的调剂。

韩石山还有一大贡献是演讲。他不光给文学爱好者讲如何写作，也给大学生及社会各界人士讲如何做人；他不光在省内讲，北京大学、复旦大学等国内知名学府也曾邀他去讲，甚至还去欧洲讲。他总能针对不同听众讲得深入浅出、风趣幽默、妙语连珠，配以生动形象的动作，很有吸引力，给听众留下了深刻印象。

【研究文献索引】

1. 卫洪平 . 潺湲不改旧时流——读韩石山新著《张颔传》. 名作欣赏 · 上旬刊，2010（09）.

2. 王晴飞 . 韩石山的“进化论”及“小说笔法”——读《少不读鲁迅，老不读胡适》. 中国图书评论，2010（02）.

3. 梁展 . 知识分子：在公共与个人之间——读韩石山《少不读鲁迅，老不读胡适》. 中国图书评论，2006（01）.

4. 陈漱渝 . 我也来谈鲁研界——驳韩石山《鲁研界里无高手》. 鲁迅研究月刊，2004（05）.

5. 刘纳 .“当作一部史书写”的人物传记——读韩石山著《徐志摩传》. 中国现代文学研究丛刊，2004（04）.

6. 祝喜堂 . 对韩石山“文史观”的几点质疑 . 文学自由谈，2020（02）.

7. 陈为人 . 在时空钟摆的两头——读张石山《被误读的〈论语〉》. 书屋，2013（07）.

8. 刘世芬 . 那一缕边塞烽烟——读韩石山长篇历史小说《边将》. 名作欣赏 · 上旬刊，2019（08）.

【思考练习】

1. 荣获“中国当代十佳优秀传记文学作家”的韩石山，出版发行了众多的传记文学，如《李健吾传》《徐志摩传》《寻访林徽因》《少不读鲁迅，老不读胡适》等。请结合具体内容，探讨韩石山传记文学的特点。

2. 长篇小说《别扭过脸去》以女性自述的叙述方式，展示了李惠兰的情爱追求悲剧。请具体分析作品的思想内涵。

第五章　李锐

【作家小传】

李锐（1950—），祖籍四川自贡。1950年9月生于北京一个高干家庭，父亲是北京东郊某个国营农场场长。1966年，毕业于北京杨闸中学。1969年，自北京赴山西省吕梁山区邸家河村插队落户。1975年到山西临汾钢铁公司做劳力工。1977年调入汾水杂志社。1980年至1984年，自学于辽宁大学中文系函授部。1974年发表第一篇小说，迄今已发表中短篇小说近百万字，出版过小说集《丢失的长命锁》《红房子》《厚土》《传说之死》《太平风物》等，长篇小说《万里无云》《无风之树》《银城故事》《旧址》《张马丁的第八天》等，散文随笔集《拒绝合唱》《不是因为自信》《网络时代的方言》等。作品先后被译成英文、法文、瑞典文、德文等。

【精读作品】

《厚土》《无风之树》《张马丁的第八天》

【经典评论】

在几十年的当代中国社会转型中，农村大众群体的面貌发生了前所未有的变化。从《厚土》到《太平风物》横跨二十年的写作，李锐将自己的眼光始终聚焦于这些历史变动中的农村大众。他用光阴之刀雕刻出富有文化象征意味的农民群像，随后又写意出一个被削平历史厚度的后现代面孔；他勾勒出沉滞封闭的乡村空间中农民的生存挣扎，随后又观察到被现代资本重构的乡村空间带给农民的新的渴望和焦虑；他用暗黑底色的白色线条勾勒农民的原始欲望，随后又用斑斓而又忧虑的色调涂抹农民一心致富的时代梦想。二十年社会的巨大变迁与时代思潮的起伏更迭，既限制又成就了李锐的农村题材创作。李锐对于农村大众形象创作窠臼的沉陷与突围，对于农民真实处境的直面与回避，对于农村历史记忆的修饰与还原，对于农村现实的想象与虚构，都典型性地体现了一个处在中国社会转型期的作家，在记录农村社会巨大变动时面临的所有难度和机遇，也典型性地体现了与新文学同龄的农村题材在新的社会变动中出现的文体危机和潜在活力，而这些也构成了中国农村题材未来创作的新的生发点。

（翟永明：《农村大众形象与当代中国社会转型——以李锐的〈厚土〉〈太平风物〉为中心》，《文艺论坛》2019 年第 5 期）

在《厚土》中，李锐乡土小说的空间意识，主要表现为采用空间形式的表现手法，创建了“裤裆”这样的表征性空间（represented space）。按罗曼 · 英伽登的说法，表征性空间“是一个本质上属于被表征出来的‘真实’世界的独一无二的空间……在一定意义上，它与其他所有类型的空间联系在一起,因为它呈现出一种允许我们可称其为‘空间’的结构，尽管它拥有这种结构只是存在于模仿的、使人相信的意义上”。从这样的意义来说，沈从文笔下的湘西世界，莫言笔下的高密东北乡，福克纳笔下的约克纳帕塔法县，都是表征性空间。李锐所创造的矮人坪、五人坪也是表征性空间,虽然从空间的尺度和规模来说,矮人坪、五人坪比“裤裆”要大,但都具有在模仿和使人相信的意义上可称为“空间”的结构——尽管《万里无云》的第五章的开头,写到 1965 年所出版的《中国地图册》曾标出了“五人坪”三个小字，1996 年出版的《中国地图册》则抹去了这个小小的地理标志，但读者应当明白，这种表面看来实有其地的描述，只不过同样出自作家的虚构，五人坪本质上是与矮人坪和“裤裆”一样的表征性空间。

（王爱松：《李锐乡土小说的空间形式》，《当代文坛》2019 年第 2 期）

在李锐的理论话语中，汉语的“主体性”总是与语言的“自觉性”相提并论，对于自我殖民化的批判也总是与质询西方中心主义互为表里。归根结底，李锐由“本土中国”问题出发，更深层的对立面是无处不在的权力和等级结构。他认为，中国文学的“副本”化，根源于弱势文化与强势文化之间的权力和等级关系。而这种权力和等级关系不仅存在于中 / 西对立之中，还渗透在一切知识话语之中。这便是“方块字”的书写者们于内外两方面遭遇的困境：汉语文学不仅正在西方中心语言的强势控制之下进行自我格式化，在其内部也执行着强势部分对于弱势部分的一体化遮蔽。因此，李锐将他所构想的汉语“主体性”建立在语言的“自觉性”的基础上。而他所说的“语言的自觉”，就是要像五四时期批判和扬弃文言文那样重新审视白话文，直面文言和白话表现出的“致命的价值丧失和价值缺位”，并以语言问题为中心对中国文学、文化主流进行批判性审视。这样，李锐关于“本土”的思考也从探讨本土与全球的关系深入“本土中国”内部的构成方式。而后一种思考主要在其小说创作中展开。相比热衷于谈论中国文学之世界“定位”的理论话语，李锐的小说很少由中 / 西对立结构展开叙事，唯一直接涉及中西文化冲突的《张马丁的第八天》，也没有拘泥于文化选择的问题，而是进入了冲突的内部，揭示出不同文化形态所共有的弊病——以身份和归属为名义对个体生命构成限制和绞杀。

（牛婷婷：《边缘视角·空间形式·差异性书写——重评李锐书写“本土中国”的内在思路》，《中国现代文学研究丛刊》2020 年第 5 期）

【基本面貌】

继“厚土”和“农具”系列之后，山西名家李锐又相继推出长篇小说《旧址》《无风之树》《万里无云》《银城故事》《人间》和《张马丁的第八天》，或作为“新历史小说”，从“吕梁山”和“银城”角度思考翻着热气的革命中国；或返归古典，从神话传说角度审视已经凝结却不无启发的古代中国；或干脆跨越国界，在广大的世界视域里思考未来中国的命运。在李锐眼里，“中国是什么？中国是一个成熟得太久了的秋天”。所以，沉重和压抑是其小说的主基调。在这里，更多的是生的艰难与痛苦。人活着只是机械性地承受生活所赋予的苦难，也正是这种生活的苦难使得这里的人群受到挤压变形。尤其到了“文革”，这个苦难的中国陷入病态的狂欢，似乎乐于苦难，悲哀地享受着这份苦难。到了改革开放之后，中国似乎迎来了新空气新生命，但在李锐眼里，这份“新”在亚殖民地化的中西文化背景下是那样的风雨飘摇，不堪一击。

苦难

作为思想型的作家，“苦难”是李锐早期笔下经常见到的一个词，因而也成为理解李锐小说，甚至李锐中国想象的关键词。要想搞清楚李锐对中国命运的思考，我们必然逃不过李锐对这个词的独特阐释：“有贫困而没有苦难，再贫困也没有文学的意味。贫困是一种客观现状，苦难是一种人心体验。”[①] 苦难作为一种人类生存的遭遇和深切的精神感受，一直是整个20世纪的艺术家困惑的基本主题，西方现代派文学尤其如此。人类在生存中忍辱负重、历尽艰辛，只有通过苦难，人类才能意识到自己的存在。西方现代派文学把苦难当作一种本体上的生存境界，它凝结了作家形而上思索和终极追问。卡夫卡、加缪、萨特等作家，由于他们在各自所处的特殊生存环境中饱受着最孤独的痛苦，这种痛苦感受促使他们对人类生存的苦难意识进行思索和探究。这些作家的苦难意识是作为一种抽象的形而上审美载体呈现在小说文本中的。在李锐的小说创作中，同样呈现出对人类生存的苦难意识的思考，这与西方现代派文学有

① 李锐:《重新叙述的故事》，载《无风之树》，山东文艺出版社2002年版。

着某种内在的默契。李锐把苦难当作一种本体意义上的生存境界来加以感受和表现，并成为小说创作中表现的主题。从早期的“厚土”世界到后来的“农具”系列，从《万里无云》到《无风之树》再到《银城故事》，李锐的笔触辗转于山西和四川，无论是“文革”叙事还是家族叙事，他都忠实深刻地揭示了中国大地上普通老百姓的苦难和创伤。

1985 年 11 月，李锐在《人民文学》《山西文学》《上海文学》上，同时发表了七个短篇，分别是《锄禾》《古老峪》《眼石》《假婚》《合坟》《看山》《选贼》，集为“厚土系列”。后陆续增加，如《秋语》《送葬》《同行》《送家亲》《驮碳》《“喝水——！”》《篝火》《好汉》《青石涧》《二龙戏珠》等，形成一个洋洋洒洒的“厚土”世界。看似几个不起眼的生活片断，从小的方面讲，反映了吕梁山区农民的生活情状，从大的方面讲，则描述的是我国几亿农民中个别地区残留的落后状态。“这都是小小的生活片断，生活中的心理片断，吕梁山人的心理片断。……落后是落后，可也不是怪异的，也不是原始的，而是平常、正常生活中的落后的角落。”[1] 厚土系列通过对吕梁山区这块中国“厚土”上具体人物的描写和生存境遇、人际关系的叙述，揭示了农民心理上的“沉默”状态。或者，有人把它与沈从文的小说相对比，说李锐写出了农村经久不变的“常”。李国文干脆指出，“厚土”的艺术追求，更是着意于人物的灵魂的剖析，探讨植根于这块土壤中的民族和国民性格。小说非常生动形象地描绘了这幅超稳定的自生自灭的历史的心灵画卷。

《合坟》满怀深情地描绘了吕梁山区老百姓的不幸生活。更加难以想象的是，事过多年之后，老支书还风风火火地张罗了一场“冥婚”：替客死他乡的女知青找了一个形式上的“伴侣”。这既是众人眼中的迷信落后，也是吕梁山区无所不在的苦难悲伤，李锐深沉冷静地将一份问题报告呈现在世人面前。

《眼石》中的拉闸人因孩子生病欠了赶车人钱，赶车人竟提出以拉

① 山西省作家协会编：《山西作家通讯》，1987 年第 1 期。

闸人的妻子抵债，并以此相威胁。拉闸人作为一个有血性汉子，总是想要复仇，想要掀翻车，与赶车人同归于尽，但因为孩子的哭声才暂且忍耐。但这口气总得出出来，最后赶车人又用自己的老婆补偿了拉闸人才算了事。在这里，女人只是性欲发泄器，只是丈夫可以任意摆布的一件工具。除了揭示了人性的愚昧外，还嵌套了一个女性主题。

《选贼》中，为了找出偷麦子的贼，队长说选吧，选出一个贼来。那就选吧，没想到这些拥有选举权的男人竟把队长选成了贼。队长甩手离开，村民顿时慌了。矛盾并没有激化，并没有把队长干掉，重选一个队长。而是让婆姨们去找喜欢女人的队长，让队长的性欲得到满足，然后再回来重新当队长。于是，矛盾悄悄解决。就在这块静悄悄的土地上，人们隐忍地生存着，像动物一般，没有尊严，没有反抗。

《青石涧》中的主人公卖了父亲的棺材才娶回来一个妻子，却是大着肚子怀着孕的一个女人。新婚初夜，因为女人肚子上犹如扣着一口锅的丑陋形象，使其产生了对女人的厌恶感。他发誓要查出那个使女人怀孕的男人是谁。但等他查出时，他又陷入不知所措，因为那个男人是他的老丈人。生完孩子不久，孩子死了，女人把孩子打扮得漂漂亮亮，他边骂边扯下那些装饰，把孩子扔了。因为最初的厌恶感，他不愿碰女人，以致女人出轨，与村里一个患有残疾的乡村老师不清不白。他先是暴打女人后是坚决离婚。婚离了，人的尊严似乎维护了，但他却没有一个完整的家了，致使老父亲很快去世，他独身一人艰难地挣扎在人世。

正如《厚土》单行本编者所说："他以冷峻的笔调揭示西北贫瘠山区人民僵滞粗粝的生存状态，在探讨根植于这块土地上的民族素质和国民性格方面，达到了令人瞩目的深度。"在随后的"农具"系列中，李锐把中华民族的苦难精神熔铸到他们日常使用的农具上，形成了"物化"的苦难意识。李锐不仅显现出对生命意识的坚守与捍卫，而且在这种苦难的体察中实现了对个体生存困境的追问。

李锐的《旧址》是他新历史小说的首要之作，由乡土苦难转向家族苦难叙事，而且把苦难当作一种本体意义上的生存境界加以感受和表现，从而实现了对苦难的终极性思考。他在《银城故事·访谈》中说："我的小说表达了人对苦难的体验，表达了苦难对人性的千般煎熬，这煎熬既是肉体的又是精神的，同时表达了自然和人之间相互的剥夺和赠与。当苦难把人逼近极端的角落时，生命的本相让人无言以对。……这追问不是对苦难的控诉，而是对人的自责，对自己的自责。就像史铁生说的那样，'从个人出发去追问普遍的人类困境'。而我的银城系列，还是这样的追问，但更多的是从历史的角度展开的。历史成为我这两部小说隐含的主角。无理性的历史对生命残酷的淹没，让我深深地体会到最有理性的人类所制造出来的最无理性的历史给人类自己所造成的永无解脱的困境。这是一种大悲剧，一种地久天长的悲凉。"[①] 李锐首先认为苦难是人类生存的普遍困境，尤其是面对死亡时，人的苦难意识会达到最高境界。凭借丰富的想象，李锐描述了死亡的残酷场景，不断地反拨死亡的社会认识价值和生存的意义，又力图凭借日常生活中体验到的他人的死亡介入生命终结的状态，从而形成对死亡的直接性感悟，流露出对逝去的生命的惋惜与哀怜以及对生命生存的思索和探究，进一步批判了狂飙激进时代对人的本真生命的摧残。《旧址》一开始，就触目惊心地谈到死亡主题。1951 年 10 月 24 日霜降的那一天，被处死的"一百零八个反革命分子"中就有三十二个人姓李，"几乎囊括了九思堂李氏家族三支子嗣当中所有的成年男子"。李氏家族在银城数百年的统治和繁衍，随着声声枪响而归于结束。紧接着是"文革"。他在《无风之树》的后记中写道："'文化大革命'是一场所有的当事者自己给自己造成的浩劫。'文化大革命'是一场所有的外国的和中国的'理想'加在一起，燃烧出来的废墟。"《旧址》中，不仅书写了"理想"对人的煎熬，而且书写着"浩劫""废墟"中生命的苦苦挣扎、煎熬和"无理性的历史"对生命残酷的剥夺。在这场"浩劫"中，李氏家族的后裔也难以幸免。李乃之是 1951 年霜降的那一天李氏家族唯一一个没有被枪决的成年男子。但他没有想

① 李锐：《银城故事》，长江文艺出版社 2002 年版。

到1939年12月在银城监狱里的那场秘密枪决一直追随着他，“从银城追到延安，从延安追到北京，现在它又死灰复燃地追上来把自己置于绝境之中”。死亡的阴影实际上始终追随着李乃之,他只能靠喝酒来麻醉自己，最终在审查、喝酒、肝病、丧妻的折磨中痛苦地死去。

李锐在为家族史追根溯源的同时，站在民间的立场上，并努力使自己独特的生存方式回到社会的底层，回到自由而独立的民间历史叙事之中，以此观照世间众生百相，捍卫生命本该享有的幸福和自由，洞察现实人生中一切悲悯无助的生存状态。李锐批判地、冷静地审视人类生存的苦难，并通过对这种苦难的深切体恤，将批判的矛头直指现实世界中种种看似合理实则极不合理的事实。这在一定程度上反映了李锐的艺术立场和审美观念，透视着他的全部生存哲学，即一种既与人类精神生活密切相关又具有超前审视品质的认知方式。这种生存哲学决定了他自觉地凭借自己的精神准则来审度、怀疑、反抗现实生存准则，并通过种种艺术手段有效地批判现实生存秩序。

谈及《无风之树》，李锐曾经这样说过：“我不希望别人看了我的作品再说：这是写的农村题材，这是写农民的小说。我不希望吕梁山在我的小说中仅仅是一个地理名称，或者仅仅是作为一种地域文化的标志。当吕梁山作为小说中的名称而出现的时候，它应当真有无可置疑的丰富的文学内涵。吕梁山不应当仅仅是我提到过的一座山脉的名字，不应当仅仅是山西的一座山，甚至不应当仅仅是中国的一座山。这是一个关于我的故事。这是一个关于中国人的故事。最后，也是最重要的，这是一个关于人的故事。”

“矮人坪”既是一个虚构的世界，又有着深刻的现实渊源——贫瘠的吕梁山区。作者用生动细腻的笔墨展现了触目惊心的现实——人像动物一样挣扎在封闭荒凉的深山之中，“瘤拐”的生理缺陷是现实在他们身上打下的永久而耻辱的烙印。除了身体上遭受极度的贫穷外，在精神上还忍受着性折磨，不得不多人共享一个女人。所以，对于矮人坪的残疾村民来说，生和死似乎没有多大的意义，生有生的事，死有死的事，只要跨过一条界线,生的就是死的了。拐叔作为文中受难的“基督形象”，他的遭遇令人吹嘘。大哥逃离后，使他成为矮人坪唯一的阶级敌人、斗争的靶子。暖玉迷狂后,他接连三天跟着暖玉照顾她,使她逐渐恢复正常。可紧接着，又被逼迫揭露暖玉的男女问题。为了不伤害暖玉，他只得选择了上吊自杀。就连死后,因为他的灵魂差点惊着大狗二狗,他备感自责。拐叔一再对二黑（二黑是头驴）说:“死了就是不能说话了,不能动弹了,不能摸你了，不能喂你了，不能心疼你了。死了就是死了，就是没有了，就是永辈子也看不见，永辈子也摸不着，就是不能生气，不能高兴，不能伤心，不能想家，不能离家，不能回家，不能爱你，不能哭，不能笑，不能吃，不能喝，就是什么都不能了。”当那头特别通人性的毛驴二黑的主人拐叔自杀后，二黑就知道主人不在了，再也不会有人像从前那么心疼和关爱它了，它白天黑夜地想念着拐叔，在万般无奈之下，它只能用自己的蹄子整夜不停地在严冬冰冷的土地上用力刨着，以此排解它和其他动物一样具有的无尽的悲伤情感:“刨一下，咚一声，刨一下，咚一声”，那份执着，那凄凉的“咚，咚”的声音回荡在矮人坪山野的上空,也敲打着每个读者悲酸交集的心灵。那么,活着就得经受活着的苦难。拐叔曾说:“瘤拐是人，不瘤拐也是人，是人就得受人的罪，人活一世就是受罪这两个字。”矮人坪不仅仅是一个村子，也不仅仅是一个地区、一个国家或者一个民族，它甚至是整个人类生存状态的缩影。矮人坪男人们是乡土中国的象征。他们既有着国人勤劳朴实坚韧的品格，也有着民族集体劣根性的积淀。他们犹如虫子一般匍匐在土地上，重复着一代又一代的悲剧。

这样的“苦难”和“创伤”在中国女性身上呈现出更加浓重的悲痛。如矮人坪里的暖玉，说到底不过是男人们发泄性欲的工具，承受着莫大的耻辱。李锐在表现男人们形而下的同时，极力写出暖玉身上的形而上来。某种程度上,李锐把她“圣女化”,写出了她在鄙夷矮人坪男人的同时,也充当着救世主的角色。所以，高小弘、翟永明认为暖玉是“母性拯救的象征”。于是,暖玉既相融于矮人坪,又背离矮人坪。相融靠的是生存、道义和本能，背离则在于一个是“僵尸般的傀儡世界”，一个则是“情”和“爱”的化身。正是拐叔对暖玉的精神关怀，使其背离性得到或多或少的补充和调整。“拐叔一死，矮人坪就空啦。/矮人坪就空得啥也没有了。没有心疼我的，也没有我心疼的。”所以，暖玉在拐叔死了后，毅然决然地离开了矮人坪。

无独有偶，李锐也曾这样对人谈到《旧址》的终极精神旨趣：“小说里的李氏家族并非是我自己的家族史，我要写的不是一个家族，一个城市；我要写的是人，是生命，是中国。”这意味着，在小说创作中，李锐试图由社会历史的表层引入到人的生命存在的潜层，艺术地创造超越具体历史时空的人的寓言、生命的寓言，甚至中国的寓言。这个寓言的底色首先是苦难，如何去除这底色，是李锐一直在思考的命题。

狂欢

李锐的“文革”小说无意于“客观而真实”地再现宏大的革命历史事件，而是以个人化的叙述方式深沉地观照着身陷历史困境中的人的命运，为那些被“历史的诡计”所无情地嘲弄和吞没的生命而歌哭，为人生天地间生命的卑微与高贵而悲怆，而震撼。

新中国成立以来，人们往往习惯于赋予历史某种“理性”的本质，历史由此也就被抽象为人类社会客观发展的“必然规律”，它既具有形而上的起源，又内含目的的乌托邦。20世纪90年代的李锐直击其后巢，彻底推翻其理性,而用“非理性”“无理性”去观照那本来就是“无理性”的历史，尤其是“文革”历史。于是，一个狂欢的中国在李锐笔下痛苦地诞生——一切生命在无理性的历史牵扯下，看似狂欢，实则孤独而荒谬地如牵线木偶般成为历史的殉葬品。回首“文革”那段不堪回首的历史，李锐沉痛地写下：“无理性的历史对于生命残酷的淹没，让我深深地体会到最有理性的人类所制造出来的最无理性的历史，给人自己所造成的永无解脱的困境。这是一种大悲剧，一种天长地久的悲凉。”[①]

李锐的长篇小说里，主人公大多是这样一类人物：他们是在狂欢的历史长河里担负着重任的“英雄”。他们总是闯荡在历史的最前沿，似乎拥有最大的历史话语权，但都避免不了被“无理性的历史”波涛所裹挟、最终被吞噬的宿命。他们的共性在于：虽然业已沦为历史的奴隶，但对自己的悲剧命运并没有明确的自觉意识，相反有时候还沉醉在历史的狂欢之中。《无风之树》成功地把后现代形式实验和中国的“毫无理性可言的历史”结合起来，真实地展现了他对“文革”那段历史狂欢的理解。《银城故事》则是裹挟着“古典诗歌”外衣的后现代之作。如李锐在为《银城故事》拟定小说各章的标题时化用了王之涣的《凉州词》，从而使整书不自觉地染上凄凉之气。“银城”作为一个春风不度的“自然封闭之城”，本可以尽享它的安宁和凄冷，但一时极权主义的吹入，使“狂欢”四起，但很快又最终陷入更永久的荒凉。

《无风之树》是一个“重新叙述的故事”，最初的“原形”是“厚土”系列中的一个短篇小说《送葬》，作者将其从四千字拓展到十一万字。李锐在《重新叙述的故事》中提到：“我的《无风之树》中以第一人称限制性视角的叙述方法，也是借鉴了福克纳的，……一个重新叙述的故事并非只是为了叙述的花样翻新，而是为了获得更大的叙述自由……所谓新，全在于你自己的独创，全在于你表述了读书与自己的体验。”小说反复写到矮人坪的农民对革命、政治运动和阶级斗争这些宏大意识形态，既无兴趣又非常隔膜，处于彻底的无知和不解状态，开动员大会时大家都在那里抽烟、聊天、睡觉、抠脚丫、纳鞋底，作为领导的队长天柱甚至还睡大觉，大打呼噜。可是这样一个远离尘世的小山村还是被裹挟进历史的狂欢之中，表现为“封闭中的狂欢”。狂欢是外界强加的，封闭是天然的。李锐通过象征的描写告诉我们，“文革”时期之所以成为中国历史上的一段狂欢时期，不过是因为中国自古以来的极权思维的

① 李锐:《代后记·〈银城故事〉访谈》，载《银城故事》，长江文艺出版社 2002 年版。

强化和极端化。阿伦特认为：极权主义的本质就是运动，这是它和其他政体不同的地方。在极权主义那里，成文法是无关紧要的，可以随时打破，以服从于极权主义的意识形态。于是，一切都必须服从“运动”，“运动法则”变成了最高法则。[①] 于是，在矮人坪掀起惊涛骇浪后，他们不得不一再寻找运动的机会，使运动在自然的封闭状态下紧跟外界国家意识形态不断地进行下去。所以，陶东风认为，李锐通过对“文革”的描写，形象生动地给阿伦特的理论提供了注脚：为了让运动不断进行下去，新的“阶级敌人”必须不断被创造出来。

《无风之树》中的苦根儿和《万里无云》中的张仲银，作为历史潮流的裹挟者，他们怀着病态的“牺牲”心理，主动迎合“极权”，主动寻找“阶级敌人”。苦根儿是一个烈士遗孤，他自称是党的儿子，党就是他的父亲。他时常庆幸自己是一个孤儿，因为“一个孤儿也就是一个无牵无挂的人，也就是一个私心杂念最少的人，也就是一个全心全意为理想而存在的人”。在一种“选中了理想和被理想所选中的双重喜悦”的支配下，苦根儿由衷地“渴望一切苦难的磨练”。为此，他积极响应伟大领袖关于“继续革命”的号召，自告奋勇来到偏僻贫穷的矮人坪领导“无产阶级文化革命”。自此以后，“矮人坪就没安生过一天”，他积极地寻找能够使“极权主义正名化”的机会，或修水渠，或造大寨田，或科学养猪，或直接开展阶级斗争。可以说，苦根儿是以看似理性的手段，无意识地掩盖了非理性的“极权主义”目的。《万里无云》中的张仲银师范学校毕业，怀着与苦根儿相同的革命理想，孤身一人来到贫瘠的五人坪，决心做一名“乡村男教师”。张仲银无限崇拜伟大领袖毛主席，他对毛主席诗词的背诵和引用达到了张口就来、滚瓜烂熟的地步。外来知识青年的到来，某种程度上打破了张仲银自认为的“乡村封闭性”，也使张仲银在山民的心目中不再像以前那样举足轻重，于是他感受到一份畸形的屈辱感，决心以自虐的方式找回想象中的英雄尊严。在他找不

① 陈伟：《阿伦特的极权主义研究》，《学海》2004 年第 2 期。

到“阶级敌人”可以掀起“革命行动”时，甚至主动认领了一项无人认领的罪名，希望像一个慷慨赴死的“革命烈士”一样重新赢得人们的尊敬和崇拜。直到锒铛入狱之初，张仲银还在像渴望参加一场英雄报告会一样期盼着能为自己召开一场公审大会。然而，他没想到在监狱里一待就是八年。虽然在绝望中也曾想到过自杀，但一出狱，张仲银心中的那股理想的激情、那股不安分的“运动意识”就又重新燃烧起来。于是，“为了献身人民的教育事业”，张仲银再一次卷入一场官司。可以说，在这两部小说中，李锐将关注的目光意味深长地集中在极权主义对乡村自然封闭状态的侵入：以张仲银为代表的民间知识者与以苦根为代表的官方权威者都试图在乡村自然王国里嫁接他们的“极权梦想”，而最终人性被扭曲得面目全非。

对马克思主义来说，非人化与人性的扭曲化是与革命背道而驰的丑恶的社会现象，真正的“革命”会导致人的全面发展，使人性得到自然的滋养，从而达到“狂欢”的目的。与《无风之树》和《万里无云》一样，《旧址》描绘的革命狂欢同样也剥夺了人正常的自我塑造能力，被极权主义扭曲为“整人的工具”。小说中的受害者在政治标签的禁锢下只能听命于无情的“极权”。恰如法国心理学家勒庞所说的“乌合之众”，被强权无情地利用，陷入狂欢后，再被无情地抛掉。李锐站在受害者的立场叙述故事，一方面凸显了乌合之众在狂欢之下的野蛮力量，另一方面也凸显了受害者在狂欢状态下的精神困惑和无助，或者说精神被扭曲。

在《无风之树》里，李锐采取了非理性的叙述形态来表现非理性的社会形态。第一人称变换视角的叙述策略，显示了两种话语、两种意识形态的对立。文中第一人称“我”与第三人称“他”交替出现，并且第一人称“我”的叙述都是由作品中的人物来承担（包括十二个人物角色），多达五十八节（共六十三节）。“他”的叙述只有五节，全部由苦根儿一人承担。陈思和认为，“我”代表着民间意识，尽管他们有着不同的声音，但有着共同的话语：民间看似荒谬但自足的生存状态。“他”则代表庙堂话语，体现着官方意识形态，体现着刻板的“文革”话语。被陶东风先生称作“絮叨式”的“我”的人物语言，作为精神呓语，更能表现在当时的极权强制下，任何人都没自由，更没有话语权，他们只能沉浸在自己的心理语言之中，艰难地保持着那份已经被现实强权挤压得无处可逃的“初心”。所以，《无风之树》里，拐叔一再忘我地沉浸在与驴的对话、与狗的对话中。

> 人生一辈子其实就是走夜路，摸着黑走路，走一步算一步；睁开眼是黑的，闭上眼也是黑的。推不走，也散不开，你一点法子也没有，前边是黑的，后边也是黑的。当初在娘肚子里是黑的，死的时候两眼一闭往土里一埋也是黑的。

既然凡活着的到头来都得死，于是拐权开始“盼着来世再多生出两条腿来”，和自己饲养的牲口站到一块儿，“有吃，有喝，有人心疼，那多好呀”。正是这样的对话，使他暂时忘记自己的现实处境，回归到最本真的“天地造物”时期，没有任何杂尘，没有丝毫污染。这些都体现了他典型的农耕文化思想：自由自在，自足自适，简简单单。这不仅仅是拐叔的愿望，更是无数“日出而作，日落而息”老百姓的几千年来封闭的生存境遇。

当然，用“非理性形式”表现“非理性内容”时，可能会发生一种奇怪的现象——小说情节在某种程度上也陷入“非理性”，即王德威所说的，“该发生的没发生，不该发生的却发生了”。[①]

“神话”

作为当代文坛颇有影响力的小说家，李锐始终以一种独特的姿态存在于人们的视野中，他的《厚土》《旧址》《无风之树》《万里无云》《银

① 王德威：《历史的忧郁　小说的内爆》，《读书》2004 年第 4 期。

城故事》《张马丁的第八天》都在当代文坛制造了不小的轰动。李锐的整个小说创作始终围绕“从个人出发去追问普遍的人类困境”这一命题，从而展开对中国人精神的探索，对历史的追溯，对中西文化冲突的思考。傅书华认为，《张马丁的第八天》与李锐前期的小说有很深的互文性，不仅有以吕梁山生活为写作内容的，还有以其祖籍之地四川自贡的历史沧桑为写作内容的。[①]正是在人性的基点上，李锐勾画着他的中国想象，无论是沉重的苦难，还是变态的狂欢，还是演义的神话，都难掩他对中国风雨飘摇命运的担忧，尤其是在后殖民地的世界文化背景下。当谈到《张马丁的第八天》对自己创作的意义时，李锐坦言，这“不是‘终结之作’，是‘开始之作’”[②]。如果说李锐以前在自己的文本里主要展现古代文化映照下的中国民众的现代生活，那么从《张马丁的第八天》开始，他已经尝试在中西文化冲突的背景下展现中国人性，或者说探索中国人性之路，甚至是探究中国之路。

除了“文革”经验之外，李锐近年来的出国旅行经验，以及他很长一段时间以来对于中西文化冲突问题的持续关注，无疑也都在不同程度上制约影响着李锐的小说创作。这其中，特别值得注意的就是创作《人间——重述白蛇传》之前，李锐偕同妻子蒋韵在美国爱荷华写作中心那样一次较长时段的出国经历。关于这次出国体验，蒋韵曾说：只有真正置身于异国他乡，自己才强烈地意识到“我是谁”这样一种亘古追问的现实意义。非常明显，蒋韵此处关于“我是谁”的追问，所强烈凸显出的，实际上正是一种鲜明的文化身份困惑。如此一种文化身份的困惑与茫然，不可能出现在老死不相往来的相对封闭隔绝的古代社会，只可能形成于人群交往越来越密切、全球化趋势越来越势不可挡的现代社会。蒋韵在这里所讲述的，当然不会是她自己一个人的体会，某种意义上，

① 傅书华：《旷世的绝望　个体的悲凉——读李锐〈张马丁的第八天〉》，《文艺争鸣》2013 年第 1 期。

② 李锐、续小强：《“煎熬”的历史观：〈张马丁的第八天〉及其他——作家李锐笔谈》，《名作欣赏·上旬刊》2011 年第 10 期。

我们完全可以把它看作是李锐与蒋韵一种共同的文化感受和体验。与此同时，需要引起我们充分关注的，还有李锐长期以来对于中西文化冲突问题的持续性思考。用李锐自己习惯性的话语来表达,也就是所谓的“双向煎熬”：“上世纪初新文化运动中，鲁迅先生说过一句话：‘从别国里窃得火来，本意却是为了煮自己的肉。’新文化运动中很强烈的主流观点，就是全盘反传统，全面西化，包括最后选择了共产主义理论进行革命,这也是中国知识分子从别国里拿来的真理的火种。但是,‘文化革命’让我们看见真理的大火终于把中国烧成了一片废墟。自己的传统没有了，从别人那里找来的真理又变成了一场浩劫。所以说中国人是处在这样一个两面的困境。”[①] 正因为有着如此一种深切的体悟，所以，作为一位以写作为终身使命的作家，李锐一再重复强调的重建“现代汉语主体性”的问题，也正是一个在中西文化冲突尖锐激烈的时候，如何重建中国本土文化主体性的问题，如何创造中国神话主体性的问题。《张马丁的第八天》就是李锐以“神话”与“史诗”式的野心，试图在中西方文化的遭遇与冲突中，追问终极救赎的可能性与途径。

在《张马丁的第八天》创作之初，李锐就给自己定了一个规矩：这一次不要“先锋”，不要“实验”，不要“技巧化”，不要“狂欢”，也不要“游戏”，就来一次正面进攻。小说某种程度上采用了实录体的形式，讲述了清末义和团运动中天石镇发生的一次天主教和当地农民的冲突。为了增加真实实在感，李锐为此查阅了大量的历史文献资料。文本显在冲突是作为天主教的代表莱高维诺和娘娘庙的代表张天赐之间的针锋相对、你死我活，实则充当了基督和女娲在人间的隐喻，其冲突是中西两种文化的冲突。在天石镇，天主教的代言人就是莱高维诺，他的理想就是摧毁娘娘庙，把教堂盖在娘娘庙的“那块石头上”。在他看来，最广泛地传播天主教，就在于使那些不信天主教的异教徒从他们所信仰的宗教里解脱出来，归于天主的怀抱。针锋相对地，张天赐则告诉莱高

① 李锐：《痛苦的双向煎熬——李锐大阪演讲》，见“99 读书人论坛”。

维诺主教:“我姓张,我叫张天赐,我是天石村迎神会的会首。我告给你,那座庙少说也有两千年了……忒长啊!那不是我瞎说,那都在石碑上边刻着呢!我跟你说呀,这天无二日,朝无二主……”作为两种信仰的代表,二者互相都不能够容忍。于是天主教的传播就成了推翻当地世俗宗教的庙宇,而娘娘庙所代表的世俗宗教则为了护住自己的地盘而要赶走外来的宗教。如果说莱高维诺所代表的天主教是一种宗教理论系统,有着自己独特的理论体系,那么张天赐所信仰的娘娘崇拜则是中国的世俗宗教、信仰。它依循的是中国人传统的对生存的关注,或者安慰内心的力量。“就我个人来讲,我没有任何具体的宗教信仰。一个人可以没宗教信仰,但是不可以没有深刻的敬畏。这部小说的写作,虽然是在描写不同信仰的人们用神圣的理由相互屠杀,又相互纠缠,然而让人感慨万千无言以对的是,人们在疯狂屠杀之际忽然闪现的对自我的痛恨,人们在绝望之际所唯一还能折磨的怜悯心,却不能不叫人顿生敬畏。”①

事实上,李锐把《张马丁的第八天》视为一则寓言,一则“民族寓言”,一则“国家寓言”,但更多的是一则关于“人”的寓言。李锐在涉笔中西文化冲突时,有着清醒的超越本土,全球之争的全人类意识,即探寻具有“无可寄托的人间性”,强调中西文化的对等性、共生性。他在多次访谈中反复提到,要警惕欧洲中心主义或美国中心主义的殖民与自我殖民,反对脱离历史的西方视角,也反对简单的国民性、民族性的观点。而李锐想做的正是“用方块字深刻地表达自己”,在他的故事里,“所有的生与死、善与恶、爱与恨、沉沦与拯救、忠诚与背叛、高贵与卑贱,都不仅超越了国家和民族,更超越了文化和宗教”。

李锐在谈到《张马丁的第八天》时说道:“在我的小说里,东方和西方是同时登场,又相互纠缠的不同的文化、宗教,价值在故事里是同等重要的,不管不同肤色不同信仰的人们怎样相互妖魔化对方,到头来

① 李锐、续小强:《“煎熬”的历史观:〈张马丁的第八天〉及其他——作家李锐笔谈》,《名作欣赏·上旬刊》2011 年第 10 期。

他们都不过是人，只好是人，也只配做人。”王德威以《一个人的“创世纪”》题写序言，揭橥出小说的命定天启意味。意大利孤儿乔万尼追随主教莱高维诺来到中国，成为河北天母河平原上天石镇天主教堂的执事张马丁。而女娲娘娘庙的旺盛香火，成为东方义和团抵抗西方天主教文化的民间力量，由此激发了一场你死我活的教案冲突。血腥狂热的义和团运动像一场巨大的龙卷风，把这一切残忍地纠缠、碰撞在一起。张马丁和张王氏就是活着的耶稣和菩萨。当活着的耶稣和菩萨来到这个无恶不作的人间，他们所遭遇的困境和折磨，他们所经历的苦难和绝望，是所有人的现世困境，是所有人的耻辱和惩罚（天母河流域关于女娲娘娘的信仰，是一种边际模糊的民间信仰，开天辟地的女娲娘娘和救苦救难的菩萨几乎是可以等位互换的神灵）。神灵附体的圣母娘娘张王氏，在小说结尾的时候坐在大木盆里顺流而去，既是对这人间、对所有人的绝望，也是对绝望的拒绝。谈到结局时，李锐把它与《无风之树》相对比，认为：“一个有暖玉的世界就是一个可居的人间，一个没有暖玉的世界就是人间地狱。”舍生忘死、为救赎而献身的张马丁死了，神灵附体、为救苦救难来到人间的圣母娘娘张王氏走了，在所有的拯救者离开之后，在诸神退场之后，这个没有彼岸的世界、这个万劫不复的人间里就只留下了“人”自己——旷古悲绝莫过于此！

人类的这一绝望情境事实上曾被李锐反复书写，《人间》中白蛇介于“人”与“妖”之间，法海纠结于大善小善的佛理；《银城故事》中革命与启蒙被偶然性拨弄的荒谬；《无风之树》《万里无云》中革命乌托邦与异常艰难的人性日常的尖锐对立；凡此种种，都照见人类以各种主义与理想编织的虚妄光环，人类要破解这一虚妄，唯有回到他自身，回到身体的本然状态，成就“一个人的创世纪”。

正如王德威酷评《无风之树》的“非理性写作”，《张马丁的第八天》也存在些许遗憾。当作者试图以小说的形式建立“人间性”的文学新理想——既修正以往带有民族主义褊狭之嫌的“民间性”立场，又回应新世纪背景下日渐成为当下中国文学潮流的“全球性”概念——时，问题随之而至：如何在充斥着“民族”“种族”“国家”的全球性世界里，做到真正超越一切要素，进行不涉及一丝一毫功利性的“人间”写作？因为“人间性”很可能就是一个作者躲闪不及的陷阱，在他最无意识的时刻暗合了西方的方式，正如20世纪30年代周作人对“人类主义”的提倡。

很多年前，美国著名的左派理论家杰姆逊曾经有一个传遍世界的著名论断：第三世界的文学都是自己民族的寓言。李锐认为，这个论断是有缺陷的。“如果按照这个标签来界定，那所有所谓第三世界的文学只能是某一个民族、某一个地域、某一种文化的寓言，它们和普遍的人类、普遍的价值无关。民族寓言充其量不过是边缘化的地方事件。换句话说，第三世界国家的文学永无可能深刻地表达自己。”因此，李锐给自己确立的写作理想是“用方块字深刻地表达自己”，表达一切具有普遍价值的，与普遍的“人类”发生关联的事件和人物，即便在西方那些自认为清高的殖民者眼里，它们是低等的，是不值一提的。因为他深信，这不仅仅是“中国寓言”，更是“人类寓言”。正如当初的“厚土”系列，不仅仅写的是吕梁山区，“银城”系列不仅仅反映的是四川自贡，而今的《张马丁的第八天》也不仅仅局限于中国，它们具有超越性和普遍性，在中国寓言里映照着“人类”和“世界”。

【研究文献索引】

1. 郭佳音 .“精神乡土”与异托邦——论李锐的“吕梁山”书写 . 小说评论，2021（05）.

2. 房伟 .“反思”的逆向与“根”的再造——李锐与20世纪90年代文学 . 天津社会科学，2021（01）.

3. 牛婷婷 . 边缘视角·空间形式·差异性书写——重评李锐书写“本土中国”的内在思路 . 中国现代文学研究丛刊，2020（05）.

4. 翟永明 . 农村大众形象与当代中国社会转型——以李锐的《厚土》《太平风物》为中心 . 文艺论坛，2019（05）.

5. 王爱松 . 李锐乡土小说的空间形式 . 当代文坛，2019（02）.

6. 晋海学 . 文本的选择与偏爱——新世纪文学批评与曹征路、李锐的底层写作 . 郑州大学学报（哲学社会科学版），2017（03）.

7. 赵天成 . 李锐“前史”考叙：以《山西文学》为中心 . 小说评论，2015（04）.

8. 陶东风 . 荒唐的革命闹剧与民间的“文革”世相——评李锐的《无风之树》. 南方文坛，2014（03）.

9. 王家平，高雁 . 李锐《太平风物》农具书写的文化意蕴 . 东岳论丛，2013（09）.

10. 傅书华 . 旷世的绝望，个体的悲凉——读李锐《张马丁的第八天》. 文艺争鸣，2013（01）.

11. 曹刚 . 李锐“吕梁山系列”小说叙述伦理研究 . 中北大学学报（社会科学版），2012（06）.

12. 李有智 . 悖于情理的想象——读李锐长篇小说《张马丁的第八天》. 中国图书评论，2012（07）.

13. 李锐，续小强 .“煎熬”的历史观：《张马丁的第八天》及其他——作家李锐笔谈 . 名作欣赏·上旬刊，2011（10）.

14. 王永兵 . 辛亥革命的三种演义方式——《死水微澜》《大波》与《银城故事》. 文学评论，2011（05）.

15. 南帆 . 叙述的秘密——读李锐的长篇小说《万里无云》. 当代作家评论，1999（04）.

16. 王尧 . 李锐论 . 文学评论，2004（01）.

17. 王德威 . 一个人的“创世纪”. 读书，2012（02）.

【思考练习】

1. 李锐的“厚土”系列、“农具”系列小说，为我们构建了一个沉重的“吕梁世界”。请结合文学作品，谈谈你对李锐“乡土中国”的理解。

2. 李锐的文学创作存在着贯穿始终的关键词，如“知青”“吕梁”“历史”……请对李锐的文学创作做整体的论述。

第六章　蒋韵

【作家小传】

蒋韵（1954—），山西太原人，籍贯河南开封。1970 年参加工作，历任太原建筑材料厂、太原水电安装队工人等。1981 年毕业于太原师范专科学校中文系。1979 年开始发表文学作品。主要作品有：长篇小说《隐秘盛开》《栎树的囚徒》《红殇》《闪烁在你的枝头》《我的内陆》等，小说集《现场逃逸》《失传的游戏》《完美的旅行》等，散文随笔集《春天看罗丹》《悠长的邂逅》等。作品曾获国内多种奖项，亦有作品被翻译为英、法等文字在海外发表出版。

【精读作品】

《栎树的囚徒》《隐秘盛开》《朗霞的西街》

【经典评论】

把历史诗性化，或赋予悲剧以如歌如画的性质，在蒋韵的手里是通过寓言化的假托、意象风景的营造、诗化的比喻、死亡的美化、历史的旧画性装裱来实现的。

（杨矗：《蒋韵解读》，《小说评论》2000 年第 4 期）

表现古典女性的现代凄迷。古典意味着纯正、优美、崇高，也意味着旧式、老派，属于过去的时代。具有古典情怀的人与现代社会格格不入。

夏平（《古典情节》）崇尚古典爱情，追不上时代的步伐；赵芝庭（《大雪满弓刀》）是一个唯美主义者，一腔柔情、万种忧怨的美人，在世俗的生活中艰难跋涉；陈忆珠（《完美的旅行》）具有仙女般的气质，却被世俗的肮脏的欲望与激情给毁了……然而在追求物质利益最大化的现代社会里，人们用实用、功利的眼光打量这些纯美的古典女性，反而觉得她们古怪与不可思议，“古典情怀”在现代难以找到切实可行的出路。在《隐秘盛开》里，蒋韵一方面借助浪漫主义者、古典女性潘红霞和“拓女子”精心建构着她关于爱情的神话，一方面又借助现实主义者、现代女性米小米不断地解构着它，“古典情怀”在现代难以找到切实可行的出路，作为精神存在的女性在现实中也难以获得生存的土壤。

（戴红稳：《蒋韵小说女性悲情书写及其文学意义》，《小说评论》2008 年第 4 期）

《你好，安娜》从形式与内容层面构型记忆话语。小说中 20 世纪 50 年代生人的文化记忆表现为译介本欧洲文学经典、红色革命文艺、山西土产葡萄酒等，“那是她们的诗和远方，是她们精神的家乡”。失窃的笔记本以副文本形式再现唯美爱情，它构成叙事圈套，让青年的记忆充满罪恶感。作者用文字再现个体文化记忆，象征符号与那代人的“交往记忆”耦合。书中之人因记忆 / 知识获罪，又不断赎罪，逃避梦魇，保护昨天 / 历史，是为了企望明天 / 未来。长者的“昨天”是自我站在当下，对经验重新编码时诞生的，过去在回忆中被重构。“重构”是作家对共和国历史的再审视，蒋韵再现一代人的阅读史，借文化记忆回溯共和国新青年的成长经验，以 80 年代的文学“方法”，再现社会主义建设时期青年精神的“罪与罚”。

（韩旭东：《论蒋韵〈你好，安娜〉中的记忆书写与自我救赎》，《当代作家评论》2020 年第 5 期）

蒋韵的女性是天生傲骨、蕙质兰心的人，她们太过唯美、善感、精致、优雅，她们只为精神活着，所以注定寂寞。在形而上的痛苦中，她们坚守苦难，从容赴死。这些女人，她们不妥协、不苟且、不解脱，她们信守诺言、至死不悔，她们那么执拗、那么决绝、那么没有商量余地。勇敢和无畏是她们的品行，主动承担世界的罪与罚是她们的担当，而以香消玉殒来反抗邪恶和灾难是她们的终极命运。蒋韵赋予这些女性的其实是人类集体应具备的美德，但污浊的现实和严峻的生活使太多的男人浑噩、畏缩、疲惫、丑恶，他们是那么容易放弃、下沉，无力承受追问和拷打的使命，所以，只有女性义无反顾地将高尚的人类品质坚持到底。蒋韵的女性立场是这样鲜明，她的女性叙事却又是如此独特，由此可以看出，虽然蒋韵是如此钟情于写女人，但性别从来都不是她的关注点和切入点，她要阐述的永远是人的品行、人的精神。在蒋韵看来，人和人的差别重要的不是男人和女人的差别，而是清洁、善良、正直、坚强的人和肮脏、邪恶、懦弱、背义的人的差别。我想，这才是她和同时代女作家的根本之不同。

（严英秀：《女性主义的格调性写作：蒋韵作品散论》，《当代文坛》2009 年第 2 期）

蒋韵对死亡的昭示和再现，使得死亡不再是一个隐藏在幕布后的谜团，而坦然成为生命应有的归宿。死亡，在这里意味着回归，而不是毁灭。由此，蒋韵笔下的死，常常会显示出一种决绝和平静的姿态。而那些以身赴死的人，也往往会在下定决心的一瞬间感到忽如其来的心地澄明，就如同柏拉图笔下的灵魂突然回归旧乡，感到了理性的朗照。同时，蒋韵笔下那些决心以死来实践自己生的自由的人，实际上也驱散了笼罩在死亡之上的恐怖阴影，使得死不再是一个吞噬生命的恶魔，而成了隶属于个体生命的，可以被控制和选择的一部分。

（徐艳蕊：《死亡与故乡——蒋韵叙事作品中的现代性主题》，《当代作家评论》2005 年第 1 期）

【基本面貌】

自1979年发表了处女作《我的两个女儿》以来，蒋韵发表出版的作品有长篇小说《隐秘盛开》《栎树的囚徒》《红殇》《闪烁在你的枝头》《我的内陆》以及小说集《现场逃逸》《失传的游戏》《完美的旅行》和散文随笔集《春天看罗丹》《悠长的邂逅》等。这近三百万字的作品并没有给蒋韵带来太多喧哗，她一如既往地静静行走在时代之外。蒋韵曾经说过，“如果有文坛，那我就是文坛的一缕孤魂”。她并不追随潮流，而是甘于寂寞，成为一个无法被确切归纳的作家。2008年在赵树理文学奖颁奖仪式上，她坦言：“写作是寂寞的，寂寞而尊严，需要我们付出一生的激情和爱意；写作又是无限幸福的，代表了最美状态中最富于创造性的生命。”正是“寂寞而尊严”的写作,给她带来心灵最大限度的自由：怀着无处可放的漂泊感，她充满激情地叩问着这个世界这个时代到底失去了什么。那一个个“爱的天才”，在与男性或对垒或协合中，既熔铸着她的古典情怀，也潜藏着她的儒家思考，更蕴含她对于“真正的人”的思索。

“我们失去了什么？”

蒋韵内心深处一直游走着无处可放的漂泊感。在与记者的对话中，蒋韵说：“我这个人一直没有一种归属感，似乎一直漂流在我所生活的地域之外,内心总有一种漂泊的感觉,我给自己定论为‘时代的外乡人’，是某个地域性的外乡人。”“我生活在黄土高原上一个内陆城市（太原），从前，我的小说，大多都和这城市有关，多年来我一直在探究我和这城市奇怪的关系。我生活在这城市之中，却固执地将自己放逐到这城市之外，所以，在精神上我是一个漂泊者。城市让我窒息，不仅仅是我的城市，越辉煌的城市就越让我心存恐惧，我永远在它们之外。”因此，“失去，其实一直是我小说的主题和意象”。[①]她的每一部作品都讲述了一个

① 蒋韵:《我们正在失去什么》,《当代作家评论》2005年第4期。

“失去”的故事，众多的“失去”让她对这个世界更加不知所措。《上世纪的爱情》里姚均平不仅失去了爱情，而且失去了生命；《朗霞的西街》里马兰花既失去了丈夫，也失去了自由，最后病死；《栎树的囚徒》里尽管贺莲东执着地坚守，也未能阻挡住范氏家族的消亡和溃散；《琉璃》中飞蛾扑灭般的海棠一路追寻，却发现自己什么也未能留住；《行走的年代》里陈香将年轻时的一夜情梦幻化，为此付出了一生的代价，猛回头才发现流失的不仅仅是岁月，更多的是生命的无可着落……

“文化大革命”对蒋韵的创作来说，是个无法逃离的时期和命题。出生在1954年的蒋韵，人生最美好的时光——十二岁至二十二岁，是在“文化大革命”中度过的。1971年，蒋韵不得不离开刚刚读了一年的中学，拿着一张薄薄的结业证，踏上了艰难的人生征程。在几个月焦灼的等待后，她成为城郊涧河滩一家烧砖烧石灰的工厂的工人。后来她把这段经历幻化到了《琉璃》主人公海棠的身上，写出那时的她是怎样如饥似渴地找寻着身边的每一份“精神食粮”。可以说，蒋韵有着特定历史时期那一代人的共同履历：由对革命满怀憧憬到虔诚地观看样板戏，由感受苏联文学的忧伤到目睹形形色色的大字报，由旁观青年武斗狂热与残忍到痛失亲人的悲愤，这些点点滴滴汇成了蒋韵真实的青少年生活，也许这辈子她也无法走出当初那些情景带给她的震撼和伤痛。所以，追忆“文革”期间美好事物的流失，成为她作品“失去”主题的第一个关节点。她的很多作品都流淌在这个关节点上，静静地审视着那令人毛骨悚然的社会现实。正如王春林在《理解蒋韵小说的几个关键词》里，评价蒋韵在《心爱的树》“倾力描写的只是其中的三个时间点，一为20世纪20年代，梅巧嫁给大先生时，二为抗战时期，三是1949年之后的60年代，亦即大饥荒时期。正是因为蒋韵对于时间因素的刻意处置，所以人物的命运在这三个时间点上便呈现出了一种大起大落的变化，小说的意义也因此而得到了强有力的凸显表达。由此即可看出，蒋韵小说艺术上的成功与作家对于时间性因素的运用处理是密切相关的”。《栎树的囚徒》也同样存在时间的节点。尽管采用了不定内聚焦型的结构方式，分别以天菊、范苏柳和贺莲东三人的视角来参与和讲述事件的发展（第一章“天空和鸟群”和第五章“在黑夜里飞翔”以天菊的视角来讲述她母亲苏柳、二表姐范悯生、外婆关莨玉与舅母贺莲东的故事。第二章“西街的花园”和第四章“蜀葵”借范苏柳的视角讲述了范家掌门人范福生的发家史、祖母陈桂花英勇惨死、大哥虎子的悲婉爱情以及母亲关莨玉和芬子姐的死亡。第三章《天国之门》通过贺莲东讲述了青少年时期的苏柳、婆婆关莨玉的偷情、丈夫范先琴的爱情和公公范福生被暗杀的故事），但是作为范氏家族史，蒋韵有意识地选择了几个时间节点：民国初期、20 世纪 20 年代兵荒马乱时期以及 20 世纪 60 年代“文革”时期。其中“文革”时期是她用笔最多用情最深的时期，伴随天菊的行踪，读者除忐忑不安地领略了范家的波澜动荡外，更多的是为那个小小的流浪少女而唏嘘不已。小小年纪就失去了母爱，一路向南投奔二表姐范悯生，却得知二表姐已经被清理出局，不得不寄身于素昧平生的舅母贺莲东庇护之下。这既是一路追寻家族史的过程，也是一路失去温情、失去人的尊严的历程。

李锐在谈到蒋韵时认为，1989 年对于蒋韵的创作来说，意味着一个重要的转折。“蒋韵的创作，1989 年以前还是跟着新时期文学一点一点往前走……1989 年后，她找到了自己的主调。”[①]1989 年前，控诉与反思是其小说的主旋律；1989 年后，“漂流”开始慢慢浮出水面，成为她小说的主旋律。蒋韵 1989 年后的小说反映的是中国文化破碎解体的历史过程中一些漂流者的故事，表达了作家对漂流本身的体验和诉说，而这种体验和诉说又反映出人类旷世的孤独和悲凉的处境，对死亡的猜测和想象成为生命最后的意义。[②]实际上，1989 年不仅对于蒋韵创作来说是个分界点，而且 1989 年对于蒋韵生命底蕴而言也是一个分界点。

相比于“文革”时期，20 世纪 80 年代又是蒋韵无法回避的一个年

① 李国涛等：《生命与历史：诗意的消解——蒋韵长篇新作〈栎树的囚徒〉讨论会》，《当代作家评论》1997 年第 1 期。

② 李锐：《漂流的故事》，《读书》1995 年第 8 期。

代。所以，蒋韵在定位这个年代时说“上世纪80年代，是一个游历的年代”。在那时，诗歌、爱情、自由、流浪、浪漫，是时代的主旋律。一个古老的民族在经历了沉痛之后，又再次焕发了青春，迎来了它的复兴和辉煌。“文革”结束时，蒋韵二十三岁，正逢高考恢复。蒋韵参加了第一届高考，并成功地由城郊涧河滩一家烧砖烧石灰的工厂的工人蜕变成一名中文系的大学生。在太原师范专科学校就读期间，她叩开了文学的大门，于1979年发表了处女作《我的两个女儿》。三年大学毕业后，留校任教,进一步继续和实现着她的文学梦。正是这青春悸动的80年代，每日都上演着美好、温馨、自由、狂欢，当然也为她赢得了作家的声名。所以，80年代在蒋韵的记忆里有着不可取代的地位。从她的《行走的时代》，可以略略找出她隐藏的无数的欲说还休的文化符码。小说仍然采用了她所喜欢的“对照叙事”方式，在一篇小说里设置几条线索，在众多事件链条的对比中，透露出她的思想。即将大学毕业的陈香结识了流浪诗人莽河，她是那样崇拜他，甚至为了这一夜情付出了她一生的代价。就在她重复着柴米油盐酱醋茶的平凡得不能再平凡的凡夫俗子生活时，莽河却与美丽的叶柔正深陷精神爱河。叶柔的暴死成就了诗人。当某一天莽河以散发着墨香的诗集《死于青春》蹦入陈香眼帘时，陈香却因扉页的“献给我的爱人”而堕入深渊。她苦苦坚守的东西瞬间崩溃。尤其是蒋韵讽刺性地设置了她竭尽全力离婚之后去追寻自己年轻时的梦时，莽河已经成功蜕变成一个房地产商。

如果说“文革”时代对蒋韵来说是一个伤痛的年代，使她一再流连于温情，那么80年代则是一个诗的年代，充满了青春的追求，正好与90年代的躁动形成强烈的反差。“80年代是一个大时代，而接踵而来的90年代是一个彻底的物质和欲望的年代，抛弃一切理想、道义和浪漫的年代，我的小说无论是对大时代而言，还是对一个欲望的年代而言，都是格格不入和异己的。”所以，理解蒋韵的作品，至少需要把握两个时间线索：一是“文革”，一是20世纪80年代。前者意味着美好的事物接连失去，后者意味着诗意的迸发。随后，她进入思维的沉潜时期，在作品中一再把生活中所遭遇的事件与这两个时期进行对照性思考。于是，“失去”也便成了作品中永久的话题。于是，“反归”的古典情怀也便在其作品中一再回荡。2005年，蒋韵在苏州大学的小说家讲坛上说过：“我确实不怎么爱这个属于你们的时代，至少，我对它充满矛盾之情。”非常真实地表明了蒋韵对现实时代的暧昧态度。

按照文艺心理学的“补偿心理”，文艺家由于生活受挫，愿望受阻，总会在作品中反复咏叹。蒋韵作为对美的消失充满忧伤的典型代表，她强烈的内在心理需要就是追寻爱与美，把爱与美流逝、失去的瞬间和过程呈现出来。蒋韵创作动机的产生和这种强烈的内在心理需要是分不开的，把爱与美的缺陷呈现出来正是她创作的初始动力。正是“文革”时代的痛苦“失去”和20世纪80年代的曾经“得到”，使得蒋韵在文学作品里一再咂摸“失去”，甚至将其推回到古代，在古风遗韵里寻找曾经拥有的美好。当沉思古曲、反观现代时，蒋韵很自然地得出结论——“从文学的角度看，中国传统文学对世界最独特的贡献在哪里呢？……我想，是乡愁和巨大的生命悲情。”迄今为止，她的文学作品都在品味“乡愁”和“生命悲情”。

因为美好，所以回味；因为失去，所以沉重。蒋韵是何等擅长叙述过去的故事，叙述曾经的美好，犹如“十四岁的吟者”，絮絮而谈，娓娓道来，绵长悠远，回味无穷。而一旦涉及当下，谈及现在，就有些相形见绌，有些局促，有些气息微弱。如2012年的《琉璃》，前半部分以幽远的文笔追忆了那遥远的年少往事，酸楚而不无美好；后半部分写海棠由南方回乡，在酒店偶遇刘耘山，一番叙旧后不无怅惘，后到墓地凭吊丈夫崔护，总觉得文字有些放不开，有些局促。从而使文本形成断裂状态。实际上，在《朗霞的西街》里也有类似的感觉。尾声有些画蛇添足，某种程度上冲淡了文章的整体悲剧气场。这既与蒋韵有意识地把自己放逐于当今时代有关，也与她潜意识中不屑于了解当今时代有关。所以，她的情感一直飘浮在充满古典情怀的20世纪80年代，流浪在那个文学黄金时期，漂泊在那个仍保留着淳朴民风的精神时代。

“爱的天才”

汤显祖把人类划分成两个天下：“有情天下”和“有法天下”。那是两个完全不同的世界，生活着两种完全不同的生命。古往今来，“有情天下”永远都在被“有法天下”所围剿。蒋韵却决心模仿《牡丹亭》，要在“有法天下”里吟唱一曲曲“为情而生，为情而死，死而生，生而死”的爱情故事。于是，她的笔下也就相应地诞生了一个又一个“爱的天才”。

《隐秘盛开》，说白了，就是由多个暗恋故事相交叉的爱情故事。小说的主体是七七级大学生潘红霞终其一生经历着一个人的爱情圣战：“爱，也许从来都与被爱者无关，爱是一个人的事。”她在上学期间“无可救药”地爱上了北京才子刘思扬，但这份感情却从未被他知晓，只是在潘红霞心中隐秘盛开，穿越了二十年的时空而不减分毫，这种爱是圣徒对主的爱，窒息、绝望而难以自拔。在乡下，有一个曾被知青启蒙却仍滞留村中的拓女子，三次以命相搏，勇敢而激烈地反抗无爱的婚姻。她铁了心所要的爱情其实只是一个象征，是知青们让她“睁开眼”看到的那个非现实的、浪漫的、美好的乌托邦。这种在现实中难以寻觅的爱情使这个“乡村浪漫主义者”的一生悲壮而惨烈：不但抗婚未成，反而落下终身残疾。拓女子把一切理想都寄托在女儿米小米身上，但作为村里开天辟地的第一个大学生，米小米却在南方的一个都市里当了陪酒小姐。尽管美其名曰自食其力，实则是无可言说的堕落。她以“自毁”的方式质疑着母亲的爱情信仰。但这位“浪漫主义者的天敌”，血管里到底流的是母亲的血，最终她为潘红霞的故事所感动，在死亡的边缘处因爱获得新生，潘红霞和拓女子终生企盼的古典主义爱情，在她身上犹如神话般降临。另外，小说中间还穿插了一个民办教师的暗恋故事，那是一个令人心碎的故事。上中学的他，突然一天情窦初开，竟然无可救药地爱上了县花女大学生呼延小玲，当然这无异于“癞蛤蟆想吃天鹅肉”，最终以悲剧收场。小说赞美了为爱而生、类似宗教般的爱情。

"当一个人体验到真正的爱情时，他就会表现出自我牺牲的精神和巨大的道德力量。"[①] 正如蒋韵在《隐秘盛开》里说到潘红霞时所言："她爱的已不是尘世里的一个人，而是一个信仰。"在蒋韵笔下，生活着这样一类"唯爱情为信仰"的奇女子。如《朗霞的西街》里的马兰花，只为了丈夫新婚时的那一句"兰花,这辈子,我要让你不管什么时候想起来，都不后悔嫁给了我"，她可以付出生命的代价。再如《琉璃》里的海棠，为了不辜负与刘耘山说定的"十年之约"，她可以放弃父母之乡，去他所在的地方求学，她可以无视丈夫心愿，只身南下，只因风闻刘耘山在那个城市。又如《上世纪的爱情》里张采那段绝望的爱情和姚均平那段压抑得以致最终殒命的爱情。张采爱上了聋哑学校里的"保尔"姚均平，姚均平爱的却是青梅竹马的"冬尼娅"赵佩先，可是赵佩先还是撇下他嫁给了上级局长。不幸的是，姚均平并没有忘记她，在经历了醉生梦死之后，就在他下决心准备结婚，去往日经常来往的路边凭吊那份年少的爱情时，却听到了那个魂牵梦萦的心上人被丈夫殴打等不幸，于是铤而走险决定杀了那个局长。结果，人家没死，他却被判处死刑。

蒋韵在谈到文学家对她一生所产生的影响时说："雨果、巴尔扎克、罗曼·罗兰，当然还有最知心的曹雪芹。这些伟大而仁慈的灵魂，他们伴随我走过了一生中最艰难的岁月，让我永远心存感激。在我少年时代，他们对我的意义是一种拯救。"[②]《红楼梦》里那些女儿们的爱情,使蒋韵对爱情描写是那样的执着。蒋韵以一名女性读者特有的细腻、敏锐，特别关注红楼女子的爱情悲剧群像：林黛玉在唯一拥有的爱情之梦破灭之时悲惨离世；薛宝钗表面上温文尔雅、八面玲珑，得到众人宠爱，但却错失人生最宝贵的爱情；惜官那小小的心灵里沉潜着无量的爱的因子，却被封建社会逼上绝路……这些美丽的女子不但没有好的归宿，反而一个个香消玉殒。这对懵懂时期的蒋韵所带来的震撼是无法估量的，也对

---

① ［保］基·瓦西列夫：《情爱论》，赵永穆、范国恩、陈行慧译，生活·读书·新知三联书店 1984 年版。

② 蒋韵：《内心的力量——读书与个性》，《语文教学通讯》2005 年第 18 期。

蒋韵日后爱情书写产生了不容忽视的影响。于是，她笔下那无数的“爱的天才”，爱得那样荡气回肠，爱得那样生死两忘。“这些爱的天才，把俗世中的爱情，人间的爱情，改造成信仰式的爱，他们舍弃了自己而忘我地投入其中。爱，就在他们身体之中、肉身的生命深处，不可剥离，无从背叛。让人心碎的悲剧感，或许，就是由此而生。”

对爱情的执着，使蒋韵塑造了那样多的爱情类型。如《盆地》是一个无关风月的隐微爱情故事；《上世纪的爱情》是一段嵌套了民间权力压制的悲剧爱情故事；《琉璃》是一场世俗之爱与精神之爱的对垒；《朗霞的西街》是一段掺杂了国共之争的旷世奇恋与一段“文革”话语下不敢言爱的苦恋之间的政治纠缠；《行走的年代》是一场男女萍水相逢，一方匆匆淡忘、一方却耗尽整个生命的富于文化内容的单恋；《隐秘盛开》里，如果说潘红霞恪守着一种18、19世纪古典式的爱情，那么米小米经历的则是一种现代式的爱情。但在蒋韵眼里，无论古典还是现代，爱情都无关肉欲，它是纯精神层面的，是不涉人间烟火的。她的文本是完全剔除了关于身体、情欲等等之类的现代情欲，完全纯粹的“爱”，爱情的双方都推崇那些正面的价值，比如永恒、完整、道义、信守，害怕间离，嫌恶背叛，没有谁会接受曾经爱过、何必拥有的及时行乐，欲望化叙事在她看来是阴暗狰狞、难以想象的。她宁愿要至悲至痛至美的残缺，也不允许一丝亵渎。

一路追随作者的笔迹，会发现到了2012年的《琉璃》里，蒋韵对爱情的解读发生了些许变化。海棠一路秉承着精神至上的爱情，对丈夫崔护内心深处潜意识里是鄙夷的，所以在她决定南下时，心里根本没有给崔护留下余地。这就难怪即便崔护闹得再凶，海棠也波澜不惊，照走不误。可文本末尾，作者意味深长地安排了海棠到墓地凭吊崔护，在道出她内心隐秘的同时，也揭示了作者关于爱情不同于早期的理解：一个如飞蛾扑火般追寻小资浪漫爱情的女子，却在不经意间收获了一段弥足珍贵的俗世姻缘，只是她当时不明白，就那样白白错失了。这正应了那句古诗“此情可待成追忆，只是当时已惘然”。究其原因，不外乎她在精神上的羁绊——她把爱情在精神上给了刘耘山，于是谈了一场“三个人的爱情”，尽管第三者在肉体上是缺席的状态。

曾国庆在《浪漫爱在人间世》中认为，蒋韵同时编织与拆解着爱情神话，反映了她本身对先天不足、后天缺乏反省力度的小知识分子能否承担时代“诗意”重任的质疑。又由于她太急于给消费至上的现实开出一份爱的信仰，以至于《琉璃》里海棠的惘然而不自省状态不太深刻，《行走的年代》里最终的反讽并不强烈，《隐秘盛开》里米小米的批判内涵也没有充分展开，作品本来具有的复调效果也相应被冲淡。

“君子”

针对2002年在古根海姆美术馆举行的“人是什么”的艺术展，蒋韵的直接观感是：“‘人’似乎已经没有能力去用艺术的方式表达‘人’的灵魂和情感、精神和思想，甚至人的身体。人正在用不容分说、前所未有的暴力将人自身驱逐出这个世界。”所以，长久以来在蒋韵的创作里都潜藏着一个不起眼却非常重要的命题：什么是人？什么是真正的人？从这个意义上来说，蒋韵并不刻意强调自己的女性立场，而是把男人和女人当成平等的爱情对话者，当成平等的人。

蒋韵在《心爱的树》的创作谈中说过：“我写了一个‘君子’……我生活的这个时代，这个地方，和‘君子’这个词，相距何止千里万里！”“君子”是蒋韵对真正的男人的最高定位。

这里首先需要辨析的是“君子”这个概念：是孔子所说与“喻以利”的“小人”相对而言的“喻以义”的传统意义上的舍利取义的“君子”，还是现代意义上女人心目中的品学兼优、懂得爱也具有爱的能力的“好男人”呢？《心爱的树》里，从大先生的年龄、学养与身份来看，他在20世纪20年代已有三十多岁，是城里师范学校校长和远近闻名的数学教员，被大家尊称为“大先生”。由此可以断定，他应该是19世纪末20世纪初出生，受过中学和西学的良好教育，与胡适、鲁迅等年龄相近的我国第一代现代知识分子，青年时代接受过五四启蒙思潮洗礼的现代男性学者。如果说是“君子”，那也是吸取了中西文化精华的以“仁者爱人”的胸怀立身行事的现代“君子”,而不是那种传统的“忠孝礼义信”俱全的所谓“古典情怀”意义上的“君子”。蒋韵按照她心目中的“中国君子”标准来写这个各方面近乎完美的理想人物。他最突出的特征就是对女人的理解、尊重和在此基础上的爱。这是一个少见的懂得女人也会爱女人的男人，一个具有宽广胸怀和爱的能力的男人。在大先生这里，已经超越与告别了父权或男权制男优女劣、女为男用的男性集体无意识和性别等级制观念，更超越和告别了对女人的控制欲、占有欲。他对梅巧的爱，是平等的爱，是一见钟情的又是天长地久的永远的爱。当梅巧移情席方平并决绝地离开他时，一开始他也难免发脾气砸东西并忍不住动手打了梅巧一巴掌，可是最终他还是理解了她、并由这理解而宽容了她。他和女儿凌香在饥荒年代心照不宣、雷打不动地一月一次从自己和大萍少得可怜的食物中节省下来支援梅巧的“爱心大行动”，是全书最为感人的部分。他对大萍这个本无爱情可言的妻子的另一种说不清楚的感情，也让人感动。他也许并不爱她，他也许还有一点怕大萍嫌他老的自卑，可是他看懂了她为他默默地所做的一切，他感激她也怜惜她，“他知道他一辈子会对这个女人好。”像大先生这样对女人重诺，有承担有爱心的男人，不仅仅在当时，就是在当下也是“少见的”“例外”。正如鲁迅文学奖评委会对《心爱的树》的评语：“十六岁的你，收藏在我心里，走过四十多年风雨……这就是儒雅君子大先生之爱，痴情的爱。爱情，亲情，凝结成这一篇诗的小说《心爱的树》。”大先生是一个融汇了蒋韵对男性深刻思考而铸成的真正的“男人”，真正的“君子”。于是，我们看到蒋韵所理解的真正的男性，是有担当、能包容、不计得失、胸怀宽广的人，在他们心目里，早已经超越了男女之别，把女人看成与他和谐共存、共同发展的人。

由此可以看出，蒋韵并没有刻意把男女两性对立，而是在不经意间透露出“男性是女性成长的外因”，或者说，男性是促使女性成长的催化剂，是女性奔向远方乌托邦的引路人。且不说刚刚谈到的《心爱的树》里的大先生，即便是不起眼的《琉璃》，如果说表姐为海棠打开了一扇通往外界的窗户，那么刘耘生一开始则是她的同路人，后来干脆充当了引路人，引着她一路前行：先是考学离开家乡，后是辞职南下，追求自己热爱的文字编辑工作。当然你可以说，如果不是刘耘山，海棠也许会与崔护度过平凡而幸福的一生。但海棠真的幸福吗？

那么，什么是真正的女人？其实在蒋韵笔下，真正的女性并不少见。从《盆地》里大胆挑战世俗、勇于承担的菩，到《紫薇》里不甘于命运、与时间赛跑的乔莉，到《红殇》里反抗世情、完善自我实现自我的吴洁梅，再到《朗霞的西街》里困守一隅、为爱殒身的马兰花……尤其是荣获赵树理文学奖的《隐秘盛开》，那里生活着虽不完美却绝对令人心悸的女性群像，即便是不起眼的拓女子，也以她向往美好、追求外面世界的那种“无我”，在蒋韵熠熠生辉的女性形象系列里占有一席之地。难怪赵树理文学奖给出的评语是：“蒋韵的《隐秘盛开》，是近年来在国内具有较大影响力的一部长篇小说。作品以女性作家独特的视角、细腻的笔触、韵味十足的语言，讲述了出身、文化背景和个人性格迥异的几位女性的人生历程，折射出改革开放以来纷繁变幻的社会生活，带给中国女性心灵的震荡与深刻变化，平凡的故事中蕴涵着深邃的思考，是反映女性生活不可多得的佳作。”她们一个个虽平凡却不失自己的追求，任何时候任何地方都不依附于任何人，在拥有动天地泣鬼神的爱情的同时，也便拥有了整个世界。

在众多的文本中，也些许传达了蒋韵的隐忧。这份隐忧不单属于女性，它同样属于男性。例如《行走的年代》里与流浪诗人莽河有过一夜情的陈香，不得不日复一日重复着凡夫俗子生活。而等待叶柔的是，尽管她与流浪诗人莽河深陷精神爱河，过着天上人间的超凡脱俗的生活，却一夜间暴死。叶柔的死亡成就了诗人莽河，也一再被诗人吟唱。陈香虽活着，却不得不面对爱情真相大白的痛苦和绝望。悲壮的死与凄惨的活，你要选择什么？正是借助于“诗”与“小说”这两种文体的对话，蒋韵又为我们每一个人提出这样一个无法绕开的命题。

杨占平在《为同龄人塑像》中，将蒋韵的文学创作归结为三点：一是人文关怀。作为人类灵魂的工程师，作家首要的职责，就是能够以极大的勇气去直面人类自身心灵的问题，然后在此基础之上进一步表现出作家的思考与见解。而蒋韵正是这样一位具有人文关怀的作家。二是艺术内涵。蒋韵笔下一些给读者留下深刻印象的人物形象，都有着某种刻骨铭心的精神追求，她们以义无反顾的姿态，甚至不惜付出生命的代价，也要维护自己内心中的精神追求。三是故事情节。在蒋韵的小说作品中，无论是短篇还是中篇，或者长篇，故事情节都发挥着极为重要的作用。四是叙述语言。蒋韵选择了怀旧型的叙述视角，尽可能拉开与现实生活的距离，注重将生命感觉转化为艺术感觉，追求一种朦胧、悠远的美学效应。语言上则力争达到鲜活优雅、明净坦诚、典雅纯粹、富有张力的境界。

【研究文献索引】

1. 王春林 .“身份认同”与生命悲情——评李锐、蒋韵长篇小说《人间》. 南方文坛，2008（03）.

2. 刘恒，戴锦华 . 蒋韵长篇小说《栎树的囚徒》谈片 . 当代作家评论，1997（03）.

3. 徐艳蕊 . 死亡与故乡——蒋韵叙事作品中的现代性主题 . 当代作家评论，2005（01）.

4. 戴红稳 . 蒋韵小说女性悲情书写及其文学意义 . 小说评论，2008（04）.

5. 严英秀 . 女性主义的格调性写作：蒋韵作品散论 . 当代文坛，2009（02）.

6. 赵春秀 . 论蒋韵近期小说创作 . 文艺争鸣，2014（05）.

7. 刘思谦 . 蒋韵小说的女性主义性别美学观照 . 扬州大学学报（人文社会科学版），2009（01）.

8. 韩旭东. 论蒋韵《你好，安娜》中的记忆书写与自我救赎. 当代作家评论，2020（05）.

9. 王春林. 女性生命的咏叹——评蒋韵长篇小说《栎树的囚徒》. 小说评论，1997（02）.

10. 阎秋霞. 试论蒋韵作品中理想人格的审美意义. 文艺争鸣，2013（01）.

11. 杨矗. 蒋韵解读. 小说评论，2000（04）.

12. 刘海燕. 生命和诗的错过——蒋韵小说的一种解读. 当代作家评论，1993（02）.

13. 梁艳芳. 守护人心温暖的品质——蒋韵《心爱的树》的叙事伦理意义. 名作欣赏·下旬刊，2008（08）.

14. 毛时安. 一个古典女性的现代凄迷——读蒋韵小说《大雪满弓刀》. 当代作家评论，1995（04）.

15. 刘媛媛. 坚守与寻求——评蒋韵小说《隐秘盛开》. 名作欣赏·上旬刊，2009（12）.

【思考练习】

1. 蒋韵说："我这个人一直没有一种归属感，似乎一直漂流在我所生活的地域之外，内心总有一种漂泊的感觉，我给自己定论为'时代的外乡人'，是某个地域性的外乡人。"请结合具体作品，论述你对蒋韵这段话的理解。

2. 严英秀在《女性主义的格调性写作：蒋韵作品散论》中指出："蒋韵的女性是天生傲骨、蕙质兰心的人，她们太过唯美、善感、精致、优雅，她们只为精神活着，所以注定寂寞。"请以《心爱的树》《朗霞的西街》《隐秘盛开》等作品为例，具体分析蒋韵笔下的女性形象。

第四编　后晋军时期（2000—）

21世纪以来，山西小说创作蓬勃发展。无论是山药蛋派的老作家胡正，还是“晋军崛起”的代表作家李锐、蒋韵，或是后起之秀吕新、王祥夫，抑或是初露锋芒的葛水平、笛安、刘慈欣、孙频等，杰作接二连三，不断问世。尤其是“后晋军”作家，经过十多年的锤炼，已大多成熟，形成自己的独特风格。如刘慈欣可谓独领风骚，不但傲拔山西，更是闻名中国，扬名世界。细数21世纪以来的山西小说创作，会发现不仅题材多样化，如吕新的“文革”叙事、李锐的新历史创作、葛水平的晋东南叙写、刘慈欣的科幻想象、笛安的青春伤痛、孙频的剩女委屈……而且风格多样化，或坚韧沉郁，或悠远绵长，或奇幻瑰丽，或细腻缠绵……

尽管山西青年作家有意识地淡化情节，但一个个又仍不失为讲故事的好手。他们不仅秉承了山西本土的民间文化传统，而且相比于前辈山药蛋作家马烽、胡正、孙谦等人的小学文化程度，他们大多是科班出身，受过良好的高等文化教育，具有较高的文化素养。在小说叙事时间的安排、故事环境的设置、叙述和接受者的选择以及情节的组织原则和类型划分上，他们都具有独到的感知和体悟。杨遥的小说向卡夫卡的作品靠拢，尽管叙述的是乡村，却透露出强烈的现代意味。如《二弟的碉堡》以魔幻现实主义的描写手法，借助“碉堡”这一封闭式意象，来表现二弟作为另类乡村形象独立于世的悲哀；李骏虎则徘徊于城乡之间，透过不无温情的北中国日常乡村生活图景，借乡村历史变迁和地域风俗，透视传统道德心态的岌岌可危。如《前面就是麦季》《母系氏家》。闫文盛近年来的小说创作呈现出散文化和哲理化的特色，《天堂书》以破碎的语言、零散的片断，表现出对世界荒诞的观感。笛安借助于题材的扩大和写作手法的更新，慢慢洗白自己青春叙事的最初定位，如《南方有令秧》。李燕蓉则乐此不疲地采用荒诞、象征和暗示手法表现城市男女的悲欢离合，透露出苍凉的人生意境，如《那与那之间》《飘红》《出口》……于是，在各自封闭的文学世界里，他们借助现代叙事技巧表现出对现实世界的悲悯无助和不知所措，使作品在保持基本现实品格的同时，具有了隐喻性和荒诞性。

同时，“后山药蛋派”写作的佼佼者有王祥夫、李骏虎和葛水平等。受前辈作家赵树理的影响，他们的创作敏锐地触及社会的种种问题，如农村人口流失、城乡差距拉大、农村妇女生存艰难等。某种程度上，可以归为赵树理所提倡的“问题小说”，但细究又会发现，他们的创作迥异于赵树理：他们在提出问题时，大多是小心试探式的态度。他们普遍采用了隐晦的叙事视角，把严峻的社会命题半遮半掩地隐藏在日常叙事中，把启蒙者视角潜藏在大众视角之后。

另外，倾向于“先锋”的作家们则普遍采用了内聚集型视角。既娴熟地借鉴了赵树理的“故事套故事”的叙事手法，又创造性地发挥了“叙事层次”的原理，使单个故事经过多个叙述人转述，形成重叠复杂、暗影丛生的多重叙事空间。

内聚焦型视角的采用，不仅使文本有利于充分揭示人物内心世界，而且使文本在内蕴上潜藏得更深更耐人捉摸。但是，就在作家充分发挥内聚焦深刻性和限定性功能的同时，也使人物陷入叙事死角，不自觉地跌入被封闭境地，缺乏开放性和救赎的可能。如吕新的《掩面》，采用了第一人称多角度叙事方式，通过五个叙述者的记忆复述，似乎为读者呈现了一个多方面多角度的“父亲”形象。其中的对话，只是一种被遮蔽的交往，主话人不仅抹杀其所说对象的存在意义，而且无视受话人的存在，当然也就扼杀了那些蒙昧的说话人自我救赎的可能。

荣获科幻界最权威的国际奖项“雨果奖”的刘慈欣，在“科幻小说，正是通向科学之美的一座桥梁”的信仰下，对传统科幻小说进行了大量的文本改革，在他营造的独特的科幻世界里表达自己对现世的观感。或者更确切地说，刘慈欣在创作整体上选择了“科幻”这一象征型情境。正是对科学准则的严格遵循，小说有了基本扎实的“美学构架”；正是对未知的他者世界的探索，小说有了奇丽和震撼的美感效果；正是对细节的执着，小说又有了精准和真实的现实渗透。因而，刘慈欣的科幻小说也赢得了“新古典主义”的称号。只是，大量的科技成分的渗入，在形成“以技术创意和科学想象为核心”的同时，却难以弥补科幻小说“时效性”的遗憾。为了避免这一宿命，刘慈欣在小说文本中采用了他独特的“对科学的人文诉说”：在“上穷碧落下黄泉”悬空虚幻的非现实世界里，借助象征和暗喻手法诉说他对现实的观感。而且，出于“传统文学给我的印象就是一场人类的超级自恋，文学需要超越自恋，最自觉做出这种努力的文学就是科幻文学”[①]的主张，刘慈欣在小说中设定了“零道德宇宙”，形成了富于暗示性的反讽型环境：人与自然、人与社会、三体人与人类人无处不在的对峙。这既是作品对草根读者贫弱思想的挑战，也是作者对自己世界观人生观的审视——在强大的现实环境面前，人是那样的孤独和渺小，种种不如人意而又无法改变的环境，像梦魇一样束缚和压抑着人的物质和精神世界。在形形色色的反讽型情境里，刘慈欣在保留了传奇性情节的同时，刻意淡化人物，某种程度上人物只是某项科技实施的“代名词”，他们不单单游走在先进奇幻的技术王国之中，引领着读者欣赏难以掌控的未知世界，更重要的是，在“宏世界”中，人只不过是渺小的客观存在，随时可能被摧毁。这种幻灭与无助感在小说里随处可拾。

马克·柯里认为：“对社会叙事学来说，其结果就是：叙事不是大脑的发明，而是政治与意识形态的实践活动，它们如同炸弹与工厂、战争与革命一样，都是现实世界中的物质肌质。”[②]小说的叙事视角、情节结构和人物类型，无论单一还是多重，无论简单还是复杂，无论典型还是扁平，都构成作者的软肋，透露出无数作者或欲隐藏或想表达的信息。21世纪以来山西小说的繁荣兴盛，既显示了作家们的非凡创造力，也显露了他们的黏缠性：欲脱离传统走向现代，又背负传统举步维艰，只能在先锋与乡土之间徘徊。

---

① 刘慈欣：《重返伊甸园——科幻创作十年回顾》，《南方文坛》2010年第6期。

② ［英］马克·柯里：《后现代叙事理论》，宁一中译．北京大学出版社2003年版。

第一章　葛水平

【作家小传】

葛水平（1965—），山西沁水人。很早就习武唱戏。1983 年，葛水平就读于晋东南戏校。先后就职于晋城市上党戏剧院、长治市戏剧研究院等单位。2004 年是葛水平生命的转折年，甚至，人们把 2004 年称为"葛水平年"。此后她相继发表了中短篇小说《甩鞭》《地气》《浮生》《狗狗狗》《夏天故事》《陷入大漠的月亮》《守望》《黑雪球》《连翘》《比风来得早》，长篇小说《裸地》等。作品斩获人民文学奖、赵树理文学奖、鲁迅文学奖等多种奖项。

【精读作品】

《甩鞭》《喊山》

【经典评论】

如果把这类小说与同时代的主流叙事比较，后者通常会预设一种历史理性，为其中的人物提供一个行为的根本理由，一个"意义"支撑，但是葛水平只让她的人物呈现其本然面目，用朴素的言行自发调节天道人道兽道的失衡，告诉你人的挣扎反抗不需要任何外在理由，他们卑微贫穷的生存自有一种意义。那是来自民间底层的生存法则，有铁一般的"力"和水一般的"善"，无须知识的启蒙，却体现了由草根文化养成的别一种草根人格，有着比"知识""思想"毫不逊色的启蒙与自救能力。而且，不同于现代文学以降的传统 / 现代视野下的乡村想象，葛水平的草根文化记忆摒弃了“怀旧”“怀乡病”的知识分子模式或曰陈词滥调。她的想象和记忆鲜活艳丽，野性十足。旧时代的传奇、悲剧，不过是她挖掘草根文化（具体说是太行文化风骨）的沃土，你看不到怀旧的“感伤”，也读不出现代性的“焦虑”，反倒是一派平淡安详，隐含在富有生命张力的叙事中。

（郭剑卿：《葛水平的乡村想象与草根文化认同》，《小说评论》2010 年第 3 期）

在叙事语言的操作上，作者是善于描写的，但她努力把描写叙述化，把叙述描写化，实现了二者的较好融合。同时它又把自由、灵动的散文语言和具象、抒情的诗歌语言，都化入自己的小说语言中，形成了一种姿态纷呈、细腻委婉的语言风格。当然这是一种高难度的语言追求，现在还存在一些毛病，但瑕不掩瑜，它无疑是一种出色的有潜质的叙事语言。

（段崇轩：《打开小说的“可能”之门——评青年作家葛水平的小说创作》，《当代作家评论》2007 年第 5 期）

有创造性与个性的作家都有自己的小说美学品质，在卡夫卡是一种“恐惧”，在米兰·昆德拉是一种“智慧”，在鲁迅是一种“反抗绝望”，而对于葛水平来说则是一种“善良”。一种善良的气场在文本中建构了温暖的图式，然而这种温暖的图式又往往被现实所粉碎。富有意味的是，越是粉碎得严重，越是渴望一种温暖。所以，葛水平小说善良气场的温暖图式往往以一种悖论的方式存在。

（吴玉杰：《葛水平论：气场美学与复调思维》，《文艺争鸣》2011 年第 10 期）

我们在葛水平的创作里，看到了她在粗粝、恶劣的自然环境中，在简单、贫瘠的物质生活中，对人性发觉所能达到的深度。黄土高原在这里不仅是一个地理概念，不仅是一个自然环境，同时，对于葛水平来说它更是一个精神概念和精神环境。因此，发生在葛水平小说中的事件，与其说是生活故事，毋宁说是精神事件。

（孟繁华：《葛水平小说论》，《文艺争鸣》2008 年第 2 期）

【基本面貌】

王春林认为：“从山西女性作家的谱系学来看，虽然不乏女性作家的出现，但其中具有文学史意义的我认为有三人，即石评梅—蒋韵—葛水平。”葛水平的文学史地位可见一斑。侯文宜则从她文学作品的艺术风格着手，认为“葛水平小说最大的特点就是奇崛大气与朴野灵动之美”。可以说，葛水平的小说既有山药蛋派的叙述共性，也有她的诗意盎然。在通俗与现代后现代杂陈的文化语境中，有着色彩斑斓的样态。利用规避艺术，她委婉地表达了对历史对民族的独特思考；在情色叙事里，暗含了她对两性的认知和对社会的叩问；借助富于自然性和民俗化的意象，表现了她对自然家园对人性欲望的审视。

自 2004 年以来，葛水平在文坛闯荡十多年，凭借着《喊山》《甩鞭》《地气》《天殇》等一系列小说，由崭露头角到文坛老将，真可谓一路辛苦一路精彩。评论界或从乡土视角入手解读她作为“山药蛋派”新秀小说的文化意蕴，或从人性入手探析她小说人物的生存困境和人性挣扎，或从语言着手欣赏她小说艺术形式的酣畅淋漓、诗意盎然，或从女性视角深挖其性别意识和女性情怀……如果把葛水平的小说放在通俗与现代、后现代杂陈的文化语境中，那么她小说的叙事形态又会呈现出怎样的复杂内蕴？这是既让人着迷也让人深思的命题。

革命：民族与延续

山西作为革命老区，历史上有着无数的战争故事，加上赵树理、马烽等山药蛋派作家的文本书写，为葛水平的历史叙事提供了很多范本。单就小说的外在形态而言，葛水平很聪明，她巧妙地利用了“规避”艺术，偷偷地把她关于战争主题的现代性甚至后现代性思考安插在“通俗小说”的样态之中。

2006年的中篇小说《黑雪球》，既满足了一般读者的猎奇心理，又展开了对日军侵略造成的人间屠场的血泪控诉。一根“皮带”使生龙活虎的生命转眼间变成一具七窍流血的尸体，紧接着一向平静的良平村转瞬之间由准“治安村”变成“武工队窝”。血洗山村的惨局马上就要发生。就在这时，伍海清出现了。这个“小时候因为出天花，他落下了满脸麻子，二十多岁都没有娶上媳妇”的矮个子汉子，以自己的一只手臂博得了全村人的暂得偷安。这个在和平年代根本不入流的“光棍汉”，因为时局动荡竟然被推到了战争的前沿，成了时代的英雄。葛水平通过这个被生活挤出正常轨道的汉子的书写，启示人们：在民族危难之际，任何一个人，即使是平日里再不起眼的可能无所作为的小人物，也都会蜕变成“民族英雄”。

葛水平并没有拔高他，而是循着正常的生活和人物自身的性格逻辑合情合理地展开这个小人物的“抗日之路”。失去一条胳膊的伍海清，似乎并没有要把日本人赶尽杀绝、报仇雪恨的想法，他仍惴惴于能否入赘到豆寡妇家做上门女婿！但事情的发展并不遂人意，豆寡妇和良平村其他稍有姿色的妇女一起被强行押解到日军的据点惠日院，惨遭轮奸。豆寡妇突遭此奇耻大辱，“把一日本人的裆给咬烂了”，日本人“拿刀子从她下身捅进去，刀子出来时肠子也出来了”，然后她被扔到河沟里浇了汽油，烧成一截木炭。就这样，日本人把他最后的生存希望也掐灭了。于是，两夜没有睡觉却“两眼里都闪着火苗”的伍海清，“整个人快要被燃成了火球”，毅然决然地夜袭铁路，炸断二沁桥，摧毁了日本人对根据地军事工厂的“扫荡”计划。

就在伍海清返回良平村后，又遭到了敌机轰炸，整个一百多户的村庄就剩下了他和李翠喜两个人。很多人写到这里时会戛然而止，因为已经完成了对日本帝国主义的血泪控诉。但葛水平并没有停下她的笔墨，而是讲述了“之后”的故事：伍海清没有了性欲望，没有了性功能。

于是，一个看似简单的抗日英雄传奇，就深层结构而言，已经转化为一个深刻的叙事文本。借这个“抗日故事”的外壳，作者规避了很多深层意蕴。她并不止于日军对中国民众的“身体屠杀”，而将笔墨伸入人性的最深处。一个男人，尽管他躲过了敌人的炮火，成功地捍卫了民族尊严，但作为一个人、一个个体的生命，就在他成功地保有肉体存在的同时，却丧失了“性”，丧失了他作为男性个体的存在价值，成了一个被侵华战争阉割的“雄性存在”，失去了繁衍后代的功能。或者说，通过这个“无性”之人，葛水平要叩问的是“民族战争与民族延续”这样一个深刻的命题。

马克·柯里认为：“对社会叙事学来说，其结果就是：叙事不是大脑的发明，而是政治与意识形态的实践活动，它们如同炸弹与工厂、战争与革命一样，都是现实世界中的物质肌质。”① 日本明治维新以来，日本政府相继制定了各种军事计划，妄图攻占台湾，吞并朝鲜，进军满蒙，灭亡中国，征服亚洲，称霸世界，实现日本长久以来的“八纮一宇”的梦想。侵华时期，由于福泽谕吉“脱亚入欧”论的影响，日本政府更是变本加厉，视近邻中国为野蛮未开的“恶友”，一心要以军事侵略和文化侵蚀双向并进消化掉中国。“大东亚共荣圈”就是这一炮制物，他们在中国展开全方位的轰炸，既有舆论宣传，又有学校教育，不仅粉饰其军事恶行，而且实施“民族清洗、种族灭绝”的文化策略。

这也就是为什么小说富有意味地写了 1940 年代中原地区遭受蝗灾，“日本人往下投馍馍了”的“善举”，在一定程度上缓解了良平村饥荒

① ［英］马克·柯里：《后现代叙事理论》，宁一中译．北京大学出版社 2003 年版。

的同时，更极大地欺骗了良平村人，使得良平村人那样地忌恨红枪会的“抗日”。所以，顺理成章，一个明晃晃的“太行山岳剿共实验区”的牌子也就大大咧咧地插到了良平村。这既是“大东亚共荣圈”的间接蛊惑，也是“三分军事、七分政治”“怀柔”政策的直接产物。

可是，事实胜于雄辩。葛水平在最后一小节，采用了山药蛋派作家惯用的写实手法，特意插入了战后1965年的调查报告：

> 屯长县四次沦陷，日本人共“扫荡”6567次，杀死23789人，杀伤7588人，致残1457人，烧毁房屋63104间；掠夺衣服被褥293564件，细白布19986尺，土布16745尺；银元首饰4598件，铜铁398624斤；抢夺粮食17358石；掠夺牲口：牛16246头，马570头，驴8120头，骡3269头，猪5813头，羊8762头，鸡3575只。
>
> ……
>
> 屯长县良平村除跑出去参加革命的，一村人被日本人炸得只剩下了一男一女。

活生生的数字，客观而清晰，不仅表明日本侵华战争的残酷性，而且增强了叙事的真实性。

根据福柯、芭芭等人的理论，民族是一种话语结构，是一种只有通过话语才能发生的事物。而且，“芭芭指出，现实主义叙事在讲述一个民族的故事的时候，总要在其解释中偷偷带进某种关于起源和终结的假想，因为故事总得从某个地方开始；而终点则把现代民族视为这个单一故事的结果”[①]。日本侵华，中华民族面临着生死存亡。正如上面分析，葛水平在创作这类历史题材时，有意识地把它作为“民族创世神话”来处理。《黑雪球》里的伍海清，某种意义上可以说是良平村重生的“圣父”形象，是促使中华民族重生的功臣。

---

① ［英］马克・柯里：《后现代叙事理论》，宁一中译．北京大学出版社2003年版。

其实，早在2004年的中篇小说《狗狗狗》，作者在描述了日本兵血洗两个村镇惨局的同时，更是把“秋”塑造成民族重生的圣母型人物。靠着“我要他狗日的日本人杀不绝咱”的信念，秋勇敢倔强地与命运对抗，含辛茹苦地抚育虎庆长大成人，并与其生儿育女，繁衍子孙，使在日军践踏下荒无人烟的焦土再次成为鸡犬相闻的人的村落，某种程度上完成了葛水平“民族重生”“民族延续”的神话构想。

因此，在后殖民主义的文化语境中，葛水平的抗日战争题材小说，某种程度上成为复杂的“叙事文本”，成为“反亡国灭种”的“历史神话”。

情色：性别与社会

马克思说过，“人与人之间直接的自然的关系就是男女之间的关系”[①]。借助于男女关系，我们可以透视到很多不为人知的秘密，不论是作品中人物的，还是作者刻意要隐藏的。

《喊山》一开始的“喊山”，就颇具“情色成分”。韩冲很隐晦地向琴花发出性的呼求：“琴花，对面甲寨上的琴花，问问发兴割了麦，是不是要混插豆？”琴花也顺其自然给他以暗示，“发兴不在家，出山去矿上了，恐怕是要混插豆”，接受了他的诉求。这样的出场，使众人对琴花充满了鄙夷，再加上后面腊宏死后需要有人披麻戴孝来“哭丧”，琴花乘机敲了韩冲一只猪的竹杠才答应。更有甚者，是琴花在气势汹汹地拒绝了韩冲的借钱之后，还能提上口袋再来韩冲家要玉茭面。一个小肚鸡肠、斤斤计较、贪图小利的女人马上呈现出来。要注意的是，这里采用的是纯粹的男性视角，只是着重表现男方韩冲的狂喜，而有意识地忽略了女方的反应。

而且，在一般的情色叙事中，女性人物大多貌如天仙、温柔多情，

① 《马克思恩格斯全集》第42卷，人民出版社1979年版。

使读者在阅读中渐渐移情，得到一种强烈的审美快感。但在《喊山》里，琴花已经是两个孩子的娘，不仅不漂亮，“嘴角角上的一颗黑土眼（痣）翘起来顶在鼻子边”，有些破相。性格还很是泼皮耍赖，“琴花用手兜了一下磨顶上放着粉面的筛子，筛子哗啦一下就掉了下来……‘我吃不上，你也休想吃！’……回头一看韩冲爹要打她，马上就坐在了地上喊了起来”。无形之中，荡去了很多审美愉悦感。

更有意思的是，小说里有一段琴花和红霞共同对男性韩冲的打量：

> 韩冲赶了驴帮哑巴收秋地里的粮食。驴脊上搭了麻绳和布袋，韩冲穿了一件红色球衣，牵了驴往岸山坪的后山走。这一块地是韩冲不种了送给腊宏的，地在庄后的孔雀尾上，腊宏在地里种了谷。齐腰深的黄绿中韩冲一纵一隐地挥舞着镰刀，远远看去风骚得很。看韩冲的人也没有别的人，一个是哑巴，一个是对面甲寨上的琴花。

这是一段非常“性感”的描写，黄绿中闪耀的一点红色，色诱着两个女人，她们心有灵犀地欣赏着这个男人。这里的男人不是女权作家笔下“被阉割”的去势状态，而是充满了阳刚之气的“力”的结晶，正好与“丑女人”琴花形成了难以言说的对照，使人们很自然地同情韩冲，为他的境遇唏嘘不已，也很自然地认可了他最终对红霞的选择。但要注意的是，如果把不牵涉这三个人情感的叙事成分删掉，那么，实际上这个故事就可以归为一句话——一个男人先与丑女私通，后又欲与美女联姻。这两个女人都为人妻，只不过一个仍是人妻，一个曾为人妻，而这个曾为人妻的女人的丈夫正好是这个男人不小心杀害了。到这里，这个故事似乎变得有意思了，它不再是一个女性失语那么简单的故事，它已经是一个沉甸甸的具有现代蕴含的古典故事：始乱终弃。这与我们一开始对韩冲的印象截然不同。

到此可以看出，葛水平小说的情色叙事，既不同于传统男性作家笔下的情色描写，也不同于 20 世纪 90 年代以来女性作家笔下的情色叙事。

茅盾在《中国文学内的性欲描写》中，把古代中国小说的性欲描写特点归纳为三点：一是根源于原始人生殖器崇拜思想的采补术，二是色情狂，三是果报主义。第一点显示了女子在性爱中的器具功能，第二点说明女人在男女的性行为中只是充当男子狎玩的对象，第三点则暗含着女人是祸水的观念，以为男人的荒淫开脱。① 随着女权主义在中国的传播，女性作家笔下的性欲描写也渐渐多了起来，尤其是20世纪90年代以来林白、陈染等人的"私人化写作"，既表现了对男性在各种道德观念被阉割的阳痿状态的蔑视，更加强了女性在两性关系中对自我主体性的充分肯定。葛水平有意识地把琴花与红霞对照着来写，但是审视视角却给了韩冲。也就是说，借助于男性视角来塑造琴花，又从女性视角去揭露男权对红霞失语的伤害。或者说，在某种程度上，作者认同男性对女性"妖女"与"圣女"的定位，但是，又不满男权社会对女性的摧残。小说文本里的矛盾，正好透露出她矛盾的性别意识：左右摇摆于男性视角与女性视角之间。

而且，作者有意识地把情色描写集中在性爱前的欲望和萌芽阶段，而对即将发生的"淫亵"场面进行了规避和移除。这与作者要表现的主题有关。《喊山》并不是刻意要把琴花描写成一个不知廉耻的下流女子，而是要揭露她身上蕴含的农村"恶女子"的共性：家累、地位低、乡风民俗、农村贞节观淡漠、只能依赖身子挣钱。借此共性来反思社会，呼吁社会对农村妇女问题的关注。

如果说《喊山》是借情色来反映农村问题和妇女处境，那么《甩鞭》则借情色来反映政治事件和人性阴暗。麻五的死本是一件很严肃的政治事件——土改中对地主斗争是否过于严酷？但是，葛水平却轻易地放过了很多作家都会详细展开的命题，反而给麻五的死裹上"情色"的外衣："睾丸"因秤砣拉坠，肿胀如"大毛桃"而死。是谁拴上去的？这既是一个结构悬念，也是一个绝佳的人性展示。当故事最终揭开凶手竟是家

① 参见谭桂林：《论20世纪中国小说的性爱叙事》，《文艺争鸣》1999年第1期。

里的长工铁孩这一谜底时，读者一点也不惊奇，反觉理当如此。在这里，葛水平也同样调用了规避艺术：把财主与雇农的阶级矛盾包裹在共同喜欢一个女人的情色外衣之下，从而展开不单单是阶级更是人性的书写。由此，当时社会的阶级矛盾之深、农民苦难之重，连最基本的性欲求都得不到满足的状况可见一斑。

实际上，葛水平历史题材小说里的情色叙事，也不是单纯的情色，还有着别样的含义。比如《黑雪球》里的情色是表现伍海清善良和日本鬼子残忍的文化符码，《狗狗狗》里秋和虎庆的情色则是为了完成中华民族存活的大事。现实题材的《地气》更是以情色来构架，王福顺之所以被发配到十里岭，是因为看到了校长常小明和民办老师红艳的龌龊事；到了十里岭又陷入“一个男人与两个女人”的情色算计之中。但是正如前面几部小说一样，葛水平在情色叙事中嵌套了众多严肃命题：山区行政村流失、教育腐败、村民搬迁等等。《守望》亦是如此，情色之中透出农民工的生存、家庭、性欲等重大社会问题。

意象：自然与欲望

意象最初用于诗歌领域，后广泛用于各种文学体裁。小说中的意象，指的是反复出现的、富于特定内蕴的、具有多频性和深刻性的事物或景观。意象化叙事，就是小说的叙事过程中，在特定的物象、景观之中灌注了复杂的思想、情感、意图等主观情思，使这些意象具有强大的艺术张力，无形中推动着叙事的发展。与一般先锋作家意象的繁复和难解不同，葛水平小说中的意象相对简练，在规避中富于内涵。如麻田、油菜花田、指甲花……这些自然意象各有所指，喊山、甩鞭、枪……这些人文意象各有作用。

出身于晋东南的葛水平，山清水秀的地理环境使她很自然地眷恋着这里的山山水水；再加上民间文化的影响，使她从自然景物中发现了无可名状的美感。自身情感深汇其中，形成既具充分象征性又独具情韵的植物性意象。

《守望》里“麻田”作为关键性意象，一共出现了四次。第一次是米秋水差点被从小定下的娃娃亲男人强奸在麻田里，从而使美丽的充满幽香的麻田某种程度上具有了淫亵气。第二次再见麻田，是丈夫贺贵喜特意踩着三轮车带她和孩子们去看高速公路，偶遇青黄的麻田。作为乡下出来的女人，她很自然地想到了往事，更想到了这是秋麻：“秋麻长麻籽，火上炒了吃，吃得唇齿留香。”借助于人物的心理变化，无形中去除了麻田最初带来的精神压迫感，更多的是麻田的“唇齿留香”，优美温馨。同时，借助于画家的画，为我们描画了一幅美好的已经失去的“田园风光”。第三次见麻田是晚上，是一个无钱给捡来的女儿做手术、不得不委身的女人和一个急切要解决性欲的农民工携手而来。黑黝黝的麻田又弥漫了男性性欲的气息。墨一般的麻田让即将跨越道德底线的米秋水痛苦不堪心酸不已，好在男人早泄。第四次见麻田，仍是为了完成农民工张相征的性事。突如其来的雨，使早泄的男人疯狂地掐着米秋水的脖子以强行满足自己的兽欲。

女人昏了过去，男人落荒而逃。第二天清晨，画家看到了阳光下睡在麻田里的女人，羞涩、腼腆而美好，“那个女人把整个麻田扩大了，她给春到深处的景致长流水般的本真，那红色的上衣撑得麻田的干黄生动起来”，平淡而安宁。最终借助于阳光，借助于画家的画，作者使麻田恢复了自然本性，恢复了其生机盎然，恢复了其健康清新。于是，《守望》里的麻田，不单单是情欲的象征，更是美好生活的象征。它蒸腾着男女共性和谐、农民工经济富裕家庭美满、城乡打破壁垒、精神家园保持完好等各种人类的共同愿望。

《甩鞭》里的油菜花田，是梦的载体，承载着遥不可及的梦想。既向往着爱情，也召唤着亲情。显在的是“长大了也坐了花轿穿过油菜花田嫁人去”，潜在的是娘卖她时曾说过待她嫁人时就来赎她的思念。嫁给麻五的王引兰，“满坡耀眼的黄亮，花香把她揣闹得轻灵舒缓，差不多堵塞了对春天的其他想象”。但李府老爷曾经说过的挑逗的话，却给了她“近似油菜花香的春愁”，作者似乎不经意间道出了王引兰尽管已脱离李府苦海，掉进麻五蜜似的温柔乡，但内心深处对爱的渴望并没有减退。随着麻五的死，油菜花亦被搁置。直到她手刃铁孩时，油菜花田才再次显出：“先是鼓鼓囊囊的苞蕾，星星点点，饱满而繁密；再是冬日里黑天下残绿衰翠渐渐起了亮色，那浓郁的、高雅的、药味儿的幽香就弥漫了她周身。”这一次油菜花承载着她整个生命的梦想。因油菜花而生发的对远方、对亲人、对爱情的幻想，在她手刃铁孩的同时也烟消云散。她切切实实地回归了自身，实现了自己生命的绝唱。油菜花的饱满，象征着她心灵的完满；油菜花的幽香，象征着她领悟了如丝如缕的人生真谛。

通过这些植物性意象，小说文本不仅诗意盎然，而且深刻地展示了生命追寻的历程。王引兰的朦胧向往、米秋水的淡淡欲求、寻红的热烈追逐……在永恒不息的大自然面前，人性的欲望被慢慢涤荡净化，走向纯洁，回归本真。

意象不仅能够形成诗意的氛围，而且能够掌控叙事发展的节奏，统领整个叙事。葛水平在小说创作中，充分利用了同一意象的反复出现，既增强了文本回环往复的音乐美，也使小说的内在节奏呈现出跌宕起伏的变化美。要注意的是这些意象在文本内部相互指涉，相互印证，具有互文性的特征。

《喊山》一共写了三次“喊山”。第一次不属于哑巴，而是韩冲与琴花之间的，借此写出一个生活在大山深处的丑陋而猥亵的“妖女”，有着不为人理解的“母性”艰难。第二次是得知腊宏死后，哑巴红霞来到他的坟前进行的声嘶力竭的“喊山”。这是红霞的“第一次出门”，作为外在动作，不仅象征着她走出腊宏营造的男权家庭，而且象征着她勇敢地走向人，走向自我。第三次是秋天的夜晚对面甲寨为吓唬獾而“喊山”，这喊山声刺激了红霞，她先是“拿了一双筷子敲着锅沿儿，迎着对面的锣声敲，像唱戏的依着架子敲鼓板，有板有眼的，却敲得心情慢慢就真的骚动起来了，有些不大过瘾”。于是，从家里找出一个新洋瓷脸盆，“提了火台边上的铁疙瘩火柱出了门”，“她的喊叫撕裂了浓黑的夜空，月亮失措地走着、颠着，跌落到云团里，她的喊叫爬上太行大峡谷的山脊，让山上的植被毛骨悚然起来。直到脸盆被敲出了一个洞，敲出洞的脸盆儿喑哑下来，一切才喑哑下来。”如果在腊宏坟前的“喊山”是一次演练，那么这次则是哑巴整个的心灵舞蹈，它喊出了哑巴记忆深处最原始的人的萌芽。在“喊山”这一意象的统领下，不仅喊出女性命运的艰难，而且小说结构疏密有度、呼应有术，步步深化，慢慢走向高潮。

《天殇》中上官的陪嫁——假枪，可以说是贯穿全文的结构性意象。一般来说，小说情节的叙事动力有两种：一是叙事单元自身的裂变，一是外来因素掺入叙事空隙形成的扩展。在这篇小说里，意象“枪”属于第二种叙事动力，是情节结构的“节点”。当真相被揭穿后，文本倏地断裂成两截。前半是和平的守护，后半则跌入动荡。前半有序，按照预设的逻辑不紧不慢地走着；后半则变得无序，似乎由无法掌控的命运催促着。上官的后半生也从此抛入无法控制的轨道：大儿子无意中揭开“枪”的真相而被逐，做了土匪，后死于土匪窝中的暗枪；小儿子因贪于美色，干脆在伸手不见五指的晚上死在自己母亲的枪下；自己则由一个不愁吃喝的贵家小姐沦落为每时每刻提着脑袋过日子的土匪头目。“枪”除了是一个结构性意象外，还有着深刻的象征性内涵。“枪”本身所具有的暴力、血腥、动乱，一直隐伏在叙事之后。上官的父亲之所以和她的公公密谋，不过是想在乱世为家人讨一份宁静，但却招来更大的灾祸——上官一家轻而易举就被抛入土匪漩涡。此时，“枪”所暗含的暴力因子，也发挥得淋漓尽致。

《甩鞭》里的“甩鞭”作为一个贯穿全文的动作，也是一个不容忽视的结构性意象。第一次甩鞭是在王引兰嫁给麻五的冬天，“这时听到遥远处有一声雷响，生生滚了地气，在天地邈远之中，浩浩荡荡传来。紧接着是大片雷声从漠漠旷野中急速滚过。……在这黄土塬上奇异冬景中，她看到四周围山上有篝火点亮，篝火映照下是一个个舞蹈的身姿，清晰的鞭声就从那里传来。”这鞭声犹如战鼓，使王引兰的灵魂战栗。既暗示人物在这一片黄土高坡上风云变幻的一生，也为后文激越悲愤的叙事发展做了铺垫，更与鞭声的第二次响起形成强烈的对比。当铁孩对自己在麻五、李三有身上所施暴行供认不讳时，窑洞里再次响起甩鞭声。但是，这次的鞭声是那样的“干巴巴”，那样的不堪一击，它失去了生命的欢唱，犹如罪犯的辩白，无力而苍白。

这些结构性意象，宛若一个个小点随意散落在文本各处，却使小说整体有了散而不乱的气势，有了诗意盎然的氛围。

呐喊：流民与山民

中国作为农业大国，自古以来就是小农与流民并存。和平时期是大家安于耕作，安于小农生活；一旦战乱发生，很多小农甚至整个家族背井离乡，流落各地，就变为流民。据学者王学泰说：“凡是脱离当时社会秩序的约束与庇护，游荡于城镇之间，没有固定的谋生手段，以出卖体力或脑力为主或以不正当的手段取得生活资料的人，都可视为游民。游民重要的特点在于‘游’。他处在社会最底层，只有在动荡的时代才有改变自己命运的机会。所以他们不理会秩序，反而欢迎冲突，甚至欢迎剧烈的社会冲突和社会动乱。”[①] 也就是说，流民如果脱离了“家族群”，没有被安置好，就极可能变成游民。

《现代汉语大词典》中对“流氓”的解释是：“①原指无业游民。后指不务正业、为非作歹的人。②指放刁、撒泼、使用下流手段的恶劣行径。”[②] 可见，游民与流氓具有很深的渊源关系——游民发展到极致就成了“流氓”。

那么，当“小农”与“流氓”对垒时，会发生什么?

以韩冲为代表的山野村民，一辈子在土地上耕作，经济收入微薄。

① 王学泰：《游民文化与中国社会·绪论》，同心出版社 2007 年版。

② 沈米成、宋福聚主编：《新编现代汉语词典》，吉林教育出版社 2008 年版。

再加上或识几个字或根本不识字，囿于物质环境与文化环境的双重逼仄，愚昧落后和保守排外构成他们这些小农的基本心理特征。腊宏呢，作为流氓，是专制和暴力的象征。于是，以腊宏为代表的流氓文化和以韩冲为代表的小农文化在文章中很自然地形成对峙。

腊宏“瓦刀脸，干巴精瘦，痘痘眼，干黄锈色的脸皮儿上有害水痘留下来的痘窝窝，远看近看就一个字‘贼’”，“长得一副鸡头白脸相不说，人很懒，腿脚也不轻快”。“常常顾不住嘴，要出去讨饭”。可以看出，腊宏不仅长得尖嘴猴腮，而且懒惰猥琐。一出场，就是一个典型的“流民”形象。腊宏是外来户，是从“四川到岸山坪来落住的”，这又是典型的“游民”特征。之所以到了岸山坪，是因为在家乡不但打杀了前妻，还经常殴打买来的后妻红霞。事情败露后，他带着已经在他吓唬威胁之下变成“假哑巴”的红霞逃亡至此。他的“流氓”习性可见一斑。到了岸山坪后，他并没有改邪归正。以前的“杀妻”暴行不允许他与村里人发生直接关联，腊宏一进村就把自己放逐于村人之外——选择了韩冲养驴的屋子。“岸山坪的人不去腊宏家串门，腊宏也不去岸山坪的人家里串门。”日子一长，人们发现腊宏懒也就罢了，甚至经常打老婆，“打得很狠，边打还边叫着：‘你敢从嘴里蹦一个字出来，老子就要你的命！’”于是，一个典型的“游民＋流氓”形象就活脱脱地跳了出来：不事生产、不治产业，崇尚暴力、懒散怠惰。等到腊宏死后，哑巴红霞追忆自己失语的原因时，我们在为主人公哑巴红霞的命运唏嘘不已的同时，也再次领会了腊宏的流氓本质。

韩冲呢，老实巴交的一个小农。因为身处大山，没人愿意嫁到山里，他只得与老爹相依为命；又因为男人的性本能需求，他与隔梁的琴花不清不楚。但他心地善良，不仅收留了腊宏一家人，而且还时不时地给腊宏女儿东西吃。

第一次听到腊宏打老婆时，他也曾冲了进去，想要干涉。可是，面对腊宏的怒喊“谁敢管我们家的事情，我们家的事情谁敢来管”，以及腊宏“一双痘痘眼聚焦在鼻中央怪阴气的。韩冲扭头就走，边走边大气不敢出地回头看，怕走不利索身上沾了什么霉事”。在暴力面前，在流氓面前，善良的小农第一反应很自然地是想要干涉，但看到可能会祸及自己，马上“事不关己，高高挂起”“自扫门前雪”等思维就占据了绝对位置。所以，这也就决定了后来村民们“不大愿意管他们家的事了”。是啊，“多一事不如少一事”。就这样，老实本分的小农文化在与暴力血腥的流氓文化对峙时，很自然地败北，很自然地逃避。而处于小农文化与流氓文化对垒中间的哑巴红霞，没有任何办法，只能接着忍受她的不幸命运。因为她本就是小农中的一员，因为不敢反抗本就是小农的一个基本特征。

很多年前，鲁迅曾说过，中国的国民性是“羊与兽”的交替，遇到羊时就是兽，遇到兽时就是羊。善良的山民，朴实的小农，面对强暴的腊宏，只能一个个畏缩如小羊，或躲避如韩冲，或忍受如红霞，或干脆被其吃掉如腊宏的前妻。作者葛水平在一篇不太长的中篇里，言简意赅地为我们呈现了一幅“羊兽共存图”，深刻地揭示了中国的国民劣根性在山野之村也自然流传，流氓文化在这里也是横行霸道，不可一世。《喊山》整个小说，也就自然而然地成为一篇秉承五四传统、透视国民劣根性的“批流”小说。

同时，借助于灵动的笔墨，作者在小说里为我们营造了一个化外世界，这里有潺潺流水，有荫荫树丛。在作者的笔下，太行山有最质朴原始的自然，也有不被尘世现代文明浸染的“纯净”——先民文化在这里占着绝对地位。

一个杀人犯腊宏逃之夭夭，就在这深山峻岭之中，继续着他的恶行。另一个无意过失杀人犯韩冲，同样是在这深山峻岭之间，被村长包庇，以金钱换取生命的保全。人们的恶就这样一层一层被崇山峻岭包裹起来掩藏起来。

身处闭塞的大山，从远古以来的先民文化，很自然地慢慢成为一种集体无意识,支配着人们的心理和外在行为。且看“炸人”事件发生之后，众人对此事七嘴八舌的议论：

一个说：“事情既出由不得人，也是大事，人命关天，红嘴白牙说出来的就得有个理道！”

一个说：“哑巴虽然哑巴，但哑巴也是人。韩冲炸了人家的男人了，毕竟不是韩冲想炸人家男人，既然炸了，要咱来当这个家，咱就不能理偏了哑巴，但也不能亏了韩冲。”

一个说：“毕竟和韩老五打架的事情不是一个年头了，怕不怕老公家怪罪下来？”

一个说：“现在的大事小事不就是俩钱吗，从清光绪年到现在哪一件不是私了！有直道儿不走偏走弯道儿。老公家也是人来主持吗？要说活人的经验不一定比咱懂多少！舌头没脊梁，来回打波浪，他们主持得了这个公道么！”

王胖孩说：“话不能这么说，咱还是老公家管辖下的良民嘛！”

这些话语至少透露出：1. 死了人是大事；2. 每一个人都是平等的；3. 私了是由来已久的，曾有过韩老五的先例；4. 人们对“老公家”办事不太信任。

敬生畏死的观念，使他们认为“活着大于一切”。死了人，那可是天塌下来的事情，一定要秉公行事，不能因为对方是哑巴就有所偏袒。而且，不能诉诸官方，因为就经验而言官方不一定能主持公道。所以，受“要活的人更好地活着，死的人还要体面地埋掉”“人死如灯灭，活着的大小人儿日子长着呢”“人死了就想着埋，埋了人就想着活人”的原始生命哲学支配，村长王胖孩在得知韩冲炸獾炸死了人后，第一做法不是报告公安机关，而是带着人来到韩冲家和腊宏家，劝说施害人韩冲与受害人家属红霞双方“私了”。因为如果私了，那么死了一个就死了一个，反正人死不能复生，活着的人还得活。可要是报告公安机关，那就不是死一个的问题，而是死一双，有一个必须要为另一个偿命，而这对于山野先民来说，是得不偿失的，反而白白搭上一条命。而且活着的人，也未必活得好。俗话说，“死者长已矣，生者且偷生”。这才是生活在大山里的人们最原始的生存哲学。

作品对于这种先民文化的处理方式非常耐人寻味，代表先民文化意识的既有普通老百姓，也有作为行政最高长官的村长，而且，外在包裹先民文化意识的也是冠冕堂皇的官方形式——合同，“一式两份，韩冲一份，哑巴一份。”无形之中，文本在蕴含上形成不可避免的悖论，一种内在的精神焦灼，既无情地被撕裂，又无奈地紧密纠缠扭合在一起，成为一篇流淌着很深的先民意识的生存小说。

中学时期，葛水平非常喜欢沈从文的作品，那美丽淳朴的乡情描写，引起了她强烈的共鸣，对她的创作产生了较大影响。早期她的散文，写得温婉怡人，颇有沈从文之风。即便是在《喊山》里，作者的笔墨也灵动四溢，既有乡野之风，又不无女子的温婉之气。如哑巴匆匆走在山间小路上，昼伏夜出的地老鼠恓惶中的疲惫与挣扎，让她惬意、微笑。“天上的星星眨巴了一下眼睛，天上的一勾弯月穿过了一片儿云彩，天上的风落下来撩了她的头发一下，这么着哑巴就站在了山圪梁上了。”这时候，长久压抑着的心灵在夜的掩护下慢慢舒展，对人的诉求也如崩堤之水汹涌而出。于是，她终于发出使山中植被也毛骨悚然的“呼喊”。

20 世纪 30 年代的沈从文在书写乡土文学时，有意识地与城市文明相对照，试图在湘西这片土地上建造自己的“希腊小庙”，里面供奉着“优美、健康、自然、不悖乎人性的人生形式”。所以，他笔下的自然是温婉的，是自适的，生活在这里的人也是自足的。而葛水平作为太行山脉孕育出来的作家，她更多地经受的是太行山区人民的雄性，那种对生命的野性的呼求在她的血液里很自然地流淌着。当提起同乡赵树理时，她说：“小时候常听人说：半河腰出了个赵树理。半河腰子上出的事情太多，但是，知道赵树理是一个编故事的，我知道了就很激动。因为，我们同喝一条沁河水！”所以，在审美观照时，葛水平似乎有意识地放弃了对“唯美世界”的刻意营造，而选择了赵树理的现实主义精神，使其作品自然而然地渗透着强烈的忧患意识。她在不可避免地睁大眼睛看世界时，看到的既有太行山的峻美，也有太行人的愚昧。因此，她的作品既有沈从文的写意美，也有赵树理的现实美——抱着问题意识审视社会现实，用唯美的笔墨倾诉对这片土地的热爱和担忧。傅书华先生曾经感慨，葛水平的小说“得赵树理小说创作‘真实’的精髓”[①]。

总的来说，作为晋东南作家，葛水平自然而然地会受到“山药蛋派”作家的影响，更何况她与赵树理还身处同一方天地。因此，赵树理小说的某些气质对她的小说文本造成了潜移默化的作用，比如第三人称叙事的采用、讲故事模式的设定等等。但身处现代后现代的文化语境，她的小说叙事不由自主地会受到这些外界因素干扰，也就很自然地具有了别样的风范。

【研究文献索引】

1. 阎开振．乡村女性的生命悲歌——读葛水平的《喊山》．名作欣赏，2006（01）．

2. 段国强．乡土记忆与审美表达——论葛水平的写作资源及艺术品格．当代文坛，2005（06）．

3. 王巧风．山西女性文学的湮没与浮出．文艺理论与批评，2005（05）．

4. 严运桂．葛水平的诗性文本．小说评论，2007（03）．

5. 郭剑卿．葛水平的乡村想象与草根文化认同．小说评论，2010（03）．

6. 陈树义．葛水平小说的女性意识．当代文坛，2008（04）．

7. 孟繁华．葛水平小说论．文艺争鸣，2008（02）．

8. 肖敏，张志忠．葛水平小说论．当代文坛，2008（01）．

9. 王锐，宋云葛．葛水平乡土小说漫谈．当代文坛，2008（01）．

10. 段崇轩．打开小说的“可能”之门——评青年作家葛水平的小说创作．当代作家评论，2007（05）．

11. 杨根红．论葛水平小说的伦理叙事．中国现代文学研究丛刊，

① 傅书华：《从“山药蛋派”到“晋军后”——山西三次小说创作高潮再审视》，《文艺理论与批评》2005 年第 5 期。

2018（01）.

12. 傅书华 . 写作，以及那无穷的怀念——葛水平文学创作综论 . 文艺争鸣，2015（08）.

13. 吴玉杰 . 穿越生命的灵舞——葛水平小说创作论 . 小说评论，2011（04）.

14. 骆志方 . 完美的古典——葛水平的小说《喊山》漫议 . 名作欣赏，2011（21）.

15. 王春林 . 农业时代的乡村文化博物馆——评葛水平系列散文集《河水带走两岸》. 文艺评论，2014（03）.

【思考练习】

1. 王春林认为，从山西女性作家的谱系学来看，具有文学史意义的只有三人：石评梅、蒋韵和葛水平。请结合具体作品，探讨葛水平文学创作的文学史意义。

2. 同是晋东南作家，赵树理代表着 20 世纪 40 年代山西文学的最高峰，而 2004 年也曾被人称为“葛水平年”。在谈到赵树理时，葛水平说：“小时候常听人说：半河腰出了个赵树理。半河腰子上出的事情太多，但是，知道赵树理是一个编故事的，我知道了就很激动。因为，我们同喝一条沁河水！”请对比分析二者文学创作的异同点。

第二章　吕新

【作家小传】

吕新（1963—），山西左云人。1980—1983 年，就读于大同商业学校。1984 年春，吕新就职于左云县文化局。1986 年，吕新发表了成名作《那是个幽幽的湖》。1987 年，调到晋中地区文联工作。先后出版有长篇小说《黑手高悬》《抚摸》《光线》《梅雨》《青草》《成为往事》《阮郎归》《下弦月》，以及中篇小说《白杨木的春天》《我理解的青苔》《米黄色的朱红》《瓦蓝》《绸缎似的村庄》等。作为我国当代先锋小说的代表作家之一，他的很多作品曾斩获鲁迅文学奖、赵树理文学奖等多种奖项。2018 年，北岳文艺出版社出版发行《吕新作品系列》共 19 册。

【精读作品】

《白杨木的春天》《下弦月》《掩面》

【经典评论】

我始终坚信，吕新是一个能够呈现文学史“意义”的作家，这种“意义”即使在当下被忽略和掩盖，也必定会在将来大放光芒。从我个人的角度来看，吕新的独特性至少体现在两个层面：其一，他是一个真正具有“先锋”品格的作家。……吕新是先锋小说运动中一个异常坚定而持久的艺术存在。他的语言，他的想象，他对形式的敏感都使他在先锋作家中独树一帜。……其二，他是一个具有深厚本土体验和文化体验的作家。……吕新为我们提供了一种不是“漂”在空中，而是扎根在“泥土”中的“先锋”图式。吕新的先锋写作当然也离不开“形式"，但是他的“形式”不是漂浮和虚无的，它有着坚实的乡土中国内涵，有着浓郁而强烈的本土体验。……一方面，他的艺术世界总是保持着与“现实”世界明显的“距离感”，他的小说永远不会是“时代的记录”，更不会与现实发生直接的“镜像”关系；另一方面，他的小说总是以想象代替观察，在他的小说中真实与虚幻、生与死、人与鬼、此岸与彼岸等等的界限常常是非常模糊的，他的小说叙事永远只会遵循想象的逻辑而不是真实的逻辑。

（吴义勤：《“民间”的诗性建构——论吕新长篇新作〈草青〉的叙事艺术》，《当代作家评论》2002 年第 4 期）

这就是吕新眼中的晋北山区风景：那儿盛产煤炭却充满了寒气，那儿黄风肆虐所以人影憧憧，那儿的时间仿佛停滞了，那儿的回忆充满麻木的意味。除了风声雨声，一切都沉寂无言。……因为满目是苍凉的风景，因为风景中人影憧憧，因为吕新善于以敏捷简练的笔法活画出一幅幅如铅的素描，所以，吕新小说也富有了诗化小说的意味。……另一方面，我也觉得：后面两部（《旧地：茅草一片金黄》《手稿时代：对一个圆形遗址的叙述》）形而上意义颇浓的中篇因为意象太零乱、写得过于散漫而没能取得更强烈的艺术效果，事实上，它们完全可以写得更好些——如果作家不是过于明显地模仿博尔赫斯，而是在意象的经营上再多下些功夫的话。

（樊星：《苍凉之诗——吕新小说论（1989—1991）》，《当代作家评论》1992 年第 2 期）

在以关注现实以写实为主的山西小说创作界，吕新则是一个独特的存在。但如果你细细深究下去，你会发现，吕新与余华、苏童、格非等先锋作家还是有着许多的不同。极而言之，余华等人观念性更鲜明，吕新则感觉的味道更重，将其纳入中国先锋派小说的版图，是中国文学批评界归类分派研究的必要，而他与山西关注现实以写实为主的文学传统文学土壤，也还是有着割不断的血脉关系。所以……吕新则不同，他在转向现实写作时，因其对社会现实对人物命运感觉的丰富性混沌性敏感性，所以，文学的味道更浓，小说的本义更切，而让我们从其中所能提炼出来的意义也更为多义。譬如，他获第六届鲁迅文学奖中篇小说奖的小说《白杨木的春天》即如此。《白杨木的春天》以一个知识分子曾怀林为小说主人公，写其戴罪被发配到边远小镇改造的生活与命运，是中国知识分子在一个历史时段的缩影，而中国知识分子的无根漂泊，则是这一缩影中的重要内容与含义所在。

（傅书华：《吕新〈白杨木的春天〉读札》，《扬子江评论》2016年第4期）

吕新是最早解决乡村叙事和现代、后现代主义关系的作家，在对现代、后现代语言的借鉴和使用的基础上书写着乡村经验，他的作品中既有传统的、民间的韵味，又有现代的、先锋的意味。

（郑周明：《吕新：我记忆中的历史与世人不同》，《文学报》2016年12月19日）

这是个充满喧嚣的时代，读者们对于文学中的夸大、扭曲、媚俗已经习以为常。在这个时候，吕新能够站出来，并且写出《白杨木的春天》和《下弦月》这样的文学作品，其本身就显示了一种先锋的态度。

（马明高：《诚实而谦卑的写作——读〈白杨木的春天〉》，《光明日报》2014年2月24日）

【基本面貌】

吕新一直保持着“在路上”的心态，他总是在不断地超越自己，尝试着不同的写法。从早期那个“初来乍到，迎头碰面像个大姑娘似的，微笑着点点头，羞答答地同你擦肩而过”[①]的作者吕新，到后来那个大刀阔斧行走在新形式边缘的“第一个让世界知道晋北山区”[②]的作家吕新，再到现在这个“能够呈现文学史‘意义’”[③]的作家吕新，他一直默默地行走在创作的边缘，“在洁净、安宁、简单的环境里生活、写作……依靠想象和感觉，虚构出新的长中短篇小说”[④]。借用李锐的话，“吕新就是吕新。吕新静静地躺在自己不曾被污染的纯净当中，一任语言的溪流淙淙远去”[⑤]。一如他的《阮郎归》，文字的酣畅有致，章节的舒展有度，故事的舒缓自如，使人爱不释手。

时间长河里的空间缝隙

吕新在与王春林的对话中，坦言中国的20世纪70年代对他有着特殊的意义：“最让我放不下的还是70年代，正是我成长的时期，每次想到那个时期，脑子里就会有无数的页码排列着拥挤着，想通过一个出口出来，就像我们国家火车站的检票口和出站口一样。那些页码上的内容密密麻麻，有些具体的段落、叙述、描写，甚至其中的对话，我常常都能清楚地看见，甚至瞥见有的是未来哪一本书里的东西。”[⑥]

作者拣拾起一片片散落在民间的“文革记忆”，把它们艰难地缝合连缀在一起。正如他在《白杨木的春天》获奖时所说：“我想要说的就是，历史不应该被遗忘。”与20世纪80年代风行的伤痕小说、反思小说截然

① 彭有先：《从左云走出去的知名作家——吕新》，《左云文艺》2012年第4期。
② 樊星：《苍凉之诗——吕新小说论（1989—1991）》，《当代作家评论》1992年第2期。
③ 吴义勤：《民间的诗性建构——论吕新长篇新作〈草青〉的叙事艺术》，《当代作家评论》2002年第4期。
④ 吕新：《四季分明》，《山花》2004年第9期。
⑤ 李锐：《纯净的眼睛，纯粹的语言》，载吕新《夜晚的顺序》，长江文艺出版社1995年版。
⑥ 吕新、王春林：《“我内心里充满凄凉和无奈”——吕新访谈录》，《百家评论》2015年第3期。

不同，吕新似乎无意对整个社会，尤其是官方社会展开血泪控诉，他更多地把目光投向民间，投向那一片片辽阔的农村，投向那纯朴得快要被人们遗忘的乡情民意。

《掩面》的主题，显在的是“寻父”，潜在的是寻找亲情、寻找自我。随着少女的一路寻来，因为叙述者的不同，所以父亲的形象也千变万化、截然不同，或懦弱无能命运多舛，或温情脉脉甘于命运，或顽固落后不思进步……唯独没有大义凛然的英雄形象。尽管父亲年轻时也曾经义无反顾地投奔了革命，甚至差点为了革命丧失了宝贵的生命。这种悖反，既是父亲的性格使然，更是时代使然。如果说少女一开始是满怀信心的，那么随着寻找的深入，她陷入了彷徨，有些不知所措。这一个个突如其来的打击，让她措手不及，因为寻找父亲的同时，她也在确认着自己的身份——她不满意现实强加给她的“黑五类子女”，她企图把自己寻找成根正苗红的“红卫兵世家”。没想到，结果会自取其辱！于是，最初的“父亲想象”在众人的唾液中土崩瓦解，她的寻找原动力自然而然地分崩离析。不但如此，还面临着自我的崩溃：一个革命败类的后代，一个革命背叛者的子女，一个革命不忠者的信徒。这样的人，注定只能成为被批判的对象。原本清高独异的自我，此时只能落荒而逃，感恩戴德地感谢社会让她回归群体，让她涌入上山下乡的大潮。可以说，寻觅而不得，反而失去自我，是《掩面》这部小说最大的悲剧。

同样的寻觅出现在《下弦月》中。徐怀玉抛家舍业与女友萧桂英汇入艰难的“寻夫”之途，走街串巷、翻山越岭。严冬时节，她们走过了一个又一个村庄，却始终未能寻找到逃亡在外的丈夫林烈。与《掩面》相同的是，这“寻”，本身就是一种隐喻：寻找亲情、寻找未来、寻找希望……不同的是，这里的“寻”，更多呈现出民间的温情。尽管有以供销社为代表的冰冷的官方话语，但更多的却是充满温馨的乡情话语，如陌生大娘的一壶热水、素昧平生的兽医大哥的接纳……更加难得的是在这一路寻找中，她们收获并加固了难能可贵的“友情”——萧桂英舍弃了自己难得的几天假期，甘愿陪女友踏上寻夫历程，而且她很清楚，她们所寻找的这个人是国家是政府正在通缉的现行反革命犯。要知道，“文革”期间是一个人人自危的时代。每个人看似每时每刻都在解剖自己，又无时无刻不用茧来包裹自己，唯恐被他人抛入万劫不复的深渊。小说里就有黄奇月对外来者——上一届工作队——遗留下的“亲情隔阂”“相互猜忌”“相互怀疑”的批判和揭露。所以，这里的“寻觅”，无形之中就有了“寻找友情”的命题。

《白杨木的春天》中的曾怀林又何尝不是在“寻觅”。寻觅安谧，寻找不被打扰，寻求一方被白杨树包裹起来的净土。

不仅作品人物在寻觅，而且吕新自己也在寻觅。正是在寻觅中，吕新看到与众不同的风景：尽管上层政治意识形态凌乱不堪，但民间却不失其温情，亲情、友情、人情正悄然渗透于冷酷之中。

同时，怀着悲悯情怀，吕新为作品中的人物总是设置了一个个独异的空间，一个个被社会弃置的空间。而正是这“弃置”，给了人物以休养生息的憩园，以喘息的机会。曾怀林的家安置在一个远离他人的荒郊，一圈白杨木不仅增添了几分美景，更重要的是从他人的视线中逃离，能暂得几分自由。徐怀玉的家更是奇崛，几间烈士陵园深处的小屋，使他们与鬼雄相伴，再加上一条又陡又长的坡路直接将尘世的喧嚣拒之门外，而他们却可以俯瞰城中的芸芸众生。

更有象征意味的是，作者在小说中设置的“桃花源境”。

在《白杨木的春天》中，作者营造了一个桃花源般的世界——隐蔽的菜场。那是一个别样的世界，所有的人都是一律平等的过客，都被一视同仁。更有意味的是，它绝对称得上是“曲径通幽”。在经过了那么漫长的寻找，走了那么多曲里拐弯的路途，等到达时才发现实际上这个菜场就隐藏在平时路过的路径之后。作为一个象征世界，它隐含了太多的东西：美好、纯真、善良、洁净……一个没有任何污垢的原世界。在那样一个冷酷似铁的时代，有这样一个温馨世界的存在，不仅透露出作者的历史观——历史是有其两面性的，官方与民间，并不是截然分割的，而是潜在地扭缠在一起；而且暗示出作者的写作期望——在时间的长河里，企图寻找空间的缝隙。

尤其是最后，作者安排了一个耐人寻味的“边缘世界”，一个冰天雪地包围的山村——云崖，它有着旧时“天高皇帝远”的蕴意。只是“文革”时期，这里并没有被放过一寸一毫，“宣传队”渗透到这里。它的进驻就直接暗喻着作为巡视检查人员的到来，意味着国家政策的直接下达。尽管村长王果才例行公事般地、尽心尽力地、同时也有几分不耐烦地投入这场“神圣而重大的祭祀”，但是，村民自有他们对付的办法。因为宣传队的“娱乐只是附带的小部分难以避免的功能。有时候这种功能想努力地淡化、消减，却也没办法做得更干净、更彻底，总还是能让人分享到一些娱乐的果实”，于是，他们有了自己的“狂欢”，那是纯属于民间、不属于官方的“狂欢”——村民们只是把宣传队的宣传当成是“表演”是“演戏”，看热闹一般地满足着自己的审美。至于宣传队到底宣传了什么，他们不在乎也不在意。这完全背离了宣传队的直接使命。可以说，这是非常有意思的官方启蒙与民间被启蒙的交锋，很难说清，在这里哪一方是正哪一方是野。

《下弦月》中林烈在被剥夺做“人”的权利，放逐人世之外后，逃亡了很多地方，但所到之处都是阴云密布。他不知所归。迷迷糊糊中，他又流亡到了十多年前曾经下放的山村。尽管已经是人不人鬼不鬼，但还是被老村长黄奇月认出，冒着危险将他安置在了距离村落不远的“弃置地”。在“夏秋天两季，颜色缤纷，红绿黄紫”的灌木丛中，在“圆乎乎的绕来绕去”的丘陵之间，那里有一块流亡人的乐土。正如《白杨木的春天》里是“曲径通幽”，这里也不过“距离上深涧仅有五六里，距离胡汉营也不过十里”，是一个“孤悬在世界以外和时间以外的地方”。身心疲惫濒临死亡的林烈终于能够在这里休养生息，慢慢舔舐遍体的伤口。

这些桃花源境犹如海市蜃楼，架空于人世之外，既是作品中人物身心养息之处，也是作者吕新精神的后花园。它隐喻了无数东西：独立、自由、平等、温情……是作者对外在残酷世界无声的抗争，是作者企图在时间的缝隙里寻找自由空间的愿望。正如鲁迅所说："爱夜的人，要有看夜的眼睛和听夜的耳朵。"吕新静静地行走于时间空间之外，悄然而理性地回首着中国20世纪70年代那一段酷烈的历史。正如《白杨木的春天》在《十月》首刊时"编者的话"里所说，吕新"超越简单的概念和感触，对当时的环境和精神进行理性的还原"，完成着他"有意味"的历史叙述。

"无声"的知识分子群落

在《掩面》《白杨木的春天》《下弦月》等回溯历史的小说中，吕新首先本真地展现了那个特殊年代知识分子的不幸，他们不仅物质受困——难得有吃饱的时候，唯一的改善是猪皮做成的饺子、火中的烧土豆；而且精神上面临困境——被长久以来坚信不疑的组织拒之以门外而产生的信仰危机；有不被他人容纳的"我是谁，我从哪里来，我要到哪里去"的存在危机。在长久地被放逐的过程中，以曾怀林、林烈、石觉、孙渡等为代表的知识分子，陷入了迷惑、彷徨和不知所措。作为知识分子群落中的一员，吕新静静地叩问着笔下每一个知识分子的精神良知：在遭到外界集体阉割的状态下，"失语"的知识分子也试图保持着自身的话语。曾怀林即便是在被裸体搜身的境况下，还庆幸这个北方小城对他的"宽容"——至少没有残忍地非人道地检查他身体的隐私部位。院子里那棵正繁花似锦、开得红红火火的海棠树，让他感觉到人间尚有些许温暖。所以，即使再难再累再不堪，他也坚守着"思考"的习惯。"我思故我在"。于是，便有了他与落难的原县长车耀吉关于知识分子在当时困境下如何解脱的一场对话：

无论从哪一个方面来说，跑肯定是不对的，而找一个山高水远的地方把自己藏起来更是可笑的。或许，只有等待才是最应该做的，也是仅能够做的。

"就像坐在一列没有灯光没有明确行驶方向的夜车上。"车耀吉对曾怀林说。

"等待什么呢？"曾怀林问，"等待天亮？等待到站？"

"当然是形势的变化。"

"形势会有变化？"在曾怀林的眼前出现了路两旁的灰色的树林，坟墓，吃草的牛马。

"按照唯物主义的观点，世界首先是物质的，那也就是说世界是时刻都在运动着的。既然在运动，怎么可能会没有变化？运动有时会以一种极其缓慢的方式进行，那也只是我们用肉眼观察到的一种现象，从另一个方面来看，也许并不缓慢。"

"根据物质不灭定律，现有的很多东西也并不会因此消亡。"

"但它们极有可能会转化为别的事物。我们寄希望于什么呢，不就是这个吗？"

尽管曾怀林是悲观的，车耀吉是乐观的，但这场讨论，或者说这两个知识分子的深层次的"思考"交流，至少让曾怀林"乘坐没有灯光没有明确行驶方向的夜车的那种感觉逐渐变得清晰起来了"。也许"剥夺"是最好的办法，正如解放初车耀吉他们所做，但他们目下正是"被剥夺"的对象。

这场对话，既揭示了特殊年代的酷烈丑恶与身处其间的人的无可奈何的承受，也表现了知识分子无论环境怎样苦劣，都试图极力维持他们的"内在话语"。很多年前，鲁迅曾经感慨中国是个"无声的中国"，希望每一个中国人都开口说话，"将自己的真心话发表出来"，"只有真的声音，才能感动中国的人和世界的人；必须有了真的声音，才能和世界的人同在世界上生活"。[①] 当时鲁迅有感于强权压制下，"文言文"严重阻碍了普通老百姓的"话语权"。"文革"期间,中国再次经历了一次"无

① 鲁迅:《无声的中国》，载《鲁迅全集》，人民文学出版社 2005 年版。

声”,这次“无声”是知识分子的被迫“闭口”,被强行剥夺了“话语权”。一个阶层,一个群落,如果失去了公开发言的权利,失去了正当的话语权,也就意味着将要失去属于自己的独特记忆,将要从这世界上慢慢沦亡。

更为深刻的是,作者毫不隐讳地表现了他们身上的知识分子情结——与生俱来的清高。这是自古以来知识分子就具有的天然品性,在“文革”这样一个特殊的对知识分子进行回炉改造的时代,也并不能清除它的痕迹。这一点,突出表现在曾怀林对待老宋的态度上。尽管老宋费心费力地给曾怀林的家围上了篱笆,种上了树,但他对老宋的尊敬只是表面上的:“他把老宋看作是朋友了吗?他拷问自己,结果是没有……他内心深处的那道白杨木栅栏却从来没放老宋进来过。”正是他的深夜自问,无形中道出了另一个真理:一个人的精神领域是不可能完全被强权统治的,它属于个体的私密空间。一道白杨木栅栏,是知识分子最后的心灵屏障,也是作为人的个体的最后的盾牌。

可是,如果一个人“失语”太久,就会面临严重的精神危机,比如还有没有生存的价值?吕新在“乐观”地表现了知识分子身处困境仍不忘坚强、不忘斗争之时,也把更多的笔墨深入他们的内心,写出他们的精神危机——外部势不可挡的政治大潮在摧残了他们身体的同时,更多摧毁的是他们的内心。他们中很多人不仅失去了独立思考的能力,甚至开始质疑自身存在的合法性合理性。这才是最悲惨的。《下弦月》中,民间能人黄奇月带给处于死亡绝境中的林烈的不仅仅是吃食,是蔽身之处,更多的是“精神食粮”——生的意志。

“老黄。”

“嗯?”

“你看我的定量,我在这个世上的那点儿定量,是不是也早就用完了,没有了?”

……

“你叫我分析,我就给你分析一下。你现在每天还有饭吃,那就说明这世上还有你的定量，至于那饭是从哪来的，先不要管他，管他是从哪来的，饭吃到了你的肚子里，就说明那份定量还是你的，如果不是你的，你是吃不到你的肚子里的，你信不信？”

“你说的好像也有道理呢。”

正是黄奇月无微不至的照顾和宽心，使林烈重拾做“人”的信心。在这里，民间不仅仅是官方历史的补充，它有着它自己的自足性和完满性，而且某种程度上承担着拯救官方的重大历史使命。

“剥夺臣民的记忆之日，便是他们受精神奴役之始”[①]。《下弦月》中有这样的对话：

“好多东西，你以为忘了，其实没忘，只是平常不提，让别的一些东西给压住了，遮挡得严严实实，其实它们都还在。”

“老黄，你这话我信。可是一个人要是长期处于一种被追撵着的状态，会什么都想不起来，会什么都不记得。”

所以，在肉体经受压迫之时，如何避免精神也被奴役、思想也被重塑，是每一个身处逆境的知识分子都应该思考的命题。吕新借助他笔下的人物，给出了形象的答案：肉体可以妥协，思维不能妥协，必须极力保持“独立思考”的“内在话语”。

欲说还休的“哲学”诉说

吕新的小说，一路读过去，会发现很重的哲学气息，作者借小说文本解说着他的哲学观念。而这形形色色闪烁在文本中的思想点滴，欲说还休。

① 康纳顿：《社会记忆》，转引自夏中义主编《人与国家》，广西师范大学出版社2002年版。

《掩面》采取了非常巧妙的“形式言说”。文本表面看似是对话，又不是完全的对话；看似是独白，又不是完全的独白，而是一种潜在的对话体。这种潜在的对话形式，作为一种被遮蔽的交往哲学，主说人不仅无视受话人的存在，更抹杀其所说对象的存在意义。五个主说人口中的父亲形象各不相同，到底哪个是真的？或者说各个阶段的父亲串连起来才是一个真实的父亲形象？这个父亲是彻底“掩面”的，是被遮蔽的正如现在少女的主话权被剥夺一样。在哲学命题里，交往是一种言谈张力，是一种凸显主体与他者共同存在的社会性结构，是一种可能达成共识的社会性关联。可惜,《掩面》里的五对交往关系,都没有形成真正的交往。

根据巴赫金的对话理论，独白是不等待也不产生回应的话语，而对话是呼唤并通常引发答复的话语。因此，对话侧重于受话人的感应，要形成一种互动关系，形成一种双向交流。而《掩面》里的对话只是自说自话，说话人根本不理会受话人的感受，只是一种无谓的单向输出。

无论是巴赫金的对话理论，还是马克思的交往理念，都异曲同工，道出少女在被剥夺对话权的同时，也在逐渐失去社会交往的权利。无论说话人出于怎样的心思，少女最终都没有与说话人产生对话，零星的几句插话，不过是说话人进行独白式说教的话头。于是对话转为对白，这本身就是一种不平等，是一种隐含剥夺，少女无可避免地陷入失声境地。少女显在的失声过程，正好印证了父母隐形的失语历程。

常规来说，主体自我只有在与他人的不断对话中才能逐渐建立,《掩面》里的少女无形之中被剥夺了对话的权利，也就没能建立起完整的自我，最后只能认同别人的看法，被迫投降，放弃寻找父母的努力，下乡做了插队知青。这就是为什么整个文本看似是少女寻找父母的过程，其实是认同父母、确认自我的过程。可惜，这两个过程均告破灭。另外，某种程度上也可以看成是“失乡”的过程。少女对父母、对自我的确认，缘于没有最后的精神家园，但千辛万苦之后，却仍然面临无乡的困境。因此，为了弥补此自我空白，吕新在第五章用了三首“诗歌”来隐晦地表现了少女的情感。

另外，通过这种独白式的絮叨，还潜藏了一种不平等——隐含作者与作品人物的不平等，作品人物成为隐含作者解说的对象。人物越是侃侃而谈，越是袒露其无知，就越能通过字里行间暗含的嘲讽语调感知到作者对他的批判态度。《掩面》中的四个分述人，分别代表着天命论、官本位、机械唯物论、小农意识等不同的生存哲学，借助于他们各自的嘴，吕新完成了对他们的严厉批判。比如，第三个叙述人机械唯物论生存哲学的荒谬，就是通过她自己的独白完成的：她自己在大喜之夜，要求与丈夫共同学习毛主席著作；自己一岁大的孩子看到蒋介石的照片，叫了声“爷爷”就遭到她的一顿毒打，说是混淆阶级阵营；当孙渡女儿称她阿姨，她拒不接受，说这个称呼抹杀了斗争，体现出无原则的调和。

《下弦月》利用的是“时空错置”，逃亡中的犯人林烈是正解，以“供销社”为中心的公众形象则是负解。在逃亡中，时间混沌，空间模糊，“只有白天与黑夜之间尚有明显的界限，其余全部搅成一团，不再能看到本来的面目”，“村庄统统都无一例外地形同海市蜃楼”。犹如飘荡在幻境，人的思绪也捉摸不定，这时最能接近事物的真谛。回首自己的人生，林烈蓦地发现：

> 事情的顺序应该是自上而下地开始的。就像一座塔，先是在最高处的塔尖上有了一些细小的动静，最高处有人在掰手腕，但没有人注意，事实上也不会有人注意到。从一座塔的塔尖上掉下来几粒沙子，谁能看见，谁又能注意得到？令人吃惊的是它的所有的步骤或者说方法，就算是自上而下地开始的，那也应该是一层一层地下来，最后到达塔的底部，然后再从底部向周边蔓延，燎原，这才应该是正常的步骤和次序。但是这一回，奇就奇在它直接从塔尖直达底座，底下哄泱泱烧着了，然后火势和浓烟才又一层一层地往上走。

这是对国家政策独具特色的解读，颇有传播学的意义。一语中的，道中“文革”的发源所在。

供销社是吕新在小说中设置的一个官方空间，作者以酣畅淋漓的语言，模仿农民的口吻，阐释了“文革”时期的国家形势国家政策，“文革”的主流意识形态化身为“农民的唯物哲学”：

其一，“阶级斗争无时不在，无处不有”。地主和反革命分子的货物，如头发、猪鬃、羊毛、杏仁、野兔和黄麻草之类，绝对不能收，因为他们的东西也是腐朽的，表现出绝对的排外、绝对的愚蠢。

其二，“满足于虚假的市场繁荣”。供销社里的平纹布、带耳朵的铁锅、饼干、古巴红糖……进了多少就还有多少，人们购买的仅仅是生活必需品，就连布、铁锅、红糖也属于奢侈品无人问津。可见当时的物质生活水平有多低。万年青却闭上眼睛，进行瞒和骗，说人们把供销社当成自己的家，当成自家的仓库和集市。

其三，“人的生命是如此轻贱”。供销社里的糖，广大的贫下中农的孩子们无钱能买。售货员偷吃了供销社的几块糖，最后被上纲上线，只能上吊自杀。更为荒唐的是，为了杜绝吃糖事件的再次发生，他们计议来计议去，竟商定拟用一个“糖尿病患者”！于是，寻找糖尿病患者行动全城启动。

其四，“工作作风堪忧。”在每一个领导干部眼里，貌美的陈美琳是他们可以染指的尤物，也是可以随意丢弃的性具。当然，我们的万年青同志也抵挡不了诱惑，不过不是有染陈美琳，而是成为上级叶柏翠的掌中物。

正如石觉所说：“一场声势浩大的风暴里面，不知道包藏着多少个人恩怨和各种无耻的小动作。我有时候甚至觉得整个世界，所有的历史，是不是就是由这些东西构成的？”历史某种程度上成了“行私利逞私欲”的勾当。

正是借助“供销社”这个污浊的空间，吕新把严肃的高高在上的政治拉下神坛，拉到世俗，让读者看到一幕幕触目惊心的“恶俗哲学”，完成了正义与丑恶的反转。

王春林在论述《下弦月》时认为：“依托于三重艺术结构的设定运用，

吕新采用散点透视的方式在广大读者面前点染勾勒出了一幅 70 年代的灰色生存图景。这一幅艺术图景中，既有近景，也有中景、远景。倘若说林烈、徐怀玉他们的故事属于核心的近景，那么，由胡木刀、陈美琳、叶柏翠书记以及‘我’所构成的供销社岁月部分，就是中景，而朱槿与无名寡妇他们，则很显然就是远景。”

正是借助独白式的呓语、宏大的结构、多线索并置、时空错置等浑然天成的艺术技巧，吕新实现了看似是文学实则是“生命哲学”的叩问。

“先锋”的消解与重构

从 1986 年《那是个幽幽的湖》走入文坛以来，吕新就一直没有放弃他的先锋创作。无论是《葵花》《石灰窑》，还是《抚摸》《阮郎归》，甚至近几年的《掩面》《下弦月》。只是，细细解读吕新的作品，总有那么一种说不出的感觉：吕新似乎在解构“现代”“后现代”中重构“先锋”，即消解与重构并存。

《掩面》采用第一人称多角度叙事的方式来呈现主人公的命运历程。这种叙事方式产生了一个“我”“你”“他”多方面的叙述关系：你接收到的我，只能是他口中的我。这一切依赖于“他”的旧时认知记忆和现时话语加工。最终形成的后果是，真正的“我”只能掩面站在“他”叙述的最后层面，默默地忍受被宰割的命运。当然，“我”到底是什么样子，“你”最终也无法弄明白搞清楚。这种第一人称多角度叙事的方式切中了“历史在还原的过程中被篡改”的命脉。作者有意识地采用了“去理性”的叙述方式，企图还原历史的无理性性。所以，文本中的少女对于父母到底认知了多少，很难说清楚。

于是，本来应该具有强烈主观性的第一人称叙事，在《掩面》中悄然转化为传统的客观的全知全能的第三人称叙事。当然，也就失去了第一人称叙事这一现代叙事方式本应具备的真实性、亲切性和自然性，变得冷酷而严峻。

为了反抗这种冷酷，吕新又将了小说与诗歌杂糅，形成一种“跨文体”写作。整部小说共有六章，前四章以及最后一章是小说文体，而第五章“黑色笔记本”则采用了诗歌的表现形式，写有三首诗，分别以“家”“失踪的革命者”和“上山下乡”为标题，记录了“1967年5月”“1968年2月”和“1969年4月”少女寻父途中的心绪。前四章被访者话语的密集和少女话语的稀少形成鲜明的对比。很大程度上，因为少女身份的被压制、话语权的被剥夺，使文本在内在情感上陷入失衡。为了弥补叙述上的不均衡，为了给少女一个表达、纾解和反驳的机会，也为了彰显少女地位的重要，小说第五章特辟一诗歌体例。这其中，既蕴含了少女对父母的思念、对家庭的渴望、对现实的不满、对真相的揭示，更寄寓了作者对人物处境的同情和对现实黑暗的愤慨。正是借助于诗歌的抒情性、音乐性和形式的分行性，使第五章非常突兀地呈现在读者面前，也启发了读者做深层次的思考，从而把握文本的主旨。

他们都不在
而一个正常的家庭是听不到
那种细微声音的钥匙
用小虫子般的声音和你说话汇报家里的情况

句子破碎、错落、参差不齐，形象地展现了一个众声喧哗中寂寞冷静的家。少女作为这个家唯一的主人，她的孤独、她对父母的思念、她对家的渴望，万千情愫悄然从诗句中走出。当然，细细品味也不无对社会的愤慨、被放逐的无奈和凄凉。这些诗是少女心灵的狂欢，大无畏地消解了“五人叙述组”为代表的官方立场的话语主权，颠覆了其革命信仰和存在哲学。

《下弦月》更是在“供销社岁月”的章节里，采用第一人称叙事方式，借人物万年青自己的嘴，真实地呈现官方话语的荒诞，形成一种隐在的客观批判。

而且，《下弦月》更值得称道的是“拼帖”手法的采用。《掩面》借五个人的叙述来拼凑一个主人公形象，如果说这是一场简单的“拼帖”游戏，那么到了《下弦月》，作者已经能够十分娴熟地运用这种技巧，并将它发挥到极致。

拼贴，原是一种绘画技巧，后发展到文艺创作，成为后现代文学作者惯用的一种叙事方式，他们充分利用生活中的各种“碎片”，如俗语、新闻、剪报等，将其转化成文学作品的组成部分，以呈现生活的原生态。上面说到的“跨文体写作”，实际上也可以看成“文体拼贴”。吕新在《下弦月》中，既化用了来自西方的拼贴技术，又将自己对历史的体会充分揉搓进去，变成独具特色的拼贴叙事。文本一共采用了三个主拼贴，一个是徐怀玉走遍周遭城市乡村，寻找丈夫林烈，但无果而归；另一个是林烈一路逃亡，最后在黄奇月的帮助下总算是暂时有了避难之所；还有一个是以万年青为首的供销社的兴办和发展。第一个拼贴，真实地反映了“文革”所造成的知识分子家庭惨局，亲人天各一方，生死渺茫，具有强烈的现实意义；第二个拼贴，既有民间侠文化，又有古代的桃花源空想，还有西方乌托邦的影子，在揭露“文革”给知识分子造成巨大的身心伤害的同时，也作为各种文化的载体，使作品更具厚重感；第三个拼贴，则是当时的官方话语在偏远山村基层行政层面的贯彻和实施，体现了“文革”话语对普通老百姓的精神无孔不入地侵蚀。它们既截然不同，又各有联系，同时并存于当时特殊的时代。如果说前两个是主框架故事拼贴，具体形象地体现了作品的主题，那么第三个则作为前两个的补充，与其形成话语拼贴，既显示了官方话语的弥漫性，也显示了民间俗话语的威力性，如作为官方话语的化身万年青和叶柏青共同投降于“性”的欲求，某种程度上，以人性为主要组成部分的民间俗话语以其勃勃生机绝对地解构了官方话语。

具有吕新特色的是，作者借助主要人物徐怀玉、林烈之间的夫妻关系，以及地域的重叠（林烈流落的地区正好是供销社所在的区域，徐怀玉寻夫也正好在这一地带），很自然地消解了拼贴叙事固有的凌乱性、分裂性和片断性。同时，借助主题的严肃性或多或少地消解了拼贴的戏仿性。在此基础上，吕新充分发挥了拼贴的自由性和灵活性，利用人物、事件、时间、空间的转换，使各种话语相互交锋，展现了广阔的社会图景。

除此之外，作品还有许多与主拼贴交缠在一起而相关性不大的人物事件。作为“补丁叙事”，它们既丰满了主体故事，也自成体系，表现了“文革”带给广大芸芸众生的苦难，从侧面控诉了畸形意识理念的无处不在。如朱瑾为了存活，穿着内衬缀满口袋的大衣，除夕在医院里卖蜂蜜，由一个纯粹的高雅文化的代表蜕变成俗得不能再俗的俗人；石觉三次入狱，不过是因为提醒领导读错了字，由一个风流倜傥的书生摧残成潦倒的“掘煤工”；萧桂英作为小学教师，难抵校长的压迫，慢慢地被侵蚀堕落；林烈周围的同事、难友一个个相继莫名其妙地失踪、死亡……

可以说，吕新一直行走在先锋的边缘，在作品中默默地进行着他的先锋实验，既汲取西方现代派后现代派的营养，又不失中国语境，形成别具一格的先锋特色；一直行走在历史的边缘，以潜在的现实视角去透视历史叙事，在对历史的还原中解构历史，使历史成为复杂的融合当下与当时的文化空间：官方与民间并存、文学与哲学并存、强制失语与独立思考并存。

【研究文献索引】

1. 王春林 . 语言、象征与北中国乡村——对吕新近期中短篇小说的一种理解与分析 . 长江文艺评论，2020（03）.

2. 吴俊 . 先锋文学续航的可能性——从吕新《下弦月》、北村《安慰书》说开去 . 文学评论，2017（05）.

3. 王春林 .“七十年代”灰色生存图景的艺术呈示——关于吕新长篇小说《下弦月》. 扬子江评论，2017（02）.

4. 傅书华 . 吕新《白杨木的春天》读札 . 扬子江评论，2016（04）.

5. 吴义勤 .“民间”的诗性建构——论吕新长篇新作《草青》的叙事艺术 . 当代作家评论，2002（04）.

6. 樊星 . 苍凉之诗——吕新小说论（1989—1991）. 当代作家评论，1992（02）.

7. 周银银 . 永不落幕的先锋——吕新《掩面》的“跨文体”叙事评议 . 宁夏大学学报（人文社会科学版），2015（03）.

8. 张德祥 . 把背景作为小说的塑造主体——吕新小说的创举 . 小说评论，1993（02）.

9. 李锐 . 纯净的眼睛，纯粹的语言 . 文学自由谈，1993（01）.

10. 段崇轩 . 感情世界里的孤独漫游——吕新小说创作综论 . 当代作家评论，1992（02）.

【思考练习】

1. 吴义勤评价吕新，是“一个真正具有‘先锋’品格的作家”“一个具有深厚本土体验和文化体验的作家”。请结合具体作品，论述吕新文学作品的特征。

2. 傅书华认为，《白杨木的春天》展现了“中国知识分子的无根漂泊”。请结合作品具体内容，谈谈你的理解。

第三章　刘慈欣

【作家小传】

刘慈欣（1963—），科幻作家。山西阳泉人，祖籍河南，出生于北京，"文革"时随父母下放来到山西。1985 年毕业于华北水利水电学院水电工程系。担任山西娘子关电厂计算机工程师。从 20 世纪 80 年代中后期起，刘慈欣开始发表科幻小说。他的风格多次变换，直到 90 年代中期逐渐定型。代表作有长篇小说《三体》《超新星纪元》《球状闪电》，中短篇小说《流浪地球》《乡村教师》《朝闻道》《全频带阻塞干扰》等。

【精读作品】

《三体》《带上她的眼睛》《流浪地球》《乡村教师》

【经典评论】

首先是思想方面的野心。尽管对道德不以为然，但当把"善"抽离后，刘慈欣也和康德一样面临着目的论的困扰。在《朝闻道》里，霍金最后一个走上真理祭坛，问"宇宙的目的是什么"，即使是已获得终极真理的"排险者"也无法回答。于是，刘慈欣所谓的"道德的尽头就是科幻的开始"也就被他自己颠倒为"科幻的终极又是道德追问的开始"。……其次是美学方面的野心。刘慈欣一再强调，科幻最终要得到的不是科学家想要的精确和正确，而是小说家想要的美感和震撼。因此，设置零道德宇宙的目的在于引燃想象，没有必要、更没有能力去追求真实。……

无疑，两种野心间存在一定的冲突，并导致“黑暗森林”不严密、诸多情节存在漏洞、人物单薄、叙事不流畅等文本症结。

（贾立元：《“光荣中华”：刘慈欣科幻小说中的中国形象》，《渤海大学学报（哲学社会科学版）》2011 年第 1 期）

《三体》的叙述者从来不安于直接讲述故事，总会通过各种各样的叙述干预来中断或填充叙事进程。……第一类叙述干预通过预先叙出将来发生的事件以对正在发生的事件进行补充性评论，我们可以称之为“预叙”。……第二类叙述干预可以视为一种指点干预，叙述者通过干预告诉读者正在呈现的某部分内容是某类“真实记录”，于是紧接着便是对新闻报道、解密文件、庭审记录等的“原文”引用，这种方式可以称为“实录”。……最后一类是经由引入现实生活中实际存在过的人或物、发生过的事件等对当下情景进行的评论干预，可以将其称为“对接现实”。显然，这三类叙述干预有着某种深刻的意图指向：预叙提前叙出未来发生的事或将来的评论者对当前事件的看法，其作用并非是为了制造悬疑，而是不断提醒读者现在“正在发生”的是“已然发生”的事；并且，这一所谓“已然发生”不是个人的回忆，而是被群体（“人们”）或某种权威（“历史学家”）所确证的“历史”。

（杨宸：《“历史”与“末日”——论刘慈欣〈三体〉的叙述模式》，《文艺研究》2017 年第 2 期）

我认为，科幻小说在中国的再度复兴，与这股强势的科学话语有着密切的关系。几年前我在评价刘慈欣的小说时说：“这个人单枪匹马，把中国科幻文学提升到了世界级的水平。”现在我想进一步补充的是：他不是一个人在战斗，他的背后有一个强大的话语场域。启蒙式微之时，又恰逢科学强势之日，这种反讽式的情境，再融入一个对中国来说还未充分发展的文学类型——科幻小说，其间的张力，我以为恰恰是刘慈欣小说爆发式流行背后不容忽视的重大动因。他站在一个难得的位置上，从科学的角度审视人文，用人文的形式诠释科学。他超越了传统的道德主义，以惊人的冷静描写人类可能面临的空前的危机和灾难，提出了会被认为是极其残忍的各种解决方案，但是我们将理解他对人性的终极信念。

（严锋：《创世与灭寂——刘慈欣的宇宙诗学》，《南方文坛》2011年第5期）

“地球往事”三部曲完美融合了优秀科幻小说的全部要素：既有科普作品的严谨，又不沉溺于技术细节的展示；既有奇幻瑰丽的想象，又不是天马行空，而是基于科学理论和技术细节的艺术升华；还有引人入胜的故事情节和鲜明的人物形象。一部科幻小说能够做到这样已经很成功了，但“地球往事”三部曲走得更远。其中对人性的深刻挖掘和对全人类存在意义的终极思考使得它成为当代科幻小说创作的一座奇峰。

（纳杨：《从刘慈欣“地球往事”三部曲谈当代科幻小说的现实意义》，《当代文坛》2012年第5期）

刘慈欣在《三体》中对“文革”事件的描写，其实也就是他把真实以及现实带进科幻的一种尝试，除去科技，科幻的真实性也可以建立在历史现实之上。与此同时，“文革”在小说中的作用又不仅如此，它在整个《三体》的故事中又展现出自身的独特性，突出的是“文革”中的人对自然的影响，自然被物化，并且成为人证明自身能力的依据。和西方工业社会为追求利益最大化而破坏自然不同的是，这里对待自然的态度在追求经济利益之外,又带上“文革”中人定胜天的斗争色彩。“文革”事件是刘慈欣《三体》整个故事的起点，也同时是作者思考人与自然世界的一个生发点。

（王静静：《论刘慈欣〈三体〉中的文革叙事》，《小说评论》2016年第3期）

刘慈欣的《三体》的意义在于相当全面地提出了从宇宙观来看人类

命运。传统文学着眼于不断突破对人性和伦理道德以及历史观念的认识局限，而科幻文学则站在宇宙论的基础上思考人类未来的命运，《三体》以它强大的文学能量打开了一个新的认知维度。

（陈晓明：《后文明时代的写作或后文学的诞生——百年中国文学开创的现代面向思考之五》，《文艺争鸣》2021 年第 9 期）

【基本面貌】

科学幻想小说（Science Fiction），简称科幻小说。作为西方舶来品，最初被译为“科学小说”，后来演变为“科幻小说”。内容多为描写想象的科学或技术对社会或个人的影响。细数中国从事科幻小说创作的作家，从较早的叶永烈、郑文光等学习英美科幻“新浪潮”的先驱者，再到韩松、星河、王晋康、刘慈欣等“新生代”作家，都是熟悉科幻小说的读者耳熟能详的名字。尤其是刘慈欣，凭借《三体》三部曲将中国科幻推向了世界，步入科幻文学的巅峰，被普遍认为是中国科幻文学的里程碑之作。作品先后蝉联了 1999 年—2006 年中国科幻小说银河奖、2010 年赵树理文学奖、2011 年《当代》年度长篇小说五佳第三名、2011 年华语科幻星云奖最佳长篇小说奖，刘慈欣本人也荣获 2010、2011 年华语科幻星云奖最佳科幻作家奖。2015 年 8 月，《三体》又斩获第 73 届雨果奖最佳长篇故事奖，这是亚洲人首次获得雨果奖。同年 10 月，刘慈欣荣获第六届全球华语科幻文学最高成就奖，并被授予特级华语科幻星云勋章。

对于刘慈欣科幻文学的研究这些年也如火如荼，甚是壮观。有各类访谈录，如王瑶的《我依然想写出能让自己激动的科幻小说——作家刘慈欣访谈录》、吴岩的《刘慈欣与吴岩对话：〈三体〉与中国科幻的世界旅程》等，有利于直接把握刘慈欣创作的基本情况、他对作品的解读及其文学观。有整体研究，如陈洁琳、詹琰的《刘慈欣科学观的内在矛盾性研究——以〈三体〉系列》，对刘慈欣科学观的阐述；罗亦男的《虚幻宇宙中的深情——刘慈欣作品的人文惯性分析》，对刘慈欣人文情怀的挖掘。有比较研究，如吴岩、方晓庆的《刘慈欣与新古典主义科幻小说》，把刘慈欣的科幻小说放进科幻文学的历史长河里，分析它与其他科幻文学的区别；陈海琳的《灾难·抗争·救赎：刘慈欣和王晋康的末日书写——以〈三体〉系列小说和〈逃出母宇宙〉为中心》，把刘慈欣的科幻与其他科幻作家的作品展开对比；刘舸、李云的《论刘慈欣〈三体〉及对阿瑟·克拉克的接受》则展开东西方文化的比较，研究刘慈欣对克拉克的选择性吸收和排拒。还有文化研究，把刘慈欣的作品放到后殖民化文化背景里研究其独特的价值，如罗雅琳的《新颖的刘慈欣文学：科幻与第三世界经验》、贾立元的《“光荣中华”：刘慈欣科幻小说中的中国形象》……诸多的分析研究，使我们对刘慈欣的科幻文学有了更深的认知和把握。那么，作为独特的“刘氏科幻”，他的科幻美学到底是什么样的呢？

“惊奇”

刘慈欣认为科幻文学的核心其实是很“浅薄的东西”，可能就是对科学、对未知、对宇宙的“惊奇感”。什么是“惊奇感”？苏恩文的话可以说是做了补充性的说明：“科幻文学最重要的意义就是用一种新的视角来重新审视我们习以为常的常识，帮助我们认知那些隐藏在现实之下的另类可能性。”即，我们文学理论里经常见到的名词：陌生化。但是这种“陌生化”，不单单依靠语词的陌生化，更依靠自然科学知识的陌生化。如果失去了这种最基础的灵魂性的东西，不管科幻小说再怎么发展文学技巧，再怎么尝试表达更深刻的思想内涵，也很难再往前走。因为这种“惊奇感”，对于作家来说，是作品的创作缘起；对于读者来说，是保持阅读兴趣的支撑；对于文学作品本身来说，则是科幻文学的生命所在。

世界科幻文学有两大经典，即美国“黄金时代”的科幻小说和苏联的科幻小说。这两大科幻小说具有显明的古典主义风格：人物大多是社会的变革中处于最前沿的“精英”，某种程度上掌控着人类的未来；叙事节奏紧张，情节曲折生动，极大地满足了读者的阅读期待；“工业化”和“技术化”是小说的基本构架，先进的科学技术是最终战胜邪恶势力的关键。随着科幻小说在中国的发展，很多科幻小说家跌入了“破坏的迷区”，满足于科学技术带给人类的震撼性效果，使人不由自主产生惊悚感。刘慈欣适时而出，故吴岩认为：“刘慈欣扭转了以破坏性为主潮的中国科幻文学的当代走向，并把它引向积极的建构方向。”① 刘慈欣的科幻小说既继承了古典科幻文学的特点，又建构了自己的科幻特点，如“密集叙事”和“时间跳跃”。正是这些与众不同的技巧,使“刘氏科幻”迷人又深邃。它们不仅仅带给我们这些外行人以审美快感，甚至在科幻文学界也掀起不小的波浪。科幻小说作家韩松说：“首先，作为一个普通的科幻读者来说，我很喜欢看刘慈欣的作品，因为很过瘾。讲的都是些明明白白的故事，说的都是些人话，节奏很紧张，情节很吸引人。”“想象很奇特，漫无边际，汪洋恣肆，像庄子。”② 可见，刘慈欣的科幻小说达到了“雅俗共赏”的境界。为什么会有这样的效果，和刘慈欣巧妙地调用“惊奇感”有很大关系。

刘慈欣的科幻小说有很强的科学性，没有一定的天文学、物理学知识，很难读懂他的小说。这和他的文化背景有很大的关系。刘慈欣 1985 年毕业于华北水利水电学院水电工程系。1985 年 10 月参加工作后，任山西娘子关电厂计算机工程师。这样的理工科背景为他的科幻创作打下了相当扎实的学科基础。刘慈欣的小说以工业技术原理构筑了他想象世界的逻辑性。刘慈欣英语很好，能够顺利地通读理工类的英文专业书籍，这为把握电子领域的前沿动态有很大帮助，也为他的科幻创作插上了翅膀。而且，他的计算机知识也很丰厚，可以说，他完整地经历了中国计算机行业的发展和兴起。刘慈欣是典型的技术男，痴迷于编程，20 世纪 90 年代编出软件《电子诗人》，现在还在网上流行。这一创意也催生了

① 吴岩、方晓庆：《刘慈欣与新古典主义科幻小说》，《湖南科技学院学报》2006 年第 2 期。

② 韩松：《我为什么欣赏刘慈欣？》，《异度空间》2004 年第 2 期。

小说《诗云》。他们那一代 IT 人,对计算机原理的了解远超过现在的“码农”，所以三体游戏中秦始皇指挥的“人列计算机”，是只有刘慈欣这样的人才能想象出的。刘慈欣还自己建立数据模型，模拟宇宙文明体系演化，窥得文明演化的奥妙，为后来的科幻写作积累了极有价值的体验。刘慈欣坦言 :“支撑我科幻写作的构件主要是自己的物理学和宇宙学知识，具体说就是相对论、量子力学（由此产生的哥本哈根解释和多世界假设等）、宇宙大爆炸和暴胀学说。”

刘慈欣旗帜鲜明地说 :“我是一个疯狂的技术主义者，我个人坚信技术能解决一切问题。”几乎在刘慈欣的每一篇小说中，都可以看到这样的“技术痕迹”。《地火》中对于煤矿的真实描述、《地球大炮》里横穿地心的隧道、《圆圆的肥皂泡》里宏大的空中调水系统……所有这些具有浓郁工业化色彩的描写，使作品具有了某种独特的“粗野的美”，从而使刘慈欣的作品在当今文坛阴柔风气盛行的情况下体现出与众不同的大气与阳刚。尤其是《流浪地球》，刘慈欣着力描写了巨大的“地球发动机”。这种庞然大物，使逃离太阳系的计划得以成为可能。“地球发动机”高一万一千米，被形容为“上帝的喷灯”。它的内部设有重元素聚变反应堆，在亚洲和美洲大陆上共有一万两千台。这些地球发动机共同喷出等离子光柱，停止地球的自转，改变地球的运行轨道，而重元素聚变反应堆则成为太阳的替代品。

当然，科幻作家不是万能的，他不可能没有一丝科学上的“短板”，所以也就难免出现“科幻硬伤”。如在小说《流浪地球》中，刘慈欣讲述了一个由于太阳突然向红巨星演化，人类不得不凭借自身的力量推动地球、逃出太阳系、探求新太阳的故事。小说综合了自然灾害、技术进步和人类生存的宇宙困境等宏大主题。地球因为太阳的毁灭而必须进行逃离太阳系的悲壮远征，长达二百年的紧张的前期准备以及更加漫长的征程增添了这种悲壮感。求生的意志支撑着一代又一代的人类为了这个目标前赴后继，科学技术成为人类的精神支柱，并在这种极端的困境中展现了无与伦比的伟大力量。为了增加真实性，刘慈欣甚至把地球发动机的具体参数全部详细列出，详细到可以很方便地直接计算地球得到的加速度。如果有读者较真，真的拿这些数据去计算的话，会发现结果是：发动机只能给地球零点（N 多个零）几的加速度，别说航行，改变轨道都不可能。这就发生了作者最不想发生的“科幻硬伤”。如何对待这些“科幻硬伤”，体现着一个作家对科学对文学的态度。刘慈欣在《无奈的和美丽的错误——科幻硬伤概论》里，针对自己的科幻作品，把“科幻硬伤”分为四类：疏忽硬伤、知识硬伤、背景硬伤和灵魂硬伤。并呼吁：“出现疏忽硬伤，格杀勿论；知识硬伤，指出来，给作者一个学习的机会（虽然再学恐怕也改善不了多少）；背景硬伤，装着没看见；灵魂硬伤，您很幸运，这是最棒的科幻了！”[①] 既体现了敢于直面的勇气，也体现了他“唯科学”的严谨态度（如果他不说，可能很多读者并不知道）。

科幻文学很多时候起着科学预测和科学普及的双重功用，正是它的“预测”，唤起了人们对未来世界的“惊奇”，同时它的“普及”，又使人们在惊奇之后“恍然大悟”。所以，这就决定了“创作科幻文学所需要的知识结构十分怪异，是一种顶天立地型的结构。顶天是说作者需要对最前沿最深刻最抽象的知识内核有透彻的理解，立地是需要作者对最低层最烦琐的技术细节要有生动的感受，而对于目前理工科专业学得最多的中间层次的知识反而要求不多”[②]。刘慈欣的知识结构正好契合了这一“顶天立地”，他不仅擅长量子力学等尖端科学，而且对电厂最原始最简单的机械原理很是透彻。再加上对写作技巧的良好运用，如宏细节的处理、人物的避轻就重等。如《三体》通篇采用了递进式的结构。第一部侧重对“三体文明”的建构，涉及大量的天文学知识，整体节奏比较慢；第二部《黑暗森林》面对三体人的汹汹攻势，思维学、量子力学等科技知识的融入，不仅使故事悬念迭起，而且极富学识性；第三部《死神永生》文学技法更纯熟，内容更丰富，也写得更从容，但也有不少科

①② 刘慈欣：《无奈的和美丽的错误——科幻硬伤概论》，载《刘慈欣谈科幻》，湖北科学技术出版社 2014 年版。

学知识的渗透和支撑，如生命学、病毒学、物理学等。《三体》三部曲不仅采用了典型的传统科幻的结构——从现实起航，经历漫长的航程，到达空灵遥远的世界，而且在大量科学知识做基本构架的情况下，让读者充分发挥自己的想象力，由现实而想象，再由理解而现实，达到了"奇"与"悟"的结合，很好地发挥了"预测"和"普及"的功能。

所以，在讲到刘慈欣的科幻文学时，评论家很自然地把它们归到"硬科幻"之类，注重"科幻构思"，把所有的故事构架于科学基础之上。"刘慈欣曾坦陈自己的硬科幻创作理念：'在想象世界中展示宇宙的科学美'，即用科幻的方式'释放禁锢在科学方程式中的美'。"如果没有或不利于处于核心地位的"科幻创意"，他宁可放弃，也不会屈就。刘慈欣对创造性想象的追求有一种商业小说作家罕见的执拗，一旦发现自己准备用的某个科幻构思被别人写过，他就会彻底失去对这个构思的兴趣；但另一方面，他又表露出典型的商业小说家的价值追求，坚持类型小说写作必须考虑读者和市场。作为当下最具影响力的科幻作家，刘慈欣就是这样一个矛盾综合体：他说人物不是科幻小说的核心，但他的小说中的人物却比其他很多作家笔下的人物更为立体丰满；他说科幻小说应该从文学中剥离，但他的小说却比其他很多作家的作品更具文学意味和色彩……或许正是这样一些矛盾的对立统一，最终让刘慈欣成为当下中国少有的影响力超越科幻疆域的科幻作家。

出于对技术的迷恋，刘慈欣甚至提出"科幻是一个国家世界地位的晴雨表"[①]。作为依赖科学技术发达程度的文学，科幻文学不仅受制于作者的想象力，也受制于科学的发达水平。只有科学高度发达的地区，才可能产生高质量的科幻。即科幻只在强大的地方繁荣。比如科幻文学诞生于英国，那时候大英帝国势力遍布全球，所谓"日不落帝国"的格局已经形成。在 20 世纪 30 年代到 60 年代，科幻文学的重心从欧洲转移到

① 王瑶：《我依然想写出能让自己激动的科幻小说——作家刘慈欣访谈录》，《文艺研究》2015 年第 12 期。

美国,那时候正好是美国国力急剧上升的时代。现在出现了“中国崛起”。《三体》作为新中国成立后第一部输出到美国的长篇科幻小说，一下赢得这么多关注，这不仅仅是作者的创作水平高超，更有赖于中国国力的增强和文化存在感的提高。

在迷恋科学、崇尚技术的同时，刘慈欣也表现出孩童般的“电子游戏情结”，甚至以游戏来架构故事。在谈到《三体》的创作时，他坦言，对于“三体世界”的构想，实际上和他对游戏的迷恋分不开。“用游戏来想象三体世界，可能是因为我在年轻的时候是一个狂热的游戏迷，尽管那时的游戏都运行在 DOS 系统下，与现在的不可同日而语，但我仍然很着迷。后来因为时间和精力的原因停止了与游戏的接触，但一直保持着电子游戏的情结。”痴迷于电子游戏，影响了他对作品的构思和设想，给人们的阅读带来快感；同时也多多少少影响了他对人物形象的塑造，例如有人批评他笔下的人物有平面化的倾向，尤其是女性形象。对电子游戏的迷恋，也加深了他对技术的操控，对科学的执着。

“飘忽不定的世界观”

在刘慈欣眼里，宇宙既冷酷又迷人。年轻时第一次读完克拉克的《2001：太空漫游》后，刘慈欣有一种对宇宙宏大神秘的深深敬畏感：“在壮丽的星空下，就站着我一个人，孤独地面对着这人类头脑无法把握的巨大的神秘……从此以后，星空在我的跟前是另一个样子了，那感觉像离开了池塘看到了大海。这使我深深领略了科幻小说的力量。”于是，怀着“飘忽不定的世界观”，刘慈欣开始了他艰难的科学跋涉之旅。

刘慈欣认为：“写小说的人不应该有一个很坚定的世界观，他的世界观应该是飘忽不定的。……对于科幻小说的创作者,就应该如此。……世界观对于我来说，也只是作品设计的一部分而已，不同的作品完全可以不一样。我知道很多人很厌恶这一点，觉得难以接受，但这对于科幻来说是完全可能的。”[1]首先，我们要确知“世界观”到底指的是什么。其次，我们要具体分析刘慈欣上述观点的准确含义。据《辞海》注释：世界观“亦称‘宇宙观’。通常是指人们对于整个世界的根本看法。在有阶级的社会里，世界观具有鲜明的阶级性。不同阶级的人们，由于在社会实践中所处地位不同，特别是阶级地位不同，逐渐形成不同的世界观。各种世界观的斗争，归根到底是唯物主义和唯心主义、辩证法和形而上学的斗争。”[2]长久以来，我们理解的世界观受此观点影响，具有很强的社会阶级性，总认为有着进步世界观的人，其价值观人生观则必然正确，反之，则必然错误。实际上，世界观是有广狭之分的。1947 年中华书局出版的《辞海》对世界观一词的界说，十分清楚地区分了广狭二义：“‘世界观’，对于此世界所怀抱之意见也。与人生观相对举，有时亦兼括宇宙观及人生观而言。在哲学上派别甚繁，解释亦至不一律，认识论方面有实在论、观念论、唯象论、不可知论，本体论方面有一元论、二元论、多元论、平行论、目的论、机械论，价值论方面有乐观说、厌世说、改善说等。”由此可知，广义的世界观应包括两个方面的内容。第一个方面是关于宇宙的本体论和认识论方面的内容，它回答世界是什么的问题。即世界是物质的还是精神的，物质与精神孰先孰后，世界是可知的还是不可知的，历史是发展的还是循环的，如此等等。第二个方面是价值论方面的内容。它回答世界应如何的问题，即世界万物对人的意义和人生的意义。什么是益的、善的、美的，什么是害的、恶的、丑的，应该建立一种什么样的社会生活秩序，人应该怎样生活，什么样的人生才是有意义的人生，如此等等。第一个方面更多强调的是关于“真”的认知，第二个方面则强调的是“善”的认知。这里其实暗含了一个“真”与“善”的纠缠。“世界观”是“善”的外化，似乎如果作家世界观不确定，那么作家就是一个“善”不确定的人。具体到刘慈欣，作为一个科幻文学家，他更多地

---

① 李黎：《宇宙比道德更宽泛——访科幻小说作家刘慈欣》，《经济观察报》2011 年 7 月 22 日。

② 《辞海》哲学分册，上海辞书出版社 1981 年版。

倾向于第一种世界观的界定，即关于“真”的认知，所以他强调随着科幻文学作品的不同，作者的世界观也会发生相应的变化，呈现出“飘忽不定”的特性来。可惜，深陷“世界观”与“价值观”必然一致观念影响的我们，也就必然会质疑作者的“善”。其实，刘慈欣一再地强调“世界观的飘忽不定性”和他极力反叛“中国文学的自恋性”如出一辙，他极力反对中国长久以来的以平和的善为特征的宇宙观，反对把以伦理学阶级论为基础的世界观强加到科幻文学上。这正是他为什么在《三体Ⅲ》里塑造了一个看似善良实则却毁灭了整个地球的程心，正如尼采在《瞧，这个人》里所说：“善良的人从来不说真话。善良者教你们走向错误的海岸和港湾。你们生长在善良者的谎话中。由于善良者，所有事物都已变成虚伪的而且歪曲根本。”正因为“求真”而非“求善”，刘慈欣建构了他独一无二的“冷酷美学”。

刘慈欣比较喜欢美国科幻作家汤姆·戈德温的小说《冷酷的方程式》。小说讲述了一个非常天真也非常美的女孩，却在那些残酷的规则面前不幸死掉了。因为在他人眼里，她根本就不是一个人，只不过是一个打破方程式平衡的“X”罢了。据刘慈欣理解，这篇小说深刻地反映了科幻小说的本质特征——冷酷，即技术理性制造的冷冰冰的“铁笼”。在科幻文学中，人性遭遇到了“无法突破的墙”[①]——科学技术，而且无论怎样都无法突破这堵墙。于是，在“求真”与“求善”相冲突时，刘慈欣选择了“真”，也就自然地产生了一幕幕残酷的场景，如反乌托邦、末日审判、冷酷英雄等。

刘慈欣的科幻小说和普通的文学文本在内容上的最大区别是：他高举“反乌托邦”的旗帜，营造了很多“恶托邦”。如《三体Ⅱ：黑暗森林》推出了现今广为流传的“黑暗森林法则”。刘慈欣在费米悖论的基础上，想象了未来的宇宙世界：三体人与地球人并存于这浩瀚的宇宙，而且三

① 王瑶：《我依然想写出能让自己激动的科幻小说——作家刘慈欣访谈录》，《文艺研究》2015年第12期。

体人比地球人进化得更早更智慧。三体人利用魔法般的科技锁死了地球人的科学，率领庞大的宇宙舰队直扑人类太阳系，意欲清除地球文明。面临前所未有的危局，地球人在经历了无数的磨难之后，利用三体人思维透明的致命缺陷，制订了神秘莫测的“面壁计划”，精选出四位“面壁者”，秘密展开对三体人的反击。三体人自身虽然无法识破人类的诡谲计谋，却依靠由地球人中的背叛者挑选出的“破壁人”，与“面壁者”展开智慧博弈。小说结构烦琐，至少八九条线索同时穿插进行，再加上作者故意未分章节，在场景与场景之间直接进行切换，使全书颇如一部扣人心弦的悬疑剧。为了更好地构建故事中的矛盾冲突，作者故意设置了专制体制下的地球人世界，把地球人置于绝望的境地，从而展开绝地反击的挣扎。在这里，出于生存的本能，人们似乎都不再伪装，把“恶”的本性一一暴露，形成了黑暗、邪恶、暴力充斥的“恶世界”。当读者穿梭在这“恶托邦”的科幻世界时，心情是那样的沉重和压抑。

在谈到自己为什么会制造这样一个邪恶的世界时，刘慈欣说：“一方面是受到当时局势影响，除了国际局势之外，也有自己生活环境的转变。以前电力系统的环境很稳定，里面的人一般不太为生存发愁，但2008年写《黑暗森林》的时候，正好赶上电力系统调整，要面对人与人进行残酷竞争的局面，作品中也开始出现比较黑暗的元素。我当时的思想有一个重要的变化，即发现生存是最基本的东西，否则别的什么都没了。另一方面，我觉得这样构造出来的故事会更刺激一些，更能吸引读者。”由此可以看出，刘慈欣把人类世界的生存法则很自然地延伸到了宇宙世界科幻世界，在求真原则的指导下，尽情地展现了冷酷的宇宙未知世界，也很大程度体现了他的“飘忽不定的世界观”主张。

而且，刘慈欣小说中经常出现类似末日审判的场景，审判过后人类无一升入天堂，而是集体面临堕入地狱的命运。《赡养上帝》是他把“上帝”表现得最仁慈的作品了。“上帝”们在创造地球和生命之后，经过漫长的岁月，其文明也衰落老化，不得不降临地球，向人类乞求庇护和赡养：“我们是上帝，看在创造了这个世界的分儿上，给点儿吃的吧——”

人类一开始还善待创造了自己的“上帝”，但发现他们毫无利用价值后，便数典忘祖，犹如虐待老人的不孝子孙，令“上帝”狼狈而伤感地离去。这部引人发噱的恶搞小说，充分体现了刘慈欣幽默的一面，但却更是以科幻的形式，用另类的上帝形象，呼应了尼采“上帝已死”的宣告。

刘慈欣笔下的英雄是一种跨历史的奇异复合体，具有冰冷的气质，是一种超越“平静和从容”的冷酷英雄。如《三体Ⅱ·黑暗森林》中的章北海。这是一个具有钢铁意志的中国军人，他对未来具有深邃的洞察力，对自己的使命具有坚强的信念，为实现目标不屈不挠，甘愿牺牲。他的英雄气质在太空时代显得理性而冷酷。在判断人类在与三体人的战争中必然失败后，就开始精心策划他的太空逃跑计划。这种逃跑比正面抵抗更艰难，更需要坚忍不拔的毅力。在此过程中，他必须直面无边的黑暗，忍受绝顶的孤独。他还必须不动声色地除掉一切挡在前面的障碍，包括无辜的战友。刘慈欣有意识地凸显他的冷和坚韧，把他刻意塑造成一个有些“恶魔”气质的“冷酷英雄”。这与他在《赡养上帝》里受尼采的影响宣告“上帝已经死了”一样，那颇具超人气质的英雄也充满了冷酷的恶魔性。这些都形象地透露了刘慈欣的“恶魔英雄”观：“在过去的时代，在严酷的战争中，有很多人面对痛苦和死亡表现出惊人的平静和从容，在我们今天这些见花落泪的新一代看来很是不可思议，他们的精神似乎是由核能驱动的。这种令人难以置信的精神力量可能来源于多个方面：对黑暗社会的痛恨、对某种主义的坚定信仰以及强烈的责任心和使命感等等。”

与文本内容相契合，刘慈欣的语言也极具“冷酷”气质——精确、冷静而超然。华丽的细节和繁复的铺陈，看似热情洋溢，实则在厚重感里隐藏着他无与伦比的清醒与冷静。刘慈欣坦言：“我整个语言风格，就是俄罗斯文学那种很沉甸甸的、很土里土气的，而且很粘滞的那种语言，追求一种质感。”①

① 黄永明：《每一个文明都是带枪的猎手——专访科幻作家刘慈欣》，《南方周末》2011年4月20日。

“宇宙宗教情感”

中国自古是没有宗教信仰的国度，这使得中国文学与西方文学有很大的不同，如缺少西方文学中的原罪意识。那么，对于科幻文学又有什么影响？作为一种世界性极强的文学，科幻文学有着不同于其他文学的独特特征，比如求真而非求善、尊重科学而非人性等。随着几代中国科幻作家的努力，尤其是在刘慈欣的科幻文学作品接连获奖，似乎中国科幻已经走出中国走向世界，形势一派大好之下，刘慈欣冷静地说了一番话，不仅道出中国科幻的问题症结，而且也值得我们每一个中国人，甚至世界人深思。他认为，“中国科幻缺少宗教感情。首先声明，本人是个坚定的无神论者。同时我们深知，科学和宗教水火不相容，科幻和宗教想来也是如此了。但有学者认为，现代自然科学之所以诞生在西方，同西方文化中浓厚的宗教感情有关。这是一个用压死人的巨著也说不清的题目，在此就无力深究了，只谈科幻中的宗教感情。注意，这里谈的不是宗教，而是宗教感情，它不是对上帝的那种感情，它是无神论的，也没有斯宾诺莎什么的那么复杂。科幻的宗教感情就是对宇宙的宏大神秘的深深的敬畏感……有位哲学教授说过，哲学系新生的第一课应是在深夜长时间地仰望星空，这是把哲学介绍给他们。我想这更应该是科幻作者的第一课，这能使他们在内心深处真正找到科幻的感觉。宏伟神秘的宇宙是科幻小说的上帝”①。正是怀着对宇宙深深的敬畏，刘慈欣写下了一部部激动人心的科幻作品，某种意义上对他的“冷酷美学”也形成了很好的补充，弥补了唯科学下的人性缺失。

2001 年的《乡村教师》是刘慈欣非常满意的一部小说。不仅表现在这部小说反映了他对科学技术的追求，如在再版作者序言中他说，“（这部小说）中你将看到中国科幻史上最离奇最不可思议的意境”，而且透露了他浓重的“宇宙宗教情感”。小说叙述了一位在中国西北山区长年

---

① 刘慈欣：《SF 教——论科幻小说对宇宙的描写》，《星云》2000 年第 2 期。

执教的民办教师，即便是病入膏肓，到了肝癌的最后时刻，也“蜡炬成灰泪始干”，用尽最后微弱的生命之力，给自己的学生们上了最后一课。作者不仅仅要赞颂人民教师的奉献牺牲精神，更多的是要表现：面对浩瀚宇宙，人类应该具备最基本的自保意识。所以，作品里写到，就在这位教师上最后一课时，突然出现了奇异的景象：

> 在距地球五万光年的远方，在银河系的中心，一场延续了两万年的星际战争已接近尾声。那里的太空中渐渐隐现出一个方形区域，仿佛灿烂的群星的背景被剪出一个方口，这个区域的边长约十万公里，区域的内部是一种比周围太空更黑的黑暗，让人感到一种虚空中的虚空。从这黑色的正方形中，开始浮现出一些实体，它们形状各异，都有月球大小，呈耀眼的银色。这些物体越来越多，并组成一个整齐的立方体方阵。这银色的方阵庄严地驶出黑色正方形，两者构成了一幅挂在宇宙永恒墙壁上的镶嵌画，这幅画以绝对黑体的正方形天鹅绒为衬底，由纯净的银光耀眼的白银小构件整齐地镶嵌而成。这又仿佛是一首宇宙交响乐的固化。渐渐地，黑色的正方形消溶在星空中，群星填补了它的位置，银色的方阵庄严地悬浮在群星之间。

于是，这个普通的乡村教师和他的几个学生费尽心力挽救了地球文明，谱成了一部壮阔的太空史诗。通过此故事，作者传达了：我们每一个地球人对于未知的宇宙世界都应该怀着深深的敬畏感，因为宇宙里存在着无数不可预测的危机。在弱肉强食的宇宙空间，高级文明生物肆意践踏低级文明生物的暴行无处不在无时不有，地球人如何加强自我保护能力是我们急需思考的课题。

除了《乡村教师》，刘慈欣还写了很多类似的作品。看似技术味道很浓，情感很冷酷，实则嵌藏深刻的形而上的哲学命题。在《朝闻道》中，作者化用了孔子的“朝闻道，夕死可矣”，赞扬了科学家的自我牺牲和奉献精神。在世界上最大的粒子加速器——爱因斯坦赤道——即将启动，探寻宇宙大一统模型的时刻，宇宙的排险者出现了，并把爱因斯坦赤道蒸发了！在告诉科学家们大一统模型的证明会带来宇宙的毁灭后，却因为“知识密封准则”没有说出大一统模型的真相。科学家们只能想出一个对方愿意接受的办法：排险者把宇宙的终极奥秘告诉他们这些科学家，然后再毁灭掉他们。于是，一个“真理祭坛”在戈壁滩上制造出来，科学家们在上面得到自己要知道的真理，当然最后也被毁灭。通过这些犹如“圣徒”般的科学家，作者表现了悲天悯人的情怀。

与“敬畏”相对等的是“崇高”，于是，如果我们在刘慈欣全部的作品中寻找核心词语的话，“宏”必是其中之一。这不仅是字面的，比如他创造了一些独有的名词：宏电子、宏原子、宏聚变、宏纪元，“宏”更代表了一种大尺度、大视野的宏大视阈。刘慈欣偏爱巨大的物体、复杂的结构、全息的层次、大跨度的时间。从表面上看，这样的描写是为了制造“震惊”的效果，从心理上彻底征服读者。从深层次分析，则表现了刘慈欣在消解盛行的时代，试图怀着敬畏之情重建看似冷酷实则崇高的“宏世界”。于是,他创造了一个新的文学概念：宏细节。刘慈欣认为，宏细节作为科幻小说成熟的标志之一，最能体现科幻文学的特点和优势：“以宏细节为主的科幻，先按自己创造的规律建成一个世界，再去进一步充实细化它；这个过程与主流文学是相反的，因为对于后者来说，上层结构已经建好，描写它不是文学的事，文学描述结构的细部。”[①] 通过宏细节的描述，科幻作家可以纵横十亿年时间和百亿光年的空间。

面对体积庞大、力量强大、壮丽无限的事物，人类不但会体会到一种强大异己力量的威胁，产生恐惧的痛感，而且会爆发出大胆反抗和挑战精神,产生崇高感。科学家提出过所谓的“卡比丘空间”,在每一个“卡比丘空间”中都有一套自己的自然规律或者说物理规律。而卡比丘空间的数目有多少？现在计算说多到 10 的 500 次方个。要知道，全宇宙的粒

---

① 刘慈欣:《超越自恋——科幻给文学的机会》,《山西文学》2009 年第 7 期。

子的数量只是10的80次方。在这样一个宏大的世界里，地球、地球人真是小得不能再小的微子，只有正视这份现实，才能生存和发展。

1903年，鲁迅在他的《月界旅行·弁言》中明确提出科幻小说应该“经以科学，纬以人情”。一旦失去科学支撑，那就失去了科幻文学存在的价值；但是一旦失去对现实社会的观照，那科幻文学也便永远失去了生命力。所以，盲目地排技术或排人性都会使科幻文学跌入万劫不复的深渊。2010年，刘慈欣在创作完《三体》系列的第三部后，写了文论《重归伊甸园——科幻创作十年回顾》。他把自己的创作分为三个阶段。第一阶段为“纯科幻阶段”，第二阶段为“人与自然阶段”，第三阶段为“社会实验阶段”。《三体》形象地体现了作者的文学创作与现实之间的关系：从沉重的历史“文革”出发，进入“黑暗森林”，为了生存不择手段，最后则向宇宙尽头进发，去探索时间和空间的边界。即从难忘现实到抗争现实再到超越现实。正如鲁迅很多年前说过的话，作为地球人非要拽着自己的头发离开地球，这是根本不可能的事情。作为一个科幻文学家，尽管刘慈欣一再申说自己并不把反映现实作为他创作的目的，他作品中的现实只是想象力的平台，但是他并不像有的人所理解的那样一味地沉浸在他的“冷酷美学”之中，宣传了一系列“恶”，而是忠实地实践了“爱之切，恨之切”。在遵循求真原则上的基础上，他怀着悲天悯人的宇宙宗教情感，呼吁地球人尊重世界的多样性，走出自恋，以防自己被其他高等宇宙生物蚕食掉。

“超越自恋”

“文学给我的印象就是一场人类的超级自恋。当然，作为方圆四光年范围内（至少目前能这么确定）的唯一智慧生物，人类是有资格也有权力自恋的，但也有人想体验更多的东西，而不想只把精神局限于宇宙中的一粒灰尘上，包括文学本身，也有一群人在做着超越自恋的努力，而最自觉做出这种努力的文学就是科幻文学。”[①] 这是2009年刘慈欣写的一篇关于文学和科幻文学，尤其是关于中国文学和中国科幻文学的理解性文字。后来，2010年他又提出与此相近的观点："在文学史的大部分时间里，人类文学其实一直在描述人与大自然的关系，而不是人与人的关系。各民族古代神话中神的形象其实是宇宙的象征，而其中的人也不是真实历史意义上社会的人。文学成为人学，只描写社会意义上的人与人的关系，其实只是从文艺复兴以后开始的，这一阶段，在时间上只占全部文学史的十分之一左右。所以，传统文学给我的印象就是一场人类的超级自恋，文学需要超越自恋，最自觉做出这种努力的文学就是科幻文学，科幻文学描写的重点应该是人与大自然的关系，科幻给文学一个机会，可以让文学的目光再次宽阔起来。”[②] 正如人们在评价鲁迅的“恶魔精神”“破坏意志”时所说，有时“矫枉还需过正”，他的观点可能或多或少有其偏颇之处，但瑕不掩瑜，其中埋藏的真知灼见会使我们惯常的神经狂跳不已，更值得我们深思。

长久以来，我们的文学理论有一条非常重要的金科玉律——文学是人学，文学是人写的，是写人的，是写给人看的，因而文学作品以“人”为中心一点也不为过。但刘慈欣提出质疑，这是中国文学中罕见的视角。20世纪90年代以来，建基于“人学”之上的“纯文学”实践已经逐渐丧失其最初的政治意图，而成为自律的审美场域内的语言游戏。其背后的深层原因，则是抽象的“人”从其原本处的完整的政治经济领域中抽离出来，成为文学场域中“固定的坐标”。刘慈欣曾多次在访谈中表示对主流文学以“人”作为基本尺度的不满，希望科幻文学能够“超越自恋”，致力于“体验更多的东西，而不想只把精神局限于宇宙中的一粒灰尘上”。他超越了以“个人”为基准的单一样态的“现代文学”迷思，清醒地意识到“文学即人学”这些概念背后的单一现代性标准和自居于“普遍”

---

① 刘慈欣：《超越自恋——科幻给文学的机会》，《山西文学》2009年第7期。

② 刘慈欣：《重返伊甸园——科幻创作十年回顾》，《南方文坛》2010年第6期。

的压制性力量。

作为类型文学的科幻文学不是以“人”为中心的文学。在浩瀚的宇宙里，并非只有地球人这一种高等生物形态，存在着无数未知的宇宙形态。宇宙的“多样性”也必然决定了地球并非其中心，当然地球人也就更非其中心。刘慈欣曾经在《从大海见一滴水——对科幻小说中某些传统文学要素的反思》一文中这样写道：“人物的地位在科幻小说中的变化，与细节的变化一样，同样是由于科幻急剧扩大了文学描述空间的缘故，另一个重要原因是，由于科幻与科学天然的联系，使得它能够对人类在宇宙中的地位有一个清醒的认识……与传统文学不同，科幻小说有可能描写除人类之外的多个文明，并给这些文明及创造它的种族赋以不同的形象和性格。”所以，刘慈欣在文学创作时，具有“反人物性”，并不把人物当成作品的中心，故事围绕人物而写，而把注意力主要放在科幻构思上，人物只是讲故事的工具。故他小说中的人物存在很多评论家批评的“平面化”“类型化”“符号化”弊病。比如《三体》里的主要人物程心，作为中国传统“善”文化的代表，只是一个符号性人物，象征着我们长久以来奉为至尊的价值观和道德体系，面临着其他文明冲击或摧毁的危机。于是，区分科幻文学与普通文学的最大判断标准就是：作品中的类型元素，如科幻中的科幻创意、侦探中的推理等，是手段还是目的。如果这些元素，仅仅只是提供了一种背景、平台和工具，最终目的是用来表现人性的，那它就不是完全的科幻文学。如品钦的《万有引力之虹》、冯尼古特的《五号屠场》、戈尔丁的《蝇王》、奥威尔的《1984》等，这些都是很经典的作品，但一般不被当成科幻小说。

科幻文学具有世界性。它不同于其他普通文学，应该超越国界，属于世界文学范畴。优秀的科幻小说可以跨越语言与文化区隔，在其他国家的读者那里引起共鸣。不能单纯地以“中国科幻”“美国科幻”来界定科幻文学，因为作为幻想类文学，作为技术类文学，它可以打破疆界，不受国界限制，它所面临或者说要解决的是人类性问题，具有普遍性。这就是为什么刘慈欣“更愿意美国读者看《三体》，是因为它是一本科幻小说，而不是一本‘中国’的科幻小说”。即使是面对一位美国科幻作家的酷评，“2014 年所有的科幻作品都是垃圾，但是那个把原子二维化以后在上面刻电路的（即《三体》）是一个最有趣的垃圾”，刘慈欣也认为，“这是目前我看过的最到位的评价”①。

科幻文学具有普遍性。科幻文学里出现的人物非单个性存在，而是作为人类整体性出现的。在这里，人物所面临的危机、道德观、价值体系等，都是整个人类需要严肃面对的。例如《三体》里提出的宇宙多样生物形态、三体的威胁等严峻形势，不仅仅中国需要面对，全宇宙人都必须面对。于是，如何解决这类问题也就必然成为全球性世界性的大问题。所以，科幻并不囿于一国之限，它具有不容人忽视的超越性。尽管在中国，科幻文学一直依附于儿童文学，受众群也偏小龄化，但在美国，特别是在 20 世纪三四十年代的美国，科幻是一种大众文化，是一种启发成人思考未来、思考未知的高智慧文学。随着英语的普及、全球村的日益形成，美国读者也慢慢改变了他们以前很少接受翻译作品，只读自己本土作家用英语写的科幻的状况。特别是优秀译者的优秀译著，使得美国读者和出版机构对外来作品的兴趣更大，这种趋势未来应该还会进一步加强。也就是说，中国科幻面临着前所未有的大好时局：迅速走出国门，使世界认识中国科幻，也使中国读者认识世界科幻。

科幻文学具有独特的思维方式。科幻的思维方式是世界的。科幻思维基于科学但并不基于现实，基于科学使它有了更广阔的空间。科学帮助科幻思维摆脱了文学思维狭窄的束缚，把它从文学思维中解放出来。空间和时间在科幻思维下被压缩折叠。尽管科学猜想很像科幻，两者也没有绝对的区别，因为科学猜想本来就是一种科幻的思维方式，但是科幻更具超越性。在《三体》第一部的后半段有关于十一维空间的描述，这十一维空间一层一层地被展开，展到低维，体积变大，也变宏观了。

① 王瑶：《我依然想写出能让自己激动的科幻小说——作家刘慈欣访谈录》，《文艺研究》2015 年第 12 期。

这种写法就有赖于科幻思维。科幻思维是排列思维。在科幻中，作者可能会设想种种未来，或好或坏，但到底哪一种是最真实的最适合人类的，作者并不给出阐述。科幻思维是非线性思维或突变思维。科幻认为世界的改变不是一种平滑的改变，它是一种很陡峭的曲线，几乎接近于垂直，由一个个“奇点”组成。例如《时间回旋》里所表现的那种变化就是极端非线性变化：地球突然被一个时间膜包起来了，地球内部时间的流失速度比外界要慢上百万倍，这样一种变化，若用线性思维，显然是预测不到的。当前人工智能的变化也是非线性变化，科幻作家就是靠这种突变来讲故事。因此，刘慈欣的创作理念是从科学技术中寻找故事资源，试图用文学展现科学的美，用基于已知的科学规律的想象来构造自己的想象世界，用一句科幻评论中常说的话来说就是：试图构建一个超现实的但不是超自然的想象世界。

刘慈欣特别强调科幻文学的世界性，究其原因，既与他对科幻文学本质的理解有关，也与他对科幻文学在中国的命运的思考有关。他特别反对政治反对现实审美对文学的压制。自 1903 年鲁迅在日本将凡尔纳的科幻小说《大炮俱乐部》和《地底旅行》由日文以文言文形式翻译成中文，1904 年荒江钓叟发表了《月球殖民地小说》这一具有强烈的救国复兴主题的中国最早的原创科幻小说以来，中国科幻进行着艰难的蜕化。直到 20 世纪 90 年代才进入它的破茧成蝶时期，此期中国科幻文学作家成倍增加，作品风格和内容也日益丰富。作为科幻作家，刘慈欣的创作早至 1978—1981 年他读高中时。当时，他写了一篇关于外星人的短篇小说，投稿给天津的《新港》杂志，可惜没有任何回音。1980 年，又写了第一个长篇小说，主题是未来战争，也没有地方愿意发表。上大学时，因为 1983 年的“清污”运动，科幻出版受到沉重打击，他干脆辍笔停写。一直到 90 年代，他的作品才得以在公众面前亮相。在谈到他的《超新星纪元》创作发表的过程时，他说那是他第一次跟科幻界接触，也让他明白科幻文学在中国是怎样的艰难。“当时我把书稿寄给《科幻世界》主编杨潇，她找了很多出版机构都没有什么结果，十年之后才有出版机会。……说到当时的创作心态，现在记不太清了，但有一点可以肯定：《中国2185》也好，《超新星纪元》也好，都是妥协的产物。”[①] 科幻文学要健康发展，一定需要多元化的、多种风格并存的状态，一定要尊重科幻文学作为独立的文学类型的独特特征。这不仅是作家的责任，而且是出版界和文化产业部门的责任。

北京大学教授戴锦华认为，刘慈欣作为携带着当代中国的文化病症的“原创性”作家，具有不一般的力度、元气和信念。他的创作作为重要的参照，阐释着中国作者如何能够创造出某种非西方中心的知识，并进而重新理解中国的现实，想象中国的未来。我们完全有理由期待“刘氏科幻”慢慢将“文学”与“科幻迷色彩”[②] 融合，具有更精彩的未来、更诗意的阐释。

【研究文献索引】

1. 吴岩 . 科幻文学理论和学科体系建设 . 重庆出版社，2008 年 .

2. 刘茸茸 . 性别 · 寓言 · 乌托邦——刘慈欣《三体》中的文化启示与后人类想象 . 小说评论，2021（05）.

3. 余亮 . 刺破人文星空，谁是《三体》的同行者 . 文艺理论与批评，2021（04）.

4. 张泰旗 . 历史转轨与不断重释的“新纪元”——论刘慈欣科幻小说《超新星纪元》的版本演进 . 中国现代文学研究丛刊，2021（02）.

5. 杜学文 . 刘慈欣的宇宙、人类及其命运共同体 . 中国图书评论，2020（08）.

---

① 王瑶：《我依然想写出能让自己激动的科幻小说——作家刘慈欣访谈录》，《文艺研究》2015 年第 12 期。

② 刘慈欣在与吴岩的访谈时，袒露自己的写作方法很简单：“就是从一个创意、一个构思中挖掘故事资源，把它变成一个故事，所以就明显带有科幻迷色彩。”并进一步解释：“科幻迷色彩就是把主要的关注点都投入到科幻方面，对文学方面的人物、文笔、结构关注得不够。”紧接着，他解释了理由：科幻是需要创意的文学，如果一部科幻小说的科幻环境和人物都是变量，那么这样的小说将不忍卒读。

6. 李杨.《三体》与“文学”. 当代文坛，2020（02）.

7. 段崇轩. 现实距离科幻有多远——刘慈欣科幻小说漫论. 南方文坛，2019（02）.

8. 王瑶.“冷酷的方程式”与当代中国科幻中的“铁笼困境”. 文学评论，2017（06）.

9. 吴岩，方晓庆. 刘慈欣与新古典主义科幻小说. 湖南科技学院学报，2006（02）.

10. 严锋. 创世与灭寂——刘慈欣的宇宙诗学. 南方文坛，2011（05）.

11. 贾立元.“光荣中华”：刘慈欣科幻小说中的中国形象. 渤海大学学报（哲学社会科学版），2011（01）.

12. 李广益. 中国转向外在：论刘慈欣科幻小说的文学史意义. 中国现代文学研究丛刊，2017（08）.

13. 刘媛. 科学思维与人文思考的张力——评刘慈欣《三体》三部曲. 中国现代文学研究丛刊，2016（01）.

14. 王静静. 论刘慈欣《三体》中的文革叙事. 小说评论，2016（03）.

15. 吴言. 同宇宙重新建立连接——刘慈欣综论. 南方文坛，2015（06）.

【思考练习】

1. 刘慈欣的科幻文学创作，让中国科幻走出国门、走向世界。某种程度上，他的科幻写作可以说是代表着中国科幻文学的最高峰。严锋敏锐地看到，“他不是一个人在战斗，他的背后有一个强大的话语场域”。请结合具体社会语境，探讨刘慈欣科幻创作的“中国元素”。

2. 1903年，鲁迅在《月界旅行·弁言》中提出科幻小说应该“经以科学，纬以人情”。请结合作品内容，具体论述刘慈欣是如何实现“科学”与“人情”融合的。

第四章　笛安

【作家小传】

笛安（1983—），山西太原人。2001 年毕业于太原五中，考入山西大学历史学专业。2002 年赴法国巴黎索邦大学学习社会学，2010 年获得硕士学位。自 2003 年发表处女作《姐姐的丛林》以来，先后创作了《告别天堂》《芙蓉如面柳如眉》《龙城三部曲》《南方有令秧》《景恒街》等长篇小说。《南方有令秧》获第三届人民文学新人奖·长篇小说奖。《景恒街》获 2018 年度人民文学奖长篇小说奖。

【精读作品】

《龙城三部曲》《南方有令秧》《景恒街》

【经典评论】

笛安的创作主题，无论是都市青年的生活状态，还是老年痴呆症患者、独生子女、城市底层人物的命运，或是现代城市家族的复杂性，都与城市密切相关。她笔下的人物都对城市生活有着浓厚的“乡愁”，即，对城市家乡的深深的热爱、眷恋之情。这种“城市乡愁”，使得这些人以一种“现世姿态”积极面对城市生活。通过对基于自身经验的“城市乡愁”和城市生活的“现世姿态”的表现，笛安以全新的视野来审视现代城市生活，其城市文学写作独具特色。

（张自春：《“城市怀乡”的实感书写——笛安小说论》，《南方文

坛》2015 年第 3 期）

如果说 80 后的作家，往往率先抵达细节，而忽略情节，笛安则是一个善于编织情节的人。她的情节以人物为线索铺陈开来，擅长多线索叙事，或者不同人叙述同一件事情，将情节集中在一点时，突然翻转，然后向不可控的方向发展。如果绘制曲线图，她的情节线都是上下起伏，忽高忽低，尽管前面埋了一些伏笔，但作者还是要自己把情节掀翻。因为按照小说里的情境，人物做出的决定并非合情合理。例如一向温和的西决突然开车撞向陈医生，并且当着孩子的面再三碾压。……由于作者的过多干预造成的陡转，而陡转的类型又相对有限，使得笛安小说里的情节充满了雷同与巧合。

（霍艳：《对被定义世界的质疑——笛安论》，《扬子江评论》2015 年第 4 期）

笛安完全不夸大性别冲突与矛盾，将性别的尖锐对立消解于无形，也许在她的心中，是真的将男女平等来看的，他们都面临着人生的挣扎、自我实现时蜕变的痛。笛安无意识地完成了人类整体性别意识对单一性别意识的超越，打破了两性对立的偏激认识，走向了双性和谐的诗学轨道。

（赵春秀：《迷惘中的回归——从笛安的“龙城”三部曲谈起》，《文艺争鸣》2013 年第 1 期）

《南方有令秧》仍然是一篇关于“成长”问题的小说，作者将这样一个母题安顿在令秧身上，通过女子独特的社会和自我生命两种成长的内部对话，引出对“教育”的反思。令秧首先是自然生命的一个主体，按照常理，她自有符合自然规律的生命节奏，这种大自然的节奏被经验性地总结概括之后，逐渐在具体的历史情境中被抽象为某种整体性的规定，如裹脚、许亲、绣楼、出嫁、生育、操持家务等等。整体性的社会规定同时跟社会诸多相关的规定配合，在具体的历史情境中，如明朝万历年间，形成强大的律令，最终构成社会性规定对女子完备的规训。事实上，历史情境中具体的个人，并不是像我们抽象话语讨论中如此紧张和不自由。小说里写到的像令秧的嫂子、表姐、云巧、蕙姨娘等女子，大多数具体时代中的人们基于囿于先天和后天的种种限制，难以有契机和能量思考和质疑此生巨大的历史惯性，更为倾向“自然地”接受社会对生命的某种外在强制规范，终其一生自得其乐。这种不被质疑的“自然”接受，事实上，是一种“教育”过程。

（李一：《虚构·写实·经验——重读笛安的〈南方有令秧〉》，《小说评论》2017 年第 4 期）

【基本面貌】

笛安、郭敬明等这个世纪初成长起来的年轻作家不仅仅构成了一代人的梦，也成为刚刚过去的那个时代的“写手”模式——先是在国家举办的中学生作文大赛上获奖，然后挣出高考泥潭，把写作当作自己谋生的手段，最后华丽变身。所以，很多人在成名后，或另谋出路，或创作枯竭，很少有把写作当成事业来经营的。但是笛安是个例外，这么多年她一直在艰难地跋涉着，不但超越着别人，而且超越着自己。正如她自己所说：“我个人总是觉得，有一样东西标志着一个写作者最起码的独立，那就是看他的写作究竟是想要超越别人，还是想要超越自己。总是想着超越别人的作者是不自由的，可是想要超越自己的作者又特别容易困惑。我眼下就在‘不自由’和‘困惑’之间挣扎摇摆，但是我不怕。我从不认为就算我写出来让自己真正满意的作品，就能获得内心的宁静。但是，写作给了我勇气，让我勇敢地面对这个不宁静也不美好的自己。”尽管她自以为自己一直挣扎在“不宁静也不美好”的泥淖中，但在不知不觉间，她早已经走出很远，走得连自己恐怕都有些吃惊。先是述写校园述写代际的“青春写作”，到关注龙城关注家族的“青春变体叙事”，再到叩问历史叩问女性的“新历史小说”，笛安扎实地行进在自己的创作之途。

青春的痛

什么是青春？什么是青春写作？这是需要深刻思考然后再确定的命题。青春，就外在年龄上，可能是二三十岁如花般的年纪；但就心理年龄，又可能是外在年龄已经远远超过青春年纪，但在心理上仍然停留在二三十岁。所以，青春写作也有这样的窘境。它可以是正处于青春年纪的作家述写青春讴歌青春的在场写作，也可以是“老龄青年”仍然聚焦青春，对青春有距离的不在场的反观或追述。五四新文学应该是中国现代文学史上最早的“青春写作”，它的主要读者是新式教育培养出来的青年学生和知识分子，这就决定了以此开创的“新文学”作品与青年即年轻的创作者和年轻的读者之间具有“同声相应”现象。这与五四新文化运动的启蒙主张，以及由此逐渐形成的“时代的审美趣味与普遍的关注热点”有重要关系。同样，21 世纪初以来的“青春写作”也存在作者与读者的“同声相应”现象。不管郭敬明初期的《幻城》《梦里花落知多少》，还是近几年的“小时代系列”，都切中了青春读者躁动不安的心灵，激起他们强烈的共鸣。笛安的小说亦是如此，无论是她早期的《姐姐的丛林》，还是后来的《西决》《东霓》《南音》，都表达了青年隐晦的无法言说的青春心事，深受青年读者的喜爱。笛安也一次又一次地荣登中国作家富豪榜。这一切都要求我们不得不正视这严酷的“创作经济规律”，因为以笛安为首的青春写手的作品无形之中一步一步静静地塑造着青春读者的世界观、价值观和审美观。

与其他青春写手不同，笛安寻找的是另一种表达青春的方式，她以残缺为前提，展示青春的破坏力——既对他人也对自身的伤害，探索生命拷问后的美好。于是，她笔下几乎所有的人物都是孤独的，这种孤独不是来自西方现代小说里人生就的孤独宿命和性格表达，而是在中国传统的家族血缘伦理生活中以家庭的不完整而形成的人物性格的残缺，或者说是“代际伤痛”。她的所谓成长是一种修补，即尽其所能修补被剥夺的美好童年，以期创造美好的未来。如《西决》《东霓》《南音》里的人物，无论是东霓、陈嫣、江薏，还是西决，都在他们的人生还未展开时，破碎就已经存在，破碎成为人物性格的重要甚至是唯一解释原因。年轻的笛安故意强化这种先天的破碎——因为父母在他们成长里的缺失造成他们面对真正属于他们的人生时的各种暗疾。如《西决》中的陈嫣说出了先天家庭残缺对他们最为重要的一个剥夺：

> 在这个世界上，我不可能心安理得地向任何人提要求，也不可能心安理得地接受任何人给我的东西。以前我以为我找到了你，这个情况可以改变的。但是我发现我错了。所以我想要一个孩子，只有一个孩子才是我真正的、百分之百的亲人。我的孩子可以对我理直气壮地需索无度，我的孩子可以理直气壮地享受所有我对他的好。我要我的孩子像南音一样，因为家里有一个，或者一群他可以完全信任的亲人，所以他就不会像你我一样，带着那么多的怨气和戒心活着。

小说中回应这段话的地方很多，西决讲过：“我希望南音永远都不要长大，永远都不要把看别人的脸色当成自然而然的事。”东霓质问过西决：“你有家吗？明明是寄人篱下，还总是张嘴闭嘴地用‘一家人’来压我，我看不惯你这副奴才相。”当读者回味这三段话时，三婶的形象塑造背后是这些被伤害的年轻生命说不出来的痛。诸如“我们都从彼此的眼中看见了一种疼痛的东西”，这种东西到底是什么？这里写出的是种在某种伦理道德价值观之下说不出来的痛。如此伤害，问题已到隐秘深渊。这些看似倔强、乖戾抑或懂事、老成之人以两种极端不同的方式表达生命的高度紧张，在他们这里，任何事情都可能刺痛内心。当南音跟苏远智可以尖利地争吵、分手而后温暖地拥抱和解时，这些受伤的灵魂却从未停歇过重建信心和建设自己的家的艰苦努力。其中东霓是最紧张的塑造，她身上藏满了秘密，以至到现在为止，笛安还留了空当——雪碧的父亲，也就是那个真正改变了东霓人生的男子。笛安好像在让她经过重重的人生考验，经过完全是内化到自己身心的求索，而后抵达内心，上演一场内心对整个人的审问，这种自审的表达着实可贵，不过目前还没有实现新的开拓或者精神上真正有贡献的掘进。凡到紧张的地方，那股气自然就泄掉了，似乎书写背面缺少一种类似宗教信仰的思想资源，所以故事再次落入俗套。真正落实到创作人物的行动中，这里的虚构并未产生精神上的成果，那么这种虚构行为的意义在哪里？

《东霓》在笛安的作品中首次集中地展现中国被计划生育了的一代之成长的孤独。那些正在长大的孩子仿若是一个个懵懂的天使，于人于事都端着世间本该那般美好的执念。好像由于从小缺了父母的严格管教，少了兄弟姊妹间的争斗，在十三四到十七八岁的年纪里，他们一个个都变得没有烟火气。所以江东说："高速公路是我在这个世界上最喜欢的地方。"这种喜欢，同样被西决和东霓这两个无家之人所分享。配合着江东的高速公路的是他从小梦中萦绕的火车站。在这"远离"情结中，是夸大了的异乡美好。不用等到青春落潮，这些被放逐了的青年心中就会酿出说不尽的乡愁。

笛安的"青春写作"贡献正在于，她不仅紧紧抓住这些"残缺"型人物，写出了在目前道德价值体系中很难表达的青春的痛；而且在于她通过类似单亲家庭抑或独生子女书写，提供了一种独特的"中国式孤独"。

正如著名评论家谢有顺所说："笛安有一种写作的野心，一种掌控语言和代言一代人青春的野心。她的小说，建基于个人经验，但也不忘省察这代人的个人经验里有多少是被上一代人的价值观所塑造。在这种代际冲突和代际伦理里，爱与恨，伤害与疼惜，饶恕与感恩，孤独与温暖，美与幻灭，都因为笛安一次毅然的文学出走，而获得了宽阔、准确的理解。……笛安已不再仅仅为青春伤怀，她正带着这代人的记忆和尖锐，为一种更庄严的人生辩论做好了准备。"

龙城乡愁

笛安的创作主题，无论是都市青年的生活状态，还是老年痴呆症患者、独生子女、城市底层人物的命运，或是现代城市家族的复杂性，都与城市密切相关。她笔下的人物都对城市生活有着浓厚的"乡愁"，即，对城市家乡的深深的热爱、眷恋之情。这种"城市乡愁"，使得这些人以一种"现世姿态"积极面对城市生活。

笛安认为，"对于中国而言——我们其实还缺少真正意义上的描写都市的卓越的文学作品。""所谓都市文学，指的并不全是描写工业化或后工业时代的城市生活，不全是描写大城市里的生存状态，更重要的，是一种只可能诞生于都市中的情感模式，用我自己的更为文艺腔的表达，所谓都市写作，一定要有的，是对于都市的乡愁。"[①] 笛安所说的"对于都市的乡愁"，包含两个层面的意思：其一是对城市这个唯一家乡的特殊、复杂的情感，其二是生活于城市中的人的复杂生活情绪与态度。这两方面的内涵，我们在笛安的表达基础上稍加提炼，不妨称之为"城市乡愁"。对"城市乡愁"的表达，首先源于她对家乡太原的特殊情感。对笛安来说，太原这座"暗沉的工业城市""闭塞、冷漠，没有艺术，没有生机"，却让她产生了眷恋之情。如笛安所言："可是我没有想到，在我真正离开家乡的时候，我开始写作。因为我很想念它。我自己也不知道我居然会这么想念它。这个位于一个贫瘠而辽阔的高原上的城市，每年春天都会刮着至情至性的长风。我这才知道我原来是眷恋它的。"[②] 这里的生存景观、人文环境都赋予了笛安书写的可能。因此，笛安的小说大多以"北方高原上的工业城市"龙城为背景，或者与其有着千丝万缕的联系。

笛安认为城市文学应该有一个"都市审美体系"："首先包括人和人之间疏离带来的安全感，包括一些蔓延到天边撞上了落日的高速公路，

① 笛安：《都市青春梦》，《名作欣赏·上旬刊》2013 年第 4 期。
② 笛安：《永远记得回来的方向》，《新作文（高中版）》2007 年第 10 期。

以及这些公路边那些间距像星星一样的加油站，包括人们在漂泊中所体会到的只有‘漂泊’本身才能抵消的失落，包括交给所有工业产品的那种真挚的柔情。”[①] 这正是她笔下的“城市乡愁”的另一个层面，即生活在城市中的人与人、人与物之间的复杂情感。这种情感表现在多个方面，如西决、东霓、周雷等人虽然厌恶他们的家乡城市，却心甘情愿地回到那里生活的矛盾性，如雪碧赋予了自己的玩具小熊以“弟弟”般的生命和感情的怪异，又如年幼的情侣丁小洛、罗凯坦然奔赴死亡的荒诞。笛安笔下的“城市乡愁”表现在以下几个方面：

其一，表现于人物对城市的眷恋之情。笛安笔下的人物绝大多数生活于城市，并且对城市有着深深的热爱之情，而这种热爱是普通的真实情感，并非前辈作家们所批判的变态、扭曲的欲望化情感。笛安小说中出现得最多的城市是“龙城”。在她笔下，“龙城”是一个“贫乏的北方城市”，它“充斥着钢铁、工厂的冰冷气息”，它的“空气永远污浊，天空永远沉闷，冬季永远荒凉，春季永远漫天黄沙”；然而，正是这个“糟糕的城市”，总是吸引着她笔下的人物在此生活。《告别天堂》中的宋天杨，大学毕业后回到家乡城市一所医院当护士，并乐观地告诫自己“要知足”；周雷在全国多个城市闯荡多年之后，也回到了自己的家乡城市，过起看似飘忽却自得其乐的生活。“龙城三部曲”中的西决，大学毕业之后，与女友回到龙城工作、生活；连性格张扬、能拼能闯的东霓，在中国南方、新加坡、北京、美国等地游荡多年后，也回到龙城开起了自己的酒吧。对这些人物来说，这座城市是他们的唯一居所，也是他们最后的避难地，它“会在那个时候弥漫出一种同舟共济的温暖，虽然只是暂时”。即便遇到各种挫折，他们并未想要远离城市——城市生活对他们来说是日常的、不可或缺的，他们对其生活方式已有强烈的认同感，并将城市看作他们唯一的“故乡”，因此即便城市有恶劣的风沙，有雪灾，有污染，他们也不会对城市表现出强烈的厌弃感，也不向往乡村生活。

① 笛安：《都市青春梦》，《名作欣赏·上旬刊》2013 年第 4 期。

长期生存的城市给了他们太多的记忆，也给了他们熟悉的安全感，当他们的经历让他们无法忘却人与人之间疏离的疼痛感时，有的人选择了离开，有的人选择了坚守，但无论如何，他们总选择在城市中落脚，并全力以赴地适应城市生活，享受城市生活。

其二，“城市乡愁”表现于对复杂的成长经验的缅怀。笛安的很多小说都涉及成长的疼痛，如《姐姐的丛林》《请你保佑我》《宇宙》以及《莉莉》等，表现出青春成长中的怅惋和对命运选择的困惑。《告别的天堂》这部有着作者成长痕迹的小说，其主题就是青春、爱情、成长。小说中既有龙威、袁亮、张雯纹、罗浩等少年的早熟，也有江东、天杨、周雷、肖强、方可寒等人之间复杂的青春成长记忆，这些内容都以成人视角呈现出来，以成人的眼光去观照青春期复杂的人际关系，富含对成长经验的总结、缅怀意味。《光辉岁月》中，谷棋和“陈浩南”因为手机铃声《光辉岁月》相见恨晚，他们共同回忆起他们生命历程中的“那个时候”“八十年代”“1998 年”“2001 年”等逝去的时光，他们怀念着曾经流行的歌曲，分享着曾经有过的寻呼台记忆，对比着电脑时代、手机时代到来对生活的影响，小说中充满对成长记忆中的往事已无法重现的感伤和无奈，而谷棋对过去的回忆，正是对她所生长的龙城历史变迁的记录。成长记忆中的友情、爱情的感怀，对逝去岁月的怅惋，也是其“城市乡愁”的组成部分。

其三，“城市乡愁”表现于人物心理的复杂性。或许因为对城市生活过于眷恋，笛安笔下的人物都能够与城市“坦诚相见”，将真实的自己袒露于现代城市生活中。因此，这些人物既有变态、阴暗、孤独和失落的一面，也有自责、反省和自我救赎的表现。他们中有的人为了爱情，为了舒适的生活，积极寻找着，探索着，为此付出代价；有的人则默默地承受着，看着别人的悲欢离合，要么伸出援助之手，要么做出意想不到的伤害行为。《怀念小龙女》中的海凝、《请你保佑我》中的“我”、《芙蓉如面柳如眉》中的孟蓝，因为隐藏多年的嫉妒、自私的爱，做出残忍的举动，制造了悲剧：海凝毁坏小龙女的名誉，“我”让宁夏的命运很曲折，孟蓝甚至毁坏了夏芳然的容貌。“三部曲”的大伯和伯母，彼此之间感情深厚，却总是残忍地互相打骂和虐待，当大伯病危时，伯母一反常态，精心照顾大伯，大伯死了她却不愿意面对事实，她隐瞒真相，仍精心照料着大伯的尸体；东霓虽然以自己和方靖晖先天残疾的儿子来要挟方靖晖，以获取金钱利益，但她最终忏悔了，与方靖晖愉快相处，在抚养孩子上做出了让步。笛安在这些人身上表现出了普通人复杂的日常心态，真实而不乏深刻。

其四，“城市乡愁”还表现于对精神寄托的寻找。笛安在其小说中开拓了想象的空间，在生活实体之外提供精神寄托和精神安慰。第一是童话想象，《莉莉》描写了狮子莉莉与猎人、狮子阿朗、猎犬巴特之间的真挚感情，探讨了人与动物之间感情的可塑性。《南音》中，外星小孩、小熊、小仙女对于姐姐的寻找，实际上是一种对生存信念、对彼此亲近的安全感的寻找，虽然最终没找到姐姐，但它们感受到了一种温馨。这些童话色彩的存在，对于调节小说气氛、表现人物理想有着重要作用。对现实生活以外的美好生活的向往和想象，表现出现代人面对生活的复杂情感。第二是小镇想象。笛安似乎对小镇有着浓厚兴趣，其作品中常出现“小镇”。《南音》中多次提及“小镇”和“小镇老人”，南音所编的童话以小镇结束，伯母再婚，婚礼也在郊外小镇上举行；笛安甚至给小说集《妩媚航班》的后记冠以“那个小镇上”之名，足以看出笛安对小镇的迷恋和钟情。笛安笔下的“小镇”上总是有雪，有孤独的房子，有卖风筝的老人，看上去美好，却也孤独、荒凉。她以幻想的小镇，描绘出某种超脱于城市生活的理想。正如她所言：“后来，我就把那个寂静雪白的小镇写进了我的小说里。它不止一次地出现在女主角南音的梦中。那其实也是我的梦想。——我渴望着终有一天，我和我所有的小说一起，被埋葬在这样的小镇上，在积雪堆里，在这种人烟稀少，雪像是有生命的异乡。”[①] 这种理想至少表明，笛安及其笔下人物，在充分体验

① 陈晓明:《现代性的幻象：当代理论与文学的隐蔽转向》，福建教育出版社 2008 年版。

着城市现世生活时，也曾将小镇作为遭遇困境时的一种寄托，也幻想过有一个小镇能够安静生活。

深刻的内涵加上圆熟的技巧和精美的表达，使笛安的小说可读性很强，有论者认为她“既有着‘80后’一代的想象特质，又有着传统文学的技法与朴质，散发出一种既陌生又熟悉的味道”①。这也是笛安的尴尬：一方面，由于作品的畅销被看作是市场化写作者；另一方面，其作品中特有的气质又深受“严肃文学”论者垂青。无论如何，在文学写作多样化的今天，单纯用一种标准衡量文学是褊狭的。尽管笛安的创作在题材上仍有一定局限性，故事戏剧化倾向也较为普遍，但笛安的城市书写和城市文学建构的目标，以及她在人物精神塑造上的深度、技巧和语言方面的把握能力，都表明笛安的现世感极强的城市文学书写有着不可忽略的价值。

女性塔里的声音

作为女性作家，笛安近几年越来越重视女性声音的发出、女性意识的强化。《南方有令秧》缘于她的徽州旅行，后经过多方面的历史资料积累，笛安终于在2013年完成了这部颇具分量的小说，也实现了长久以来她想要创作历史小说的梦想，成为她直刺历史女性生存境遇的力作。

一、这是一场“失贞”“少女”的牌坊战

令秧作为小说的主人公，笛安似乎着意渲染她的“未长成”性。十六岁时，正处于爱情懵懂年纪的她，抱着对海棠姐和表哥的爱情的羡慕和嫉妒，甚至向往嫁入了唐家。对于丈夫唐简，她没有什么感觉，只是由于伦理观念的输入，使她与生俱来地想要依靠这个年龄足以做自己父亲的男人。可惜丈夫死得太早了，嫁入唐家不满一年的她就成了寡妇。

① 王婷：《论笛安》，《南方文坛》2010年第5期。

出于家族利益的考虑，她被唐氏宗族逼上了断头台。在生与死的抉择面前，她连死的勇气都没有。是门婆子的同情，把她从死亡边缘拉了回来。从此，她开始跌入周围人为她编织的一个又一个圈套。尽管这些圈套是为了救她性命，但是她身不由已地犹如傀儡一般经历着别人为她设计的人生。为了从"假怀孕"的圈套中脱出，她跌入了失贞于丈夫儿子的泥潭；为了营造她守贞于丈夫、保守名节的"事实"，她跌入了为声名造势的"百孀宴"；为了堵住众人不是谣言的"谣言"，她不得不自残左臂……于是，一个夫死守节、坚贞清白的烈妇唐王氏凸显在公众面前。而嫁入唐家的这十五年，她从来没有长大，从来不知道爱情是什么。即便笛安后来为她安排了一场看似轰轰烈烈并为此甘愿付出生命代价的爱情，但读者更多感受到的也不过是一个少女飞蛾扑火般的自我毁灭。就这样，一个"少女"，一个"失贞"少女，一个在他人执导下的"失贞少女"，为了她根本不知道何物的"牌坊"，进行了一场殊死搏斗的"贞节战"。这是怎样的悖论啊，笛安让她的主人公以一种特别荒诞的方式进行了一场荒诞的战争。

在这场荒唐的"牌坊"战中，唐家的女性很自然地结成了坚固的"女性阵营"，甚至还借助了异性谢舜珲的力量。先是素不相识的门婆子看着未长成人的令秧可怜，撒了弥天大谎，说她已有"喜脉"，使其捡回一条性命；后是唐简的姨太太蕙娘拿出自己的"体己钱"去堵大夫的嘴；再是管家娘子亲自出面说服令秧丈夫唐简的儿子唐炎与令秧行房事完成借种怀孕；还有贴身侍奉并全程参与其"乱伦"的连翘，为她断臂以示清白、跑上跑下做准备的小如……唐家的女性，为了令秧的这场"牌坊战"，真可谓是众志成城。

笛安曾说过："对我来说，写作并不是生活的任何一部分，而是我对抗生活的方式。"[①] 通过坚强的女性联盟，笛安表现了她对女性对历史的深层思考。在一个壁垒森严的封建宗法制社会，尽管明朝末期时局动

① 笛安:《怀念小龙女》，明天出版社 2007 年版。

荡，但几千年来深入民心的伦理道德观念在徽州，在这个盛产节妇烈女的徽州，并没有丝毫地动摇。所以，也就有了丈夫前脚刚死，后脚热孝在身的令秧被拉入唐家祠堂“逼死”的残忍之事。

“死？还是生？”这是一个艰难的选择。为了生存，女性们很自然地结成同盟来对抗这严酷的男权社会，以反抗他们惨绝人寰的非理性。于是，“政治强制性”借助于宗族力量，与人的自然生存本能、简单的人性关怀以及坚强的生命韧性等内容混杂的“民间文化绵长性”形成对峙。正是依助于此，唐家的女性们大无畏地走上了捍卫生命的战场。但她们不得不借助于招牌，借助于封建社会所给予她们的“生存夹缝”——为牌坊而生，灭掉七情六欲，看似活着实则死了地活着。

这也就不难理解，到了后期，令秧为什么会成为唐氏家族的招牌。可惜的是，经历了十多年非人的牌坊教育和烈妇炼狱般的生活，看似长大成人、执掌门户的令秧，实际上在情感上根本没有长大。因为社会的摧残，她根本没有正常人应该有的正常的七情六欲。她没有爱，不会爱。所以，她推开了周围的很多人，包括女性阵营中的连翘、蕙娘，只留下可以称之为“精神导师”的谢舜珲。而且，她还残忍地推开了救自己一命的亲生女儿溦姐儿，内心深处她总认为溦姐儿是自己的耻辱柱，是自己不贞的见证。甚至不惜将她推入比自己还悲惨的深渊——让女儿抱着早夭丈夫的灵牌嫁入夫家！因为就她现在的道德理念，这是再正常不过的事情。因此，这个在情欲上没有长大的女人，在伦理上倒是让封建社会给锻造得炉火纯青,成为水火不侵的“理欲之人”,成为不折不扣的“牌坊代言人”。读着令秧的命运，总是会想到张爱玲笔下那个“母性缺失”的“曹七巧”。同样作为母亲，她们已经失去了为人母的资格，正是她们的听之任之，甚至推波助澜，彻底毁掉了女儿的一生！

作为病态的女人，令秧同样还是一个“象征性的病态符号”。在做女儿时，她就有脚疾，大概因为缠脚的后遗症，令秧留下了“脚刺”的隐患。接着,为了保全自己贞妇的声名,她又自断左臂,成为左侧轻飘飘、左右失衡的跛子。尽管相貌冰冷美丽，凛然不可侵犯，但四肢形体上的伤残，使这个痛苦挣扎于男权社会的女性富含象征意味。是谁造成了这个“失贞少女”身心的双重残疾？令秧犹如一把利剑直刺封建伦理道德，给这个“牌坊大战”的悲剧更增添了无穷的悲凉之气。

更加不幸的是，这个紧密的女性阵营是那样不堪一击。首先，深幽豪门宅院的女性对男权世界有天然的隔膜。就在令秧马上就要被逼死，奔赴黄泉的时候，在家中忙作一团的蕙娘她们还将其想象成轻松的“断指”就可以了结。这个天真的不谙世事的女性阵营，要去对抗强大的坚不可摧的男性强权，犹如以卵击石。其次，这个女性阵营的维系基础不是纲领性的,而是情感性的。出于对令秧的同情,她们很自然地走到一起，携起手来。一旦找到自己的情感寄托，她们就会离开。比如连翘。再次，这个女性阵营的结盟是临时性的。她们没有长久的计划，只是权宜之计，等危机过去之后，就会鸟兽状溃散。最后，也是最重要的，因为没有共同的思想基础，所以女性阵营中的“倒戈”现象时有发生。尤其是处于阵营中心的令秧，作为主体，首先倒向了女性最应该共同反对的男权标志物“牌坊”！

二、体现了中国古代，尤其是明朝的“伪”士大夫文化

蒋韵在《隐秘盛开》中借汤显祖《牡丹亭》中杜丽娘“为情而死、为爱而生”为背景，讲述了一个凄怆缠绵的“暗恋”故事。尽管在《南方有令秧》里,笛安讲述了一个无欲无爱的烈妇故事,但和蒋韵相同的是，她也选择了汤显祖来造势。在短暂的历史和漫长的现实之间，笛安有意识地渲染了以汤显祖、李贽为代表的“觉醒文化”背景，以加深令秧的悲剧深度。只是正如王瑞、毕文君所言,《南方有令秧》中的历史是“伪历史”[①]。万历十五年这段历史中的士大夫文化被架空，笛安是将一个具有现代性内核的故事放在了没有历史存在感的历史之中。

据袁德良先生所述，中国传统士大夫政治文化传统的一个重要特征

① 王瑞、毕文君:《论笛安长篇新作〈南方有令秧〉》,《石家庄学院学报》2015年第5期。

就是自身的“两重性”，即“兼济天下”与“独善其身”、“道高于势”与“曲学阿世”、“服膺儒教”与“外宽内忌”、“批判、高调”与“缄默、中庸”相辅相成，水乳交融。[①]到了明朝万历年间，社会时局动荡，商品经济兴起，“心学”思想盛行。士大夫们，或继续在庙堂之上惨淡经营；或干脆脱离庙堂，在野讲学清议。因此，晚明士大夫文化中“觉民行道”与“得君行道”的上下行路线并存。作为那个时代的士大夫，谢舜珲选择了游离于制度之外，不仅远离庙堂，而且买醉风月，是一个虽长期逗留于烟花场所，却不迷失于男女情欲的性情中人。出于对官场沉浮的“恐惧”，他安于“闲云野鹤”式的生活，因为他认为“天下不过只有皇上一个男人”，其余的普通男子，包括满朝文武，也都不过是“怨妇”。

基于“中国古代的士大夫文化中有很多非常美好的东西，浪漫，悠远，以及情怀”[②]的认识，在小说文本中，谢舜珲作为晚明“士大夫文化”的集中体现者，笛安刻意将其塑造得美好高尚：女性阵营的同构者。

小说的主人公令秧不识字，是唐氏宗族中的权威人物十一公让她知道了这世界上有贞女、有烈妇，有受皇帝嘉奖，能给宗族带来精神荣耀和现实利益的“牌坊”。就在这扇开往中国封建传统伦理道德的窗口呼啦啦地充满血腥地被打开之后，是士大夫谢舜珲自愿充当了令秧的“牌坊启蒙者”，或者说“精神导师”。一开始他完全可以全身而退，因为他只是一个旁观者，而非“共谋者”。但他选择了“站出”，主动承担了这场战争的引导和捍卫责任。正是他，在与令秧讨论“守贞”与“牌坊”的事情时，让令秧明白了血淋淋的事实——“说到底，能不能让朝廷知道这个女人，还是男人说了算的。”从此，令秧开始将其奉为“神”，心甘情愿地向其讨教“牌坊战”的谋划、策略。谢舜珲也乐意把替令秧谋取牌坊当成事业来进行。是他把通往封建伦理的窗口开大开广，是他让

① 袁德良：《中国古代士大夫政治文化传统的两重性分析》，《河南大学学报（社会科学版）》2008年第2期。

② 姜锐：《乡愁，人类共同的情怀：对话〈文艺风赏〉主编笛安》，《厦门航空》2011年第9期。

令秧一步步坚定心志，也是他引领着令秧艰难地攀爬着贞女烈妇的坎坷路途。也正因为这样，谢舜琿如同令秧一样，显示了其存在的荒诞性。

明朝末期，李贽、汤显祖等人早已用“童心说”“性情说”开启了民智。在文本中，作为精英阶层的谢舜琿与汤显祖还是好朋友，那就更应该把握“人之本性”这一铁之规律。但是，他却在无意官场的同时，费尽心机地经营着一个女人的牌坊事业，这多少有悖情理。是故意反抗，把封建时代作为寡妇的最高荣誉——牌坊——置于可笑的境地？（因为令秧当时已经不忠于死去的丈夫,违背了“一女不事二夫”的基本规则。）可为什么到了后期还要出“断臂自残”表明心志的馊主意？难道他不明白这会使一个无辜的女人更加不幸？……一连串的疑问问下去，会发现这个人物存在致命的问题：缺少足够的历史支撑。

更加值得玩味的是，随着情节的展开，在读者的阅读期待中，总以为谢舜琿会与令秧发生些男女情事，尤其是谢舜琿竟然会送令秧春宫图。但笛安却出人意料地安排了令秧与唐璞的情事。这“突转”的情节，是笛安故意为之，还是人物自身性格发展逻辑所致？细细梳理总觉蹊跷，似乎从一开始笛安就有意识地要把男性作为女性世界的附庸物。谢舜琿与唐璞一样，都是为了完成令秧可悲可泣的牌坊事业而来，只不过一个是“伦理导师”，一个是“性欲导师”。

三、发出了“阁楼里的疯女人”的共同呼声

根据克林斯·布鲁克斯在《反讽与反讽诗》中所言，“反讽，是承受语境的压力”，是“一种用修正来确定态度的方法”。也就是说，反讽是文本中的词语受到语境的压力而意义发生扭曲，形成所言非所指的叙述效果。《南方有令秧》某种意义上也是一部典型的反讽小说。

唐家的这一群女性，表面上过着忠贞纯洁的生活，暗地里却各有各的“一把辛酸泪”。老夫人年轻时与管家偷情，儿子唐简回来后设计逼死了管家，逼疯了老夫人；姨太太蕙娘在唐简死后蓄意勾引进入唐家复仇的管家之子侯武，使其成为自己的性欲对象；令秧为保全性命，在众

人的安排下与丈夫的儿子唐炎发生了乱伦，生下女儿唐溦儿；少奶奶兰馨竟然与自己丈夫的妹妹三姑娘发生同性恋，大白天滚在床上行云雨之事；奴仆连翘禁不起诱惑，与在唐家行医的罗大夫发生苟且之事，不得不嫁给他离开唐家……笛安有意借鉴《红楼梦》的笔墨，写出了唐家作为大家族从上到下的腐朽糜烂。只是因为老夫人的失德发疯，使她缺乏贾母的淫威，故而整个唐家陷入一片无章无序的境地。在男权主义者眼中，这是一个“恶女人”充斥的世界。个个看似天使，实则魔鬼；看似圣女，实则荡妇。从这个意义上讲，《南方有令秧》作为一部反讽小说，既采用了“以贞写淫”的手法，呈现了在宗法制社会的男权压制下女人们过着怎样悲惨的生活；又采用了“以淫写贞”的手法，表现了封建社会女性正常的生命本能受到了怎样的扭曲！

套用“阁楼里的疯女人”，老夫人可以称作唐家唯一一个清醒的疯子。年轻时的幽闭生活，使她偷情于管家。正当男欢女爱纵情享受之时，儿子唐简突兀归家，情爱戛然而止。被逼疯的老夫人眼睁睁地看着年过半百的儿子可以娶三妻四妾，甚至迎娶了一个十六岁的年轻貌美的小姑娘，而自己正常的生命本能却不能得到满足。对自身遭遇的愤慨，使她对儿子的恨意日渐浓厚。终于在一个喜庆节日故意推儿子摔落楼下，置其于死地。因为忍受过，所以才明白。她清楚地知道生活在唐家大院里的每个女人都是怎样艰难地过着“没有男性”的日子。因此，令秧一旦怀孕生子，她比任何人更知道“这孩子不是儿子唐简的”，“这孩子只能是与别的男人偷情得来”……“淫妇”“淫妇”，那一声声声色俱厉的呵斥和辱骂，犹如刀剑般刺中了令秧的心事！令秧很清楚自己不是贞妇，不是烈女，也许正因为清楚自己的污浊，所以才更要证明自己的“清白”“孝顺”——尽管她憎恨老夫人，却偏偏每日去给老夫人请安。一方面为了向众人显示她恪守大家族的规章，另一方面也多少隐藏了她想要宣泄的生命本性。

正如鲁迅在翻译的日本学者厨川白村的《苦闷的象征》里所言，我们每个人都“有兽性和恶魔性的一面，但一起也有着神性的一面”[①]。越是压抑兽性的一面，它就会爆发得越厉害。明朝作为封建社会礼教盛行的一个历史时期，尽管有王阳明、李贽等人“心学”的提倡，但更多的是几千年来延续下来的“三从四德”“从一而终”等贞女烈妇之律。一个不识字的令秧都能被谢舜珲启蒙得甘愿为“牌坊”倾尽心力，更何况大门不出二门不迈的大家闺秀们！所以，众人眼中的“淫妇”反倒是正常的人，众人眼中的“贞女”反倒有可能是病态的人。就像令秧，到底应该怎样给她归位，“烈妇”？“淫妇”？正是“以贞写淫”“以淫写贞”的反讽手法，道尽了“阁楼上这群疯女人”的悲惨境遇。

四、一个狂欢的“女儿国”

和众多女性作家一样，笛安关注女性命运要远远胜过对男性的关注。除了展现在封建宗法制压迫下女性魔性与神性共存的特质之外，她还淋漓尽致地营造了一个“狂欢的女儿国”。这里的男性，不仅在身体上附庸于女性，而且在经济上和精神上都依赖女性相支撑。

唐简的去世，使整个唐家主人阶层就更剩下唐炎一个男人。而唐炎性格孤僻，不谙世事，凡事只能依仗蕙娘；男仆层崭露头角的也就只有新管家侯武，可他早已拜倒在蕙娘的石榴裙下，后来干脆做了夫人令秧的忠实奴仆；唐氏宗族内部的十一公不足道，唐璞也不过是花天酒地，依赖祖产过活；游离于唐家之外的谢舜珲虽经济独立，但在精神上也或多或少地依赖于女性，依赖于风月场上女性的情感支撑，依赖于唐家以令秧为首的女性的敬仰。说句不太动听的话，男性在文本中呈现出“集体被阉割”的“去势”窘境。

尽管赵春秀在《迷惘中的回归——从笛安的“龙城”三部曲谈起》中主张笛安“打破两性对峙的僵局……选择与男性站在同一方位，共同

① 厨川白村：《苦闷的象征》，鲁迅译，载《鲁迅全集》第13卷，人民文学出版社2005年版。

探讨人生境遇中的种种困境”[1]，但细细品味笛安在《南方有令秧》中的男性态度，还是可以看出截至目前，她还是偏爱女性，赋予女性更多的人格复杂性，而男性则要薄弱许多。文本中的男性不仅“缺席”，而且被“脸谱化”“隐喻化”。

正如《告别天堂》《西决》《东霓》一样，令秧的父亲也呈现出“缺席”状态。对于女儿的喜好，作为父亲，他一概不知。尤其是当唐家提亲时他有意躲避，把责任全部推卸给令秧的哥哥，反而是嫂子窥破他的心事,一语中的地道出他对这门婚事的“赞同”。可以说,父亲责任的“缺席”，是令秧陷入火坑的第一步。唐简是给令秧套上“夫权”绳索的执行物，唐炎不过是“借种生子”的工具，蕙娘的情人侯武为复仇而来却最终选择沦为“性机器”，唐璞则是帮助令秧认识人世间男欢女爱是再正常不过的事情的道具……这一个个男性形象犹如牵线木偶,被笛安“男性世界也不过如此”的潜意识控制着，在“女儿国”急匆匆又慢悠悠地游走着。这样看来，笛安在塑造男性形象上，似乎一直未能突破“西决”围垒，她笔下的男性或多或少都浸染着“西决色彩”。他们在狂欢的女儿国里只是隐喻性的符号，单薄苍白，软弱无力。

既然男性孱弱，支撑整个家的重担也就只能交托于女性身上。

首先，蕙娘掌握着整个家的经济命脉。唐简的葬礼，虽说依仗了族里的帮忙，但大小繁杂事务的张罗，都有待于蕙娘紧锣密鼓的监督；三姑娘的出嫁，丰厚的妆奁，既要量力而行，又要不辱没祖先的脸面，蕙娘可谓是倾尽心力；姑爷家的遭难，又是这些女人忙活着向谢家借了三百两银子才渡过难关；唐炎的中举，既是家里的幸事，更是全族人的风光事，蕙娘早在几个月前就开始筹划准备……可以说，整个唐家的经济运作离不开蕙娘的运筹帷幄。

其次，令秧是整个唐家的精神支柱。令秧嫁入唐家后首先驯化了丈

① 赵春秀:《迷惘中的回归——从笛安的“龙城”三部曲谈起》,《文艺争鸣》2013 年第 1 期。

夫的贴身丫鬟云巧，使其变为自己的死党；然后，又慢慢感化了其他人，甚至包括想逼死自己的唐璞和行刑的门婆子；最后，竟然驯服了来唐家复仇的侯武。所依靠的，正是她的天真纯洁和执着无贪的人格魅力。当然，她所执念的“牌坊”，也确实给唐家带来了现实利益。比如三姑娘之所以能高攀知府家的公子,就缘于家中有这样值得万民敬仰的“烈妇”。而且，唐炎的前途之所以光明无量，也有赖于令秧的“烈妇”头衔这一双重保险。所以，在令秧自残左臂伤势未愈之时，“一盏茶的工夫，大家谈笑风生，男人们之间所有的问题都解决了，当然，那时的令秧，还躺在卧房的病榻上”。这是怎样的悲喜剧啊！

【研究文献索引】

1. 刘媛媛 . 我们这个时代都市梦幻的表情——评笛安长篇小说《景恒街》. 中国图书评论，2019（12）.

2. 张旻昉 . 论当代青年作家文艺创作的民俗审美倾向——以“80后”作家为例 . 当代文坛，2020（03）.

3. 吴桐 . 人性幽微处的多视角审视——论“80后”作家笛安《芙蓉如面柳如眉》的叙事视角和爱的哲学 . 文艺评论，2017（11）.

4. 宋嵩 .“端的是一个讲故事的高手”——笛安小说论 . 当代作家评论，2017（05）.

5. 王燕子 . 历史维度的体验性写作:80后文学的审美回归——评《南方有令秧》. 小说评论，2017（04）.

6. 李一 . 虚构·写实·经验——重读笛安的《南方有令秧》. 小说评论，2017（04）.

7. 霍艳 . 对被定义世界的质疑——笛安论 . 扬子江评论,2015（04）.

8. 张自春 .“城市怀乡”的实感书写——笛安小说论 . 南方文坛，2015（03）.

9. 赵春秀 . 迷惘中的回归——从笛安的“龙城”三部曲谈起 . 文艺争鸣，2013（01）.

10. 曾于里."偏执女"何以大行其道——兼论笛安"龙城三部曲".中国图书评论，2012（07）.

11. 李一.写作者的二十岁,如果青春没有了"靶子"——笛安论.南方文坛，2011（01）.

12. 王婷.论笛安.南方文坛，2010（05）.

13. 邵燕君.以真切体验击穿成长之痛——评笛安的创作.南方文坛，2007（04）.

14. 刘俊峰.候鸟与飞蛾——关于《西决》与《东霓》的症候式阅读.小说评论，2010（06）.

【思考练习】

1."城市乡愁"是笛安文学创作的一个基本命题。请结合作品内容，具体展开你的理解。

2. 近年来,《南方有令秧》《景恒街》等作品的接连问世，显示了笛安的成功转型。请结合她的前期作品"龙城三部曲"，具体论述笛安的文学创作经历了怎样的发展轨迹。